彝族『支嘎阿鲁』史诗研究

肖远平　著

人民出版社

序　一

　　《彝族"支嘎阿鲁"史诗研究》是肖远平几年前于华中师范大学完成答辩的博士学位论文，几经易稿即将正式出版。作为他的老师，我的心情无疑是十分高兴的，也由衷地感到时光飞逝，似乎是倏忽之间，肖远平的民间文学之路就已经有三十余年了。

　　肖远平 1982 年进入华中师范大学中文系学习并取得文学学士学位，当年我曾为他讲授民间文学课程。他的博士论文由黄永林教授指导。他们这一届的学生非常幸运，在校期间，正值中国迈入改革开放的历史新时期，我们曾邀请著名的美籍华裔学者丁乃通教授（1915—1989）来校讲学，我曾在一篇文章中这样追忆过丁先生在华师的这一段经历：

　　　　我们邀请丁乃通先生来武汉华中师大讲学，从 1985 年 9 月 16 日接他来校，到 10 月 17 日送别，持续了整整一个月。他在我校招待所住过几天，后来因他的夫人许丽霞也应邀来武汉大学图书馆学系讲学，他便在武大招待所住了。他每周给我们的本科生和研究生讲一两次课。我们平时还可随时向他请教，或不拘形式地展开讨论。他带来一纸箱外文书刊，其中有阿兰·邓迪斯的《世界民俗学》，斯蒂·汤普森的《世界民间故事分类学》以及《世界民间故事母题索引》等。他主要参照汤普森的著作给我们讲故事学，常拿着英文原著边译边讲。由于我们的英语水平差，对国外学术又很陌生，他只能慢条斯理地讲，话语沁人心脾，使听者有如沐春风的感受。以这一个月的讲学为中心，我们的交往从 1983 年 5

月开始到 1988 年 4 月，前后达 5 年之久。他身上强烈搏动的中国
民间文学情结，不止一次地给我以有力的冲击和感染。1985 年 10
月 17 日讲学结束，我校举行简短仪式表示感谢，由章开沅校长聘
请他为客座教授。他当即将所携带的外文书刊，还有付给他的讲
课酬金 640 元，全部捐赠给我们。后来，连学校报销的机票款也给
了我们，叮嘱我们买两个书柜，多搜购一些民间文学资料，建立
自己的资料室。这些东西至今还留在我们的教研室发挥着作用。

在丁先生授课的这个小班学生中，就有肖远平以及陈建宪、黄永林、
林继富、覃德清等。丁先生作为以编纂《中国故事类型索引》而蜚声国际
学苑的著名学者，不但将专注世界民间故事类型研究的芬兰历史地理学派
的前沿成果和方法介绍给我们，使我们眼界大开，而且以他自己对中华文
化和中国各族民间故事的挚爱、激赏给我们以深切感染，有力地激励着我
们在中国民间文艺学学苑中奋力前行。三十年来肖远平一直在贵州民族民
间文学沃土上辛勤耕耘，这部关于彝族史诗的论著就是他多年心血的结晶。

1985 年美国丁乃通教授来校讲学留影

"支嘎阿鲁"（又译为支格阿龙、支格阿鲁等）是彝族神话传说中的创
世英雄，是彝族人公认的祖先，也是彝族著名创世史诗的主人公。在彝族
古典长诗《勒俄特依》中对他的辉煌功绩有精彩描述，且这部创世史诗至

今还在四川大小凉山、云南和贵州的彝族民众间口头流传，影响十分深远。可惜的是，由于史诗研究在中国学界起步较晚，又多偏重于《格萨尔王传》《江格尔》和《玛纳斯》这三部流行于北方的英雄史诗的研究，尽管"支嘎阿鲁"史诗历史悠久，规模宏大，但在中国学界受到的关注却较为薄弱。远平是彝族人，现在，由彝族学人自己对本民族的文学瑰宝进行研究，无疑是对一种学术空白的填补，对于远平自己而言，也是一种情感的归依。

在中国史诗学研究领域，长期以来有这样一种看法：中国史诗主要是由北方少数民族，尤其是阿尔泰语系诸多民族的英雄史诗所构成；南方史诗少，且主要以创世史诗为主。2006年5月20日，由国务院批准并经文化部确定而公布的第一批国家级非物质文化遗产名录中，《苗族古歌》《布洛陀》《遮帕麻和遮咪麻》《牡帕密帕》等均属于南方和西南少数民族创世史诗类作品。近年来，这种看法已经在学人的不断研究中有所改变，随着彝族"支嘎阿鲁"史诗的搜集、整理及汉译工作的不断推进，这种看法将得到进一步的修正。

在此情况下，肖远平对南方史诗群中富有代表性的彝族"支嘎阿鲁"史诗的研究，便值得我们特别重视了。

本书着力对"支嘎阿鲁"史诗从文本传承、演唱特色、历史文化渊源及厚重价值等方面作多层面的综合解读，力求较为完整地展现这部史诗的独特风貌。特别值得称道的是，它以民间文艺学中已经较为成熟的母题研究方法，从我国西南彝族聚居区域流传的多种版本中，析出奇特诞生、争斗征服、神奇婚姻、英雄救母等多个母题予以剖析，由此就抓住了贯通多种文本中的核心要素，使探寻其交融创世史诗与英雄史诗于一体的独特魅力以及作跨民族文化色彩的比较更具说服力。此外，本书在研究写作中，不仅十分注意吸收西方欧美学者解析史诗的"口头程式理论"，也认真借鉴了俄罗斯学者闪耀着历史唯物主义光彩的学术成果，如在论彝族史诗历史文化渊源这一繁难问题时就写道：

　　彝族是一个支系众多、分布较广的民族，关于"支嘎阿鲁"史诗的产生和形成，一直是一个悬而未决但少有学者涉及的问题。

本章在参考其他理论的同时，主要采用梅列津斯基教授关于英雄史诗起源的理论，以贵州史诗文本为主，结合云南、四川的相关史诗，把"支嘎阿鲁"史诗的形成发展道路放在特定的民族历史阶段中进行分析，提出"支嘎阿鲁"史诗源于云南古滇部落的部落叙事，形成于乌蒙山区，发展于征战频繁的夜郎古地。

这一具体结论是否确当，自然还可商榷，但作者以开阔的学术视野来探索立论的严谨学风不得不令人称道。

还应指出，本书作者就是彝族出身，不仅生于斯，长于斯，从小就受着彝族风土人情的滋润，而且他自 20 世纪 80 年代初就读于华中师范大学以来，三十多年一直钟情于彝族民间文化的研究探索。因此书中所论，不论是涉及彝族毕摩文化还是彝族诗学传统，都有着紧贴民族生活和民族心理的可贵特色。

中国的民族民间文学，以丰饶多彩闻名于世。新中国成立以来，少数民族史诗的发掘和史诗学的研究均取得了举世瞩目的成果。我们敬爱的钟敬文先生曾就此发表过一段颇有见地的言论，他说："西南史诗发生比较早的，同宗教的关系密切。……英雄史诗作为大型的文学体裁，从萌芽到发展，到最后形成为比较成熟的形式，其间经过千百年的流传。而且各民族社会发展的进程不一，各民族的英雄史诗也处于不同的发展阶段，其形态也不完全相似，南北方的史诗传统也不一样，北方以塑造征战英雄为主，南方以歌颂文化英雄为主。"他十分关注中国史诗学的进展，聚焦于对南北方不同史诗类型的研究探索。在以北方三大英雄史诗为重点的史诗学研究已有了丰硕成果的情况下，多年来处于萌芽状态的南方史诗群的研究近年来也在急起直追。有关学者对苗族史诗《亚鲁王》的研究以及肖远平等对彝族"支嘎阿鲁"史诗的研究，可以说是并驾齐驱的两驾马车。它们对中国史诗学的新开拓和对中华文化之增光添彩，我们将拭目以待！

刘守华

2014 年 11 月

序 二

能为本书作序，我既十分高兴，也深感欣慰。

我与远平颇有缘分，我刚留校工作时，他就在我工作的华中师范学院（现华中师范大学）中文系本科学习，由于共同的研究兴趣我们经常在一起讨论民间文学。他毕业回贵州后我们仍经常联系，后来他在职跟随我攻读中国民间文学专业博士学位，今年经我推荐他成为华中师范大学兼职教授、博士生导师，屈指数来我们已相识三十余年。远平在读本科时，已表现出对民间文学的浓厚兴趣，本科毕业后到贵州民族学院（现贵州民族大学）跟随潘定智教授一起从事民间文学教学和研究，现在担任副校长，虽然行政工作繁忙，学习却勤奋刻苦。特别是在攻读博士学位三年中，他一方面孜孜不倦地学习和研究民族民间文学的前沿问题，一方面兼顾学校的行政和教学工作，学习和工作都取得了突出的进步，受到老师和同学们的赞扬。三十多年来，远平已经从一个对民间文学满怀热爱的学生，成长为一个少数民族民间文学的研究者。作为他的导师，我由衷地为他高兴！

史诗研究是一个意义重大的课题。钟敬文先生指出："史诗，是民间叙事体长诗中一种规模比较宏大的古老作品。它用诗的语言，记叙各民族有关天地形成、人类起源的传说，以及关于民族迁徙、民族战争和民族英雄的光辉业绩等重大事件，所以，它是伴随着民族的历史一起生长的。从某种意义上来说，一部民族史诗，往往就是该民族在特定时期的一部形象化的历史。"[1] 史诗研究对于深入了解一个民族的社会、经济、文化等历史记

---

[1]　钟敬文：《史诗论略》，见《格萨尔学集成》第一卷，甘肃民族出版社1990年版，第581页。

忆具有重要的意义和价值。

　　然而现在史诗研究也困难重重：一是突破窠臼困难、有所创新不易。现在一般认为史诗研究始于欧洲，苏格拉底、柏拉图、亚里士多德、赫拉斯等古希腊思想家就已经开始论述史诗。欧洲史诗研究历史悠久，学术积累深厚，其理论与方法至今仍在主导着史诗研究，如"口头程式理论"、民族志诗学等。二是中国史诗研究起步晚，可资借鉴的理论与方法较少。"中国大多数史诗是在 20 世纪 50 年代后才被陆续发现的；而史诗的搜集、记录、翻译、整理、出版，还是近三十年的事情"①，尽管困难重重，我国史诗研究仍焕发着勃勃生机，孕育着巨大机遇。一方面，作为四大文明古国之一，中国少数民族中仍有一些活态史诗在流传，2009 年在贵州发现的苗族史诗《亚鲁王》震惊了中国和世界。另一方面，相关学科的发展为史诗研究提供了新的理论和方法，近一百年来现代民俗学的发展推动了史诗研究，民族学、人类学、语言学等众多现代学科的建立，也为史诗的发现、发掘和研究不断开辟了新的道路。

　　远平是彝族人，在关注中国民间文学的同时，更加关注自己民族的历史文化。彝族是中国为数不多拥有文字的少数民族之一，历史悠久，文化灿烂。已发现整理多部史诗，如《勒俄特依》《万物的起源》《查姆》等。"支嘎阿鲁"史诗是至今仍在流传的彝族著名英雄史诗。

　　本书以在我国滇、黔、蜀、桂等多个省区流传的彝族"支嘎阿鲁"史诗为研究对象，在对已整理翻译出版的《支嘎阿鲁王》《支嘎阿鲁传》《支格阿龙》《阿鲁举热》等主要蓝本认真研读的基础上，作者结合彝文古籍记载和流传于我国西南诸省份的彝族"支嘎阿鲁"相关史诗，综合运用文献查阅法、实地调研法等多种研究方法，多维度地对彝族"支嘎阿鲁"史诗进行了背景层面、文本本体层面和彝族传统诗学对史诗的影响层面三方面的分析与解读。在本书的写作过程中，作者翻阅了大量的文献史料，进行了较多的实地田野调查，与多个"支嘎阿鲁"传承人有过深度的交往和交

――――――――

① 尹虎彬：《史诗观念与史诗研究范式转移》，《中央民族大学学报》（哲学社会科学版），2008 年第 1 期。

流，从而使本书成为综合研究"支嘎阿鲁"史诗的第一部专著。

本书从对史诗主人公"支嘎阿鲁"的不同名字和称谓（支嘎阿鲁、支格阿龙、阿鲁举热、支格阿鲁）入手，归纳了贵州史诗文本突出的地域性特征及其所具有的南方文化英雄史诗的特点和价值；通过对"支嘎阿鲁"史诗的文本要素及特征的研究，提出了"支嘎阿鲁"史诗源于云南古滇部落的部落叙事，形成于乌蒙山区，发展于征战频繁的夜郎古地的观点，并分析阐释了彝族独特的毕摩文化对该史诗的影响。在此基础上，对"支嘎阿鲁"史诗的母题和意义进行了剖析，并将史诗的一些母题内容与汉族文化中的同类母题进行比较。最后，在对"支嘎阿鲁"史诗的背景和文本本体进行充分解读和理论探讨之后，本书还专门就彝族传统诗学对"支嘎阿鲁"史诗在叙事、抒情和审美追求等方面的影响作了深入研究，并就其对"支嘎阿鲁"史诗影响较大的"主""味""魂"等彝族诗学审美范畴进行了提炼与归纳。其亮点主要体现在以下三个方面：

一是阐述了彝族史诗"支嘎阿鲁"与彝族历史文化的深层渊源，为学术界继续进行彝族起源研究、彝族文化研究以及彝族历史研究作了良好的铺垫。作者提出"支嘎阿鲁"史诗起源、形成与发展地域的同时，通过对史诗与彝族原始文化关系的解读及对相关彝文典籍记载的分析，总结了南方彝族文化英雄"支嘎阿鲁"史诗的形成规律。本书开创性的研究不仅为研究南方英雄史诗提供了典型素材，为南北英雄史诗的对比研究提供了最为珍贵原始的材料，而且为少数民族英雄史诗的深入研究提供了理论和方法的借鉴。

二是分析了彝族独特的毕摩文化对"支嘎阿鲁"史诗的影响，为深入了解彝族宗教信仰、文化习俗提供了范本。毕摩是彝族社会中一个特殊的阶层，是彝族人智慧的集大成者，其职能丰富多彩，主持祭祀、除灾祛祸、治病疗疾、主持盟誓等。毕摩文化是彝族原始文化的灵魂，其来源主要有三个：一是原始巫术，二是原始崇拜，三是道、儒、佛文化的渗透。作者着重就彝族自然崇拜、图腾崇拜、祖先崇拜及道、儒、佛文化对"支嘎阿鲁"史诗文本的影响进行了分析，抓住了彝族文化的核心和重点，为我们认知和认同彝族文化创造了良好条件。

　　三是对彝族"支嘎阿鲁"史诗的母题进行深度解析，并分析了我国南北方英雄史诗个性鲜明的不同特征。作者将我国北方三大民族英雄史诗母题与"支嘎阿鲁"史诗母题进行比较，指出我国北方少数民族英雄史诗的母题主要是排除万难、战胜敌人的重武功的母题，而"支嘎阿鲁"的史诗母题则反映出彝族文化中重人文胜于重武功的民族个性，也体现出南方文化英雄史诗更具人性化的色彩。

　　作者对彝族史诗"支嘎阿鲁"研究的贡献不仅仅限于以上三个方面。身为彝族文学和彝族文化的研究者，作者在研究和传播少数民族文学方面有着多方面的积极贡献。在我国构建优秀传统文化传承体系，推动社会主义文化大发展大繁荣的历史时期，出版这部著作，无疑将对保护和传承少数民族文化遗产起到积极的促进作用。

　　朝戈金先生说："如果不久的将来，中国学者能给国际史诗学界提供一些有冲击力和富有创见的思想，如果这些思想对于西方人理解自己的传统有所助益，对人文学科其他领域的学者理解各自的学术问题有所助益，我们才可以说，中国的学理性思考成为国际史诗研究谱系中的重要一环。"[1]在本书即将付梓之际，我在向远平表示衷心祝贺的同时，也希望他今后能够在少数民族史诗研究领域更加执着坚韧，有更大的建树。

黄永林

甲午年（2014 年）于华中师大桂子山

---

① 朝戈金：《国际史诗学若干热点问题评析》，《民族艺术》，2013 年第 1 期。

我是这片土地用彝文写下的历史

是一个剪不断脐带的女人的婴儿

我痛苦的名字

我美丽的名字

我希望的名字

那是一个纺线女人

千百年来孕育着的

一首属于男人的诗

我传统的父亲

是男人中的男人

人们都叫他支嘎阿鲁

······

——著名彝族诗人吉狄马加的《自画像》节选

古彝圣水——支嘎阿鲁湖

目 录

绪 论

作为一种庄严的文学体裁，史诗常常因其浸染着历史长河中人类成长的足迹而为人们所继承和传唱。黑格尔认为，"英雄史诗是人类的精神食粮"。高尔基认为，英雄史诗是"具有至今仍然不可超越的、思想与形式完全和谐的高度的美"。芬兰史诗理论家劳里·航柯（Lauri Honko）认为，史诗具有表达认同的功能，正是由于有了这样的功能，史诗成为文化群体自我辨识的寄托。也正是由于史诗具有在特定人群内建构和表达认同的功能，并与群体认同、社会核心价值、行为规范等许多超越了史诗文本的意蕴密切相关，史诗遂成为学术界研究的热点。

党的十八大提出了"建设优秀传统文化传承体系，弘扬中华优秀传统文化"的伟大号召。少数民族优秀传统文化是我国优秀传统文化的一部分，弘扬和传承少数民族的优秀传统文化对维护民族文化多样性、促进多民族文化和谐发展有着多重意义。以彝族"支嘎阿鲁"为代表的英雄史诗，就是我国少数民族的优秀传统文化，理应被深入研究，以有利于广大人民群众更好地传承和保护少数民族的优秀传统文化，为扎实推进社会主义文化强国建设贡献力量。

第一节 "支嘎阿鲁"史诗研究的缘起与研究现状

彝族是中华民族大家庭中的重要一员，同其他少数民族一样，有着悠

久的历史和灿烂的文化，是我国具有古老文字的少数民族之一。据多部彝文文献如《安氏普》（阿哲世系）《阿默尼·磨弥谱》《德布氏普》的父子连名谱记载①，彝族的历史竟可上溯至 6000 年以上。中国的彝族人口有 8714393 人，占全国人口比重约为 0.65%（据 2010 年全国第六次人口普查统计数字），彝族位于壮族、满族、回族、苗族、维吾尔族、土家族之后，名列少数民族第七位。彝族在地域上主要分布于我国西南的云南、四川、贵州三省和广西壮族自治区的西北部，是我国西南地区人口最多、分布最广的少数民族。然而，新中国成立前，较多的彝族地区尚处于奴隶制社会，许多支系也保留着其他不同的社会形态，被学者们称为"活的社会发展史"。因此，认识与研究彝族及彝族的传统文化，不仅具有十分重要的学术价值，而且具有一定的社会价值。

一、"支嘎阿鲁"史诗研究的缘起

史诗作为一种古老的文学体裁，隶属叙事诗的范畴，因而在人类文化史上有着划时代的意义。一部史诗既是一座丰富的民间文学宝库，又是认识一个民族的百科全书。在用人类的文字记录下来并作为一种文学形式出现之前，史诗一度被当作口头文学而源远流长。作为世界上普遍存在的一种文学体裁，大多数学者认为文学史上有关史诗以及史诗性质的论述始于欧洲。如苏格拉底、柏拉图、亚里士多德、贺拉斯等古希腊先贤都有对史诗的论述。然而，直到 16 世纪亚里士多德的《诗学》被重新发现，人们才正式开始对史诗在理论上的讨论。18 世纪的欧洲浪漫主义运动，引发了搜集、整理并研究民间史诗的热潮，直接促进了人们对有关史诗的起源、流传和创作等若干问题的探索。到了 19 世纪中叶，欧洲又兴起了民俗学研究。作为民俗学的一种重要样式，史诗又一次进入了学者的视野，从而在方法上开启了史诗研究的新时代。20 世纪，世界史诗研究进入了新的历史阶段。英国著名古典学家鲍勒（C. M. Bowra）成为口头诗歌和书面诗歌对比研究的第一人。他重新界定了英雄史诗并深入地阐发了它的具体文类意义。从

---

① 参见张学立主编：《彝学研究》，民族出版社 2009 年版，前言第 1 页。

20 世纪 30 年代起，美国两名著名学者帕里（Milman Parry，1902—1935）和洛德（Albert Bates Lord，1912—1991）协作创建了比较口头传统研究的新领域，从而确立了一套严密的口头诗学的研究分析方法。至此，史诗研究不再是欧洲古典学的代名词，而是演变成为跨越文化、地域以及学科的比较口头传统研究。随着研究的逐步深入，20 世纪 70 年代后，学术界又陆续出现了表演理论和民族志诗学等新兴学说。这些学说在充分利用了口头传统的活态资料的基础之上，吸收了当代语言学、文化学、历史学、人类学等学科的最新成果来进行相关理论和方法论的建构，大大提高了口传史诗研究在整个学术界的地位，更使其成为极具创新色彩的研究领域。

我国的史诗研究起步很晚，理论探讨较薄弱，大多数史诗是在 20 世纪 50 年代后才被陆续发现的。长期以来，国内国外对我国的史诗了解并不多，因此中国史诗在中国文学史上乃至世界文学史上还没有突出的地位。然而，与此极不相称的是，我国史诗资源蕴藏丰富，各个民族史诗的传统形态复杂多样，对于揭示史诗的基本形成规律，以至于开展史诗理论的深入研究都将是弥足珍贵的第一手资料。因而，我国史诗的研究必将对文艺美学、民族学、民间文艺学、民俗学、文化学、比较文学等多个学科产生不同程度的影响。

本书所指的"支嘎阿鲁"，在彝族民间文学中有着多种称谓，例如支格阿龙、支呷阿鲁、阿鲁举热等，是彝族历史和彝族文化中一位有着重大影响的神话般的英雄人物。很久以来，与他相关的英雄史诗、神话、传说、故事及典故数目繁多，这些民间文学作品流传在我国西南的云南、贵州、四川等省区的广大彝族聚集区。在云南，他被称为阿鲁举热、阿录、阿龙、阿罗、阿乐、阿洛等；在贵州，他被称为笃支嘎阿鲁、支嘎阿鲁、直括阿鲁、注嘎阿鲁等；在四川，他被称为支格阿龙、支格阿尔、支呷阿鲁、支格阿鲁、吉支格阿鲁、阿鲁、阿尔等；总体来看，在彝族文学中，"支嘎阿鲁"有着"人"和"神"两种形象。在"人"的方面，"支嘎阿鲁"有着不可动摇的始祖地位；在"神"的方面，"支嘎阿鲁"从降生起就被披上了一层神话的外衣。我国珍贵的古籍《西南彝志》《彝族源流》《彝族创世纪》《物始记略》等一些名录文献以及部分原始经文，如《丧祭经》《祭祖

经》《消灾经》中都有关于"支嘎阿鲁"的很多记载；在彝族内部的艺术古籍文献，如《摩史苏》《诺沤曲姐》以及众多的民间口头作品，如《曲谷》（情歌）《恳洪》（丧歌）《阿买恳》（嫁歌）《陆外》（婚歌）和一些民间世代口耳相传的故事中，都有关于"支嘎阿鲁"的相关记录。

在四川境内，"支嘎阿鲁"的诸多故事是彝族著名的创世史诗《勒俄特依》的主要组成部分。此外，还流传着彝文版的史诗《支格阿鲁》① 和汉文版的史诗《支格阿龙》②；云南的彝族创世史诗《查姆》和《万物的起源》③ 也有关于英雄"支嘎阿鲁"神圣业绩的叙述，还有较短的六百多行的史诗《阿鲁举热》④；贵州省内除了丰富的彝文古籍的记载外，近年还专门翻译出版了有关"支嘎阿鲁"的两部史诗《支嘎阿鲁王》⑤ 和《支嘎阿鲁传》⑥。在这两部史诗中，新出版的《支嘎阿鲁传》长达一万五千多行，是目前已经翻译出版的此类作品中最长也是最为完整的一部民间叙事长诗，与荷马史诗中的《奥德赛》长度相当，曾被一些学者赞誉为"彝族的《格萨尔王传》"⑦。本书的标题及文中所论述的"支嘎阿鲁"史诗，主要指的就是贵州《支嘎阿鲁王》和《支嘎阿鲁传》两个文本。

彝族史诗既是民间文学作品，又是存载于彝文古籍中的文化遗产，《支嘎阿鲁王》和《支嘎阿鲁传》都是根据彝文古籍翻译整理的。彝文古籍作为一种非物质文化遗产，是彝族文化与文明的载体。作为文学作品，彝族史诗是彝族人民的重要精神食粮，能给人以美的精神享受。彝族史诗的直接价值不仅表现在其审美功能以及其作品所表现的审美意识；作为彝族历史文化的重要积淀物，彝族史诗包含着民俗学以及民族学等多方面的因素，

---

① 卢占雄：《支格阿鲁》（彝文版），四川民族出版社 1987 年版。
② 沙马打各、阿牛木支等主编：《支格阿龙》，四川民族出版社 2008 年版，全国高等学校统编教材教育部资助项目。该史诗以卢占雄《支格阿鲁》（彝文版）为主要蓝本，结合贵州流传的《支嘎阿鲁王》部分章节共同编译而成，共一万二千多行。
③ 梁红：《万物的起源》，云南民族出版社 1998 年版。
④ 参见李力：《彝族文学史》，四川民族出版社 1988 年版；《阿鲁举热》为黑朝亮翻译，祁树森、李世中、毛中祥记录整理。
⑤ 阿洛兴德整理翻译：《支嘎阿鲁王》，贵州民族出版社 1994 年版。
⑥ 李么宁搜集整理，王光亮翻译，田明才主编：《支嘎阿鲁传》，贵州民族出版社 2006 年版。
⑦ 参见王明贵：《支嘎阿鲁及其故乡的神湖》，《毕节日报》2008 年 1 月 23 日。

为我们研究彝族文化尤其是彝族的古代文化提供了重要线索，我们甚至可以从中探求彝族民间英雄的成长历程和英雄史诗的发展脉络。

彝族支系繁多，历史文化源远流长，有六大方言区、25 个土语区。以贵州西部为中心的乌蒙山区历来是彝族的主要聚居地之一，这里有着丰厚的彝文古籍资料和深厚的彝族文化底蕴资源。据不完全统计，迄今为止已经搜集到分布于国内和国外的彝文古籍文献大约 15000 册，其中贵州省 16个单位就藏有彝文古籍资料八千余册，而这些古籍资料中的绝大部分又位于乌蒙的毕节试验区。[①] 同样在这一地区，学者们从彝族"羊皮档案"（彝文古籍）中发掘翻译整理出版了《彝族诗文论》《论彝族诗歌》和《论彝诗体例》等彝族古代文艺理论，其内容已涉及文艺的起源、文艺的社会功能、文艺的创作过程、文艺作品的内容和形式、文艺作品的体裁、作家的艺术修养以及文艺的欣赏等一系列重大的文艺理论问题，受到民族学界、文艺学界的重视，引起相当反响。

笔者生长于彝文古籍丰盛、"支嘎阿鲁"文化发达的古彝圣地贵州省毕节地区大方县，自小生活学习在彝族地区，长大后也工作在这片深厚的民族土壤上，对自己的民族——彝族产生了异常深厚的感情，对彝族文化产生了浓厚兴趣与深深情结。彝族是一个什么样的民族；彝族文化的成分、内涵、功能与价值如何；在很多人认为南方无英雄史诗的现实语境中，彝族的"支嘎阿鲁"又是怎样的一部史诗；它与彝族古代文艺理论有没有什么关系；彝族又怎样面对全球化追赶现代化等。有关彝族的这些问题常常缠绕在笔者的心头，特别是对奉为彝族始祖的"支嘎阿鲁"的探究心理，浓浓密密，挥之不去。

基于这样一些复杂而简单、简单而又复杂的原因，笔者选择了"彝族'支嘎阿鲁'史诗研究"作为本书的题目，想以自己的微薄之力，对南方少数民族英雄史诗作出一些探究，为我们这样一个全面、宽广而深刻变革中急剧变异的少数民族非物质文化遗产唱一点赞歌，试图在南方少数民族史诗的研究及其文化传承上能达到以小见大、见微知著的效果。

[①]　参见张学立主编：《彝学研究》，民族出版社 2009 年版，前言第 1—3 页。

彝族英雄史诗《支格阿鲁》中记载着这样的故事：神鹰滴了三滴血在一个纺线姑娘的身上，姑娘怀孕，生下了彝族神话英雄"支嘎阿鲁"，彝族的鹰、龙图腾也源自于此。当代著名彝族诗人吉狄马加在《自画像》中有这样的诗句：

> 我是这片土地用彝文写下的历史
> 是一个剪不断脐带的女人的婴儿
> 我痛苦的名字
> 我美丽的名字
> 我希望的名字
> 那是一个纺线女人
> 千百年来孕育着的
> 一首属于男人的诗
> 我传统的父亲
> 是男人中的男人
> 人们都叫他支嘎阿鲁
> ……

从诗中可以看出，彝族儿女对彝族文化的热爱以及彝族文化对彝族儿女的影响之深。即使在今天这样一个多元化的时代，一个民族的文化是这个民族的根，是这个民族赖以生存的精神支柱。文化消失是一个民族消亡的征兆，文化遗产消失则是一个民族记忆和身份丧失的标志。尽管现实的语境使民族文化遭到了许多误读，传统文化却依然深深影响这个民族的人们，试图去打通文化交流和文化沟通的可能。这也是笔者选择这一题目的另一个理由。这其中既有笔者作为彝族一分子对本民族的强烈认同感和深深情结，也包含着一个普通学人对彝族神奇文化的探秘心理，还因为"支嘎阿鲁"史诗在云南、贵州和四川广泛流传，相关文本出现后，就受到国内外学术界的关注，吸引了一些学者对其进行研究。贵州西部彝族地区甚至把"支嘎阿鲁"当作彝族文化的一张名片、一个品牌，极富研究价值。

时至今日，"支嘎阿鲁"史诗的一些内容仍在贵州毕节的极少数彝族地区得以传承，田野调查中，笔者也找到了两位能演唱部分史诗的人，可视为存活于现代文化语境中鲜活的古文化样品。

彝族分布广，支系繁多，但跨地域跨支系共同传承的民间文学作品并不多，"支嘎阿鲁"史诗便是其中的一个。每个时代都有每个时代的学术，由于受历史条件的限制，过去还没有出现将"支嘎阿鲁"史诗文本置于特定的社会文化及民俗背景中进行系统考察、深入研究的学术专著，更没有将彝族史诗与彝族传统诗学联系起来并与中西普遍意义上的诗学进行比较探究的学术专著。原始先民们历史意识的突然萌发，往往发端于对民族始祖和文化英雄等类的部族首领诞生及其文化创始事迹的追忆。对偏居于我国西南一隅的彝族先辈而言，悠长的历史河流早已在他们古老灿烂的文化中冲积出一片广袤的河床，积淀出博大厚重的历史文化。彝族先辈们对早期民族史的慎重追忆，不是作为历史主体的身份临空鸟瞰整个民族的发展历史，却是借助始祖传说这一重要的文化载体，追踪、复原、描绘、体验着彝族先民们的历史足迹，传达着祖基祖源知识，保持着远祖社会与现实人生的精神联系，维系着族群的生存与发展。彝族较早就有了自己的一套诗学理论，这些理论一直深深影响着彝族传统文学、毕摩文学的审美叙述与表达。以贵州"支嘎阿鲁"史诗为例，兼顾云南、四川的相关文本，探讨民间英雄的成长历程和英雄史诗的发展脉络及其与多元复杂的民族文化生态网络的诸多渊源关联、与彝族传统诗学的联系以及其独特的文学价值，是本书研究的出发点和落脚点。

二、关于彝族及彝族文化研究①

我国边疆民族的研究，肇始于外国传教士、商人、领事、军事家、自然科学家。② 这其实是一个众所周知的事实。外国学者中，第一次对彝族有

---

① 该部分主要参阅李列：《民族想像与学术选择——彝族研究现代学术的建立》，人民出版社 2006 年版，第 21—38 页。

② 参见徐益棠：《十年来中国边疆民族研究之回顾与前瞻》，《边政公论》1942 年第一卷第 5、6 期合刊。

所记载的，是在中国生活了 23 年（1273—1295）的马可·波罗。他曾随忽必烈亲征至云南，在他的游记里有一段对云南彝族的记载：

> 多罗蛮（Tholoman）是东方的一个部族，其人民尚拜偶像，有他们自己的语言。身材高大如 Kaan（?)① 他们生得颇漂亮，不十分白，而是一种棕色的面庞。他们是勇敢强悍的战士。他们很古朴廉洁，善牧猎和跳舞。居于高山峻岭之上。其俗，当人死后，残其尸身，取其骨而置于小柜内送至高山之上，葬于人迹罕至的大岩洞之中。其货币是以贝壳制成的。②

17 世纪初叶，外国人相继进入中国，许多国家的"探险家"和"传教士"对彝族风俗习惯、传统文化、政治、经济、历史沿革等实地调查的专著和各种调查报告大量面世，很多到今天还具有重要的参考价值。

19 世纪 70 年代在西昌彝族地区著名的传教士是吉尔丹（Courdin），在四川南部传教时间最长的是马尔丁（Martin）。马尔丁于 1876 年赴川南汉源罗池谷传教，在彝族地区生活达二十多年，详细记录了彝族的生活习俗、语言文字，很多"探险家"如巴伯（Barber）、彭斯·汤蒂（Bons Danty）、吕真达（A. F. Legender）、多龙（Dollin）等都从他那里获得大量的资料，许多有关彝族的西方著述都以他的材料和观点为依据。19 世纪末期在彝族地区传教影响最大、时间最长、对彝族了解较为深入的是法国传教士保禄·维亚尔（Paul Vial）和阿尔弗雷德·利埃达尔（Alfred Lietard）。

"保禄·维亚尔是第一个系统研究彝族文化，并且在当时最有成就的外国学者之一。"③ 在云南彝族地区传教的 30 年中，他学会了彝语，向当地毕摩学习古彝文，对彝族历史、文化作过深入细致的研究，取得了不少成果。

---

① 鉴于《马可·波罗游记》版本较多，翻译有部分不同。梁生智把此句译为："他们身材高大，相貌堂堂，皮肤呈褐色，很是清秀。"（中国文史出版社 1988 年版，第 180—182 页。）
② ［意］马可·波罗：《马可·波罗游记》，转引自杨成志：《中国西南民族中的罗罗族》，《地学杂志》1934 年第 1 期。
③ 周永健：《保禄·维亚尔：种瓜得豆的"撒尼通"》，《中国民族报》2012 年 11 月 20 日。

其主要著述有彝汉两种文字对照的彝文经典《宇宙源流》（收入了《天地起源》《洪水泛滥》等彝经）《倮倮的历史和宗教》《云南倮倮的文字研究》《倮倮和苗子》《彝语语法》《法倮字典》《撒尼——云南的倮倮部落》《论云南土著居民的语言文字》《云南撒尼倮倮的传统习俗》等。① 虽然保禄·维亚尔研究彝族文化的动机是为了传教，但他的研究内容却涉及了宗教、文学、民俗、哲学、伦理、婚姻、历史、节日等多个方面。

阿尔弗雷德·利埃达尔十余年的传教活动一直在云南东部和东北部的彝族地区，他著有《阿细倮倮地区》《阿细方言——法倮词汇》《云南：倮倮泼——华南的一个土著部族》等，是研究彝族较为重要的作品。包括他们的这些著作在内，当时有关彝族和彝文化的各类调查报告和旅行日记辑录出版的数以万计。

20世纪初到彝族地区规模较大的"探险队"是两支法国人队伍，一支由殖民军一等医官吕真达率领，一支由少校多龙率领。吕真达从1907年到1910年先后两次考察四川凉山和云南彝区，著有《建昌罗罗》《华西土著民族——倮倮人种学和人类学研究》等书。多龙从1906年到1909年在四川、云南、贵州三省的彝区进行了多次考察，写了《中国非汉民族的历史记载》和《最原始的人》等多部研究彝族社会的著作，进而对彝族的发展历史、宗教政治、社会状况、语言文字等方面进行了较为全面的分析研究。同时期，日本人类学家鸟居龙藏（Torii Ryuzo）博士在20世纪初期对我国西南少数民族的深入考察则是近代人类学界一次颇具影响的活动。鸟居龙藏博士先后在云南、贵州、四川三省调查四个半月，撰写了《清国云南倮罗调查》《倮罗族的神话》等多篇与彝族相关的研究文章。尤其是他在1926年出版的《从人类学上看中国西南》一书，详细地记录了我国西南地区多个少数民族的生活文化实态，是一部外国人深入我国内地并用科学方法描绘各个少数民族生活文化实态的得力之作，为对我国西南少数民族进行相关研究提供了珍贵的田野调查资料。

---

① 参见李列：《民族想像与学术选择——彝族研究现代学术的建立》，人民出版社2006年版，第24页。

在我国的史籍材料中,对彝族进行记录和研究的主要著述有:汉代司马迁的《史记·西南夷列传》、班固的《汉书·西南夷传》;晋代常琢编的《华阳国志·南中志》;南朝宋代范晔的《后汉书·西南夷传》;唐代樊绰撰的《蛮书》;宋代乐史撰的《太平寰宇记·四夷徼外南蛮》、宋祁撰的《新唐书·南蛮列传》、欧阳修修撰的《新五代史·四夷附录》、范成大的《桂海虞衡志·志蛮》;元代张道宗的《记古滇说》、周达观的《真腊风土记》;明代钱古训的《百夷传》、费信的《星搓揽胜》、杨慎的《南诏野史》、朱孟震的《西南夷风土记》、邢慈静的《追笔黔途略》;清代陈鼎的《滇黔土司婚礼记》、田雯的《黔苗蛮记》、李来章的《连阳八排风土记》、檀萃的《说蛮》、吴大勋的《滇南见闻录》、陆次云的《峒溪纤志》、曹树翘的《滇南杂志》;民国三年董贯之的《古滇土人图志》,民国九年彭程万、殷汝骊的《调查琼崖实业报告书》和民国十七年余永梁、钟敬文、杨成志等的《西南民族研究专号》等。此外,关于彝族和彝族文化的记载在各种历史典籍中也有不少。就记载情况来看,元明以前,多偏重于记载史实;元明以后,多偏重于记载风俗习惯;而民国以来则史实与风俗习惯并重。

在现代学者中,杨成志、林耀华和马学良及彝族本土学者岭光电、曲木藏尧对彝族及彝族文化的研究也相当引人注目。

1926年,北京大学一些教授迫于政局黑暗,南下广州。中山大学随之成为新的学术与文化中心,南北学术合流,五四运动的著名人物傅斯年、顾颉刚、董作宾和容肇祖等教授都在中山大学执教,他们将在北京大学开创的民俗学活动带到了中山大学。1927年进入该校语言历史学研究所工作并参与筹备和成立民俗学会的杨成志,从翻译《民俗学问题格》开始,走上了民俗学研究之路,中山大学的学术经历和氛围成了他西南民族调查的学术保证。西南边疆问题,一直都是中山大学文科所关注的一个焦点,彝族在西南民族中富于神秘色彩的身份,使杨成志的调查自然就从彝族开始。1928年,他和俄国学者史禄国教授夫妇及容肇祖开始了对与世隔绝的,在国际上被称之为"独立罗罗"(Indepent LoLo)的四川和云南之间大小凉山彝族的调查。"吸收了当时西方的先进理论,开始了具有现代意义的实地考察学术活动，为'采风'一说增加了新意。"① 在实地调查研究的基础上，杨成志作出了一系列研究成果，有被赞誉为"我国西南民族调查的先导杰作"② 称号的《云南民族调查报告》，也有《云南罗罗族的巫师及其经典》《云南罗罗族的语言、文字与经典》③ 及《罗罗文明源流探讨》《罗罗起源和性格》等二十几篇彝学研究文章（1932 年汇成《云南罗罗族论丛》，蔡元培题写书名，当时被称为"罗罗研究的第一本巨著"），此后又有张云波著的《雷马屏峨边区之夷务及倮罗文化概论》、徐益棠著的《雷波小凉山罗族调查》等文。

中国彝族研究进入学者视野，其研究起点一开始就建立在多学科参与的方法论基础上。林耀华先生从 1943 年 7 月深入"梦想了十多年"的凉山"罗罗国"，到 33 年后二进凉山和 1984 年三进凉山，前后研究彝族长达五十多年。身为美国著名学府哈佛大学的人类学博士，林耀华先生在彝族方面的研究不可避免地受到美国社会学的社区研究法以及其老师吴文藻先生所推崇的英国社会人类学的结构功能方法的影响，用外国的研究理论并结合乡土中国的实际状况，促成了我国彝族研究的学理思路迈入科学研究的自觉化阶段。他研究彝族社会文化的变迁，运用民族学方法，建立在历史唯物主义基础之上，写出了被称为"彝族经典民族志"的《凉山夷家》及其他优秀作品。

对彝族风俗习惯著文最多的，是"彝语研究的拓荒者"——马学良先生，他的语言研究始终与民间文学、民俗学的研究相结合，他认为要透彻地领会彝族经籍要义，必须充分了解彝族的风俗习惯，他对此深入考察，发表了《从彝族氏族名称中所见的图腾制度》《倮族的招魂和放蛊》等大量有关彝族风俗、神话的研究文章。马学良彝语研究理论方法的运用和调查实践的深入，标志着彝族研究作为专门学问进入了丰富发展时期。站在文化"自观"位置研究彝族文化的岭光电、曲木藏尧为提高彝族的政治地位

---

① 董晓萍：《田野民俗志》，北京师范大学出版社 2003 年版，第 199 页。
② 参见《西南研究》创刊号，国立中山大学西南研究会，1932 年 2 月出版。
③ 此论文被英国皇家人类学会会刊《人类》（Men）杂志译成英文转载。1935 年 5 月，这篇论文被修改为《罗罗文字与经典》，杨成志以此文获得巴黎大学民族学博士学位。

成立了"西南彝文化促进会（1934 年）"，编印介绍彝族文化的《新夷族》（1936 年）杂志，撰写《倮情述论》（岭光电）、《西南夷族考察记》（曲木藏尧）等书，欲让外界认识彝族、了解彝族。

1950 年以后的彝族研究，在继承了 1928 年以来彝族研究所开创的学术传统基础上，于 20 世纪五六十年代再度形成高潮。1959 年，马长寿先生撰写完成《彝族古代史》（初稿），1960 年方国瑜先生也编写出《彝族史长编》，冯汉骥先后写出《云南晋宁石寨山出土文物的族属问题试探》《云南石寨山铜鼓研究》等文；1960 年，中国社会科学院民族研究所联合"云南少数民族社会历史调查"课题组共同编撰出《彝族简史》初稿，并于 1987 年由云南人民出版社正式出版。

世纪之交，关于彝族的研究学者们又相继出版和发表了许多丰富的有价值的论著，也提出了较多新的学术观点和新的研究方法。[①]

在彝族史学研究领域，主要专著有：戈隆阿弘著的《彝族古代史研究》（云南民族出版社 1996 年版）、张建华著的《彝族社会的政治与军事》（云南民族出版社 1998 年版）、潘先林的《民国云南彝族统治集团》（云南大学出版社 1999 年版）、李朝真等著的《彝州考古》（云南人民出版社 2000 年版）、易谋远著的《彝族史要》（社会科学文献出版社 2000 年版）、陈本明等著的《昭通彝族史探》（云南民族出版社 2001 年版）、且萨乌牛著的《彝族古代文明史》（民族出版社 2002 年版）等。尤中著的《云南民族史》（云南大学出版社 2003 年版）、《中华民族发展史》（晨光出版社 2007 年版）等系列著作中也有关于彝族的历史发展与演变的论述。另外，还有李列著的《民族想像与学术选择——彝族研究现代学术的建立》，这是迄今为止第一部系统地论述现代彝族研究历史的著作，更是首部将视角聚焦于我国单一的少数民族并分析我国民族学、民俗学和人类学的具体发展过程的研究著作，也首次对我国目前的彝族研究现代学术的确立及走向进行了系统的清理。此外，近些年学者们搜集整理并正式出版的许多彝族古籍文献为彝族

---

① 参见林艺：《近十余年彝族研究概述》，《民族艺术研究》2006 年第 3 期；参见王明东、孔军：《近二十年来彝学研究述略》，《云南民族大学学报》2006 年第 3 期。

历史的相关研究提供了丰富多样的珍贵材料，如《西南彝志》一至十二卷（贵州民族出版社 2004 年版）就较为全面翔实地记载了我国西南彝族的历史。龙正清、王正贤译著的《夜郎史籍译稿》（贵州民族出版社 2007 年版）为古夜郎国与彝族的历史关联提供了很多极有价值的资料。

彝族的族源问题是研究的一个热点。长期以来，学术界普遍认为彝族源于氐羌与土著居民的结合。然而，近年来不少学者相继提出了一些新的观点：如李相兴就认为，彝族自称中的"濮""泼"与"拔"等，是古"濮人"的"濮"在彝族历史文化中的延续与发展，因此古"濮人"即为形成现代彝族群体的主要源流之一①；易谋远也在《论彝族起源的主源是以黄帝为始祖的早期蜀人》（《民族研究》1998 年第 2 期）一文中提出，彝族应该起源于黄帝和炎帝，并且以黄帝为始祖的早期蜀人则是彝族多元起源中的主源；朱文旭著的《夜郎为彝说》（《贵州民族研究》1997 年第 4 期）一文认为夜郎与彝族人有着较为密切的关系，他也在《僰为彝说》（《中央民族大学》1996 年第 3 期）一文中认为"僰"为"彝"，是彝族支系相互融合的重要史迹。此外，还有诸多与此相关的论文。

在文化研究方面，近年也出版了一大批有价值的论著。张建华主编的《彝族文化大观》（云南民族出版社 1999 年），系统地探析了彝族的文化生活。张福著的《彝族古代文化史》（云南教育出版社 1999 年版），广泛地采撷了各类历史文献及考古学材料，对我国彝族古代的历史文化进行了多个层面的阐述、论证、考证和解释。以刘尧汉编著的《文明中国的彝族十月太阳历》为代表的"彝族文化研究丛书"（云南人民出版社 1985—2003 年），前后正式出版了约 50 部著作，依次从不同的角度对彝族传统文化进行了专题研究。白兴发著的《彝族文化史》（云南民族出版社 2002 年版）共有 9 章三十余万字，是我国全面介绍彝族文化史的重要专著。师有福著的《彝族文化论》（云南民族出版社 2000 年版）则从彝族的迁徙、文字学、天文历法、宗教和哲学等方面对其文化进行了深入的分析和研究。近三年，仅云南大学出版社就出版了杨甫旺著的《彝族社会历史文化调查研究》（云

---

① 参见李相兴：《彝族与古濮人关系论析》，《云南民族大学学报》2003 年第 3 期。

南大学出版社 2006 年版），白兴发著的《彝族传统禁忌文化研究》（云南大学出版社 2006 年版），李云峰、李子贤、杨甫旺主编的《"梅葛"的文化学解读》（云南大学出版社 2007 年版）等书。此外，一些学者从彝族社会的局部地区或单个文化现象进行了相关研究，比如陶学良先生著的《爨文化榷论》（德宏民族出版社 1997 年版），对爨文化领域内的研究提出了较多的独到见解；何耀华先生编纂的《石林彝族传统文化与社会经济变迁》（云南教育出版社 2000 年版）、范建华等著的《爨文化史》（云南大学出版社 2001 年版）、韦安多主编的《凉山彝族文化艺术研究》（四川民族出版社 2004 年版）、马林英著的《彝族妇女文化》（四川民族出版社 1995 年版）等。

文化研究方面的主要学术论文也较多，观点也较为新颖。王正贤较为详尽地对彝族古代文化的主要特征、基本类型、相关层次和文化精神进行了分析和研究①；张方玉提出，彝族建筑文化会因为地域差异和社会历史等相关因素，呈现出地区的特点，并映射出一定的文化传统和民族关系②；王明东指出，彝族的木刻中包含有商品交换、宗教祭祀、军事讨伐、婚姻纠纷以及政治行为等方面的重要含义③；贾银忠则从彝族文学和彝族艺术等方面论述了非物质文化遗产的保护和利用等问题，并提出了推动保护和传承彝族非物质文化遗产的具体对策和措施④；邓立林以彝族的丧葬文化为主要研究对象，认为彝族社会中丧葬文化的变迁在一定程度上反映了彝族文化的多样性⑤。除以上学者的研究以外，其他学者对彝族村落文化、民俗事象文化、墓葬与社会文化、传统祭祀文化、毕摩文化等方面进行了研究。⑥

在文学艺术方面（涉及"支嘎阿鲁"史诗研究的内容将在"关于'支

---

① 参见王正贤：《彝族古代文化论》，《贵州民族研究》1997 年第 1 期。
② 参见张方玉：《彝族的建筑文化》，《云南民族大学学报》2003 年第 5 期。
③ 参见王明东：《彝族木刻的文化解释》，《云南民族学院学报》2000 年第 2 期。
④ 参见贾银忠：《彝族口头和非物质文化遗产的保护和利用》，《贵州民族研究》2004 年第 3 期。
⑤ 参见邓立林：《彝族丧葬文化变迁浅析》，《思想战线》2000 年第 4 期。
⑥ 参见王明东等：《云南石屏县水瓜冲花腰彝的村落文化》，《云南民族大学学报》2003 年第 5 期；王明贵：《神秘的"三"：彝族民俗事象文化意蕴探寻》，《贵州民族研究》1999 年第 2 期；王正贤：《向星墓葬与彝族古代社会文化》，《贵州民族研究》1999 年第 3 期；卢春樱：《试论彝族传统禁忌文化》，《贵州民族研究》1999 年第 4 期；余宏模：《贵州彝族毕摩文化与彝文典籍类例》，《贵州民族研究》1996 年第 4 期；周真刚：《西部开发与彝族传统文化的传承》，《贵州民族研究》2003 年第 1 期。

嘎阿鲁'史诗的研究"部分涉及），主要的研究著作有罗曲和李文华合著的
《彝族民间文艺概论》（巴蜀书社 2001 年版），该书共计 33 万字，前后共九
章，是第一部系统地介绍彝族民间文学、民间歌舞以及戏剧方面的专著；
安学斌编的《少数民族非物质文化遗产研究——以云南巍山彝族打歌为例》
（民族出版社 2008 年版）等。值得一提的是中国社会科学院彝族青年学者
巴莫曲布嫫研究员所著的第一部研究彝族古代经籍诗学的专著《鹰灵与诗
魂——彝族古代经籍诗学研究》（社会科学文献出版社 2002 年版），"作者
从诗歌发生论、创作主体论、诗歌本体论、彝诗体例论、彝语诗律论和诗
歌功能论等方面，对彝族古代经籍诗学在理论构建上潜在的系统进行了全
面梳理、概括和总结，从而揭示出彝族经籍诗学在其历史发展中所呈现出
来的自成一体、独具特色的理论体系。"[①] 文学艺术方面的主要论文，有周
德才《彝文〈指路经〉的文学特点》（《中央民族大学学报》1999 年第 1
期），沙马拉毅《论彝族毕摩文学》（《贵州民族研究》2003 年第 1 期），鲜
益的《彝族口传史诗的语言学诗学研究》（四川大学博士论文，2004 年），
对中国民族史诗研究的主要方向提出了一些新的思路等。

在彝族宗教方面，唐楚臣著的《中华彝族虎傩》（云南人民出版社 2000
年版），王光荣编著的《通天人之际的彝巫"腊摩"》（云南人民出版社
1994 年版），果吉·宁哈等人编纂的《彝文〈指路经〉译集》（中央民族学
院出版社 1993 年版），为研究彝族宗教文化方面的为数不多的成果。除专
著以外，研究论文有李晓莉的《楚雄直苴彝族原始宗教的信仰及其功能》
（《思想战线》1999 年第 2 期），她认为直苴彝族的宗教信仰具有原始、古
朴的特征，其功能也具有独特规律等；傅光宇在《阴阳五行在中国彝族农
业神祭祀与日本农业神祭祀中之异同》（《思想战线》2001 年第 2 期）一文
中认为我国彝族在农业神祭祀中存在的阴阳五行观念，既是受到汉文化的
影响的结果，也是保持民族固有的文化成分的结果，因此表现出与日本农
业神祭祀截然不同的特点；白兴发在《彝族禁忌的起源及演变试探》（《云

---

① 马学良语，见巴莫曲布嫫：《鹰灵与诗魂——彝族古代经籍诗学研究》总序，社会科学文献出
版社 2002 年版。

南民族大学学报》2003 年第 3 期）一文中提出彝族的禁忌是在彝族祖先的巫术观的支配下产生的，来源于原始崇拜，但到了近现代彝族传统禁忌开始逐渐松弛乃至消退。

在彝族的哲学研究方面，伍雄武和普同金合著的《彝族哲学思想史》（民族出版社 1998 年版），成果较为突出，并成为首部全面系统地介绍和解析彝族哲学思想史的著作。另外，王天玺和李国文合著的《先民的智慧——彝族古代哲学》（云南教育出版社 2000 年版）及杨树美博士著的《彝族古代人学思想研究》（人民出版社 2008 年版）也是彝族哲学研究领域的突出成果。在相关的学术论文中，司亚勒在《论古代彝族的宇宙观》（《贵州民族研究》2002 年第 2 期）一文中阐述了彝族先民们对宇宙的本原、人类的起源以及宇宙万物产生和发展的认识；米正国在《彝族传统人生理想述论》（《思想战线》1998 年第 4 期）一文中认为彝族传统的人生理想内容中包含希望战胜自然，克服自然灾害，祈求安康，幻想永生，追求自由、平等的人生价值追求。

除此以外，随着云南、四川、贵州、广西四省区彝学研究会的成立以及其各地、市、州、县彝学研究分会的成立，彝学研究书籍、刊物纷纷涌现。目前，彝族研究的基本范围主要集中在：一是对彝族历史的梳理，彝族族源的辨析；二是对彝文经籍的阐释，各种习俗以及民间习惯法的探讨；三是对彝族史诗传承与史诗演述的传统规定性研究及史诗的文本研究；四是对彝族诗文论的研究；五是对彝族文化遗产及非物质文化遗产的保护等问题的研究。

三、关于"支嘎阿鲁"史诗的研究

对彝族"支嘎阿鲁"史诗的关注，在上面所涉及的许多著述中就开始了，马长寿先生的遗著《凉山罗彝考察报告》① 中就有专门的一节"射击日月神话——尼智哥阿罗之生平"，完整地记载了"支嘎阿鲁射日月"和"支

---

① 马长寿：《凉山罗彝考察报告》（上、下），李绍明、周伟洲等整理，四川出版集团巴蜀书社 2006 年版。

嘎阿鲁之死"等故事。易谋远的《彝族史要》①中也专有内容谈到支嘎阿鲁："支嘎阿鲁——九隆""支嘎阿鲁——九隆神话的影响",他将《华阳国志·南中志》《后汉书·南蛮西南夷列传》《水经注》以及唐宋以后的《白古通记》《记古滇说集》《万历云南通志》《南诏野史》《白古通记浅述》《白国因由》等书中都有记述的九隆神话进行研究,认为九隆神话就是昆夷原始父系氏族部落男始祖"人祖英雄""支嘎阿鲁"神话在哀牢山的传承,是龙崇拜的体现。

　　在当代学者中,除巴莫曲布嫫外,研究"支嘎阿鲁"史诗较多的,主要是西昌学院(四川彝族文化研究中心设在该院,中心专设有"支格阿鲁"文化研究室)、西南民族大学和贵州的一些学者。西昌学院洛边木果教授研究"支嘎阿鲁"文化十余年,成果颇丰,2008年又出版了关于"支嘎阿鲁"文化研究的第一部专著《中国彝族支格阿鲁文化研究》。

　　洛边木果、罗文华、周维平的《彝族英雄支格阿鲁流传情况概述》(《西昌师范高等专科学校学报》2004年第3期),就"支格阿鲁"在云南、贵州、四川三省的古籍记载和口头流传情况作了简要描述;洛边木果等的《各地彝区支格阿鲁及其文学流传情况比较》(《中央民族大学学报》2005年第1期)提出,彝族史诗"支格阿鲁"及其文学的流传情况,各地彝区所表现出的文化信息大同小异;洛边木果、何刚的《贵州地区彝族英雄史诗〈支嘎阿鲁王〉研究》(《西昌学院学报》社会科学版,2005年第1期),对《支格阿鲁王》的艺术特色,思想内容等作了分析,认为这部流传于贵州地区的英雄史诗,以长篇叙事诗体描述了天地初开后,远古大英雄"支格阿鲁"测天量地、治理天地、制定历法、射日射月、移山填水战胜强大敌人,降妖伏魔统一彝族地区等许多伟大业绩。史诗结构宏伟,情节曲折而神奇,是一部很有价值的彝族古典文学。何刚的《四川地区彝族英雄史诗〈支格阿鲁〉艺术特色》(《西昌师范高等专科学校学报》2004年第4期)认为,四川地区流传的《支格阿鲁》(彝文版)这部英雄史诗的独具特色的文学艺术形式,承载和表达了十分丰富而不可替代的思想内容,其宏

---

① 易谋远:《彝族史要》,社会科学文献出版社2007年版。

伟壮丽而巧妙的结构形式、匠心独运的语言艺术和神奇浓厚的神话色彩是这部巨作最突出的艺术手段。

罗文华的《流传于云南地区的彝族英雄史诗〈阿鲁举热〉研究——兼与贵州、四川地区版本的比较》(《西昌学院学报》社会科学版,2005 年第 4 期),认为在几部彝族英雄史诗中,流传最广(在云南、贵州、四川等西南彝族地区都有流传)、影响最大、文化内涵最丰富的是《阿鲁举热》①。这部云南版本的史诗《阿鲁举热》显示出了极高的艺术成就,其思想内容涵盖了古代彝族的社会生活和意识形态的各个方面,特别是其在古代彝族先辈的哲学思想、原始宗教信仰、灿烂的文化艺术、婚姻制度等方面的论述,具有不可替代的研究价值和认识意义。

洛边木果、罗庆春的《英雄史诗〈支格阿鲁〉初论》(《西南民族学院学报》1999 年 8 月增刊)认为彝族民间文学《支格阿鲁》是一部典型的英雄史诗,并且是世界上最早的一部英雄史诗。在这篇论文中作者详细考证了《支格阿鲁》产生的历史年代,分析了这部史诗的文学艺术成就及其所反映的彝族古代哲学思想。同时,作者还探讨了这部史诗的人类学价值和民族学价值,认为这是一部其他任何英雄史诗所无法代替的具有重要地位的巨著,应引起彝学界高度重视,尽快在各地区进行深入细致的收集整理,全面而真实地向世人呈现这部史诗。

洛边木果、何刚、罗文华的《简论彝族支格阿鲁文化精神》(《西昌学院学报》社会科学版,2005 年第 4 期)认为彝族"支格阿鲁"是普遍流传于我国云南、贵州、四川等省份彝区的一位被神化的彝族古代英雄人物,是整个彝族社会都普遍认同的一位伟大的祖先。在历史、谱牒以及天文历算等古文献资料中的"支格阿鲁"则是一位汇集天文历算家、毕摩和君王于一身的身怀非凡本领的伟大英雄人物,这些是"支格阿鲁"文化精神内涵的基础和雏形。洛边木果等提出,"支格阿鲁"在我国各地彝区的长期流传过程中,彝族人结合自身的意愿把"支格阿鲁"塑造成一位能征服一切

---

① 罗文华认为该史诗贵州地区名为《支嘎阿鲁王》,四川地区名为《支格阿鲁》,是同一部英雄史诗的三种地方变体文本,其史诗框架和基本内容大体相同,但在一些具体内容或篇幅长短、诗歌艺术特色上有些差异。

的神话式的英雄人物，最终形成和发展成为"支格阿鲁"文化精神。在当代社会，"支格阿鲁"的文化精神在彝族的文化先锋精神中得到了进一步的重铸与张扬，从而被赋予新的文化内涵。"支格阿鲁"的文化精神内涵实质上是一种自尊、自强、积极向上的民族文化精神。洛边木果的《彝族支格阿鲁文化的哲学思想探微》（《西昌学院学报》社会科学版，2007 年第 4 期）认为彝族哲学思想存在于彝族语言文学、风俗习惯等各种文化现象之中，在有关"支格阿鲁"的文献、口头流传等文化里蕴藏着古代彝族关于宇宙自然的和人类自我的许多哲学思想，具有自己的特点和价值。

沈良杰的《谈彝族英雄支格阿鲁文化资源开发》（《西昌师范高等专科学校学报》2004 年第 4 期）认为，彝族神话英雄"支格阿鲁"是彝族人民最崇敬的一位英雄祖先，收集整理并开发神话英雄"支格阿鲁"文化资源对于世界文学和民族文化具有重大而深远的意义；对于我国西部彝族地区文化旅游业也有着十分重要的价值。"支格阿鲁"文化资源及文化旅游的开发，可以从出版文献书籍、建设旅游文化景点、制作影视等多方面去实施。这样就能使这一宝贵的彝族文化走向世界、走向现代化，并将为彝族地区带来很好的民族文化旅游效益。

普学旺的《从石头崇拜看"支格阿龙"的本来面目——兼谈中国龙的起源》（《贵州民族研究》1992 年第 2 期）结合对中国传统文化曾经产生过深远影响的藏缅语族远古时代的石头崇拜文化，对"支格阿龙"这一英雄始祖的产生和形成作了探讨。罗曲的《古彝文文献中的"支格阿龙"姓名身世勾沉》（《西南民族大学学报》人文社科版，2004 年第 3 期），从超越传统的研究视野，不限于一地一省，立足于云南、贵州、四川的彝族，将文献学的方法运用于彝族民间传说及古彝文文献研究。作者通过对大量资料的梳理分析，对在彝族传统文化中极有影响的"支格阿龙"的身世出生、姓名进行了考证式研究，认为不同文本中关于"支格阿龙"身世出生及姓名的不同，是彝族历史上不同婚俗的反映。最后，作者从"支格阿龙"身世出生及姓名入手，认为彝族的谱牒在人们目前所认识的父系谱牒之前，还存在着"母系谱牒"。这个客观事实的发现，对于研究彝族古代传统文化有新的突破。

此外，罗世荣的《浅谈彝族史诗〈勒俄特依〉中的支格阿龙》（《贵州民族研究》1985年第4期）、罗曲的《彝族文化网络中的瑰宝——彝族〈支格阿龙〉研究》（《西南民族学院学报》哲学社会科学版，1994年第2期）、陈春燕的《英雄之死启示录——读〈支呷阿鲁〉、〈阿鲁举热〉》（《楚雄师专学报》1988年Z1期）也就英雄"支嘎阿鲁"的形象和艺术等作了探究。

王明贵、李平凡的《彝族英雄神王支嘎阿鲁成长史》（《乌蒙论坛》2008年第1、2期）是一篇资料翔实、对流传于贵州的"支嘎阿鲁"史诗的形成及研究很有见解的文章。

阿牛木支、曲木伍各的《电视剧本〈支格阿尔〉的文本特性及多重价值》（《西昌学院学报》社会科学版，2007年第1期），认为根据"支嘎阿鲁"相关内容创作的彝族历史神话电视剧本《支格阿尔》是一部具有史诗品格的民族志。该剧本用诗化的语言和丰富的想象成功塑造了彝族文化英雄人物"支格阿尔"的形象，再现了古代彝族社会的生活，蕴含着丰富的思想内涵，对于研究民族学、语言学、文字学、社会学、人类学等学科提供了活态的非物质文化记忆遗产。

以上这些关于"支嘎阿鲁"史诗的论文和研究虽然篇目数量不是很多，但从20世纪80年代至今，从不同角度对"支嘎阿鲁"史诗给予了较高关注，几乎涵盖了我国学界对"支嘎阿鲁"史诗和文化研究的主要方面和观点。我们可以从中看出，学者们的研究主要涉及关于"支嘎阿鲁"的文化、历史和文学价值等方面的内容。学者们普遍认为，彝族始祖"支嘎阿鲁"是云南、贵州、四川各地彝区普遍流传的一位被神化了的，集天文历算家、毕摩和君王为一身的具有非凡本领的彝族古代英雄人物，在长期流传中，彝族人民根据自己的愿望把"支嘎阿鲁"塑造成一位能征服一切的神话英雄，从而形成和发展了自尊、自强、积极进取的"支嘎阿鲁"文化精神。在有关"支嘎阿鲁"的史诗、文献、口头传说等中，蕴藏着关于古代彝族宇宙自然的和人类自我的许多思想观念，具有多方面的特点和价值。然而，这些研究也给我们提出许多没有得到解决的问题和思考：一是"支嘎阿鲁"史诗横跨三省，它是同一部史诗的异文还是同一内容的三部史诗；二是与前一问题关联的关于"支嘎阿鲁"的名解，三省不同，究竟是何原因，有没有更科学的名解；三是史诗的起源应在何处，它又是如何发展演变的；四是史诗的母题结构如何，和其他英雄史诗相比有没有独特之处；五是"支嘎阿鲁"史诗在叙事和审美方面有什么特点，与彝族独特的古代诗论之间又有什么样的关联等。这些问题都是有待进一步思考和解决的，也是本论文所力图进行阐释与解读的。

关于"支嘎阿鲁"史诗的这些研究尽管各有见解，但相对而言较为分散，并未有系统的或利用现代如母题、类型、程式等方法进行的研究，也没有将彝族古代诗学与"支嘎阿鲁"史诗相联系进行的研究，更没有专门针对史诗研究的相关专著出现。对于广泛流传的彝族"支嘎阿鲁"史诗来说，这不能不说是一种遗憾。

第二节　"支嘎阿鲁"史诗研究的目的、意义与方法

本书将彝族英雄史诗"支嘎阿鲁"作为重要的研究对象，有着多重的研究意义和价值。作为与我国北方英雄史诗风格迥异的南方英雄史诗，对其进行科学细致、认真透彻的研究需要采用多样化的研究方法与手段，以得出科学合理的结论，这也是本研究的根本目的所在。

一、研究意义与研究目的

本书旨在通过对彝族史诗"支嘎阿鲁"的深入研究，以小见大，揭示史诗与彝族文化的深层内涵关系，丰富我国学者较少涉足的南方英雄史诗的研究内容，这也是本书的重要意义所在。具体来讲，本书的研究对我国南方英雄史诗研究、史诗传承和彝族经籍文学研究、彝族古代诗学与史诗文本研究、少数民族非物质文化遗产保护研究、彝族文化研究都有着重大意义。

（一）本书对南方英雄史诗研究的意义

如前所述，我国史诗研究起步较晚，学界甚至一度认为中国南方无英

雄史诗。"支嘎阿鲁"史诗以民间文学和古籍等形式在云南、贵州和四川广泛传承，相关文本出现后，就受到国内外学术界的关注，吸引了一些学者对其进行研究，特别是《支嘎阿鲁传》翻译出版后，贵州西部彝区对"支嘎阿鲁"文化极为重视，甚至把"支嘎阿鲁"当作彝族文化的一张名片、一个品牌。作为彝族英雄史诗，学界也对《支嘎阿鲁王》《支嘎阿鲁传》等给予了普遍认可，研究"支嘎阿鲁"史诗，可丰富南方英雄史诗的研究，同时也为南北史诗的比较提供较大的研究空间。

（二）本书对史诗传承和彝族经籍文学研究的意义

时至 21 世纪初，"支嘎阿鲁"史诗的一些内容仍在贵州毕节的极少数彝族地区得以传承，田野调查中，笔者也找到了两位能演唱部分史诗的人，可视为存活于现代文化语境中鲜活的古文化样品。对其进行研究，对现代社会中彝族非物质文化遗产的传承、保护和利用具有现实意义。

彝族经籍文学是与彝族毕摩文化紧密相连的一种特有文学样式，毕摩实际上就是彝族传统民间文学的搜集整理者。本书以贵州文本为例，对彝族"支嘎阿鲁"这一有着广泛影响的史诗进行深度解读，从而更加客观真实地梳理彝族史诗具体发展的历史轨迹和文化关联，力求对彝族民间文学及其文化传承和彝族经籍文学研究有一些理论上的突破。

（三）本书对彝族古代诗学与史诗文本研究的拓展意义

本书将"支嘎阿鲁"史诗置于特定的社会文化及民俗背景中进行系统考察，并将原出版的彝族古代文学理论和 2010 年 10 月出版的《彝族古代文论精译》与"支嘎阿鲁"史诗文本进行文学性的研究与阐释，力求有所拓展。我们知道，在特定的文化语境中，英雄史诗是一种具有神圣性、权威性的精神实体，人们了解本民族的"历史"就是从认识这些史诗开始的，彝族史诗的这一特质，深深地嵌入了传统社会人们的文化心理结构之中，并在子孙后代的文化心理中延续。而彝族的史诗文本皆源于彝族毕摩的手抄本，毕摩文学又深受彝族古代诗学的影响。本选题从彝族史诗这一特点出发，尝试着对"支嘎阿鲁"史诗文本进行解读，力求利用相关审美理论、诗学理论比较等多维度的立体研究方法为"支嘎阿鲁"史诗的研究路径探寻出一些新的视点和思路。

（四）本书对少数民族非物质文化遗产保护的意义

其一，通过研究彝族史诗"支嘎阿鲁"，厘清彝族历史文化的延续过程及其与彝族民间文学之间的关系，对研究我国人类的发展史有着特殊意义。人类是由来自世界各地不同的民族构成的，民族的个性组成人类的共性。一般说来，人类发展进化的程度越高，其表现出的历史特性就越少。反之亦然，一般处于比较落后的历史发展阶段的各个民族，其保留的人类历史痕迹就越深。同时，"非物质文化遗产是一个民族古老久远的生命记忆和现存活态的文化基因库，不但代表着民族普遍的心理认同和基因传承，更代表着民族智慧和民族精神"①。作为一个较为古老的民族，彝族经历了从原始社会到文明社会的历程，至新中国成立前，很多彝族地区仍处于奴隶制度，一些地方甚至还有着部族生活的痕迹，揭示和展现这个过程的有彝族古老的史诗、古籍文献等多种文化形态。通过"支嘎阿鲁"史诗研究，可以考察出彝族作为一个民族在历史长河中的发展变迁历程，有利于完善和丰富人类对自身历史的认识，更为相关研究提供了许多有益的研究资料。其二，人类世界之所以灿烂生动，就在于人类文化的多样性，文化是人类特有的创造，是人类生存与发展的重要意义之所在。研究"支嘎阿鲁"史诗，可以更好地探询各类非物质文化遗产在保护、传承与发展过程中的最佳方式。作为世界上的四大文明古国之一，我国同样是世界上唯一具有文化连续性的文明古国。五千年的辉煌发展历史，构成了世界人类文明史的重要组成部分。我国在几千年的历史进程中创造出的丰富的文明成果，为世界留下了较多的各类文化遗产。广布于我国西南地区的彝族文明是中华文明不可分割的一部分。然而，我国目前对彝族文化和民间文学的研究还不够丰富和深入。深入地研究和调查承载着彝族厚重文明的英雄史诗，不但能发掘并突出彝族文化的重要价值，更有助于保护彝族的物质文化遗产和非物质文化遗产。在现代经济社会的冲击之下，我国众多的文化资源尤其是其中的文化遗产资源面临着浪费、流失乃至损毁的威胁。在强调西部

---

① 中国高等院校首届非物质文化遗产教育教学研讨会：《非物质文化遗产教育宣言》，见乔晓光主编：《交流与协作——中国高等院校首届非物质文化遗产教育教学研讨会文集》，西苑出版社2003年版，第3页。

大开发和构建和谐社会的过程中，保护彝族文化遗产、非物质文化遗产，更显其重要性和紧迫感。

（五）本书对彝族文化研究的意义

我国是一个多民族的国家，55个少数民族同汉族人民一道，在历史长河中共同创造了博大精深且绚丽多姿的中华文化。作为这个大家庭中的一员，彝族是其中既古老又光荣的民族之一。彝族人民在近百年来勇敢地同帝国主义、封建主义和官僚资本主义作斗争，对中华民族精神的丰富与发展，对新中国的建立与建设都作出了不可磨灭的历史性贡献。彝族人民在历史发展的长河之中所创造的别具一格的彝族文化，更是中华文化历史画卷上一颗亮丽璀璨的明珠。

彝族有着悠久的历史和灿烂的文化。远在两千多年以前，彝族先民便在我国四川省安宁河流域、金沙江两岸和云南省滇池及哀牢山、乌蒙山等地区生活繁衍。研究彝族与彝族文化，对于研究和考察我国各个少数民族的悠久历史文化，以及更深层次地探索中华民族多元一体格局的形成与发展，都有不可估量的意义和价值。经过考古发现进一步证明，远在先秦的夏商之际，彝族先民就已在长江的中上游和长江的一些支流地区独立存在。彝族先民经过与自然和社会的多重抗争，逐步建立了国家并创造了相对独立的文化体系。因此，长江文明的厚重根基割舍不了古滇国、古蜀国、古夜郎国和楚国；学界认为，南诏国、古蜀国、古夜郎国的主体民族是彝族。

历史上各个民族文明发展的绵长道路，基本是在相对隔断独立的环境中形成和发展的，不仅在文化传统方面互相异趣，而且在思维方式上也各具特色。中国民族民间文化丰富多彩，是世界文化的一个重要部分。在民族交往日趋频繁的现代社会，我国改革开放后取得了经济上的迅猛发展，与此同时中外的各种文化也激烈撞击，各民族之间的心理发生急剧变化。在这个经济社会的转型期，研究少数民族的优秀传统文化，以此来加强我国各民族之间的沟通，不但有益于各民族间进行和谐友好交流，而且对增强中华民族的凝聚力、促进我国各民族大团结有着深远的意义。我国彝族人口在2010年全国第六次人口普查中已居全国少数民族人口的第六位，且彝族历史悠长、文化丰富，因此彝族文化的研究遂成为一个相对重要的课题。

本书立足具体的文本分析和田野调查，综合运用多种方法多维度地对彝族"支嘎阿鲁"史诗进行三个方面的解读：一是背景研究，二是文本本体研究，三是史诗与彝族传统诗学研究。并以此为基点，力求对"支嘎阿鲁"史诗及彝族古籍文化在现实语境中如何生存与转换寻找可能的空间。

二、研究方法

学术研究需要方法，但是不能囿于某种单一的方法，应该从多角度、多层面去分析与研究某一对象，这样才可能尽量少地产生谬误，尽可能地接近客观事实。方法无正误，正误在于针对具体的研究对象采取什么样的方法。

本书以在贵州流传并已整理出版的《支嘎阿鲁王》和《支嘎阿鲁传》为主要文本，结合彝文古籍记载和云南、四川流传、翻译出版的彝族"支嘎阿鲁"相关史诗，从文学及文化的角度，采用立体的、多维度的研究方法，对史诗的流传、文化生态、文本特征及审美特质、与彝族传统诗学的关联等问题进行研究与探索。

基于本书的研究对象，选择行之有效的方法，是本书的研究能够顺利完成的必要前提，因此，既然是立足与彝族文化联系密切的彝族史诗研究，本书采取了如下研究方法：

一是就全书而言，整体上主要采取立体的、多维度的具体方法进行本书的研究工作。鉴于彝族史诗与彝族传统文化的密切关联，史诗文化内涵的多样性、立体性与传统社会中族群成员文化心理需求多样性、立体性完全对应相容等特点，将"支嘎阿鲁"史诗置于特定的彝族社会文化、古代诗学及民俗背景中去进行系统的多角度的考察，力求为少数民族英雄史诗的研究路径探求出一些思路。

二是在背景研究中，第一章采用传播学方法和民族文化传播理论[1]，探

---

[1]　我国目前还没有系统意义上的民族文化传播学，该理论实际上是一些学者从传播学的角度，用现代传播研究方法，对民族文化，特别是少数民族文化传播进行定性研究的理论。相关论著如郝朴宁等著的《民族文化传播理论描述》（云南大学出版社 2007 年版）。

求"支嘎阿鲁"史诗的产生及流传情况（时间维度），对"支嘎阿鲁"史诗进行概述；第二章及第三章采用文化生态学、文化人类学理论及考古学、宗教学、历史学方法等探求"支嘎阿鲁"史诗的空间维度。

三是在文本研究的第四章、第五章中，采用文学批评方法、母题分析理论、审美理论和叙事学方法对史诗的母题、文学审美、叙事等特征作出探讨。第五章还利用比较诗学理论，探求彝族古代诗学对"支嘎阿鲁"史诗的影响（文本本体维度）。

四是书中运用比较研究方法，将云南、贵州、四川三省所流传的史诗文本进行比较，将彝文古籍资料中有关"支嘎阿鲁"的记载和史诗文本进行比较，将彝族文化与其他民族的文化进行比较，力求对"支嘎阿鲁"史诗有一个较为全面深入的把握。

任何一个民族的文化，都囊括了这个民族的方方面面，既包括物质的也包括非物质的。因而，对彝族"支嘎阿鲁"史诗的文化研究还会涉及历史学、社会学、心理学、民俗学、认知学、发展学等众多学科的相关理论；更涉及与文化相关的文化传承、变异、分化和整合等基础理论。多种学科的研究理论对于如何认知、保护、传承和发展"支嘎阿鲁"史诗文化及彝族文明，都有着较为现实的指导意义。

自然，实地调研法也是研究民族民间文学的重要方法之一，是人类学家和民族学者获取第一手资料的最佳方法，也是考证已有资料真伪的可靠方法，笔者在进行本研究中也使用了此研究方法。

历史文献研究法是进行民族文化研究不可或缺的重要研究方法。在中国的不同发展时期，丰富的民族文化素材被记录于历朝历代的历史文献之中。而且，早在公元1世纪之初，我国彝族先民们就有了属于本民族的文字，使较多的远古文明以及至今都无法考证的彝族历史文化都记载在这些彝族古籍文献资料中，我们可从中找到彝族文化及彝族民间文学发展进程的诸多信息。

同样，我们在进行"支嘎阿鲁"史诗的研究中，也需要用辩证唯物主义的观点看问题，客观实际地分析和判断，使学术研究更具有现实意义。

三、特色与创新之处

科学研究的创新主要体现在三个方面：一是提出问题的创新；二是解决问题思路与方法的创新；三是具体观点上的创新。本书力求在以下几个方面有所突破：第一，针对我国南北英雄史诗的差异及南方无英雄史诗的现实语境，运用国内外英雄史诗的相关理论，明确论证"支嘎阿鲁"史诗的史诗属性，并结合彝族图腾文化和历史变迁，对"支嘎阿鲁"之名提出新的看法。第二，在此前提下结合彝族征战和其他彝族英雄叙事古籍文本进行研究，分析彝族英雄史诗的形成过程与主要形成区域及与古夜郎国的关系，并对"支嘎阿鲁"原型作出研究。第三，通过对史诗母题比较及叙事技巧等的分析，对史诗文本进行了母题特征和相关审美特性研究。第四，结合彝族文化研究史诗，力求有所突破。第五，结合彝族古代诗论，就其在叙事、抒情和美学追求等方面对"支嘎阿鲁"史诗的影响及与此相关的彝族诗学审美范畴进行了提炼与归纳。

第三节　资料来源及使用

为将彝族乃至其他民族中流传的不同版本的史诗"支嘎阿鲁"及其相关资料最大限度地呈献给读者，并以此能得出科学合理的结论，本书在研究过程中翻阅了大量的文献资料，经过归纳整理大体上可以分为以下四类：一是"支嘎阿鲁"文献记载及彝文碑刻等资料；二是"支嘎阿鲁"传说及地名、遗迹资料；三是"支嘎阿鲁"史诗作品；四是关于彝族诗文论。

一、"支嘎阿鲁"文献记载及彝文碑刻等资料

彝族远古英雄"支嘎阿鲁"是全体彝族人民所认同的最崇敬的始祖。首先，彝族是一个有自己文字的民族，在长期流传过程中从历史人物发展成为偶像化神话英雄人物的"支嘎阿鲁"，在彝族的历史文献、毕摩经书、谱牒书、天文历算书、毕摩画像等里都有记载，尤以贵州为多。云

南、贵州、四川三省的这些古籍文献资料是笔者所使用资料的重要来源。其次，彝族是在西南地区生活久远的一个民族，很多专家已确认，西南地区历史上建立的很多地方国都以彝族为主体民族。学者们在贵州发现了不少古彝文碑刻，它们主要记载了疆域划定、修桥筑路等历史事件，其中有的碑刻也涉及远古英雄"支嘎阿鲁"，笔者也将其作为论文的一个佐证。最后，马长寿先生的遗著《凉山罗彝考察报告》，易谋远著的《彝族史要》，且萨乌牛著的《彝族古代文明史》，陇贤君执笔的《中国彝族通史纲要》，沙马拉毅主编的《彝族文学概论》，李力主编的《彝族文学史》等著作，都对"支嘎阿鲁"的文学和历史文化有相关评说，这些也成为笔者的资料来源。

二、"支嘎阿鲁"传说及地名、遗迹资料

云南、贵州、四川彝族地区有关"支嘎阿鲁"的传说、故事十分丰富，除额尔格培（彝族）讲述，新克搜集整理，四川民族出版社 1982 年版的《支呷阿鲁——凉山彝族神话故事》以及云南人民出版社 1988 年出版的《彝族民间故事》等外，仅在《彝文典籍目录贵州卷（一）》中就列出了关于"支嘎阿鲁"的神话、传说、故事共二十多部。此外，各地彝区口耳相传的故事和典故也很多，而且各有特色。每个传说故事在不同地区又有不同的成分和色彩，如"支格阿鲁射日月""支格阿鲁制服塔博阿莫怪的传说""吉支格罗制服妖怪勒格特比的故事""支格阿鲁寻找天界的故事""支格阿鲁平地的传说""支格阿鲁治蚊子、蛙和蛇的传说""支格阿鲁治怪牛怪马的传说""支格阿鲁驯动物的传说""阿鲁举热治雷公""阿鲁举热收妖婆""阿鲁举热的传说"等①。

另外，还有云南著名的旅游胜地陆西县的"阿庐古洞"由来的传说；云南石屏、新平等彝族地区许多"支格阿龙悬崖"由来的传说；贵州阿鲁磨刀雨水节的节气来历传说、阿鲁米遮推法的历算法来历传说，贵州威宁县阿鲁山的传说、阿鲁神树和阿鲁井的传说及贵州大方县著名旅游景点、

---

① 参见洛边木果：《中国彝族支格阿鲁文化研究》，中国戏剧出版社 2008 年版，第 31 页。

"西部名片"支嘎阿鲁湖的传说等。这些资料对笔者的研究都有着重要的参考价值。

图绪-1　贵州威宁县传说中的阿鲁神树与神井

三、"支嘎阿鲁"史诗作品

虽然云南、贵州、四川彝族地区有关"支嘎阿鲁"的文献、碑刻、传说、故事十分丰富，但本书笔者的主要研究资料还是这三省流传并整理翻译出版的史诗文本，有云南的《阿鲁举热》、四川 2008 年翻译整理出版的《支格阿龙》和贵州的《支嘎阿鲁王》《支嘎阿鲁传》。尤以贵州的两部为主。《支嘎阿鲁王》在刘守华、陈建宪主编的普通高等教育"十一五"国家级规划教材《民间文学教程》中就作为少数民族英雄史诗的范例提出。①《支嘎阿鲁传》是贵州最新整理翻译出版的目前关于"支嘎阿鲁"最长又相对完整的史诗作品。

因此，本书使用的史诗文本资料主要来源于贵州的《支嘎阿鲁王》和《支嘎阿鲁传》，对"支嘎阿鲁"史诗的研究，也主要是对这两个文本的研究，并兼与其他文本进行比较。详细书目见参考文献第一部分"史诗材料"。

---

① 参见刘守华、陈建宪主编：《民间文学教程》，华中师范大学出版社 2009 年版，第 92 页。

四、关于彝族诗文论

彝族诗学有着自己的理论体系。这是著名民间文学研究者贾芝先生在《彝族诗文论》的序里所作出的符合实际的论断。彝族诗学的本体论基石主要体现在彝族学者王子尧翻译，康健、王冶新、何积全整理出版的《彝族诗文论》①《论彝族诗歌》② 和《论彝族诗体例》③ 三本论文集里④。其理论主要有三个方面的体现：一是彝族诗文论的作者对唯物主义哲学的朴素把握和运用；二是对诗文特质的认识；三是体现了他们对辩证思维的基本理解和运用。

彝族是一个善于用诗思维的民族。彝族的历史文献和文学作品基本都是用五言诗句写成的，从广义上讲，彝族的诗不但是文学的一部分，更包含所有用彝文写作的彝族著作、历史著作、诗歌和故事等作品，因此彝族的诗简直就是彝族文学的代名词；从狭义上讲，彝族文学则主要由诗歌和故事两大部分构成，"诗歌"大概等同于汉文中的诗词，而"故事"就是今天所讲的叙事诗。

从魏晋南北朝到明清时期，我国彝族中涌现出了一大批有成就的诗文理论家，有举奢哲、阿买妮、布独布举和布塔厄筹等人。在众多现代学者的积极努力下，这些诗文理论家的著作被收录于王子尧、康健等学者翻译编著的"彝族古代文艺理论丛书"之中。从这些传世作品中可以明确地看出，古代彝族已经具备了十分系统的文艺理论。需要说明的是，这里的文艺理论，主要是从广义的视角来谈诗及其创作的有关理论。在彝族的诗文论中，古代彝族理论家们的重要文艺理论主要概括为以下几个方面：一是文学的源泉是人们的社会生活；二是文学创作需要有一定的艺术才能和艺术修养；三是文学创作必须做到内容与形式的统一；四是文学对社会生活

---

① 举奢哲、阿买妮等原著：《彝族诗文论》，贵州人民出版社 1988 年版。
② 漏侯布泽等：《论彝族诗歌》，贵州民族出版社 1990 年版。
③ 布麦阿钮、布阿洪原著：《论彝诗体例》，贵州民族出版社 1990 年版。
④ 这些诗论共 12 篇。2009 年底，王子尧先生的国家社科基金项目"彝族古代文艺理论"已结题，与此相关的整理翻译新著《彝族古代文论精译》于 2010 年 10 月出版，共有诗论 28 篇，是彝族古代文艺理论也是我国少数民族古代诗学的又一成果。

有巨大的作用。

　　关于彝族诗学的形成和发展，彝族学者巴莫曲布嫫曾有论述。她认为，在彝族古代哲学和毕摩文化的土壤中孕育并产生出的独特的观念和意识，是彝族古代诗学范畴的发端、展开和深化的思想基石，古代哲学与毕摩文化所赖以存在和发展的传统思想体系及思维方式也给予了彝族古代诗学范畴不断演进、不断成熟的思想活力。她结合毕摩经籍中的彝族原生哲学与古典哲学的代表作，阐发了肇始于魏晋、发展于唐宋、总结于明清的彝族古代诗学理论的基本范畴和主要命题及其赖以形成的哲学基础和思维定式，并将其概括为以下图式：释源意识→述源思维→范畴的派生；"万物雌雄观"与"哎哺影形说"→辩证思维→范畴的双元化；"根骨观念"→叙谱思维→范畴的层递。并认为，如果说彝族古代哲学和毕摩文化是构筑彝族古代经籍诗学殿堂的思想基石的话，那么上述三种思维方式就是这块基石之上撑起彝族诗学殿堂的三大支柱。①

　　中国彝族古代文艺理论是世界上较早的文艺理论之一，从这些彝族古代文论家们的论述中，可看出他们已认识到了文学有巨大的社会作用，文学必须为社会服务，反映人们的心声，抒发人们的情感和理想，文学创作不能单纯追求文学效果，不能片面追求华丽，而应该对社会负责，对世人有所教益，有所警醒。还认识到了文学对提高人们的认识能力，培养人们健康的审美观，对民众素质的提高、社会发展和民族兴旺的作用。

　　彝族古代文艺理论系统全面，具备了一定的规模，是中华民族文艺理论宝库中一颗璀璨的明珠。笔者将运用这些理论及其与汉族和西方诗学的比较，来探求其对"支嘎阿鲁"史诗的影响，探求"支嘎阿鲁"史诗具有的独特艺术风格和审美特征。

---

① 参见巴莫曲布嫫：《彝族古代经籍诗学范畴与命题的基本模式》，《西南民族学院学报》（哲学社会科学版）1996年，中华彝学研究专辑，总19卷。

第四节　主要术语的说明

本书先后引用了多个重要术语，每个重要术语在特定的语境之中都代表着特定的含义。为引导读者能进行顺畅的阅读和理解，笔者遂将部分主要术语的特定含义解释说明如下。

一、主题、母题与类型

主题、母题和类型是本书研究中频繁出现的重要术语，既相互关联又各不相同，在民间文学的专业研究领域中代表着不同的意义和内涵。在这里，笔者将一一进行解释，并对每个术语的多重意义进行统一。

（一）主题

王耀辉教授在《文学文本解读》中说："主题指文本通过形象或形象体系传达出来的某种审美意识。"① 刘安海、孙文宪主编的《文学理论》将文学文本的主题定义为："与艺术形象交融在一起的，饱和着作家审美情趣的一种意蕴，亦即为艺术形象所包含的审美意识。"② 文本蕴含有各种意义，这些意义通过文本与文本之间的比较会呈现得更为清晰，尤其是对母题和类型有不同程度的重合与相似的诸多文本而言，各自的主题意义可能有很大的不同。因此，本书所涉及的主题研究有别于比较文学意义上的主题研究，在一定程度上属于史诗叙事深层意义上的叙事文学的文化研究。

李伟昉博士认为："小说的主题是通过一个或若干个艺术形象展示出来的，而愈是内涵丰富的艺术形象就愈会表现出丰富的主题意义。在这种主题意义的构成上，各个部分之间既可能相互包容、相互关联，又可能互有矛盾、彼此排斥，这种既对立又统一的状态恰恰透出小说的张力和开放性，

---

① 王耀辉：《文学文本解读》，华中师范大学出版社 1999 年版，第 148 页。
② 刘安海、孙文宪主编：《文学理论》，华中师范大学出版社 2007 年版，第 119 页。

后人可以不断地赋予它们新的解读意义和生命力，使之历久弥新。"① 然而在史诗文本中，有一些主题是诸多文本所共通的、是不随时代与具体接受者的不同而发生变异的。

史诗主题，是 A. B. 洛德使用的口头程式理论术语，指史诗的各结构部分。有的学者所用题材、情节等概念与此相仿。A. B. 洛德在《故事的歌手》中的第四章，针对主题问题进行了专门讨论，主要为主题的概念、艺人积累在表现主题的经验的过程以及主题的重要形式等。针对主题，A. B. 洛德也表明了自己的观点："在以传统的、歌的程式化文体来讲述故事时，有一些经常使用的意义群，对此，我们可以按照帕里的定义，把它们称为诗的主题。"② 通过对 A. B. 洛德的理论体系进行深入研究我们发现，程式和主题是作为口传史诗艺人在进行表演的过程中继而创作的最为重要的两个单元。首先，作为建构诗行的主要模式，程式的威力是惊人的；其次，作为构建故事的特殊单元，主题相对于故事的歌手来说也具有同样重要的地位。为此，A. B. 洛德更深一步地写道："一个主题牵动另一个主题，从而组成了一支歌，这支歌在歌手的脑海里是作为整体而存在的，具备亚里士多德所说的开头、中间和结尾，在这一整体中叙事单元、主题群则具备了他们自己的半独立性。口头诗歌中的主题，它的存在有其本身的理由，同时又是为整个作品而存在的。这一点适用于具体歌手的主题形式。歌手的任务就是随时适应或稍事调整，使主题适应歌手进行再创作的那部特定的歌。对具体歌手或整个传统来说，并没有一个'纯粹'的主题的形式。主题的形式在歌手的脑海里是永远变动的，因为主题在现实中是变化多端的；在歌手的脑海中，一个主题有多种形态，这些形态包括他演唱过的所有的形态，虽然他最近的表演自然而然地在脑海里记忆犹新。主题并非静止的实体，而是一种活的、变化的有适应性的艺术创造。"③

---

① 李伟昉：《英国哥特小说与中国六朝志怪小说比较研究》，中国社会科学出版社 2004 年版，第 178 页。
② ［美］阿尔伯特·贝茨·洛德：《故事的歌手》，尹虎彬译，中华书局 2004 年版，第 96 页。
③ ［美］阿尔伯特·贝茨·洛德：《故事的歌手》，尹虎彬译，中华书局 2004 年版，第 135—136 页。

由于学者的研究领域及其对主题的理解不同，给予主题的定义也有所区别。吕微先生在对母题等术语进行辨析时说过一段话："工具并非不含有理论预设，因此我们在使用其工具的同时万万要警惕不可轻易落入其理论预设的先验窠臼。"① 笔者将在具体的研究中，力图对这些惯用术语的实际使用与理论的关系进行理清。

（二）母题

"母题"是一个外来词，最早出现在法国音乐学者 S. ED. 勃洛萨尔于 1703 年编纂的《音乐词典》中，英文表达为"motif"，翻译成中文之后为"母题"，同时具备了音译与意译的功能。然而，关于"母题"的具体概念，同其他较多的文学研究术语一样，不同学者往往有着不同的见解和认识，因此逐步形成了百家争鸣的景象。随着这些争论的不断沟通、对话、碰撞与磨合，逐渐地出现了求同存异的趋势。

胡适是中国学者中较早使用"母题"概念的，他曾在民间歌谣的相关研究中写道：

> 研究歌谣，有一个很有趣的法子，就是"比较的研究法"。有许多歌谣是大同小异的，大同的地方是它们的本旨，在文学的术语上叫做"母题"，小异的地方是随时随地添上枝叶细节。往往有一个"母题"，从北方直传到南方，从江苏直传到四川，随地加上许多"本地风光"；变到末了，几乎句句变了，字字变了，然而我们试把这些歌谣比较着看，剥去枝叶，仍旧可以看出它们原来同出于一个"母题"，这种研究法，叫做"比较研究法"。②

从上文我们可以看出，胡适先生把"本旨"与"母题"看作同一个事物，并指出了它的流动性。

---

① 吕微：《神话何为：神圣叙事的传承与阐释》，社会科学文献出版社 2001 年版，第 3 页。
② 胡适：《歌谣的比较研究法的一个例》，《努力》周刊第 31 期；后被收入 1924 年 11 月亚东图书馆出版的《胡适文存》卷四中；后又被收入姜义华主编：《胡适学术文集》，中华书局 1993 年版，第 436—442 页。

俄国的形式主义学者普罗普（Vladimir Propp）在其著作《民间故事的形态学》中认为"母题"是"任何叙述中小的而且不能再分割的单元"。有"俄国比较文学之父"美誉的亚·维谢洛夫斯基也提出："我们常说的母题，就是在社会发展早期时人们形象地说明自身所思考的或日常生活中遇到的多种问题的最简单的单位。"①

美国民间文艺学家史蒂斯·汤普森（Stith Thompson）将"母题"定义为"民间故事、叙事诗、神话等众多叙事体裁的民间文学作品中反复出现的最小的叙事单元"，并认为"一个母题是一个故事中的最小的且能够持续存在于传统中的成分。"② 母题往往具有很强的生命力，一个民间故事有可能只有一个母题，但也可能存在由两个或两个以上的母题组合而成的情况。如果一个民间故事由若干个母题按相对一定的顺序复合起来，就形成了一个"母题链"，即是民间文学研究中指代的"类型"。

文艺学中对于母题较简洁的定义是"文学作品中反复出现的一种单一因素，是民间故事、小说和戏剧作品中反复具体运用的常规情景、事件、手法、旨趣、程式等"③，孙文宪、王立等学者指出国内的母题研究常常等同于主题，或把母题解释为主题之母，即具有再生性或衍生性的主题。

在对英雄史诗的研究中，俄国学者日尔蒙斯基、梅列金斯基、格林采尔等都谈到民间史诗中的一些母题，并把"母题"视为"情节"。如英雄的奇生（感生）、英雄诞生前的惊人前兆、儿时的鲁莽与淘气、身体刀枪不入、英雄的神马、神奇的武器、结义的弟兄、英雄的求婚、父子出现决斗、被追的英雄、人物不见踪迹（或英雄本人或其妻、其妹被抢到不知何处去了）、英雄牺牲、英雄去寻找能与之较量的对手（敌人或恶人）、英雄与魔王（或怪）决战、胜利大团圆等，这些母题都指代一些具体的情节。④

① ［俄］波利亚科夫编：《结构——符号学文艺学》，佟景韩译，文化艺术出版社1994年版，第75页。
② 参见［美］斯蒂·汤普森：《世界民间故事分类学》，郑海等译，上海文艺出版社1991年版，第499页。
③ 刘安海、孙文宪编：《文学理论》，华中师范大学出版社1999年版，第203页。
④ 参见［俄］李福清（B. Riftin）：《三国演义与民间文学传统》，尹锡康、田大畏译，上海古籍出版社1997年版，第65—67页。

曹柯平博士也在其博士学位论文中谈道：

> 以前汤普森等编制的"母题索引"，其实应该称作"民间文学
> 一般的情节单元，或故事元素索引"，或者出于尊重学术史上的约
> 定俗成，变通地改叫"母题元素索引"。而真正的"母题"，则应
> 当是在具体的民间文学研究中，经过概括、抽象之后的故事成分
> 的组群。①

陈建宪教授也在其博士学位论文中对"母题"的概念进行了重要界定：

> 应该在民间叙事拥有大量异文的前提下界定"母题"。所谓母
> 题是研究者在民间故事众多异文中抽象出的带有共性的叙事元素。
> 母题集逻辑与历史于一身，它既是具体故事文本信息系统中的有
> 机组成部分，也是特定人类群体在时间长河中反复使用的叙事
> 构件。②

以上两位学者的博士学位论文都是在认同学术史"母题"所指代的惯例的基础之上，对母题的具体操作方式和学术研究意义进行了拓展，也更适应当代具体的民间文学母题相关研究的需要。为了便于研究，本书所使用的母题概念是指史诗最小的情节单元，即在史诗文本中反复出现的、具有稳定性、概括性、可以灵活组织起来构成更多情节的要素。它既是共时的"情节单元"，又是历史叙事成分。母题是情节单元，但并不一定是最小的情节单元，一个具有概括性的母题往往可以包含更多可变异的情节单元，但其在组成更复杂的情节的功能方面，这些可变异的情节单元具有相似性，因而被概括进同一个母题。

---

① 曹柯平：《中国洪水后人类再生神话类型学研究》，博士学位论文，扬州大学，2003 年，第 17 页。
② 陈建宪：《论中国洪水故事圈——关于 568 篇异文的结构分析》，博士学位论文，华中师范大学，2005 年，第 29 页。

（三）类型

美国学者斯蒂·汤普森认为："一个类型是一个独立存在的传统故事，可以把它作为完整的叙事作品来讲述，其意义不依赖于其他任何故事。"①"AT 分类法"的代表作是斯蒂·汤普森的《民间故事类型》、德国学者艾伯华的《中国民间故事类型》、中国学者丁乃通先生的《中国民间故事类型索引》、金荣华先生的《中国民间故事集成类型索引》，它们都是在这一类型的定义的指导下研究的重要成果。这些分类法虽然给研究者提供了一个可按图索骥的资料库，但分类的标准却有着不统一的缺陷。针对为数众多的文学文本，目前尚无任何人敢说已找到一个统一的分类法。

刘守华先生认为，民间故事类型研究的重点是解读或剖析贯穿于同一类型众多异文中的母题，由母题及其组合情况来考察民间故事的文化内涵与叙事美学特色，追寻民间故事的历史，进行跨国、跨民族的比较研究。②有鉴于英雄史诗母题和内容的相似性、普遍性，借用民间故事的类型概念来对其进行研究，则成为本书所取"类型"的一个立意之所在。

笔者认为，不同的分类标准会将研究导向完全不同的方向，因此，类型划分的标准非常重要，针对不同研究目的，应该有不同的分类标准。

二、彝族经籍文学与毕摩文化

彝族经籍文学和毕摩文化也是一对意义较为相近的重要术语。前者是巴莫曲布嫫在其进行彝族古代经籍诗学研究中提出的，笔者在本书的研究中将借用本概念；后者则是围绕着彝族古代社会"毕摩"这种特殊职业而形成的彝族古代主体文化。前者的形成与毕摩有着不可隔断的联系，后者是毕摩这个特殊阶层的特有文化，两者相互影响又相互联系。

（一）彝族经籍文学

该术语主要源于中国社会科学院彝族青年学者巴莫曲布嫫研究员所著

---

① ［美］斯蒂·汤普森：《世界民间故事分类学》，郑海等译，上海文艺出版社 1991 年版，第 499 页。

② 参见刘守华：《〈中国民间故事类型研究〉导论》，华中师范大学出版社 2002 年版，第 22—26 页。

的第一部研究彝族古代经籍诗学的专著《鹰灵与诗魂——彝族古代经籍诗学研究》。巴莫曲布嫫在这本书中界定了彝族经籍文学的概念和范围。

　　彝族经籍文学是一种复杂的文学现象，如果从作品表现的内容、内涵和题材上看，其基本属性是原始宗教文学；如果从作品的创作主体来考察，它还不能称之为纯粹的作家文学，而应定性为毕摩文学；如果从文学载体和传承方式来论，它既属于书面文学，但又不同于一般意义上的书面文学。因其"书面"的性质是彝文经书典籍，所以在概念上界定为"彝族经籍文学"，方能反映彝族书面文学的历史和客观情况。概言之，彝族经籍文学是彝族原始宗教祭司毕摩以彝文撰写的彝族古代书面文学作品和文学理论作品。①

　　以祖灵信仰为主导形式的原始宗教作为彝族从古至今土生土长的思想和认知体系，是彝族民族精神的重要组成部分。历史上毕摩学说的传播和影响超越的阶级或等级的界限，以至成为古代处于不同社会分层的彝族社会成员的共同信仰……在此基础上发展起来的经籍文学也具有强大的渗透力，同样成为彝族社会各个分层都能接受的对象，从而与口头民间文学并行不悖，且交叉互渗……彝文经籍作为毕摩文化的符号载体，其本身就是一种审美观照的对象而具有独特的艺术魅力和文学价值。属于彝文经籍范畴的作者、作品、文论、文学现象等，构成了经籍文学的瑰丽篇章。②

关于彝族经籍文学的范围，巴莫曲布嫫认为，由于经籍文学的萌发、形成、发展是十分复杂的文化现象，尤其是伴随着毕摩历史上社会角色的衍变，广大彝区毕摩长期以来因未完全脱离农作生产而没有发展成为专职宗教职业者，且云南、贵州的毕摩，有相当一部分从宗教祭司的职司中逐

---

① 巴莫曲布嫫：《鹰灵与诗魂——彝族古代经籍诗学研究》，社会科学文献出版社 2002 年版，第97页。
② 巴莫曲布嫫：《鹰灵与诗魂——彝族古代经籍诗学研究》，社会科学文献出版社 2002 年版，第98页。

渐脱离出来，或转化为潜心治学、攻于著述的经师，或转化为深入民间、长于歌艺的歌师，民间生活和彝族民间文学的精华，给予了经籍文学更强的生命活力。因而彝族经籍文学研究的作品对象应包括以下几个相辅相成的基本层面：一是经籍文学的主体层面——毕摩文学作品，即彝族经籍文学是彝族原始宗教祭司毕摩以彝文撰写的彝族古代书面文学作品，这是经籍文学主体构成的基本层面；二是经籍文献中的文学理论作品——经籍诗学论著；三是经籍文学的包容层面——经籍化的民间文学作品与民间化经籍作品，即因毕摩记录、加工、改造或再创作而经籍化的彝族民间文学作品，与毕摩经籍作品在民间长期演诵并广为流传而呈现出民间化走向的作品，这是经籍文学有机构成的衍生层面。（巴莫曲布嫫认为英雄史诗《支嘎阿鲁王》《支嘎阿鲁传》等属于民间化的经籍文学作品。）

（二）毕摩文化

毕摩是彝语音译，"毕"为诵经作法，"摩"为"长老师人"。毕摩是彝族父系氏族公社时代的祭司和酋长，其产生的历史渊源甚远，最早可以上溯到母系氏族社会。作为祭司，毕摩是彝族原始宗教活动的主持者；作为彝族文字的创制和执掌人，毕摩是彝族社会知识阶层和彝族文化的集大成者。毕摩文化以原生宗教和祖灵信仰为意识核心，以巫术、祭仪为行为表征，以彝文经籍为载体形式，集成了彝族古代的语言、文字、哲学、历史、地理、天文、历法、民俗、伦理、文学、艺术、医学、农学、技艺等内容。毕摩文化的形成和崛起是彝族社会历史上的一次重大变革，它不仅促成了彝族意识形态领域的聚变，而且推动了彝族社会的迅速发展，并渗透到彝族社会生活的各个方面，成为彝族古代的主体文化。毕摩文化与民间文化，是中国彝族文化的两个基本阵营，毕摩文化的来源主要有三个，一是原始巫术；二是原始崇拜；三是汉族道、儒、佛文化的渗透。毕摩文化是彝族社会原生宗教高度发展的产物，在其泛灵论的思想体系中，万物有灵论和灵魂不灭观是其理论基石，祖灵信仰是其崇拜主体及其中心宗教形式，儒、释、道文化是其理论伸张的有力支点。毕摩文化在其兴起、发展、繁荣到鼎盛的漫长历史进程中，始终以彝人观念信仰中的泛灵观、"三魂说"和祖先崇拜为根本，立足于彝族自身的文化基石，建立起了一个已

趋于完整的为彝族社会各阶层所接受和认同的宗教思想体系，成为彝族传统主体文化。①

三、英雄史诗及史诗文本

"支嘎阿鲁"是彝族民众中传唱的一部著名的英雄史诗，但是作为研究对象的"英雄史诗"，其定义同样存在着多种不同的见解，因此中外学者之间甚至国内学者内部都持多种不同的意见和观点。即便是我们将研究对象"支嘎阿鲁"缩小为纯粹的"史诗文本"，也存在着口头文本、源自于口头传统的文本和以传统作为导向的口头文本三个层面，因此必须对这两个重要术语的概念和内涵进行界定。

（一）英雄史诗

史诗是一种古老而源远流长的韵体叙事文学体裁，关于史诗的定义、性质、特征、构成要素等问题，是史诗研究的基本理论问题。古往今来，中外许多史诗学、文艺学、美学理论家围绕上述问题，展开了深入的探讨，不乏真知灼见，建立了史诗学的理论基础。英雄史诗多以一位或几位英雄非凡的业绩为主线，表现了英雄们不畏强暴、不屈不挠的英雄品质，歌颂了他们英勇善战、征战沙场、除暴安良、建功立业的丰功伟绩，彰显出他们解黎民于倒悬的情怀和责任感。

关于英雄史诗，学者们也有多种界定。俄国学者普罗普基于对俄罗斯"勇士歌"英雄史诗的考察，指出英雄人物及其业绩，音乐、演唱表演和韵律形式，是俄罗斯英雄史诗最一般和最重要的要素。这些要素又赋予英雄史诗独具的特征：它的整个内容、人物形象和英雄构成的世界，叙述主题，诗歌固有的整个体系和特别的风格。②

我国文艺理论家潜明兹教授早在 20 世纪 80 年代即提出英雄史诗具有五个特点：一、产生的时期相当古老，一般产生在民族形成过程的幼年期；

---

① 参见巴莫曲布嫫：《鹰灵与诗魂——彝族古代经籍诗学研究》，社会科学文献出版社 2002 年版，第 24—39 页。

② 参见［俄］弗拉基米尔·雅可夫列维奇·普罗普：《英雄史诗的一般定义》，李连荣译，《民族文学研究》2000 年第 1 期。

二、英雄史诗以广阔的社会现实生活为背景，基本素材来自历史上的重大事件、重要人物，以及由这些事件和人物演变成的英雄传说，有的史诗吸收了大量远古神话；三、作品的主要英雄人物大多是新兴阶级的代表，歌颂的是历史转变时期的氏族、部落、部族与民族形成过程中的领袖人物，以及由他们转化的新兴的奴隶主或封建领主；四、英雄史诗从内容到形式皆集口头文学之大成，在创作手法上，既继承了原始神话的浪漫主义因素，又出现了比较明显的写实倾向；五、英雄史诗是由口头—书面—口头、书面并存的形式流传。一部英雄史诗由产生到定型，中间不知要经过多少天才歌手和文人的加工。严格地说，这应该是一种半口头半书面的文学。① 潜明兹先生从英雄史诗的产生、社会背景、主人公身份、创作与传承特色等方面，全面地论述了英雄史诗的特点。

南方史诗研究专家刘亚虎在对创世史诗作全面概括时谈到，处于特殊的地理环境中和特殊的社会历史条件下的中国南方各民族，他们的史诗包括原始性史诗（含迁徙史诗）、英雄史诗两大类。其中英雄史诗与西方流行的史诗没多大区别，而更普遍存在、更大数量的原始性史诗则以另外一种风貌来体现了史诗的性质。② 英雄史诗的主人公都是具有英雄性的人，神在英雄史诗中已降为配角的地位，成为辅佐英雄建功立业的辅助者。作品中众多的人物个性鲜明，形象丰满，具备了人的各种不同的社会属性。

笔者在本书中所使用的英雄史诗概念，为刘守华、陈建宪主编的《民间文学教程》中的定义："叙述与部族、民族和国家（或地方政权）的形成与发展相关联的历史事件及历史上的英雄人物传说的诗作。这类史诗的主要特征是以一个或几个英雄人物的历史活动为中心，展示广阔的社会生活。"③

（二）史诗文本

美国知名史诗研究学者约翰·迈尔斯·弗里（John Miles Foley）和芬兰著名民俗学家劳里·航柯（Lauri Honko）等人，曾先后对史诗文本类型的界定与划分进行了理论上的重要探索。他们通过研究提出，从史诗的具体

---

① 参见潜明兹：《史诗探幽》，中国民间文艺出版社 1986 年版，第 281—285 页。

② 参见刘亚虎：《南方史诗论》，内蒙古大学出版社 1999 年版，第 135 页。

③ 刘守华、陈建宪主编：《民间文学教程》，华中师范大学出版社 2009 年版，第 97 页。

研究对象的文本来源上看，基本上可以将其划分为三个层面：首先是口头文本（oral text）；其次是源自口头传统的文本（oral-derived text）；最后是以传统作为导向的口头文本（tradition-oriented text）。不难发现，以上史诗文本遵循的分类原则，根据的是在创作与传播过程中不同文本的特质和语境，即可以从创作、表演和接受三个方面来重新划分口头诗歌的三种不同的文本类型。① 因此，口头诗学的最基本的研究对象，也大多集中于这三个层面的文本。

《支嘎阿鲁王》属于"源于口头传统的文本"，又称"与口传有关的文本"，意思指代某个地区中存在的那些与口头传统有着密切联系的书面文本，再经由文字而被固定下来，但是文本以外的语境等要素却无从考量。然而，"源于口头传统的文本"又具有口头传统的来源，因而成为拥有口头诗歌重要特征的既定文本。彝文经籍史诗中的大量书写文本皆属于这种类型，换句话说，许多这样的史诗文本就是通过这些彝文典籍文献方能流存至今，然而史诗的口头表演的文化语境在当代大多已不复存在，因此就无法得到实地的考察印证。但如果从文本分析的方面来看，类似的早已定型的古籍文献依然具有彝族口头传统的基本属性。②

四、文化生态、语境、程式

彝族英雄史诗"支嘎阿鲁"的诞生和发展是彝族社会发展中特定的"文化生态"孕育的结果，是彝族古代社会自然条件、社会环境和精神环境等综合作用下的产物；同样史诗的传唱严重依赖彝族语言，并与时间、地点和文化特质等息息相关，自然与"语境"有着千丝万缕的联系；作为史诗多样化的叙事结构、叙事单元的最小的公分母，"程式"与史诗的关系也非同一般。鉴于三者在学术研究中存在着较多的相同点和相似性，厘清三者的具体概念就显得尤为重要。

（一）文化生态

生态最早源自古希腊文"Oikos"，指家（house）或者我们的环境。生

---

① 参见刘守华、陈建宪主编：《民间文学教程》，华中师范大学出版社 2009 年版，第 91 页。
② 参见刘守华、陈建宪主编：《民间文学教程》，华中师范大学出版社 2009 年版，第 92 页。

态及生态系统的概念来自现代生物学的分支学科生态学。简单地说，生态指所有生物的生存状态，以及生物自身之间和它们与环境之间的环环相扣的关系。"生态学"则翻译自英文的"Ecology"。1869 年，德国著名的生物学家 E. 海克尔（Ernst Haeckel）最先提出了"生态学"的具体概念，其广义上的定义为"研究各种生命形式之间的相互关系，以及它们与环境的相互关系的学问"。[①] 然而到了今天，生态学几乎渗透到了社会发展的各个领域，"生态"一词所涉及的范畴越来越宽泛。人们经常用"生态"一词来称呼许多美好的事物，一些健康的、美丽的、和谐的事物几乎都可用"生态"来描绘。同"母题"等术语一样，有着不同文化背景的学者自然对"生态"的理解也会截然不同，但多元的世界自然需要多元的文化，就像自然界的"生态"常常追求的物种的多样性一样，这样才能维持生态系统的均衡发展。

文化具有二重性，它既是人类生存发展中所创造的物质和精神财富的总和，又对人类自身的生存和发展产生巨大影响。因此，人类的生存发展离不开良好的自然生态，人类和自然的和谐发展，同样也离不开良好的文化生态。文化生态所蕴含的丰富的历史意义、文化意义和社会意义，影响着人性的形成、人的素质和品格的培养，以及不同民族性格与精神的造就。

文化生态通常包含三个方面的内容：自然环境——即群体赖以生存和发展的各种自然条件的总和；社会环境——即与群体生活相关联的各种社会条件的总和，它包括该群体所构成的社会内部结构诸方面和该群体与其他群体的交往、关系等外部环境诸方面的关系；精神环境——即该群体所共有的道德观念、价值体系、风俗习惯、宗教形态等诸方面的总和。这三个方面构成了一个民族的文化生态系统。

（二）语境

语境（context）即使用语言的环境，这种语言环境对使用者的言语活动起着解释或制约的作用。语言环境，既包括语言因素，也包括非语言因素。

---

① 参见［美］艾萨克·阿西莫夫：《科技名词探源》，卞毓麟等译，上海翻译出版公司 1985 年版，第 80—81 页。

上下文、时间、空间、情景、对象、话语前提等与语词使用有关的都是语境因素。从语境研究的历史现状来看，各门不同的学科以及不同的学术流派关于语境的定义及其基本内容并不完全相同。

"语境"这一概念最早由英国人类学家马林诺夫斯基（B. Malinowski）在 1923 年提出，他区分出两类语境：一是"情景语境"，二是"文化语境"。"情景语境"多指言语行为等发生时的详细情景，而"文化语境"则指说话人生活的具体社会文化背景。马林诺夫斯基于 1925 年公开出版的《巫术、科学与宗教》著作中，他以特洛布里安德岛生活的土著居民的神话、故事、传说为具体案例，鲜明地指出文本固然是十分重要的，但若离开了具体发生的语境，故事自然就没有了生命。对土著居民来说，文本的整个讲述过程——语音语调、模仿、包含对听众的激发及他们的回应——都同故事文本一样重要。而且我们必须清醒地意识到个人私有制的社会语境和娱乐故事的具体社交功能和多重文化作用。所有这些因素几乎都是同样重要的，都必须要像文本一样受到特别的重视。这些故事植根于土著的生活之中，并不是在纸上。学者们草草地将它们记录下来不可能描绘出当时的具体情境，而只能呈现给我们部分的与现实相关的一些碎片。①

20 世纪 60 年代末至 70 年代初，美国民俗学界开始兴起表演理论和民族志诗学的理论方法，从而使语境等学术问题真正地进入民间文学的研究范畴，并使之成为民间文学和民俗学研究的重要概念。

民间文学传承和演变的语境显得较为复杂。就民间文学的具体表演事件来分析，时间、空间、传承人、受众、表演境况、社会结构、文化传统等众多不同的要素一并组成了表演的具体语境。

巴莫曲布嫫认为："广义的语境（context）涵盖着很多具体的因素，如历史、地理、民族、宗教信仰乃至社会状况等。因为这些因素在很大程度上都影响着民间文学文本的具体内容、结构和形态的形成与变化，因此它们也是解决现实中传承与创作情境的重要关联。而田野意义中的'语境'则是代表特定情境中的'社会关系丛'，至少包含着以下六种要素：

---

① 参见刘守华、陈建宪主编：《民间文学教程》，华中师范大学出版社 2009 年版，第 189 页。

人作为主体的特殊性、时间点、地域点、过程、文化特质、意义生成与赋予。"①

　　本书涉及的"语境"，主要是指刘守华、陈建宪主编的《民间文学教程》中所言及的两层内涵：第一，指代话语、语句或语词的上下文，或前后关系和前言后语；第二，指代话语或语句的不同意义所反映的外部世界的具体特征，说明言语和文字符号所表现的说话人与周围世界相互联系的方式，可扩展为事物的前后关系、境况，抑或扩展到一个特定"文本"、一种理论范式乃至一定的社会、历史、政治、经济、文化、科学、技术等众多要素之间的相互作用和相互联系。② 因此，语境自然是我们开展研究固定文本的一种重要的文本批评观，但是如果语境显得过于广大，就容易使传统事实显得更难于描述。那么，我们究竟如何应对这样的难题，也就影响着我们对叙事传统本身所作出的多样化的阐释与学术表述。鉴于以上众多因素的客观存在，本书在使用"语境"这一术语时，相应地将它界定为史诗的仪式化的叙事语境。

　　（三）程式

　　程式（formula）就是指是将复杂的人和社会生活中存在的种种语言、思想、行为、情感等进行分类并利用类型化的、规范化的、成套的语言、动作或旋律将这些人和事物表现出来的过程。1928 年帕里提出了"程式"这一概念。他认为，荷马史诗中描绘神或英雄的名词属性形容词程式（noun-epithet formula），最能说明其关于程式的概念。

　　帕里对荷马史诗文本的语言学解析，首先注意到的是程式，认为它是史诗创作中基本的表述单元（express unit）。帕里提出的口头程式概念被后人称为口头文学的"原子"。程式是史诗多样化的叙事结构、叙事单元的最小的公分母。庞大的史诗文本作为一种有机整体，正是从程式这个最小的细胞培育起来的。

---

① 巴莫曲布嫫：《叙事语境与演述场域——以诺苏彝族的口头论辩与史诗传统为例》，《文学评论》，2004 年第 1 期，第 89—99 页。

② 参见刘守华、陈建宪主编：《民间文学教程》，华中师范大学出版社 2009 年版，第 190 页。

帕里通过对口头史诗文本的实验性分析，将程式界定为，在相同步格①条件下，为表达一个特定意义而经常使用的一组词语。② 后来，帕里又提出了"程式类型"（formulaic type）的概念，即在诗行中填补在同一部分，并且功能相同的一连串的词语（虽然词语的实际构成性质往往并不相互关联）。

帕里的学生洛德进一步深入口头传统内部，通过对史诗歌手学习和演唱的现实过程的观察取证，认为口头叙事风格中的程式，并不限于几个史诗套语，程式实际上是到处弥漫的。在诗里没有什么东西不是程式化的。他对程式概念的表述是，程式是一种口头诗歌的语言，强调形式的节奏和步格功能；程式是一种能动的、多样式的、可以替换的词语；此外，与程式相关的句法和语音模式等，这些要素是以程式为基础的。总之，在口头诗歌中，一切都是程式化的。③

通过对田野经验以及口头文本分析表明，在很多民族的口头史诗传统中，都有程式存在，程式的词语、程式的主题、程式的故事形式和故事情节脉络、程式的动作和场景、程式的句法以及歌手在表演时呈现出的程式化动作、手势、表情等。

---

① Meter，也有译为"格律"或"音步形式"，指诗歌中节奏式的重复，或指规则的或几乎是规则的相似语音单位的复现所形成的节奏。
② 参见尹虎彬：《古代经典与口头传统》，中国社会科学出版社 2002 年版，第 28 页。
③ 参见尹虎彬：《古代经典与口头传统》，中国社会科学出版社 2002 年版，第 34 页。

第一章
"支嘎阿鲁"史诗概述

　　在彝族广袤且绚丽璀璨的民间文学海洋中，史诗"支嘎阿鲁"以自身丰富的内涵、磅礴的气势、富有英雄传奇色彩的且可歌可泣的情节和生动的形象，发出了耀眼的光芒。《支嘎阿鲁王》和《支嘎阿鲁传》流传于贵州西部彝族地区，原为彝语韵文，《支嘎阿鲁王》三千八百余行，《支嘎阿鲁传》一万五千多行，皆以"支嘎阿鲁"一生为主线，从神奇的出生开始，记述了他的丰功伟绩及其所从事的伟大事业。主人公"支嘎阿鲁"集君王与毕摩于一身的特殊身份和史诗所反映的丰富的彝族历史文化内涵，使史诗独具特色。

第一节　"支嘎阿鲁"名解

　　彝族是一个支系繁多，分布较广的民族。在绪论中我们谈到，彝族社会家喻户晓、共同推崇的至尊祖先和民族英雄"支嘎阿鲁"，因为在几千年的历史长河中，彝族人民四处迁徙，并在不同的地域里各自发展，加上方言及汉语译名因素，造成了"支格阿鲁"名字在各地有许多大同小异的差异。《荀子·正名篇》中说："名无固宜，约之以命，约定俗成谓之宜，异于约则谓之不宜。名无固实，约之以命实，约定俗成谓之实名。"名称相对于物的性质显然是外在的，但这种外在的东西则是通过一定文化底蕴或深层的背景因素表达出来的。诚然，名字虽是一个符号，然而对于整个人类

群体而言，名字本身就是以某种形式的称谓进行"指说"某种对象的过程，因此人的名字其实是一种文化规范的表现，也是一种文化现象及社会生活的反映。本节以云南、四川、贵州三省有代表性的史诗名谓为主，对"支嘎阿鲁"相关名字的来历与含义予以解读，这是我们了解和把握"支嘎阿鲁"史诗的第一步。笔者在书中所用的"支嘎阿鲁"之名，系根据贵州民族出版社于1992年编印出版的古彝文文献《彝族源流》第十卷"支嘎阿鲁源流"一章和贵州毕节阿洛兴德整理翻译的史诗《支嘎阿鲁王》以及后来贵州威宁李么宁搜集整理、王光亮翻译、田明才主编的《支嘎阿鲁传》所用之名。

一、关于"支嘎阿鲁"的传统名解

我国西南彝族聚居地区广泛流传着彝族史诗"支嘎阿鲁"，然而由于在历史发展进程中，史诗经历了多地区和多时代民众的传承和创新，形成了多个不同的版本，从称谓、文本长度、流传地区、传唱方式乃至内容都发生了极大改变。截至目前，国内存在的传统的"支嘎阿鲁"史诗主要为云南、四川和贵州三个不同的版本，笔者将逐个对其进行解释。

（一）云南的"阿鲁举热"

《阿鲁举热》是流传于云南楚雄彝族自治州元谋地区的一部文献，早在1979年云南省楚雄州采风队就在金沙江南岸的小凉山一带，搜集、发掘并整理出了这部著名史诗，由彝族人肖开亮唱述，黑朝亮等翻译，祁树森、李世忠和毛中祥参与记录整理，先是刊载于《楚雄民族民间文学资料》的第一辑，随后又发表于《山茶》1981年第9期。关于"阿鲁举热"的名解，罗曲在《古彝文文献中的"支格阿龙"姓名身世勾沉》一文中谈到，"阿鲁举热"这个称呼，排除作为语气助词的"阿"，余下的三个彝语中的每个字都代表着一个实在的意义：彝语的"鲁"音，释义为"龙"，"举"则是"鹰"，"热"是"儿子"的意思，整个名字的具体含义就是"龙和鹰的儿子"，因此他指出这与该史诗中"阿鲁举热"的出生与身份是较为符合的。①

---

① 参见罗曲：《古彝文文献中的"支格阿龙"姓名身世勾沉》，《西南民族大学学报》（人文社科版），2004年第3期。

罗曲认为，由祁树森和唐楚臣两位先生主编并由云南美术出版社在1993年公开出版的"楚雄彝族民间长诗选集"中的《太阳金姑娘和月亮银儿子》中的《阿鲁举热》，与云南省社会科学院楚雄彝族文化研究室在1982年出版的《楚雄民族民间文学资料》第一辑中的《阿鲁举热》，情节、内容基本相同。

1982年出版的《阿鲁举热》是这样说的：在古代，一个名叫卜莫乃日妮的姑娘长大了，做了九顶锣锅帽，织了九条好筒裙，心里想着要嫁人：

> 一个晴朗的白天，姑娘坐在院子里，手拄牙巴骨，默默想心事。蓝天上飞来一只鹰，在姑娘头上绕三转，老鹰的影子罩下来，头次罩在姑娘锣锅帽上，二次罩在姑娘披毡上，三次罩在姑娘百褶裙上。老鹰身上的水滴下三滴来，一滴滴在姑娘锣锅帽上，二滴滴在姑娘折子披毡上，三滴滴在姑娘百褶裙上。不知不觉的时候，姑娘怀孕了。

过了九个月零九天，正是属龙的日子，姑娘生下了一个儿子，取名叫"翅骨阿鲁"[1]。"翅骨阿鲁"因为有妈没爹，抱给大树去抚养，儿子不愿意；抱给石头去抚养，儿子不愿意；抱给斑鸠去抚养，儿子竟然更不愿意。最后只能抱去给老鹰养育，最终儿子接受了老鹰的抚养并且长大成人，因此人们再也不叫他"翅骨阿鲁"了，而是改叫"阿鲁举热"。

1993年出版的《阿鲁举热》在谈到"阿鲁举热"的身世之谜时也这样写道：

> 阿鲁举热的母亲卜莫乃日妮，是一个人过日子的寂寞又孤单的姑娘。她长大成人后，做了九顶锣锅帽，织好九条筒裙，心里想着去嫁人。一天她坐在院子里，手拄牙巴骨，默默想心事；天

---

[1] "翅骨"，在这里表示的是"了不起的人"，而"阿鲁"的意思则是指代龙；但也有学者认为，彝语的"翅骨"的意思就是"好人"，而"翅骨阿鲁"指代的是"好人阿龙"。

上飞来一只鹰,在她头上绕三转;老鹰的影子罩下来,头次罩在她的锣锅帽上,二次罩在她的披毡上,三次罩在她的百褶裙上。老鹰身上的水滴下三滴来,一滴滴在她的锣锅帽上,二滴滴在她的折子披毡上,三滴滴在她的百褶裙上。不知不觉的时候,姑娘怀孕了。她不安地去找毕摩卜卦询问吉凶。毕摩不在家,只有毕若(徒弟)在。毕若打开箱,拿出书来翻,一篇二篇没有话,三篇四篇没有话,五篇六篇有话了,七篇八篇清楚了,九篇十篇算出来了,毕若还是阴着不说话。卜莫乃日妮等得不耐烦,打了毕若一耳光。毕若说姑娘你莫打,我说给你听,今年是龙年,龙年老鹰过,白生生的大路你莫走,绿茵茵的大江你莫过,假若不听我的话,就要生个怪儿子。卜莫乃日妮不相信,独自返回家。白生生的大路她走了,绿茵茵的大江她过了。过了九月零九天,刚好是个属龙日,儿子真的生下地。没有好的名字来起,就叫翅骨阿鲁。儿子有了妈,可是没有爹。卜莫乃日妮抱着儿子去认树为爹,认大石为爹,认斑鸠为爹,但儿子不吃树的果子,不穿树的皮,不吃石的奶,不穿石头的衣,不吃斑鸠的食,不穿斑鸠的衣。最后姑娘把儿子抱去给老鹰,老鹰的食他吃了,老鹰的衣他穿了。老鹰把儿子养大成人,"翅骨阿鲁"把老鹰当作亲生爹娘,人们不再喊他的奶名了,都叫他"阿鲁举热"。①

两个文本都谈到,"阿鲁举热"原名或奶名为"翅骨阿鲁","阿鲁举热"是后来人们对他的称呼。

这两个文本虽然说明了"阿鲁举热"名字的来历,但值得注意的是,无论名字如何变化,都离不开中心词"阿鲁",为什么会有这一现象?为何只称为"阿鲁"而不叫别的什么呢?我们再看看四川的一些文本。

(二)四川的"支格阿龙"

《支格阿龙》是四川民族出版社于 2008 年 10 月正式出版的一部比较完

---

① 罗曲:《古彝文文献中的"支格阿龙"姓名身世勾沉》,《西南民族大学学报》(人文社科版),2004 年第 3 期。

善的彝族英雄史诗，由西昌学院彝文系沙马打各、阿牛木支、洛边木果、曲木伍各、何刚等共同编译。本书在以四川流传的《支格阿鲁》（彝文版）为主要蓝本进行翻译的基础上，结合贵州流传的《支嘎阿鲁王》部分章节的内容共同编译而成。史诗第一篇"阿龙的诞生"就谈到了"支格阿龙"取名的缘由。

> 远古的时候，天地紧相连。苏曲牧曲紧相连，濮苏诺苏紧相连，诺苏杉林紧相连，杉林山岩紧相连，山岩江河紧相连，江河鱼儿紧相连，翠竹索玛紧相连，山峦垭口紧相连，高山深谷紧相连。……蒲莫妮依啊，带着纺织料，来到屋檐下，创造纺织术。……蒲莫妮依哟，心事也重重，感情也波动，烦躁又不安。………三滴鹰之血，刚好落下来，滴落在妮依身上。一滴落在头帕上，穿透九层辫，头昏又目眩；一滴落腰部，穿透九层毡，四肢酸又软；一滴落下身，穿透九层裙。……蒲莫妮依啊，早晨起白雾，下午生阿龙，生下一仙子，生下一神人。年庚也属龙，月份也属龙，生日也属龙，生也龙日生，行运到龙方，取名叫阿龙。

四川彝族地区有关"支格阿龙"名称的由来，与以上版本大同小异。我们再看看史诗《勒俄特依》①。

《勒俄特依》的"支格阿龙"一章中，这样写道：

> 远古的时候，天上生龙子，居住在地上。地上生龙子，居住在江中。……江中生龙子，居住在岩上。……岩上生龙子，居住在杉林。……杉林生龙子，住在鸿雁乡。

鸿雁乡的雁氏的女儿阿芝嫁到雪山之后生下了一个女儿取名里扎，里扎嫁到黄云山之后生下了一个女儿取名马结，马结嫁到相钦（地名）之后

---

① 冯元蔚译，四川民族出版社 1986 年版。

生下了一个女儿取名里莫，里莫嫁到西昌沪山之后生下了一个女儿取名紫兹，紫兹的女儿嫁到耿家之后也生下了女儿，耿家的女儿又嫁到了蒲家，蒲家生下了三个女儿，其中两个女儿都已远嫁他人，只剩一个女儿蒲莫列衣尚未出嫁。①

> 蒲莫列衣啊，三年设织场，三月制织机。坐在崖石下织布，机桩密集像星星，织刀辗转如鹰翅，梭子往来似蜜蜂，……扎扎结列这地方，天空一对鹰，来自驱鹰沟；地上一对鹰，来自直恩山；上方一对鹰，来自蕨草山；下方一对鹰，来自尼尔委；四只神龙鹰，来自大杉林。蒲莫列衣啊，要去看龙鹰，要去玩龙鹰。（龙鹰掉下三滴血，滴在蒲莫列衣的身上）一滴中头上，发辫穿九层；一滴中腰间，毡衣穿九层；一滴中尾部，裙褶穿九层。

蒲莫列衣以为是恶兆，请毕摩测算，毕摩经过查证，到蒲莫列衣家：

> 念了生育经，蒲莫列衣啊，早晨起白雾，午后生阿龙。

"支格阿龙"生下来后，不肯吃母乳，不肯穿衣服，不肯同母亲睡，结果被扔下岩去，这下他却高兴了：

> 山岩本是龙住处，阿龙懂龙话，自称"我也是条龙"。饿时吃龙饭，渴时喝龙乳，冷时穿龙衣。支格阿龙啊，生也龙日生，年庚也属龙，阴阳逢时也是在龙方，名也叫阿龙。

该文本明确提出，"支格阿龙"即"支嘎阿鲁"是龙年龙月龙日生。因此，"阿鲁"亦即"阿龙"，而在《勒俄特依》文中所描绘的众多不同地

---

① 参见王明贵、李平凡：《彝族英雄神王支嘎阿鲁"成长"史》（上），《乌蒙论坛》2008 年第 1
期。

点，如天上、地上、江中、岩上和杉林都是龙的特定年代，因而"支嘎阿鲁"才得到了龙的抚育，他本身又拥有鹰的血脉，故这样的身世才使他获得了"阿鲁举热"的称呼。由此大多数研究者也认为，"支嘎阿鲁"的母亲蒲莫列衣是来自以龙为图腾的龙部落的女子，"支嘎阿鲁"的父亲则是来自以鹰为图腾的鹰部落的男子，因此学者们断定"支嘎阿鲁"正是龙、鹰两个互相联姻的部落中一对夫妇生下的男儿。换句话说，他既含有龙部落的血脉，也拥有鹰部落的骨髓，"阿鲁"的名字体现了彝族的龙图腾崇拜。①

由岭光电先生初译，继而由马海木呷和罗家修两位先生共同整理校订，最终由四川省民族事务委员会彝文工作组在 1980 年编印出版的《古侯》（公史篇），基本同样属于《勒俄特依》母题类，然而在描述"支格阿龙"的身世环节时，与上述流传于云南省和四川省的版本存在些许差异，多了一个"弃婴"的情节：

> 天上一对雕，来自森林间；地上一对雕，来自大山谷。落下一滴雕血，落中派莫尼衣，太空暗沉沉。……林间岩下呢，生下支格阿龙。……支格阿龙呢，生是龙年生，生是龙月生，生是龙日生。说阿龙是怪子，说阿龙是怪儿，丢到寨外去。……

阿龙被丢弃在寨外的深林中，掉到石头上，于是他：

> 一天哭到黑，一夜哭到亮。石下住有龙，龙来喊阿龙，乳也喝龙乳，饭也吃龙饭，睡也伴龙睡，跟也跟随龙，阿龙一名由此来。

汉代文字学家许慎在其著作《说文解字》中写道："姓，人所生也，古

---

① 以上文本中"支嘎阿鲁"母亲的名字卜莫乃日妮和蒲莫列衣是相同的，为彝语音译时的不同书写。

之圣人，母感天而生子，因生以为姓，故称天子。从女从生，生亦声。"这是我国古代文化人依据自身的所见所闻对"姓"进行的一种阐释。汉字属于表意文字，因而很多字都代表着深刻的文化意义。在汉字的形成结构上，"姓"左右分别由"女"与"生"组成，"女"代表着"母"，意思是人的生命是"母"赐予的，人们的"姓"需从属于"母"，故是说生母姓什么，子女就随着姓什么。在尚属于"姓，人所生也""从女从生"的古代先民社会中，同一个老祖母后辈中的几代子孙共同生活在一起，这样由几个有血缘关系组合而来的原始集体就是氏族，因而氏族就代表着同宗同姓的大家族。氏族里的男女成员，曾只知其母而不知其父。

从流传于云南彝族中的文本看，孩子出生后取名为"翅骨阿鲁"，"认识"父亲后，被人们称为"阿鲁举热"，意思是"鹰的儿子"。这里的表述虽然有群婚的痕迹，但就他的名称来说，已经有较为显著的父系社会的特征。

四川彝族中流传的《支格阿龙》文本，在谈到"支格阿龙"的出身时，有他的母亲"去看龙鹰，去玩龙鹰"而被鹰滴血在她身上而怀孕并生下"支格阿龙"的情节，而把孩子取名叫"支格阿龙"的原因，一是他出生日期为龙年龙月龙日，二是他被丢弃之后为龙所抚养，抑或与龙有着天然的不可割裂的亲情之故。因而，流传在四川彝族中的"支格阿龙"，与云南流传的文本相比，母系社会的特点要突出些。《支格阿龙》表达了"支格阿龙"父亲的部落图腾，却未能进一步表明他父亲究竟是谁，姓名中也没有父亲"鹰"的痕迹；他的名字则是依据其母亲所在的龙图腾部落的名称来取，因而叫"阿龙"。他被丢弃之后也是由龙图腾部落的成员——也可能是他的舅舅抚育成人的。这种现象有着深刻的民族学意义。

"支嘎阿鲁"在四川的普遍称谓是"支格阿龙"，但有意思的是，马长寿先生遗著《凉山罗彝考察报告》第十一章第四部分专有"创造世界的尼智哥阿罗"一节，叙述了几乎包含今天"支嘎阿鲁"史诗主体情节的传说故事。① 该书是马长寿先生在 1937 年和 1939 年两次考察凉山彝族的学术成

---

① 参见马长寿：《凉山罗彝考察报告》（下），四川出版集团巴蜀书社 2006 年版，第 664—666 页。

果，是目前国内外内容最为丰富的凉山彝族民族志著作。田野调查时，凉山很多原始习俗保留还相对较为完善，因此学术价值极高。马先生在书中言及史诗英雄的名字是"尼智哥阿罗"，这说明当时凉山地区的民间对"支嘎阿鲁"的称呼是"尼智哥阿罗"，彝语"尼"意为祖、祖先，与贵州史诗文本中的"笃支嘎阿鲁"极为相似。

（三）贵州的"支嘎阿鲁"

在贵州，英雄典型的名字是"支嘎阿鲁"或"笃支嘎阿鲁"。该名字源自贵州的一些彝文古籍和史诗《支嘎阿鲁王》《支嘎阿鲁传》。史诗《支嘎阿鲁王》对"支嘎阿鲁"的降生和其名字的由来说得比较清楚，这一点我们在后面会详细谈到。从史诗的具体表述中我们知道，"支嘎阿鲁"是世上首对恋人恒扎祝和蒂阿媚的儿子（大致等同于西方文学故事中的亚当和夏娃的儿子），他出生在支嘎山。根据《支嘎阿鲁王》的整理和翻译者证明，支嘎山大致位于今天贵州省威宁县的西凉山一带。"阿鲁"的名字，是在天君策举祖派使者下凡到人间遍地求贤找到他之后才有的，刚找到他时他还没有名字，天臣诺娄则，细看阿鲁相貌，说他是"马桑哺乳的巴若（孤儿），龙鹰抚大的斯若（具有非凡能力的神人）"，因而给他取名为"支嘎阿鲁"。

贵州学者王明贵和李平凡两位先生据此认为，"支嘎阿鲁"的名字是由两个部分组成的，"支嘎"是地名，而"阿鲁"却是人名，组合起来的"支嘎阿鲁"类似于汉族文化中的"庐陵欧阳修"，两者在其组合结构中基本相同。在彝族的其他史诗中也存在着类似情况，如《阿诗玛》中的很多人名都是这种情况，前半部分是地名后半部分是人名的结构更为符合彝族的传统观念。热布巴拉指代的就是热布①地方的巴拉，表达为某地某人之意。我们不难看出，这和之前论述中楚雄一带将"翅骨"（支嘎）作为"好人"的释义是大不相同的。

关于名字的结构等问题，贵州部分学者提出了另外一种解释，"支嘎阿鲁"的名字虽是两个部分构成的，但却不是地名和人名，而是彝族谱牒中

---

① 部族名，以部族名演变成地名，也有的是以某一历史名人之名演变为地名。

存在的父子连名，即支嘎为父亲的名字，而阿鲁为儿子的名字。①

笔者认为，考察"支嘎阿鲁"的名由，不能简单地看一些史诗和故事的标题，而应该深入具体文本之中。"支嘎阿鲁"的称谓和形象所蕴含的文化信息是不断发展变化的，不是我们想象的那样简单。贵州彝文古籍《西南彝志》第十二卷《支嘎阿鲁查天地》中就有记载，天神们第一次看到"支嘎阿鲁"时，"努娄则占卜，看他的头顶，有一对雄鹰；看他的脊背，有一对卧虎；看他的面颊，盘着一对金龙。"我们不难发现，在阿鲁的身上，可能不单单有龙和鹰的血统，应该同时拥有龙、鹰、虎的形象聚积。因而，在对"支嘎阿鲁"名字的考证之后，我们只能这样初步理解："支嘎阿鲁"指代的是一位被彝族不同图腾部族所顶礼崇拜的并为各个彝族支系所共同认同的民族英雄，即"支嘎阿鲁"是一位被全体彝族人民共同认可的民族英雄。

图1-1　笔者与居住在"支嘎阿鲁"井边，讲述
"支嘎阿鲁"故事的老人合影

二、"支嘎阿鲁"之名与贵州彝族原始图腾意象

通过以上分析我们知道，由于方言和翻译的原因，家喻户晓的英雄

---

① 参见王明贵、李平凡：《彝族英雄神王支嘎阿鲁成长史》（上、下），《乌蒙论坛》2008年第1、2期。

"支嘎阿鲁" 的名字在不同彝族地区有着为数众多的大同小异的称谓。单从翻译的角度而言，就有 "支格阿鲁" "支嘎阿鲁" "阿鲁举热" "支格阿龙" "吉支格罗" "助刮阿鲁" "注嘎阿鲁" 和 "直刮阿鲁" 等不同的四字称谓，也有 "阿龙" "阿鲁" "阿罗" "阿庐" "阿录" "阿洛" "阿娄" 和 "阿尔" 等两字称谓，还有 "吉支格阿鲁" "笃支嘎阿鲁" "尼智哥阿罗" 等五字称谓。当然，这是由于彝语同一个名字带有不同方言色彩而产生的汉语译名差异现象，而这一差异，却是不容忽视的。

前面我们谈到，彝族是一个支系繁多、分布较广的民族，在几千年的历史长河中，彝族人民四处迁徙，并在不同的地域里各自发展。英雄史诗产生于母系氏族社会向父系氏族社会转化并走向奴隶社会的时期，即所谓 "英雄时代"，这也是一个部落大融合的时代。各部落的原始图腾当然会在这一阶段的口头文学，即在史诗中有所体现。关于彝族的形成，国内学者一般认为，彝族是古氐羌人在南下的长期发展过程中，与西南土著不断融合形成的，以土著为主。依据众多的彝文文献和汉族文献资料的相关记载，从远古时代到近代，我国的彝族社会先后由漫长的原始社会、古老的部落和部落联盟制国家、奴隶社会发展到封建社会阶段。[①] 最初由远古到公元前 8 世纪的时期内，彝族先民们处在漫长的 "哎哺时代" 即原始公社时期，先后经历了母系氏族社会、父系氏族社会以及后来的古滇王国、古莽王国和古蜀国等古老的部落和部落联盟制国家。此时的彝族先民，还混同合一在中国古老的族群当中。"支嘎阿鲁" 姓名的多图腾混融性和多图腾附着性，也应当是这一时期的产物。

（一）"支嘎阿鲁" 与植物崇拜

"支嘎阿鲁" 是一位被我国彝族不同图腾部落所膜拜的并为彝族各个支系所共同认同的民族英雄。彝族是一个支系繁多的跨省民族，彝族文化中能够被各地各支系共同一致认可的东西并不是很多。所以，我们对 "支嘎阿鲁" 名由的探求，在整体把握的同时，还应该注意到其区域性和地方性。

---

① 本书中关于彝族古代社会发展阶段及其分期，主要参照陇贤君执笔，《中国彝族通史纲要》编委会编：《中国彝族通史纲要》，云南民族出版社 1993 年版。

探求"支嘎阿鲁"名字的含义，离不开具体文本。《支嘎阿鲁王》中"支嘎阿鲁"诞生后并没有名字，只说他是"马桑哺乳的巴若（孤儿），龙鹰抚大的斯若（具有非凡能力的神人）"。《支嘎阿鲁传》是贵州威宁彝族毕摩李么宁在以贵州为主的云贵交界多年搜集整理出的最新史诗文本。史诗中每提到"支嘎阿鲁"都常用"笃支嘎阿鲁"，如：

确勺哎尼问："九掐脸白人①，在人世凡间，笃支嘎阿鲁，这么一个人，有还是没有，听说过没有，你见过没有，你认识没有？你若认识他，请给我介绍。"

……

使臣确勺哎尼，笑逐颜开道："笃支嘎阿鲁，昨夜入眠时，梦境怎么样，你梦见什么，梦见天庭不，梦见大地不，梦见宇宙不，梦见九宫不，梦见八卦不？"

……

确勺哎尼说："阿鲁你细听，我给你释梦：在房上骑马，有神人扶持。日月争辉映，天庭很舒适。黑白云交融，大海掀波浪，凡间出贵人。坝中生石桩，空中鹰翱翔，预示出圣人。遇四神布摩，天庭明晃晃。昨夜你做梦，有神人指点。我来到凡间，情况是这样：天君策举祖，要测天，要量地，派我来找你，努喽则提名，测天量地，找你去勘测，笃支嘎阿鲁，有什么想法，究竟去不去？"

……

受天君之命，以使臣身份，阿鲁骑龙驹，下凡到人间。笃支嘎阿鲁，骑着神龙马，驮着惹欧马，把世上魔鹰，虚实给查清。（《支嘎阿鲁传·举祖访阿鲁》）

---

① 原书注：九掐脸白人，北方的主宰神，亦是司雪之神，握有勾魂夺命之权，同样出自武僰氏族（参见《物始纪略》《司车署卓》等）。

　　笃支嘎阿鲁，开怀大笑道："溢纳氏君长，有君长风度，相信有能力，言谈挺谦逊，句句都在理，办事也公道，与谁人办事，与谁人交道，都一律平等，毫无分彼此，有这种品格，谁敢不恭维，谁又不钦佩，做君最合格，具真龙虎像，是优秀的君。"……

　　笃支嘎阿鲁，到惹到木体，以鲁补①定界，以鲁旺②划线，……

　　笃支嘎阿鲁，到米祖录始垛嘎，以鲁补定界，以鲁旺划线，……

　　笃支嘎阿鲁，到马洪溢处，以鲁补定界，以鲁旺划线，……

　　笃支嘎阿鲁，到愁次勾纪（地名），鲁补把界定，鲁旺把线划，……（《支嘎阿鲁传·巡视中部地》）

　　策举祖说道："笃支嘎阿鲁，你测天量地，确实够辛苦，测天量地毕，还余勘海水，妖魔没除尽，岩雕没收拾。测天量地时，走多少路程。被风刮多少，被雨淋多少，受多少饥饿，用去多大力，白日如昼夜，昼夜如白日，你不分昼夜，天天去测天，日日去量地，知道你用力，你真是辛苦。我们都商议，喊你回天庭，有话对你说。有事要你办，才把你喊来。"（《支嘎阿鲁传·再返天宫》）

　　努嗛则说道："笃支嘎阿鲁，我的这盅酒，略把谢意表，你测天辛苦，与你干一盅。"支嘎阿鲁道："多谢了。"努嗛则说道："喝下吧！"阿麦尼接话道："笃支嘎阿鲁，量地你辛苦，敬献你一盅！"阿鲁推谢道："恒友阿麦尼，酒别喝了吧！"阿麦尼劝说："恒友策举祖，赐的酒你喝，努嗛则的酒，你也喝下了，我献这盅酒，你却推谢了，笃支嘎阿鲁，你该赏赏脸。"阿鲁笑着说："恒友阿麦尼，不像你所说，是你误会了。"确勾插话道："笃支嘎阿鲁，与他干一盅，要说这盅酒，不是上乘酒，不是劣质酒，真正是神酒，真格是神酒，你喝下了它，就能言善辩，会十变九化，

――――――――――

① 鲁补，即鲁哺，指彝族九宫。
② 鲁旺，指彝族八卦。

不神奇神奇，不神异神异，不练武有武，不动有威严，肉眼不见的，你能见到它，凡人难去地，你随便可去，凡人难进处，你可随意进，凡人不会的，你都会做，无人敢坐的，你都能坐下，无人敢站的，你都能站立，无人敢睡的，你都可酣睡。"阿鲁入神道："这样的厚意，不单喝一盅，喝两盅，喝三盅，我同他喝尽。"恒友阿麦尼，高兴地说道："笃支嘎阿鲁，出口的真言，钩指拇为准。"阿鲁爽笑道："钩指拇就钩。"阿麦尼说道："一言为定！"喝一盅，喝两盅，喝三盅。喝了第三盅，恒友阿麦尼，又转过话题道："笃支嘎阿鲁，同干的三盅，像确勺说的，不是上乘酒，也不是尾酒，策举祖的酒，神异酒，神奇酒，名贵酒，第一盅神酒，喝了会变化，第二盅神酒，喝了武艺高，第三盅神酒，喝了就善言，喝了三盅酒，大大有裨益。"阿麦尼又说："接下来怎么喝，请举祖君长，您来说一说！"（《支嘎阿鲁传·阿鲁受赐宴》）

洛支三寿博，去到阿鲁边，假惺惺地说："笃支嘎阿鲁，家眷不知礼，我不去安排，样样都混乱。笃支嘎阿鲁，你千年不来，你万年不到，今天逢吉日，笃支嘎阿鲁，今天来寒舍，你我二人呢，算是有缘分。"他客气地笑，阿鲁赔着笑，支嘎阿鲁说："确实是实话，情况是如此。"寿博长女道："我父和阿鲁，坐着也枯燥，我安排舞蹈，给支嘎阿鲁，给你俩观赏，你俩赏面子，我叫她们舞。"三寿博问道："笃支嘎阿鲁，你说好不好?"（《支嘎阿鲁传·巡海除寿博》）

支嘎阿鲁说："你们三姊妹，好好地听着，牢牢记在心。我家姓支嘎，我名叫阿鲁，笃支嘎阿鲁，就是我名字。"（《支嘎阿鲁传·途中救弱女》）

从以上史诗文本中我们可以看出，无论天上的最高最大人物天君策举祖，诸天臣天神，还是"支嘎阿鲁"的对手，对"支嘎阿鲁"的称谓都是

"笃支嘎阿鲁"。

笔者在田野中了解到，贵州西部彝族地区，如威宁、六枝、盘县、大方等地的彝语方言中，"笃"为汉语的"人、人类、祖先"等意；这些地方的彝族用彝语称马桑树为"支"；彝语"嘎"音为汉语"上、上边、上面"的意思；"鲁"意为龙，"阿鲁"即"阿龙"，这一点各地皆同。那么"支嘎阿鲁"的完整称谓，应为"笃支嘎阿鲁"，翻译为汉语即为"马桑树上龙的传人"，与古老的植物崇拜有极大关联。贵州西部和云南相连的乌蒙山区，既是古老的彝族历史上聚居的地方，也是植物崇拜集中之地。

贵州彝族的姓氏多和植物有关，笔者彝姓"索卓"，"索卓"意为杉树的一种——"岩杉"。中国科学院昆明植物研究所民族植物学研究室的刘爱忠、裴盛基、陈三阳历经多年通过广泛的文献查阅、社会走访、田野调查后，他们在《云南楚雄彝族植物崇拜的调查研究》一文中认为，我国楚雄地区彝族传统的植物崇拜文化普遍存在着，并因此表现出多姿多彩的文化，从而集中反映在植物图腾始祖、鬼神崇拜、传统节日和民族习俗等各个方面。①

植物图腾的始祖意识在我国楚雄彝族社会中广泛地存在着。这里的人们普遍认为，他们的祖先是由植物演化而来，或者是因为某些植物曾经挽救了他们的祖先才使得彝族继续繁衍生息，因此此地区的彝族人把这些植物的枝条或根部做成人体的基本形状，当作灵牌加以供奉，并坚决禁止外人触碰。他们认为此类"灵物"就是他们已故祖先们的化身，因此是神圣不可侵犯的"圣物"。自然地，相同的植物基本也被看作整个部落家族兴衰的"神物"。

鬼神崇拜是众多原始宗教中重要的内容之一。在我国楚雄彝族社会中，令人奇怪的是鬼神崇拜和植物崇拜是紧密结合在一起的。在这些植物中，"鬼树""神树""神树林"表现得最为突出。"鬼树"之一就是当地的"米饭花"树，由于此树的树枝比较弯曲，因此树皮表层一般会包裹着一层灰白色的壳状地衣，加上其树叶的颜色随季节的变化而变化②，且形状相当怪

① 参见刘爱忠、裴盛基、陈三阳：《云南楚雄彝族植物崇拜的调查研究》，《生物多样性》2000年第1期。
② 通常此树春夏为绿色，秋为黄红色，冬天落叶后仅剩附着灰白色壳状地衣的茎枝。

异，遂被当地彝族人称作"鬼树"。小漆树也通常被称为"鬼树"，而这种"鬼树"不是因为其形状的怪异而得名，而是由于其树叶的颜色鲜红艳丽，并且含有毒素，人接触后通常容易引起皮肤过敏等症状。一般来说，这些"鬼树"没有人敢轻易砍伐。青冈栋的枝叶当地人经常用来"送鬼"；油杉被当地人指定为"阴材"，只能在做棺木的时候才能砍伐。

另外，楚雄彝族社会中也广泛地存在着大量的"神树"和"神树林"，而且差不多每个村寨都拥有专属自己村子的"神树"和"神树林"①。就拿"神树"来说，它所涉及的范围极为广泛，有"龙神""地神""山神""白马神""羊神""牛神""药神""花神"和"庙神"等。另外，"神树林"自然也包含着相当丰富的文化内涵。

彝族多种多样的民俗节日更是彝文化的一大特色。在彝族社会中，这些传统节日大多数也涉及大量植物崇拜的内容，如每年的农历二月初八，大姚县彝族民众都会过"插花节"；楚雄紫溪山周边地区的彝族民众会过"马缨花节"；武定县白路乡一带的彝族人会在每年农历三月初三过"马缨花节"；南华县彝族民众会在农历六月初六过"杨梅节"，这些都与楚雄彝族的植物崇拜有着密切联系。

刘爱忠等人还认为，在彝族社会民族习俗中，楚雄彝族社会多姿多彩的民族习俗更是与植物崇拜紧密相连。当地人每逢婚丧以及节日的时候，都要"撒松针"，并用青冈栋"搭青棚"；每年春节到来之际，要栽"天地树"；新生女婴出世时要栽"花树"（或者果树）；房屋的堂上要呈放一种柏树的枝叶，象征着家庭四季常青、永不衰落；茶花被看作"佛花"，预示着爱情；马缨花象征着吉祥等。2009年11月18日至21日在贵阳举办的"滇、川、黔、桂四省区彝文古籍整理协作会"暨"全国第八次彝学会"的会场外及彝族年的活动场地周围也撒满了松针。②

楚雄地区彝族传统的植物崇拜不但表现出了文化的多样性，而且通过植物崇拜反映了丰富的生物多样性。在刘爱忠等三人的记录中，此地区竟

---

① 较多的彝族聚集区将它叫做"密枝林"。
② 参见刘爱忠、裴盛基、陈三阳：《云南楚雄彝族植物崇拜的调查研究》，《生物多样性》2000年第1期。

然有多达 21 种植物在不同地区受到当地彝族民众的崇拜，这些植物及其所蕴含的文化意义如下表（表 1-1）。

表 1-1　楚雄彝族崇拜的植物及其文化意义编目①

物　种 Species	崇拜原因 Reasons for worship	地　区 Regions
桃　树 Amygdalus persica	被看作彝族祖先的"恩人"	紫溪山及其周边地区
云南野山茶 Camellia pitardii	被看作"佛花"或"神花"，是爱情的象征	紫溪山及其周边地区
云南山茶花 Camellia reticulata	被看作"佛花"或"神花"，是爱情的象征	紫溪山及其周边地区
云南樟 Cinnamomum glanduliferum	被看作彝族的祖先或彝族祖先的"恩人"	双柏县、紫溪山及其周边地区
马　桑 Coriaria sinica	被认为是天与地的通道、巫师与神的桥梁	整个楚雄州
青冈栎 Cyclobalanopsis glaucoides	被看作彝族的祖先或彝族祖先的恩人；送葬、驱鬼的特别材料	整个楚雄州
云南箭竹 Fargesia yunnanensis	被看作彝族的祖先或彝族祖先的"恩人"	双柏县、紫溪山及其周边地区
核桃树 Juglans regia	被看作彝族祖先的"恩人"	紫溪山及其周边地区
油　杉 Keteleeria evelyniana	被看作彝族的祖先或彝族祖先的"恩人"；棺材的指定用材	双柏县、紫溪山及其周边地区
葫　芦 Lagenaria siceraria	被看作彝族祖先的摇篮或"恩人"	南华县、大姚县部分地区
米饭花 Vacciniuim mandarinorum Diels	被认为是"鬼树"，具有超自然的力量	紫溪山及其周边地区
云南松 Pinus yunnanensis	被看作彝族的祖先或彝族祖先的"恩人"	紫溪山及其周边地区
侧　柏 Platycladus orientalis	被看作彝族的祖先或彝族祖先的"恩人"；吉祥的象征	双柏县、紫溪山及其周边地区

---

① 刘爱忠、裴盛基、陈三阳：《云南楚雄彝族植物崇拜的调查研究》，《生物多样性》2000 年第 1 期。

物　种 Species	崇拜原因 Reasons for worship	地　区 Regions
梨　树 Pyrus spp	被看作彝族祖先的"恩人"	紫溪山及其周边地区
马缨花 Rhododendron delavayi	被看作彝族祖先或彝族祖先的"恩人";"花神"或"送子神"	整个楚雄州
大白花杜鹃 Rhododendron decorum	被看作彝族的祖先或彝族祖先的"恩人"	大姚县、紫溪山及其周边地区
垂　柳 Salix babylonica	被看作彝族的祖先或彝族祖先的"恩人"	紫溪山及其周边地区
云南柳 Salix cavaleriei	被看作彝族的祖先或彝族祖先的"恩人"	紫溪山及其周边地区
小漆树 Toxicodendron delavayi	被看作"鬼树",具有超自然的力量	双柏县、紫溪山及其周边地区
棕　榈 Trachycarpus fortunei	被看作彝族的祖先或彝族祖先的"恩人"	紫溪山及其周边地区
紫竿玉山竹 Yushania violascens	被看作彝族的祖先或彝族祖先的"恩人"	武定县、禄丰县部分地区

　　从表1-1可以看出,这21种被楚雄彝族人崇拜的植物各具特色,并不专属于某类植物。① 其中有枝繁叶茂的并能长成高大树木的乔木种（如青冈栋、云南松和油杉等）,也有一些颇具观赏价值的植物（如马缨花、大白花杜鹃、侧柏、棕榈和山茶花等）,还有一些常见的有食用价值的植物（如桃树、梨树和核桃树等）。这仅是云南一个州的情况,云南昭通和贵州西部的广大彝族地区还没有相关学者作这样的调查,可见彝族的植物崇拜历史是相当悠久的,这也是贵州流传的"支嘎阿鲁"文本中,其出生和姓名总与植物有着密切联系的原始思想基础之一。有关植物崇拜的原因及形成,我们将在下文述及。

　　（二）"支嘎阿鲁"与马桑树

　　在彝族崇拜的植物中,与"支嘎阿鲁"名字关联紧密的马桑树历来为

---

① 此外,在个体水平上,广泛存在的"神树"包含了丰富的植物种类,仅仅在红墙彝族行政村笔者就记录了103棵"神树",这些"神树"涉及20个种、9个属和7个科。

一些部落族群所崇拜，就连植物崇拜较少的摩梭人，也有山上的马桑树附有许多精灵，时常来村内作祟，使人生病，所以有病必祭马桑树的传说。在我国的西南地区，马桑树被认为是天上人间的桥梁，是"通天树"或"天梯"。一些少数民族的传统仪式中的"上天梯"就明确地表达了祖先渴望与天相连接的美好愿望。如我国侗族的洪水神话"捉雷公引起的故事"中就有类似叙述：雷公下暴雨以致洪灾而淹灭了人类，天王放出12个太阳使大地干裂，炎热无比，这时一个名叫姜良的人爬上被称作"天梯"的马桑树，射掉了其中的10个太阳，余下的两个就是今天的太阳和月亮。这也是傩祭仪式中常见的"踩天刀"的神话渊源。当姜良站在马桑树上射日的时候，心里埋怨马桑树长得太高，就诅咒说"上天梯不要高，长到三尺就钩腰"，神奇的是从今以后马桑树果真长得不那么高了，这也可能是诅咒和宣誓的来源。彝族地区流传的"支嘎阿鲁射日故事"也有类似的情节。

彝族是一个崇拜马桑树的民族。上述的刘爱忠、裴盛基、陈三阳的《云南楚雄彝族植物崇拜的调查研究》一文中也谈到，马桑（Coriaria sini-ca）通常在楚雄地区被誉为"天与地的通道""人与神的桥梁"，因此在彝族的宗教仪式上有着特殊的含义。

马桑树亦称"千年红""马鞍子"。马桑树生长在我国的西北和西南等地，是落叶灌木，大多生长于山地的灌木丛中，高为四至六米，果实成熟时为红色或紫黑色，扁圆形似桑葚，不过味道微甜，容易被儿童发现并采摘。《尔雅》曰："木旗（簇）生为灌，灌木，丛木也。"马桑树是簇生的，多枝丛生成一簇，枝易脆、弯曲。但在我国的西南地区和华中的湘西鄂北却广泛流传着马桑树过去是高大乔木的传说，只是近两三百年才变成又矮又弯的簇生灌木。在西南地区，马桑树取代了其他"桑"树，为专一的"通天神树"，有生育、哺乳、祈雨、天梯功能。

马桑树是云南、贵州的乡土树种，它与世无争地在贫瘠的土壤环境中生长，根系相当发达，生存能力相当强，萌生能力也相当强，齐根砍断后又能萌发新枝，新枝砍后又能萌发。老百姓在荒山坡地种植马桑树作柴烧，用叶作绿肥。马桑树高不过三尺，无论生活在什么环境中，都是垂着头的。这就是很多神话中说的"长不到三尺就弯腰"的缘故。

由四川出版集团巴蜀书社 2006 年出版的马长寿先生的遗著《凉山罗彝考察报告》的第十一章第四部分专有"应用无穷之马桑树"一节：

> 马桑树，彝语名足史。种子由天而下，先落于白云，渐及于黑云，最终则下至于山之巅。人取而种之屋前，七日视之，芽未萌矣。种之屋后，七日视之，奄奄就毙矣。乃弃之山中，又七日视之，则嫩芽怒放，欣欣向荣。根有七十二，枝有七十二，七十二鹰巢于树上，七十二熊栖于树下，鹰攫人而食，熊扑牛而食，人不胜其扰矣。乞于铁匠，铁匠铸刀四柄，十二青年，担任伐树工作。先断一节以祭神，随以此节成四木盘，而盛饭之具得。又断四枝以祭神，随以四枝成四木碗，而盛菜之具得。又断一节以祭神，得冠顶二十四，土司得其一，于是土司能管属百姓，操生杀予夺之权。又断一节以祭神，得四十八书，而汉家之文字以兴。又断一节以祭神，得四十八神棒（彝巫用），而毕摩之法以盛。又断一节以祭神，得四十八鼓柄（苏尼羊皮鼓柄），而苏尼之术以起。鼓柄既得，苏尼未出，鼓柄泣，既见苏尼，鼓柄笑，苏尼持柄，以锤击鼓，鼓声咚咚，而苏尼神通大显矣。[①]

在英雄史诗《支嘎阿鲁王》中，"支嘎阿鲁"的降生和其名字的由来也没离开马桑树。

> 恒扎祝和嫏阿媚，是世上第一对恋人，他们的相恋，九万九千年，相好如一日。……春天光临支嘎山，正把大地亲吻。支嘎的马桑[②]，才伸出第一枝，巴地的杜鹃，才叫第一声，艳丽的索玛[③]，才开第一朵，忽然间天地抖了三下，雷鸣惊天地，闪电照宇宙，一只苍鹰搏击长空，一个婴儿呱呱降生。恒扎祝用尽最后一

---

① 马长寿：《凉山罗彝考察报告》（下），四川出版集团巴蜀书社 2006 年版，第 684—685 页。
② 支嘎，即支嘎山，据《支嘎阿鲁王》的整理翻译者考证，是在贵州省威宁县的西凉山一带。
③ 索玛，彝族称杜鹃花为"索玛花"。

丝力，化作矫健的雄鹰，啻阿媚吸进最后一口气，化作茂盛的马桑。孤儿没有名字，人们叫他巴若①，旱莲叶死又萌发，活省笃②树万古生长，巴若大难不死，白日有马桑哺乳，夜里有雄鹰覆身。

《支嘎阿鲁王》里还说阿鲁的父亲是天郎恒扎祝，是太阳的精灵，白鹤是他的化身，后来化为雄鹰。阿鲁的母亲是地女啻阿媚，是月亮的精灵，杜鹃是她的化身，后来化为马桑树。

阿鲁之名的获得，是在天君策举祖派使者到人间求贤才找到他之后，因为他还没有名字，且又是由马桑哺乳成长的，所以：

> 天臣诺娄则，细看阿鲁相貌，……太阳和月亮，组成他的眼睛；智慧和知识，组成他的头脑。龙虎是他的前胸，雄鹰是他的双臂，垫脚的是青红蛇，嘴唇犹如两条龙！……举行盛大的庆典，天臣诺娄则，给巴若取名，"马桑哺乳的巴若，龙鹰抚大的斯若③，就取名支嘎阿鲁。从此以后，直到太阳从西边出，麻苦候海④水干涸，阿鲁的名字不能落。"

《支嘎阿鲁传·鹰王降生》中"支嘎阿鲁"与马桑的联系更是密切：

> 整整十三年，天天想儿子，时时想儿子，刻刻盼儿子，直到有一天，阿鲁支嘎滴⑤，大坝子头上，大马桑树下，生一个男孩。生时父离世，生时母昏厥，策戴姆休克，戴姆的儿子，没有人照顾！策戴姆昏倒，戴姆的儿子，哭声如打雷，犹如起台风，惊动

---

① 巴若，意为孤儿，这里指"支嘎阿鲁"。
② 活省笃，树名，《支嘎阿鲁王》的整理翻译者注释解为梭罗树，笔者疑为桫椤树。
③ 斯若，彝语音译，意为"具有非凡能力的神人"。
④ 麻苦候海，即麻苦海，彝族古籍中经常出现的湖泊名。古籍中无相关解释，王继超（阿洛兴德）先生认为比湖泊为贵州省威宁彝族苗族回族自治县的草海。
⑤ 原书注为地名，传说中的"支嘎阿鲁"出生地，今贵州威宁县境内还有与此相同的地名。

了天庭，吴阿皮、厄阿帕捡生，举舒野①照顾，喂马桑露珠，到勾策打洛②，署举哈母问，生了他这人，取他什么名？

穆索尼回应，不取名，叫不应。我给他取名，摸三下头顶，边摸边评论，头顶悬日月，摸三下耳朵，能听千里话。摸三下眼睑，要观万里事。摸三下嘴唇，要断事无误。摸三下小手，管山川河流，想就记，记就知，知就做。摸三下腰部，造鲁补，订鲁旺。摸三下小脚，测中央，清海底，修路过，收拾妖魔，与雄鹰为伍，斩杜瓦③，要你去完成，为马桑之故，取支嘎阿鲁，天上有你位。

"支嘎阿鲁"与马桑树的渊源，很多文本都有涉及，《民间文学资料集》第 68 集中，就有一篇由阿侯布代译述，山晴、文石、王子尧整理的彝族古歌《神仙根源》。这篇故事中叙述：远古的时候，因为天上打雷，地上猛然之间出现了恒也阿默尼（女）和宙姑始乳那（男）两位神人夫妇，他们教会了地上的人们练武、耕种、织布和缝衣，并能创造出文字、制造弓箭和传播文化。随后，地上的人们变得聪明了，他俩就回到了天上。然而不久之后，人间大地就有妖怪横行，整天害人吃人。天上的天君派遣了神仙下凡收服妖怪，但神仙到人间却被惨象吓到，最终无功而返。后来有一天，天君脸突然发热，心神不宁，便预感人间要出大事了，于是就派风神、雨神和雷神到人间走访。三位天神到达了人间，查访了大石和岩神，都没有探听到任何有价值的消息，最后问到了马桑树，马桑树则将它所知的离奇之事原原本本地告诉了他们：

"三位大神呀，听我说根由，我在这地方，在了几百年，只是前不久，你们天上的，天上的恒乍竹，来到凡间呀，他在此地呀，玩了两三天。他和地下的，头乍吐姑娘，就在此地呀，玩了两三

---

① 吴阿皮、厄阿帕、举舒野，都为哎哺时代的氏族首领名，亦是天神名。
② 勾策打洛，传说中能使人渡难关、超障碍、超越他人的地方。
③ 杜瓦，传说中的怪物，长着猪头蛇身，故称杜瓦舍迫，以土穴或岩穴为居，专食人与动物。

天。他俩又唱歌,他俩又跳舞。好个头乍吐,头乍吐姑娘,如花一样美,好似人世间,最美的姑娘。这个姑娘呀,左手七只镯,右手七只镯,耳环和耳坠,金的和银的,多美的姑娘。他俩在此地,互相爱上了。刚过三天后,恒乍竹走了。头乍吐姑娘,昨日来此地,生了个男孩。这个姑娘呀,她在此地说:她是个姑娘,不能在家里,不能在娘家,娘家生下孩,那就丢丑了;如果在家里,家里生下孩,那就丢丑了;只好来此地,来到此地呀,就在此地生,生下个男孩。昨日生的孩,生在马桑脚。孩子生下后,姑娘就走了,丢下孩子呀。这个孩子呀,没有人照应,浑身黑黝黝。在今天早上,他在此地呀,吮了马桑汁,用马桑树呀,养活他的命,马桑树当母。可是今早上,带着一群虎,带着许多狼,骑着一麒麟,往西边走了。这个黑小孩,麒麟当马骑,虎豹当狗带,今日一大早,往西边去了。"雨神开言道,风神开言道,雷神开言道:"这个黑小孩,不是一般人,他是一仙子,定把他找到。"马桑开口道:"仙子我不知,神子我不知,黑黑的小孩,往西边去了。你们说仙子,人们说神子,你们去追吧,你们去找吧。"……三神又分工,各到一方找。他们三神呀,找到沟甸地,沟甸这地方,有个沟甸海;海水清悠悠,草原绿油油,百花齐开放,多美的地方。他们三位神,一同到此地,汇聚在一起,来到了海边,就看到小孩。这个黑小孩,刚生下三天,自己海里洗,自己洗身上,到处浇水洗。他带着的狼,他带着的虎,他骑的麒麟,就在海边上,团团围住他。……风神和雨神,急忙来商量,派了雷神呀,上山取泡木,取来建神位。……神位建好了,风神和雨神,急忙就下海,去带小孩来,去拉小孩来。可是这孩子,站在海里面,洗了半天呀,洗也洗不白,洗也是黑的,不洗是黑的。话也不会讲,说话听不懂。雨神急急忙,风神急急忙,把他拖出来,把他拉出来。把他拉出后,风神走左边,雨神走右边,雷神走前边,神位建好后,就把这小孩,拉在神位里,往前转三下,往后转三下,雷神口里讲,雨神口里讲,风神口里讲:"这个小孩呀,

还没有取名。在这时候呢，我们三个呀，要给他取名，名祝各阿鲁。"这个小孩呀，名字取好了。可是他周身，漆黑漆黑的，还是不吉利，再放神位里，转上三个圈，他们三个啊，再来给他洗。他们三位神，就把这小孩，拉在神位里，团团转三圈，从中过三次。他们三位神，口里念有词："从现在起呀，你就有了名，叫祝各阿鲁。给你洗一洗，洗了要讲话。"念了三次后，阿鲁会讲话。讲话真受听，语言真流利。他们三位神，把他拉着走，走到海边上，浇了三次水，洗了三次身。刚洗三次后，黑的全脱了，三次洗白了。阿鲁会讲话，他们三位神，三位很高兴，急忙把他呀，速带到天上。①

到了天上，天君策举祖面试后，赠给阿鲁衣服、宝剑、战马和士兵，委以重任，降妖除魔，建立了功勋。从那时候起"天下老百姓，年年敬阿鲁：杀牛敬阿鲁，杀猪敬阿鲁。阿鲁的功劳，功劳真不小。人们年年敬，人们月月敬，月月敬阿鲁，年年敬阿鲁。一代传一代，一直传到今。"

在我国民间文学"三套集成"② 工程之中的《彝族民间文学资料》第一辑资料中，也有一篇《注戛阿鲁除妖害的传说》，里面谈到"注戛阿鲁"的身世时给予了浓墨重彩：

在那远古时，有一位天神，名叫补阿余。住在天宫里，掌管昼和夜，划分年月日，权力代代传。一世补阿余，二世余阿仕，三世仕阿苏，四世苏仇啥，五世仇啥笃注，六世笃注戛，传到第六世。笃注戛之世，别名注汝啥，经常住天宫，觉得阴森森，感到很寂寞。在一天清晨，私自离天宫，悄悄下凡尘，来世上散步，到人间漫游。来到"吞祖境"（地皇境），秀丽的山川，千姿百态；那奇花异草，绚丽夺目，人间胜天堂。只顾观美景，不觉夜幕临，

---

① 参见中国民间文艺家研究会贵州分会编印：《民间文学资料集》第 68 集（彝族古歌、叙事诗），第 270—292 页。

② "三套集成"即《中国民间故事集成》《中国歌谣集成》和《中国谚语集成》。

投宿吞祖家。吞祖有一女，名叫吞嫩丽，容貌赛天仙，贤惠又聪明。注汝啥和嫩丽，相处不交谈。一夜无感觉，二夜无反映，到了第三夜，吞祖的女儿，到马桑树脚，生下一儿子，名注戛阿鲁。刚一生下地，开口会说话，举步能走路。长得很奇怪，头发白花花，眼睛亮闪闪。满身沾污秽，遍体生斑点。他离别母亲，到沟仆贾候（指湖海），跳进海中间，要洗去污秽，要除掉斑点。任凭怎样洗，还是洗不净。回马桑树脚，天师布始族，从这儿路过。阿鲁求天师，来替他禳解，去斑点污秽。天师布始族，仔细看阿鲁，不像凡间人，答应其请求。去举祖大菁，砍来黄白木；到啥弥买候（地名），舀来清洁水。黄白木搭架，立"恰吐鲁则"（神位），再砍马桑枝，摆上青茅草，竖起桑杈门。三十六对杈，共七十二枝。天师布始族，挎上了"月吐"（祭祀法具），戴起了"洛洪"（神帽），手拿着"吐琪"（法具）。九山取九石，将九石烧热，泼上清洁水，口中念禳词，令注戛阿鲁，从杈内走过。醋糟烹其身，阿鲁洁净了。天师布始族，一一传知识。上教他天文，下教他地理，再传授武艺，习文又练武，阿鲁样样会。又传授仙术，三十六计谋，七十二变化，阿鲁样样通。能上天摘星，能下地擒妖，能入海捉怪。①

当"注戛阿鲁"拥有了超凡的本领以后，便被天君策更苴收服并委以重任。"注戛阿鲁"收妖降怪，建立了不世功勋，后率众仙返天宫复命，得到了天君策更苴的丰厚赏赐，并居住在天宫。地上的人们便在啥弥卧底这个地方修建了阿鲁寺庙，塑了阿鲁神像，并时时加以祭拜。

可见，"支嘎阿鲁"与马桑树的密切联系，是贵州各文本的一个特点。关于马桑树为什么能够成为"天与地的通道""人与神的桥梁"，笔者认为，除了下文将要涉及的史诗中神树母题的一些缘由和汉文献中相关资料及一

---

① 赫章县民族事务委员会汇编：《彝族民间文学资料》（第一辑），贵州省地矿局113队印刷厂印制，1988年版，第49—52页。

些学者所认为的与"桑林"、果子的红色与太阳崇拜等有关联外，应该还有以下原因：一是生殖联想，和竹类似，马桑树繁殖得很快，新发的树芽像棒笋样壮，所以长得风快，一个春夏就两米多高，结的果实很多，枝叶茂盛，是彝族地区生活中常见的植物；二是应该与马桑树果实的独特医药价值有关系。在《全国中草药汇编》中关于"马桑"的词条上写有：该物种属于中国植物图谱数据库收入的有毒植物，其毒性较大，为全株有毒，特别是其嫩叶和尚未成熟的果实毒性较大。然而，在果实成熟之后其毒性却大大降低，儿童较多采食其果实，食少量却不易中毒，不咬碎核也不易中毒。人误食青果 15~60 克可致中毒，1~3 小时内发作。主要症状为全身发麻、出汗、缩瞳、流涎、恶心、呕吐、心跳过缓、呼吸加快、血压上升、烦躁不安、阵发性强直性痉挛以至昏迷，因呼吸衰竭而死亡。大量服用成熟果实可因神经中枢过度兴奋，引发通天连地的幻想。

（三）"支嘎阿鲁"与神树母题

远古时代，大地上的森林覆盖率远远超过今日，树是与人类关系最为密切的自然物之一。在"万物有灵"原始思维的影响下，在远古先民的心目中，树不但是有生命、有灵性的东西，对人类的生命还有着较大的影响。

木塔里甫、吾云在《史诗中的神树母题》中谈到，神树母题是哈萨克及其他突厥语民族英雄史诗中的一个特殊的母题形式。[①] 在有关神树的崇拜中，多把太阳、鸟与之结合在一起崇拜，很多民族将神树崇拜和英雄的抚育结合在一起。梅列金斯基在《英雄史诗的起源》中谈道：

> 神树祝福也是亚库梯人的一种仪式，神树让主人公吸吮它的乳汁，这样壮士就会力大无穷。一首史诗中的主人公艾尔—索戈托赫就是在神树的抚育下长大成人，而另一个主人公的养母则是大鵰。
>
> 受神树哺育和萨满女巫孵化的情节也可见于萨满教传说。其中称萨满出生在北方。鸟母（一种像鹰的鸟，长有铁喙）在一棵

---

① 参见木塔里甫、吾云：《史诗中的神树母题》，《民族文学研究》1997 年第 2 期。

巨大的落叶松上搭窝孵蛋。当萨满的灵魂破壳而出时，大鸟就把他交给魔女比尔盖泰伊—乌达冈抚养。魔女把他放到铁摇篮里，用凝结的血块喂他。在史诗中常有此类魔女喂养小萨满的情节。学者们认为，萨满教徒就像铁匠一样崇尚幼时受火神克达伊—巴赫萨的锤炼。[①]

在《支嘎阿鲁王》和《支嘎阿鲁传》中，"支嘎阿鲁"不仅生在马桑树下，而且还是马桑树汁抚育成长的。著名的人类学家弗雷泽（James George Frazer）曾对世界崇拜树的民族作过详细的考察。他认为，人们之所以崇拜树，原因在于：第一，相信树或树的精灵能行云降雨，能使阳光普照；第二，树神能保佑庄稼丰收；第三，树神能保佑六畜兴旺，妇人多子。于是，各地的妇女利用种种方式向树神求子嗣，如毛利人的图霍部族不孕的妇女只要双臂拥抱神树，就会怀孕。瑞典有些农村孕妇，常去搂抱神树，以求保佑临盆易产。刚果地区某些黑人部落的孕妇用神树树皮做成衣服穿在身上，她们相信神树可保佑她们分娩时免于危难。[②]

弗雷泽在《金枝》一书中曾描述过这样的习俗：如果印度教徒种植了大片的芒果树，他定会把其中的一棵芒果树作为新郎和另外一棵别的树木结婚。德国的农民则习惯了在圣诞节的前夕，用草绳将一些无花果树扎在一起，从而让它们结出果实——他们认为这样做就可以使那些果树结婚了。[③] 我们看到，人们对树木进行的所谓的婚礼多是源自对人类的刻意模仿，而这种模仿的存在，则是因为人们认为树木像人类一样拥有繁衍和生育的能力。

除婚姻以外，树木还与人类的怀胎、生育等关键性生殖环节有着密切的联系。例如，土家族就认为，凡是古树，由于其常年经历了日月精华的

---

① ［俄］E. M. 梅列金斯基：《英雄史诗的起源》，王亚民、张淑民、刘玉琴译，商务印书馆 2007 年版，第 301 页。

② 参见［英］詹姆斯·乔治·弗雷泽：《金枝》，徐育新等译，中国民间文艺出版社 1987 年版，第 178—182 页。

③ 参见［英］詹姆斯·乔治·弗雷泽：《金枝》，徐育新等译，中国民间文艺出版社 1987 年版，第 174 页。

磨炼，都具有了灵气，可以对人类生命的降临和成长具有神奇的力量。在梵净山鱼坳，就有一棵被人们视为"送子神树"的所谓的"怀胎树"，经常有来自湖南、四川、广西等省区的群众向它进行祭祀，祈求它能让家中的妇女受孕怀胎。①

关于这种现象，廖明君在《生殖崇拜的文化解读》中认为，在传统的思维中，妇女生育一方面是一件喜事，另一方面也是一件有着种种忌讳的事。因此，人们在妇女生育时，往往采取种种措施来解除生育所带来的种种不利。在壮族地区，小孩出生之后，一般都要在家门口插上几枝树枝，一方面是告知世人这一家有新的生命降生，另一方面是需要借助于树的生殖力来护佑新生的生命顺利度过初生期。②

在国外各民族中，亦广泛存在着对树神生殖崇拜的原始礼仪遗风。弗雷泽在《金枝》中，就辟有"现代欧洲树神崇拜的遗迹"一章。正是因为树具有繁衍氏族始祖的力量，所以一些树也就常常成为祖先树或族树。例如，云南彝族的密且人，每一姓都要认定一棵树作为本族的族树。人们多认为族树的苗壮成长，象征着本族的人丁兴旺，反之，则象征着本族的衰亡。也正因为这样，祭族树就成了本族最大的庆典盛会。祭族树一般是一年一次，时间在农历六月二十四或是八月十五。一般是由族内按户轮流作会头，一年一户。会头要准备一只羊或猪肉二十四斤，加上两斤酒，一把香，一刀黄纸钱，或是按户筹集钱粮。而族内新添子女的人家，祭族树时则要交酒一斤。祭祀的时候，全族各户在族长的带领下，聚集于族树下。祭祀前，先撒青松毛为祭坛，然后插三杈松枝一根，点燃三炷香，供上三碗米，以及酒、茶各一杯。接着，用烧红的铁器蘸水，以发出嘶嘶声，表示"驱魔驱邪"。此后，把羊拉到族树前，由族长率领族人跪下，向族树祈祷。祈祷毕，奠酒奠茶，烧纸钱，杀羊。羊角砍下来后，拴在族树的树干上。等羊肉煮烂、饭煮熟后，又要用熟食祭祀一次。祭祀完毕，全族老少围坐松毛席吃族饭。外族人不能参加此宴，新添子女的人家，婴儿由母亲

---

① 参见廖明君：《生殖崇拜的文化解读》，广西人民出版社 2006 年版，第 172 页。
② 参见廖明君：《生殖崇拜的文化解读》，广西人民出版社 2006 年版，第 172 页。

背来，交酒一斤，由族长给羊肉一碗，然后马上离开。①

从上可知，在彝族密且人的思维中，树不但成了预示着本族人丁兴旺与否的族树，而且还与本族内新添的人丁发生着一定的联系。

《吕氏春秋·有始览》载："及禹之时，天先见草木，秋冬不杀；禹曰：'木气盛'。木气盛，其事木。"这是汉文献中有关树崇拜的较早记述。云南弥勒和石林的彝族民众的"密枝节"，是彝族村落中所有男子共祭的节日，它源自原始时代彝族先民对森林的崇拜。节日期间，这些地区彝族村落中的各户男丁要共同宰杀一只或多只绵羊，然后才能到密枝林中去祭林。一般说来，密枝林大多位于村落外部，多是一片充斥着神圣色彩的茂密的树林。彝族男子在林中祈祷祭献之后，这些羊肉将会被分给各户并被各户带回家去孝敬祖神。祭密枝林结束之后，全村的男女老少都必须集体上山且要赶雀一天。

彝族传说中也有体现植物崇拜的内容：早在远古的时候，洪水滔天，许多动物和睡在金床、银床上的人们都遭受到洪灾而被淹没了，但惊奇的是睡在一张木头床上的彝族先民居木惹略却免遭罹难。他在木床上随着河水漂浮了二十一天，结果在麻地尔曲波（贡嘎山）地区被救。他很善良，顺便拯救了被洪水冲来的老鼠、青蛙、蜘蛛、蛇等动物。在那个时代，动物们都会说话，这时候一个叫做阿普阿沙的神仙对这些动物们说："你们都像人类一样讲话，所以你们都是一样聪明的，这样是很不好的。我会给你们一些神水，你们喝下去这些神水之后，有的会变得愈发聪明，有的则将变得更加蠢笨。"动物们自然都想变得聪明一点，于是一窝蜂地拼命向放有神水的地方跑去，人则由于跑得慢而落到后面。结果放在金碗、银碗、铁碗里的神水就被动物们喝了，人由于晚到却只能喝树叶做的碗里面的神水，可这些水却是智水，人从此变得更加聪明了。相反，金碗、银碗和铁碗里的水都是哑水，动物们就都成为了哑巴。②

森林是彝族人的故乡。古往今来的彝族人活着的时候离不开森林，去

---

① 参见高立士：《彝族密且人的原始宗教》，《思想战线》1989 年第 1 期。
② 参见罗布合机：《凉山彝族的树木文化》，《大自然》2001 年第 4 期。

世之后不仅要用木柴来火化，更要把用竹和木制作的玛都（灵牌）悬挂在家中，供以后的亲人们凭吊。从古至今，彝族人民就一直认为有神树。在四川省南部喜德县红莫镇的瓦曲久村，生长着两棵长达 300 多年树龄的公母青冈树。据测量，这两棵青冈树的躯干周长都达到了 4 米，高度则大约 20 米。这两棵青冈树枝繁叶茂，四季常青，就像是两把巨大的绿伞。长久以来本地区的彝族人们都把这两棵树当作神树来进行保护，不但严禁人们砍爬，而且每年在特定的日子进行祭拜。一到祭拜的日子，当地的彝族人用白绵羊、白公鸡祭祀，以祈求青冈树能给彝族人带来风调雨顺的好年份。彝族的谚语也有说："没有树林在，哪有鸟兽存，没有水塘在，哪有青蛙生。"① 彝族还有著名的竹生人的始祖神话和记录于《华阳国志·南中志》中"触沉木而感生"的九隆神话，对于彝族先民来说，万物有灵的宗教观念以及由此而生的对树木的崇拜较为普遍，这也是彝族英雄"支嘎阿鲁"为"笃支嘎阿鲁"的缘由所在。

洛边木果、何刚、周维萍在《各地彝区支格阿鲁及其文学流传情况比较》一文中认为，"支嘎阿鲁"的神性光芒遵循着由贵州→云南→四川的指向并呈递增状态。根据贵州存在的大量的文献记载着"支嘎阿鲁"的诸多事迹和家族谱牒，因此学者们认为彝族英雄"支嘎阿鲁"及其文学最先在贵州地区流传，就是说其雏形先在贵州形成，然后随着彝族人的不断迁徙而流入云南，最后才到达四川地区。② 笔者不赞成这一说法，根据相关史料和文献，笔者认为，"支嘎阿鲁"史诗与植物的密切联系是贵州文本的一大特点，贵州"支嘎阿鲁"应为"笃支嘎阿鲁"——"马桑树上龙的传人"，与古老的植物崇拜有极大关联。从植物崇拜与"支嘎阿鲁"的称谓及其含义可看出，彝族英雄"支嘎阿鲁"名字的中心词还是"鲁"即"龙"，"支嘎阿鲁"史诗应产生于其他地方，成熟于植物崇拜浓厚的乌蒙山区。关于"支嘎阿鲁"史诗的产生和发展，将在下一章涉及。

---

① 罗布合机：《凉山彝族的树木文化》，《大自然》2001 年第 4 期。
② 参见洛边木果、何刚、周维萍：《各地彝区支格阿鲁及其文学流传情况比较》，《中央民族大学学报》（哲学社会科学版），2005 年第 1 期。

第二节 "支嘎阿鲁"的古籍记载及流传情况

彝族史诗"支嘎阿鲁"是我国彝族民众的文化瑰宝，在千百年来的传唱中，由于地域、语言以及生活环境的变化，形成了目前多个不同的史诗版本。彝族民众较多的云南、四川、贵州和广西等省区，至今还传唱着不同形式和内容的彝族史诗"支嘎阿鲁"。同时，在这些地区的古籍方志等文献资料中，也存在着大量有关"支嘎阿鲁"的内容。

一、云南、四川的"支嘎阿鲁"史诗文本及古籍记载

云南和四川是我国彝族人口聚集较多的省份，不仅流传着不同版本的英雄史诗，也保存着较多的与史诗"支嘎阿鲁"相关的古籍文献资料。

（一）云南的"支嘎阿鲁"史诗文本及古籍记载

彝族是云南人口最多的少数民族，有 406 万多人，24 个支系，彝语六大方言都在云南，因此，云南地区"支嘎阿鲁"的流传情况具有多样化和复杂化的特点。

表1-2　云南关于"支嘎阿鲁"的古籍记载及相关情况表

文本文献及流传名称	资料类别	主要内容	编译出版情况	备注
《万物的起源》	彝文古籍	书中有专章"大英雄阿龙"，叙述"支嘎阿鲁"及其英雄业绩	梁红译注，云南民族出版社1998年版	
《阿鲁举热》	彝族史诗	神奇怀孕；英雄降生；英雄成长；消灭恶人日姆；射日月；制伏毒蟒；制伏恶石蚌；英雄死亡	彝族肖开亮唱述，黑朝亮翻译，祁树森、李世忠、毛中祥记录整理，最初载于《楚雄民族民间文学资料》第一辑，后来发表于《山茶》1981年第9期	流传于云南楚雄彝族自治州的元谋地区

文本文献及流传名称	资料类别	主要内容	编译出版情况	备注
《中国彝族通史纲要》	著作	彝文文献《支格阿龙》称滇池为滇濮殊洛。这部专著认为：在云南滇池附近一带，彝文文献资料显示的鹰部落和蛇部落首领"支格阿龙"是由龙养育成人的，因此认为滇濮殊洛地方的彝族人是由龙繁衍的。英雄"支格阿龙"则是鹰部落和龙部落相互通婚才生下来的，因此"支格阿龙"的许多活动都得到了鹰部落的鼎力支持。"支格阿龙"领导人们用火炼铜并制作工具，用铜锄开垦土地，种上庄稼和牧草，建立人类最早的村寨。娶蛇部落女子为妻，建立以父系血亲相传承的父系社会	陇贤君执笔，云南民族出版社 1993 年版	
"阿庐古洞"	口头流传	很古的时候，"支格阿龙"在这个巨大的溶洞里避开其他部落追杀，开誓师大会，最后战胜其他二十七个部落，统一彝族地区，建立王国	参见洛边木果的《中国彝族支格阿鲁文化研究》，中国戏剧出版社 2008 年版	流传于云南陆西县
"支格阿龙悬崖"	口头流传	云南石屏、新平等彝族地区有许多悬崖被称为"支格阿龙悬崖"，都因与"支格阿龙"有联系而得名	参见洛边木果的《中国彝族支格阿鲁文化研究》，中国戏剧出版社 2008 年版	

（二）四川的"支嘎阿鲁"史诗文本及古籍记载

四川有彝族人口二百多万，拥有全国最大的彝族聚居区——凉山彝族自治州，是彝族文化最富集最有特色的地区。关于"支嘎阿鲁"的研究，四川彝族文化研究院（设于西昌学院）专门有洛边木果领衔的"支格阿鲁"文化研究室，成果颇丰；关于"支嘎阿鲁"的流传，四川地区只有部分文献记载，但口头流传比书面流传的数量多得多，且丰富多彩，灵活多样。

表1-3 四川关于"支嘎阿鲁"的古籍记载及相关情况表

文本文献及流传名称	资料类别	主要内容	编译出版情况	备注
《勒俄特依》	创世史诗	书中有专章"支格阿鲁史""射日射月""支格阿鲁降雷神"。主要记述阿鲁为雄鹰和美女所生,为龙养育。其后射日月,降雷神,伏妖魔等事迹	冯元蔚译,四川民族出版社1986年版	流传于四川、云南部分地区,有的译为《史传》或《溯源史》,彝族人视其为自己的"历史书"
《支格阿鲁》	英雄史诗	全诗11490行,有"支格阿鲁诞生""支格阿鲁射日月"等九大部分	由格尔给坡搜集整理,卢占雄主编四川民族出版社,1984年版	彝文版
《支呷阿鲁——凉山彝族神话故事》	神话故事	搜集有25个关于支呷阿鲁的神话故事,故事内容基本与史诗《支格阿鲁》相同	额尔格培讲述,新克搜集整理,四川民族出版社1982年版	
《支格阿龙》	神话叙事诗	叙述了从远古洪荒时代到母系氏族时候的社会风貌,从"支格阿龙"的诞生、成长以及"支格阿龙"射日月、制伏雷神、制伏妖魔鬼怪、拯救人类及万物生灵、为民消除灾难、统一彝族各部到阿龙去世等伟大而悲壮的一生	沙马打各、阿牛木支等主编的《支格阿龙》,四川民族出版社2008年10月版,全国高等学校统编教材教育部资助项目	该史诗以卢占雄主编的《支格阿鲁》(彝文版)为主要蓝本,结合贵州流传的《支嘎阿鲁王》部分章节共同编译而成,全书共一万二千多行
相关故事	口头流传	四川彝族地区家喻户晓,特色各异	参见洛边木果的《中国彝族支格阿鲁文化研究》,中国戏剧出版社2008年版,第14页	
"划定天地界"	传说	古时因不知天头地尾,大英雄阿鲁受到天帝策耿纪的派遣来划定天地之界。聪慧的阿鲁以天空中星座对照了地上的方位,从而划分出了地上的东南西北,并将天分为九界,地划为九级	参见王荣辉等的《彝族创世诗》,四川民族出版社2004年版	

二、贵州的"支嘎阿鲁"史诗文本及古籍记载

贵州虽很落后但是一个很有意思的地方。贵州之名，始于宋代，当时区域极小，不存在现代意义上的贵州，但贵州西部的彝族地区却较早存在，学界初步认定的古夜郎国的中心地带，就在这一区域。1998 年，学者们还发现并翻译出版了一部彝文古籍《夜郎史传》。明永乐十一年，在这一地区建贵州布政司。清雍正年间，把当时四川所属的遵义、正安等地，湖广所属的天柱、玉屏、荔波等地划属贵州，贵州区域才开始确定。贵州建成一个省，不是像其他省区那样，是出于一种人类群体文化的自然生存的需要，而是出于一种政治和军事的目的需要。同时加上受地理、气候、物产、交通等条件的制约，省内各民族的分布呈"大分散、小聚居，大杂居、小聚居"，这样就形成区域文化的相对完整但却导致经济结构、文化结构和生产方式的相对封闭，各地区历史地保存着与其他地区相对的文化上的独立性。这就使得贵州历史上的诸种政治形态（比如汉族地区的官僚制度和民族地区的部落土司制度等）、经济方式（如落后分散的小生产和原始的刀耕火种）、文化特征（如各民族的民风民俗和原始民族宗教）等的差异性得到了较为完整的保存。贵州独特的历史形成的区域文化也因此具有以下几个特点：

一是民族多，有 49 个少数民族，17 个世居民族。民族民间文化资源丰厚，少数民族非物质文化原生态环链保存相对原始而完整。

二是由于贵州处于发展较为成熟的荆楚文化、巴蜀文化、古滇文化、古越文化的交叉点上，历史上民族众多，各据一方，互不统属，所以各种文化皆能和平相处，互不干扰，成为人们戏称的那种"墙内电子航空，墙外刀耕火种""西边丢个原子弹，东边还在唱山歌"的局面。这种奇特的矛盾关系形成了贵州独有的文化群落和多族群、多文化共生的文化生态环境。

三是就贵州西部彝族地区而言，我们知道，彝族是我国西南少数民族中少数有文字和独特文化传统的民族之一，分布在云南、四川、贵州和广西等省区，是西南地区人口最多、分布最广的少数民族。到新中国成立前，很多彝族地区仍属奴隶制，而贵州西部彝族地区，正处于四省区彝族迁徙融合的交叉点上，交通不便，属于贵州的极贫地区，原始文化保存完整，彝文古籍丰厚，民族民间文化研究价值较大。全国目前发现的四部关于彝族"支嘎阿鲁"的史诗，篇幅最长、最为完整的两部《支嘎阿鲁王》和《支嘎阿鲁传》就是在这个地区搜集和传承的。

我国贵州省关于彝族的文献资料是最为丰富的，口头流传的民间文学基本上都被编著成了书。"支嘎阿鲁"自然也不例外，贵州省与"支嘎阿鲁"相关的民间口头流传的神话、故事、传说、典故等基本上都被编入了文献资料之中。除此之外，贵州省还存在着很多与"支嘎阿鲁"有关的谱牒、历史和天文历算等方面的文献资料。另外，贵州目前也存在部分民间口头流传作品，与书面的文献大同小异，基本一致。

表1-4 贵州关于"支嘎阿鲁"的古籍记载及相关情况表

文本文献及流传名称	资料类别	主要内容	编译出版情况	备注
《西南彝志》	历史文献	第六卷中的"支嘎阿鲁史记"等章节，记载了"支嘎阿鲁"的身世和部分的英雄业绩。其中涉及"支嘎阿鲁"的家族谱系、居住地和生活状况的描写，具有较高的可信度	贵州省毕节地区彝文翻译组译，贵州民族出版社1992年版	
《物始纪略》	历史文献	文献的第二集里专门有"划定天界"和"除妖记"两章来记录"支嘎阿鲁"的身世和部分英雄业绩，如在"划定天界"一章里写道："在远古时哭/阿颖一代/颖阿翁二代……/支嘎阿鲁七代/支嘎阿鲁他/由策举祖派遣/手持量天杖/……策马越彝地/快速如飞鸟/打天的标记/定地的界限。""除妖记"一章描绘了"支嘎阿鲁"如何智勇双全地击败三种吃人妖怪的故事	贵州省毕节地区民族事务委员会编，贵州省毕节地区彝文翻译组译，四川民族出版社1991年版	

续表

文本文献及流传名称	资料类别	主要内容	编译出版情况	备注
《彝族源流》	彝文典籍	在典籍第十卷中的"支嘎阿鲁源流""阿鲁的后裔"等章,第十四卷的"贤人四十七"一章都叙述了大英雄"支嘎阿鲁"的出身、不凡的本事以及其业绩功德。其中的"支嘎阿鲁源流"一章就记录的是由武僰氏的焚雅勒至"支嘎阿鲁"等七代的家谱	贵州省毕节地区民族事务委员会编,贵州省毕节地区彝文翻译组译,贵州民族出版社1992年版	
《支嘎阿鲁家世》	谱牒	该谱牒主要叙述了彝族武僰氏僰阿勒家族的第七世孙"支嘎阿鲁"(名字是恒摩诺娄则所取),刻画了"支嘎阿鲁"英武俊美的外貌和英勇非凡的本领,也记录了阿鲁的后十代谱系,并指出彝族人为了怀念这位伟大的英雄祖先,在撒矣卧底①地区修建了阿鲁庙,并塑了阿鲁的神像	见贵州省毕节地区彝文翻译组搜集整理,《彝文典籍目录·贵州卷(一)》,四川民族出版社1994年版	
《彝族创世志——谱牒志》	谱牒	谱牒中有"助嘎阿鲁寻源"一章,描述了天君策举祖选中阿鲁,遣他去巡访人间。"天山锁独开/取用权令鞭/穿巡地靴/带八名壮士/直飞四处/神仙九头目/随行来助威/擒拿害人精……举祖为之喜/令他住天宫/享受功利禄"随后阿鲁的后代为纪念他便修建了一座庙,塑了一座像	贵州省赫章县民族事务委员会、贵州民族学院彝文文献研究室编著,《彝族创世志——谱牒志》(一),四川民族出版社1991年版	
《杰柞数》	天文历算	这部文献主要描写了古人"支嘎阿鲁"与奢武吐夜观天象的诸多事迹:如他们发现了许多星座,有白星、青星、黄星、黑星、赤星、启明星、日莫星等,并描绘了各个星座的不同形状,如吐杰(白星)好似六只眼的人,尼杰(青星)就像猎豹,能杰(赤星)如同展翅的鹰等	见贵州省毕节地区彝文翻译组搜集整理,《彝文典籍目录·贵州卷(一)》,四川民族出版社1994年版	

---

① 撒矣卧底,地名,具体地址不详。

续表

文本文献及流传名称	资料类别	主要内容	编译出版情况	备注
《鲁哺鲁旺》	天文历算	本部典籍讲述了英雄"支嘎阿鲁"听从天君策举祖命令,依据鲁哺(彝族九宫)划定了天界,用鲁旺(彝族八卦)定位了地上的四方八角的故事。由此可推算"支嘎阿鲁"的天文历算知识已相当精密高深	见贵州省毕节地区彝文翻译组搜集整理,《彝文典籍目录·贵州卷(一)》,四川民族出版社1994年版	
《支嘎阿鲁传》	文学	文献记述的是天君策举祖任用一些人代他管理天下,结果效果都不尽人意,就派努喽则继续寻访贤人。"支嘎阿鲁有治天的才能/他两眼集日月精华/心里蕴藏智慧"。努喽则就把"支嘎阿鲁"推荐给了举祖。自此"支嘎阿鲁"就开始成就他的不世功勋,包含治理天地、降妖除魔、战胜大自然、拯救苍生,进而推动了整个人类社会向前发展	见贵州省毕节地区彝文翻译组搜集整理,《彝文典籍目录·贵州卷(一)》,四川民族出版社1994年版	贵州与"支嘎阿鲁"相关的文献资料以文学类数量最为丰富,笔者当前所统计的达17部之多,包含了神话、故事、传说和英雄史诗等多种类型,且基本是韵文诗体
《阿鲁除妖记》	传说	该传说叙述了"支嘎阿鲁"受到天君策举祖派遣,杀害了横行人间、迫害人类的谷洪牢、暑阿余、窍别暑三类妖怪的故事	见贵州省毕节地区彝文翻译组搜集整理,《彝文典籍目录·贵州卷(一)》,四川民族出版社1994年版	流传于贵州省威宁县,原藏书者禄小玉,搜集整理者王继超
《阿鲁除妖怪》	传说	该传说叙述了武蔑时代,妖魔肆虐,人间受害,"支嘎阿鲁"头戴盔,身穿甲,手执宝剑,降伏了人间妖魔	见贵州省毕节地区彝文翻译组搜集整理,《彝文典籍目录·贵州卷(一)》,四川民族出版社1994年版	流传于贵州省威宁县,原藏书者李五香,搜集整理者王子国
《阿鲁收妖怪》	传说	该传说叙述了武蔑时代,妖魔鬼怪横行,瘟疫疾病流行,"支嘎阿鲁"降伏妖魔,消除疾病(同时又叙有"支嘎阿鲁"划分天界地域的故事)	见贵州省毕节地区彝文翻译组搜集整理,《彝文典籍目录·贵州卷(一)》,四川民族出版社1994年版	流传于贵州省威宁县,原藏书者余德,搜集整理者王子国
《陡数》	传说	该传说叙述了妖怪肆虐,人间发生瘟疫疾病,"支嘎阿鲁"降伏了妖怪,制止了人间的瘟疫疾病	见贵州省毕节地区彝文翻译组搜集整理,《彝文典籍目录·贵州卷(一)》,四川民族出版社1994年版	流传于贵州省威宁县,原藏书者王道荣,搜集整理者王子国

文本文献及流传名称	资料类别	主要内容	编译出版情况	备注
《玉陡数》	神话	该神话叙述了"支嘎阿鲁"以九鲁哺（彝族九宫）、八鲁旺（彝族八卦）划分天地，定好标记，鲁旺内外都习祭祀之俗	见贵州省毕节地区彝文翻译组搜集整理，《彝文典籍目录·贵州卷（一）》，四川民族出版社1994年版	流传于贵州省威宁县，原藏书者李宪通，搜集整理者王继超
《玉陡数》	传说	该传说叙述了"支嘎阿鲁"以九鲁哺划分天、八鲁旺划分地，战胜三种恶魔。阿鲁焚烧恶魔时，漏出的魔气继续害人，因此，毕摩继承阿鲁精神，助人除害	见贵州省毕节地区彝文翻译组搜集整理，《彝文典籍目录·贵州卷（一）》，四川民族出版社1994年版	流传于贵州省威宁县，原藏书者李宪通，搜集整理者王继超
《迤陡数》	神话	该神话叙述了天地形成，万物产生，人类繁衍到哎哺、尼能时代①，妖魔横行，伤人性命。"支嘎阿鲁"大显神通，为民除害，到处灭妖除怪，使人类获得安宁	见贵州省毕节地区彝文翻译组搜集整理，《彝文典籍目录·贵州卷（一）》，四川民族出版社1994年版	流传于贵州省大方县，原藏书者陈和昌，搜集整理者王士举
《鲁哺觉漠》	神话	该神话叙述了古代英雄"支嘎阿鲁"巡视天地，以鲁哺作天上标记，以鲁旺划地上界限，并封官定职，造福人类	见贵州省毕节地区彝文翻译组搜集整理，《彝文典籍目录·贵州卷（一）》，四川民族出版社1994年版	流传于贵州省赫章县，原藏书者王子福，搜集整理者王秀平
《阿鲁玉州》	神话	该神话叙述了古代英雄"支嘎阿鲁"降伏斯署、鲁朵等妖精鬼怪的故事	见贵州省毕节地区彝文翻译组搜集整理，《彝文典籍目录·贵州卷（一）》，四川民族出版社1994年版	流传于贵州省赫章县，原藏书者王秀品，搜集整理者王秀平
《除妖记》	传说	该传说讲述了"支嘎阿鲁"除掉横行人间、危害人类的谷洪牢、暑阿余、窍别暑、策帕等妖怪，并架大火将它们焚烧的故事	见贵州省毕节地区彝文翻译组搜集整理，《彝文典籍目录·贵州卷（一）》，四川民族出版社1994年版	流传于贵州省威宁县，原藏书者龙天福，搜集整理者王继超

---

① 哎哺，彝族先民将"哎哺"作为远古时代的代名词，天地初开的混沌时代；尼能，哎哺时代之后的一个人性初开的时代。

续表

文本文献及流传名称	资料类别	主要内容	编译出版情况	备注
《除妖记》①	传说	该传说叙述了天地间出现一种叫"亨"的妖怪，它们横行人间，危害甚大。举目千里，尸骨遍野。"支嘎阿鲁"历尽千辛万苦，战胜妖怪，为民除害	见贵州省毕节地区彝文翻译组搜集整理，《彝文典籍目录·贵州卷（一）》，四川民族出版社1994年版	流传于贵州省威宁县，原藏书者杨十六，搜集整理者王继超
《恳讴数》	传说	此书记述了唢呐来历、祭祀献牲的意义及"支嘎阿鲁"察天地、除妖魔的经过	见贵州省毕节地区彝文翻译组搜集整理，《彝文典籍目录·贵州卷（一）》，四川民族出版社1994年版	流传于贵州省毕节市，原藏书者罗才友，搜集整理者王士举
《恳讴数》②	传说	此书叙述了人生的意义、兴丧礼的意义及"支嘎阿鲁"察天地、驱邪魔的经过和结果	见贵州省毕节地区彝文翻译组搜集整理，《彝文典籍目录·贵州卷（一）》，四川民族出版社1994年版	流传于贵州省毕节市，原藏书者罗才友，搜集整理者王士举
《玉卓数》	传说	该传说叙述了武赖时代，斯署妖魔肆虐，人们纷纷请求策举祖派"支嘎阿鲁"降伏妖怪的故事	见贵州省毕节地区彝文翻译组搜集整理，《彝文典籍目录·贵州卷（一）》，四川民族出版社1994年版	流传于贵州省威宁县，原藏书者张奔友，搜集整理者王子国
《支嘎阿鲁的传说》	传说	该传说主要叙述了"支嘎阿鲁"的诞生及后来他降伏鲁朵、密觉、数素姆等妖魔鬼怪的经过	见贵州省毕节地区彝文翻译组搜集整理，《彝文典籍目录·贵州卷（一）》，四川民族出版社1994年版	流传于贵州省赫章县，原藏书者不详，搜集整理者赫吐伟由
《斯署讴》	传说	该传说叙述了斯署作祟，危害人间，疾病流行。后由"支嘎阿鲁"降伏斯署，人们才得以安宁	见贵州省毕节地区彝文翻译组搜集整理，《彝文典籍目录·贵州卷（一）》，四川民族出版社1994年版	流传于贵州省赫章县，原藏书者不详，搜集整理者赫吐伟由
《支嘎阿鲁传奇》	传说	该传播叙述了"支嘎阿鲁"的身世和名字的由来，以及"支嘎阿鲁"的成长过程。"支嘎阿鲁"受天君策举祖的派遣，以举鲁哺（彝族九宫）、核鲁旺（彝族八卦）划分天界地极	见贵州省毕节地区彝文翻译组搜集整理，《彝文典籍目录·贵州卷（一）》，四川民族出版社1994年版	流传于贵州省威宁县，原藏书者唐文康，搜集整理者王进科

① 与上一栏中的名字虽相同，但为两个不同版本传说的古籍。

② 与上一栏中的名字虽相同，但为两个不同版本传说的古籍。

文本文献及流传名称	资料类别	主要内容	编译出版情况	备注
《玉爵濮》	传说	该传说主要记载了"支嘎阿鲁"巡视天地,封官定职的事迹	见贵州省毕节地区彝文翻译组搜集整理,《彝文典籍目录·贵州卷(一)》,四川民族出版社1994年版	流传于贵州省赫章县,原藏书者王子福,搜集整理者王秀平
《则珠鲁旺》	故事	该故事记述了"支嘎阿鲁"奉天君策举祖之命,到米卧(南方)、米凯(北方)、诺濮(中部)测量天地,定天上界限,划地上疆界的事迹	见贵州省毕节地区彝文翻译组搜集整理,《彝文典籍目录·贵州卷(一)》,四川民族出版社1994年版	流传于贵州省赫章县,原藏书者陈正忠,搜集整理者王秀平
《阿鲁亨诧硕》	故事	该故事主要讲述了"支嘎阿鲁"的家世和名字的由来。还有"支嘎阿鲁"奉天君策举祖之命巡天察地,封官定职,移山填水,打抱不平,为民除害等	见贵州省毕节地区彝文翻译组搜集整理,《彝文典籍目录·贵州卷(一)》,四川民族出版社1994年版	流传于贵州省赫章县,原藏书者付文明,搜集整理者陈卫军
《支嘎阿鲁王》	英雄史诗	英雄史诗,共有15个部分:天地初开,神王降生,天君求贤,支嘎阿鲁,继承父志,驱散迷雾,移山填水,射日射月,定夺乾坤,智取雕王,鹰王中计,灭撮阻艾,古笃阿伍,迁都南国,大业一统。史诗是长篇叙事诗,结构宏大,语言精美感人	阿洛兴德整理翻译,贵州民族出版社1994年版	
《支嘎阿鲁传》	英雄史诗	全诗共35个部分,一万五千余行,"支嘎阿鲁"史诗中最长的一个版本	田明才主编,贵州民族出版社2006年版	

在漫长的人类历史河流中,有一个被人们塑造了非凡人群的"非凡时代",古人相信远古时期确曾有过这样的时代,英雄们在该时代背景下展开活动,创造了后人不可企及的丰功伟绩,这个"非凡时代"就是所谓的"英雄时代"。彝族是一个崇尚英雄的民族,以不畏牺牲、英勇杀敌为无上光荣,以贪生怕死、苟且偷生为最大耻辱。在彝族民间文学里,留下了很多古时候彝族人用诗的形式塑造的英雄人物。以文化英雄为主要特征的反

映 "英雄时代" 社会风貌的彝族英雄史诗，成为彝族文学的宝贵财富。彝族英雄 "支嘎阿鲁" 及他的故事流传在我国几乎所有的彝族聚集区。阿鲁射日月、降雷神、伏风降雾、降妖伏魔、铲除邪恶等英勇非凡的英雄业绩家喻户晓，也就是由于这样的原因他才成为全体彝族同胞共同崇拜的民族英雄和至尊祖先。"支嘎阿鲁" 以近乎完美且伟大的英雄形象，成为了彝族人集体智慧和力量的化身。同样，"支嘎阿鲁" 的文化精神，也作为一种民族精神激励着后辈的彝族人继续顽强生存，不断向前发展。

从以上列表可以看出，关于 "支嘎阿鲁" 云南地区有一部分以书面形式流传，部分地区有口头流传。四川既有书面记载，又有较多的口头传承。从文体上看，四川主要以神话、史诗、传说、故事等文学形式为主。云南的口头流传形式以散文为主，书面流传以诗体韵文为主。云南以 "阿鲁" 命名的地名典故较多，如滇南石屏、新平等彝族地区有多处悬崖被称为 "支格阿龙悬崖"，就因与 "支嘎阿鲁" 有关而得名。贵州有关 "支嘎阿鲁" 的书面记载最为丰富，几乎遍布于文学、历史、天文、历算、谱牒等多种文献里，而且数量众多，这充分体现了南方英雄史诗的文化英雄史诗特征。笔者认为，贵州 "支嘎阿鲁" 的书面传承特点，或许与贵州毕摩文化的发达有关。

第三节 "支嘎阿鲁" 史诗的史诗性及价值

作为我国南方英雄史诗的代表，"支嘎阿鲁" 史诗与我国北方英雄史诗的性质和特征明显不同，因此 "支嘎阿鲁" 史诗有着重要的文学价值与学术价值。同时，"支嘎阿鲁" 史诗向世人展示了彝族远古氏族生活、宗教信仰、历史文化、生产方式等多方面的内容，被称为 "彝族人的一部百科全书"，它毫无疑问成为多学科学术研究的珍贵的研究对象。

一、"支嘎阿鲁" 史诗的史诗性

史诗作为一种古老的、宏伟的文学体裁，其形式、内容、传承方式、艺术风格等方面，都与其他文学体裁有着不同的特点，从而形成了自己独

特的魅力和价值。笔者根据中外学者关于史诗的定义，结合相关的史诗文本，来分析和阐述"支嘎阿鲁"史诗的性质和特点。

(一)"支嘎阿鲁"史诗是特定时代的产物

20世纪俄国著名的文艺理论家巴赫金将史诗与小说相比较后认为，史诗具备三个方面的基本特征：第一，长篇史诗描述的对象是一个民族庄严神圣的过去，用歌德和席勒的专业称呼来讲就是"绝对的过去"；第二，长篇史诗源自民间的传说（并非个人的经历或者以某个人的经历为基础的自由的虚幻构造）；第三，史诗的世界一般是远离当代的，即远离歌手（作者和听众）的时代，中间则横亘着绝对的史诗距离。① 因而，史诗是特定时代的产物，史诗的特定时代具有特定的内涵，主要指史诗产生在各民族早期发展阶段。具体来说，史诗是在生产力、思维能力、民族意识等达到一定发展水平的条件下产生的。在生产力水平十分低下的原始时代，不可能产生史诗；史诗反映人类童年时期的具有重大意义的历史事件或者神话传说。随着社会的高度发展，人们思维能力的极大提高及艺术本身的发展，史诗已渐为其他艺术形式所取代。正是从这个意义上说，史诗是特定历史阶段的产物，产生于人类社会从野蛮迈向文明的时期。这个时期，随着生产力的发展，人类征服自然的能力不断加强，群体意识开始觉醒。正如俄国著名的文艺批评家别林斯基所说："史诗是在民族意识刚刚觉醒时，诗领域中的第一颗成熟的果实。史诗只能在一个民族的幼年期出现。"②

和很多史诗一样，彝族"支嘎阿鲁"史诗也是特定时代的产物。《支嘎阿鲁王》和《支嘎阿鲁传》记述了"支嘎阿鲁"富有传奇色彩的一生，热情讴歌了他的丰功伟绩，展现了英雄非凡的胆识和神威无敌的风采。搜集整理并翻译《支嘎阿鲁王》的阿洛兴德先生结合相关彝文古籍和自己的研究，在该史诗的前言中说，"支嘎阿鲁"是彝族历史上一位有影响的王，他的影响遍及云南、四川、贵州、广西的广大彝族地区，他的事迹家喻户晓。他还说，"支嘎阿鲁"是真人真事，历史地位与后人对他的评价都很高。阿

---

① 参见 [苏] 巴赫金：《小说理论》，白春仁、晓河译，河北教育出版社1998年版，第515页。
② [俄] 别林斯基：《别林斯基论文学》，梁真译，新文艺出版社1958年版，第179页。

鲁出身于彝族武僰氏第三支，父子连名属于第七代，依照《彝族源流》和《西南彝志》的相关记录估算，"支嘎阿鲁"在世的年代离今天至少有4000年了。阿鲁活跃的范围大致在今天金沙江两岸的云南、贵州、四川三省交界处。"支嘎阿鲁"曾经统一过大部分彝族地区。作为典型的彝族古代圣贤之一，他集王、毕摩（掌握文化知识者）、天文学家、历算家于一身。作为君主，他组织臣民战天斗地，排除洪水，鼓励百姓农耕、畜牧，因而为彝族人解决了生存和发展问题，历史功绩永垂不朽。身为毕摩，他曾统一规范过彝文，让彝族人们全体都用一种文字，这对彝族社会古代文明的发展起到了积极的推动作用。作为天文学家和历算学家，他观察、测量天地，定下九鲁哺（彝族九宫）、八鲁旺（一作亥启，即彝族八卦），归类识别星座并加以命名；划分分野，给山川河流命名；观察天象、物候等现象，积累和总结先辈们的知识和经验，编制了彝族人使用的历法。这些记载，或零散，或系统，分散在多部彝文古籍中。在历算书中有"阿鲁米遮推法""阿鲁耐笃柞""阿鲁任卓柞"① 等；还有以阿鲁名字命名的节气，如"阿鲁磨刀雨水节"等，举不胜举。

由于"支嘎阿鲁"在历史上的威望和在彝族人心目中的重要地位，因此他被神化，由一个历史人物逐步成为一位神性的英雄人物，成了神通广大、无所不能的神人。他箭射日月，修天补地，伏风降雾，降妖捉怪，为民除害，备受后世顶礼膜拜。《支嘎阿鲁王》比较系统地叙述了"支嘎阿鲁"的神话性生平传说，透过神话的影子，可从中找到"支嘎阿鲁"的"历史片段"。②

李么宁搜集整理的《支嘎阿鲁传》的前言中也谈到，"支嘎阿鲁"是一位在彝族历史发展过程中有着重要影响的英雄人物。他超凡的历史地位和历史功绩给他自身带来了人和神的两种形象。作为人的面貌，他有着不可撼动的始祖地位，并有着显赫的社会地位。"支嘎阿鲁"出自武僰氏第三支，《彝族源流》和《西南彝志》记录的"支嘎阿鲁"谱牒为：哎哺—哎

① "阿鲁米遮推法""阿鲁耐笃柞""阿米任卓柞"都为彝族历算法的一种。
② 参见阿洛兴德整理翻译：《支嘎阿鲁王》，贵州民族出版社1994年版，前言第1—2页。

卧鲁（哺卧朵）—鲁乌图（朵默那，即鲁朵氏族）—棘恩恩—棘雅勒—勒叟吾—叟吾爵—爵阿纠—纠阿直—直支嘎—支嘎阿鲁。"天上策举祖，访地上天子，得支嘎阿鲁"，这里的"天子"，正是"支嘎阿鲁"真实的历史身份。有其源必有其流，从他的流上，他的长子阿鲁洪吐父子连名传十代后，到葛鲁尼（或译作葛鲁鲜），分为鲜（尼）氏九支，抵达称"啥益卧甸"的今云南大理一带，主宰葛鲁尼十六国（部），南诏之先的昆弥国主（《南诏源流纪要》）张乐进求即出自鲜氏，张乐进求逊位于细奴逻之后，其子孙继续领云南十贝金①中的勃弄②等。③

到目前为止，人们公认反映古巴比伦苏美尔文化的《吉尔伽美什史诗》是世界上最早的英雄史诗。多数人考定它产生于公元前17—前18世纪，距今3800年左右。《支嘎阿鲁王》和《支嘎阿鲁传》没有人考究过它产生的确切年代，至今未发现文物可供考证。不过，我们可以从这两部史诗的内容和彝族历史等方面来推算它产生的大致时期。

《支嘎阿鲁王》和《支嘎阿鲁传》这两部英雄史诗反映的是人类原始部落时期或母系社会时期的历史现象。在英雄的诞生史中，《支嘎阿鲁王》可看出"支嘎阿鲁"是父亲天郎恒扎祝——鹰部落代表和母亲地女甯阿媚——马桑部落代表结合的产物。

在《支嘎阿鲁传》中，我们也可以看出"支嘎阿鲁"诞生时期具有明显的母系社会生活痕迹。天神给"支嘎阿鲁"取名后：

> 尼穆壳称谢，娄穆纪感言："幼稚者，昧世事。吴阿皮、厄阿帕、举舒野、署举哈、穆索尼，太感谢你们，我家这孤子，就是一支人，支嘎是他姓。有家族，有舅舅，有亲戚，有邻居，有族人。他这个阿鲁，要他靠家族，要他靠亲戚，要他靠邻居，要他靠族人。"

---

① 十贝金，部落王国的意思。
② 勃弄，行政官职名。
③ 参见李么宁搜集整理，王光亮翻译，田明才主编：《支嘎阿鲁传》，贵州民族出版社2006年版，前言第2页。

史诗注释说，尼穆壳为彝族远古传说中尼氏之母，娄穆纪为彝族远古传说中能氏之母。据《中国彝族通史纲要》记载，尼、能部族皆为传说中彝族远古母系氏族，这些史诗内容体现着妇女为大为主的母系社会形态的迹象。

还有，我们从《支嘎阿鲁王》和《支嘎阿鲁传》这两部史诗所反映的天地初开、射日射月、移山填水、除妖伏魔、量天测地等内容来看，这也是人类文学所反映的最早时代，即神话传说时代的产物。

（二）"支嘎阿鲁" 史诗是群体精神和意志的体现，记述的是特定群体的重大事件，关注的是群体意识

黑格尔将史诗同民族精神相联系，对史诗性质、特征有一个全面而精辟的阐述。他认为："史诗本就是一个民族的'传奇故事''书'或'圣经'。每个伟大的民族几乎都有着类似的绝对原始的书，来展示和宣扬本民族的原始精神与信仰。从这个意义上讲，史诗这种纪念坊几乎就是一个民族所特有的意识基础。"[①] 史诗作为民族精神、民族意志的体现，又是如何表现民族精神的呢？黑格尔接着说："诗的内容却须把具体的精神意蕴体现于具有个性的形象。至于史诗以叙事为重要任务，就必须用一个动作（情节）的进程为对象，而这一动作进程在它的情境和广泛的联系上，需要人们意识到它是一件与一个民族和一个时代的本身完整的世界有着密切相关的意义非凡的事迹。所以某个民族精神的整个世界观和客观存在，经由它本身所对象化而成的具体形象，也就是实际发生的事迹，就成为正式史诗的内容和形式。"[②] 黑格尔的论述，较为深刻地揭示了史诗的实质。

史诗是群体精神和意志的体现，属于叙事诗的范畴，但与叙事诗又有许多区别。是关注群体命运，还是关注个人的喜怒哀乐与情感经历，这是区分史诗与叙事诗的重要尺度。史诗所关注的是氏族、部落、部落联盟、部族以及民族的事业与命运，它注重群体意识、群体观念、群体荣誉、群

---

① ［德］黑格尔：《美学》（第3卷下册），朱光潜译，商务印书馆1979年版，第107页。
② ［德］黑格尔：《美学》（第3卷下册），朱光潜译，商务印书馆1979年版，第108页。

体利益。族群的事业与命运，是史诗世界的基础。① 正因为史诗的这一特征，也使其成为民族精神的象征，成为特定民族和群体显示民族精神面貌的"圣经"。

史诗《支嘎阿鲁王》共有 15 个部分：天地初开，神王降生，天君求贤，支嘎阿鲁，继承父志，驱散迷雾，移山填水，射日射月，定夺乾坤，智取雕王，鹰王中计，灭撮阻艾，古笃阿伍，迁都南国，大业一统。以主人公"支嘎阿鲁"的一生为主线，表现了人与自然的斗争及部落时代的战争风云，记述了"支嘎阿鲁"统一七十二部落，制定制度和礼仪，统一文字使用，使社会安定繁荣的丰功伟绩。

该史诗情节大致如下：天君策举祖，先后派了几位神人测天量地，以此来统治天地，但都因为驱散不了凶恶的雾霭而宣告失败。后来天君派人寻访到了"支嘎阿鲁"，"支嘎阿鲁"继承了父母的志向，扫除了迷雾，圆满地完成了测天量地的大业。南方发生了洪水，"支嘎阿鲁"为他的人民着急，四处奔波，最后用撵山的神鞭，赶来北方的群山，制伏了凶恶的洪水。天上出现七个太阳、七个月亮，为所欲为，变化无常，昼夜不分，炎热难熬，天下万物都被晒死，人类快要灭绝。"支嘎阿鲁"历尽艰辛，用神弓神箭射下了六个太阳、六个月亮，拯救了人类和世界万物。

当时"天地没有标记，四方常错乱，天地界线乱，天地间仇杀祸不断"。"支嘎阿鲁"拿着测天杖，系上量地带，跨上飞龙马，用他发明的九鲁哺（九宫）和八鲁旺（八卦）来定天地界限，打天地标记，并按天上的星座划出方位，拟定四季。从此天人不相侵犯，地人各守其境。天上策举祖，让出一个大地方，由"支嘎阿鲁"管理，"支嘎阿鲁"治理着鹰的国度。后来雕部落首领雕王大亥娜疯狂地侵占阿鲁的土地，掳去他的子民，不断向鹰国挑衅。"支嘎阿鲁"忍无可忍，被迫迎战，并一举击败雕王，保卫了鹰国人民。后来又出现了阴险狡猾的虎王阻几纳。他要做独王，要除掉"支嘎阿鲁"，"支嘎阿鲁"被骗关进地牢，在快要被诅咒死的时候，"支嘎阿鲁"借助龙女夜明珠的光明施展法力，冲破地牢，消灭了虎王阻几纳，

---

① 参见郎樱：《少数民族语言的民俗表达与民族认同》，《文化学刊》2007 年第 1 期。

消除了祸害。

"支嘎阿鲁"时代，人妖共生，有九支撮阻艾（食人妖），三支最强大。这三支凶恶的食人妖，"吃人肉，吸人血，以人骨盖房，人皮做衣裳，撮阻艾越生越多，人烟越来越少"。"支嘎阿鲁"终以无比的神力和无穷的智慧，制伏了这种食人妖魔。

有一次"支嘎阿鲁"出征时，把鹰国的都城奎部托给他的名将阿奇管理。阿奇心高气傲，放松警惕。对"支嘎阿鲁"奎部都城垂涎三尺的隆王农苦诺，用美酒和美女迷住阿奇后，突然大举进攻奎部。"空前绝后的决战，敌我双方全遭毁灭，留下的是瓦砾，留下的是白骨，留下城池的残垣。"为了忘却悲痛，医治创伤，"支嘎阿鲁"带领鹰国人民，大举南迁，开创新的城池，建设新的家园。"支嘎阿鲁"吸取教训，讨伐敌人，消除了雕王境内的荆棘，破了虎王地盘的拦路刺，肃整隆王故地纲纪，平息了鲁方的叛乱，夺回了失去的江山，扩大疆域，统一了七十二个部落，四方拥戴阿鲁王，举行最隆重的庆典。"支嘎阿鲁"制定出威严的制度和严格的礼仪，统一了文字的使用，使社会安定繁荣。

《支嘎阿鲁传》有35个部分，主要情节与《支嘎阿鲁王》相似，史诗的核心部分"巡海除寿博""途中救弱女""阿鲁灭哼妖""阿鲁斩杜瓦""智胜雕王""阿鲁射日月"等多个章节，体现了"支嘎阿鲁"对威胁人们生命安全的妖魔鬼怪从不心慈手软，决不手下留情的英雄精神。他历经千辛万苦，奋勇拼搏，显示出大智大勇的气魄、爱憎分明的人生态度、除恶务尽的战斗决心，几乎清除了各类妖魔和祸害，为彝族人的天地带来了勃勃生机，给人们带来了安定祥和的生存环境。因此可以说，该史诗所展现的也是一种群体精神和意志。

英雄史诗大多产生在从原始社会解体到奴隶制确立的这一历史阶段，可以说它们是民族崛起时代的产物。优秀的英雄史诗，往往展示了本民族崛起的发展精神，是民族精神的美好象征。部落战争和部落由分离走向统一，无疑是部落时代的头等大事，事关族群生死存亡。部落灾难深重，其人民便会生灵涂炭，"支嘎阿鲁"所关注的是他所统领的鹰部落的兴衰与荣辱，充满了对人们苦难的动荡生活的同情和责任。《支嘎阿鲁传》与《支嘎

阿鲁王》注重群体的利益和命运，体现群体的意志，与此同时，史诗主人也将自己的命运与其所属部落乃至其他部落的命运融为一体。史诗的这一特点，也体现了中国各族人民追求公平、正义和富裕文明的幸福生活的美好愿望。

图1-2　《支嘎阿鲁传》的收集整理者毕摩李么宁（左）

（三）"支嘎阿鲁"史诗的神圣性

上面我们谈到，史诗是反映一个民族整体精神和思想的规模宏大的艺术经典，它展示着民族发展的历史脉络和文化传统，传递着祖先们的宗教信仰、历史遗训。史诗歌颂的往往不是个人身边的琐碎，抒发的也不是私人的喜怒哀乐，而是歌颂国家的、民族的重大事件。正如雨果先生所说的那样，史诗从内容到形式，都能显得伟大、庄严和雄伟。① 因此，史诗本身就具有不可漠视的庄严性和神圣性。

"支嘎阿鲁"史诗的神圣性首先体现在史诗的主人公身上。《支嘎阿鲁王》和《支嘎阿鲁传》开篇所讲述的都是"支嘎阿鲁"的神奇诞生。《支嘎阿鲁王·天地初开》一开始就使"支嘎阿鲁"的父母神化，他的父亲"天郎恒扎祝，是太阳的精灵，白鹤是他的化身，他首先治天，为策举祖治

---

① 参见［法］雨果：《〈克伦威尔〉序》，转引自降边嘉措：《走进格萨尔》，四川民族出版社2003年版，第15页。

天"。他的母亲"地女菩阿媚，是月亮的精灵，杜鹃是她的化身，她首先治地"。

"支嘎阿鲁"既是天地的儿子，又是一名大毕摩。在《支嘎阿鲁传》中，就有"阿鲁为摩史""阿鲁为布摩""阿鲁为摩""阿鲁做祖摩"等章节。毕摩作为祭司是彝族本土宗教活动的主持者，其承袭有着严格的传承惯制，通常父子相承，代代相传。作为彝族传统社会中的知识群体，毕摩的社会文化职能具有二重性：既司职通神鬼，又指导人事；既是宗教者，又是文化人。作为宗教职业者，毕摩主要是司祭仪、行巫医、决占卜、主诅盟，通过各种各样的仪式活动，实现着对彝族社会的文化控制，影响十分深远。彝族人的生活离不开毕摩，如安灵、送灵、祈福、驱鬼、治病、求育、婚嫁、招魂等。在彝族人的心目中，毕摩是神圣的。

毕摩是神圣的，毕摩的经文和仪式同样也是神圣的，关于"支嘎阿鲁"的"神图"和仪式也体现着"支嘎阿鲁"史诗的神圣性。巴莫曲布嫫在《神图巫符与仪式象征——大凉山彝族毕摩宗教绘画中的神话原型》一文中，述及凉山一个彝族家支世传的毕摩祝咒经典就有13类，且书写神圣。如有平时不能放于家中，只能藏于山岩上，有以人血写成的咒人经和起咒后两天内必死的速死经；有用狐狸血、豺狼血、飞禽血、活狮血等分别写成的祝咒经。① 她在谈到幸遇毕摩老人索莫阿普绘制"支嘎阿鲁"神图时说："绘制神图却不像我想象的那样简单。索莫阿普说，原来绘制神图是非常讲究的，除了抄写相关经书时需要复制这套绘画之外，平日里毕摩是不能随便作画的。他耐心地给我讲述了咒仪上绘制神图的四个重要程序：首先默诵《请神经》，通告神灵：上报神灵，讲述书符及仪式的原因和目的；其次是布画书符：毕摩手执自己用竹子做的笔，蘸取牺牲之血和松烟脂墨将符文及所降之云雾、星辰、日月诸神，神人、神禽、神兽及其所制之鬼物——蛇、蛙等，以及颂神之句、咒鬼之词等一并作在卷纸之上，或者画在做工精细的杉木板正面，书写颂神之句和咒鬼之词时毕摩也要默诵咒词

---

① 参见巴莫曲布嫫：《神图巫符与仪式象征——大凉山彝族毕摩宗教绘画中的神话原型》，《民族艺术》1998 第 1 期。

诀语，但不能出声；再次是祈神咒鬼：依据咒仪目的和程式规范诵读《请神经》《鬼的起源经》以及有关的咒经和咒诀，借诵咒将咒力转化到神图或神牌上；最后则是咒符施用：佩符主要当作护身符使用，即将神图折叠起来缝入布袋后随身携带；挂符成为防卫符，可将神牌悬在家户门楣，也可以当作藏符，将神图藏于家中，都能起到镇宅的作用，成为防卫符。"①

被巴莫曲布嫫采风幸遇并加以命名的"神图"是祭司毕摩在宗教仪式上与神鬼相通的重要工具之一，因绘画通常以史诗英雄"支嘎阿鲁"为核心构图，也称"支嘎阿鲁神像"。毕摩的神图常常以"支嘎阿鲁"的形象为原型展开绘画，用简洁的线条刻画了阿鲁降魔伏鬼的神迹异事和造福人民的英雄业绩。毕摩往往要在仪式场上悬挂绘有神话英雄"支嘎阿鲁"的神图，或直接使用经书内附带的神图，也可以将之画在劈砍好的木板之上，叫做"神木位"，在彝语里称为"斯叶"。"斯"就是"木"，"叶"意思是"拦截"，合起来就是将各种灾祸、疾病、鬼怪都隔离在外的意思，从而使它们不在作祟，故巴莫曲布嫫又将之称为"神牌"，以有别于纸质载体的"神图"。

神图中的英雄"支嘎阿鲁"，一般都会头戴铜盔，手握铜矛、铜箭和铜网，头顶日月，脚踩大地，颇具威风凛凛、正气浩然的神人风范；神话和史诗中的阿鲁则是掌管人世间所有不平之事的神仙，在宗教仪式中阿鲁是毕摩在防治麻风病和咒人、咒鬼时的护法大神，故"支嘎阿鲁"神图又叫"支嘎阿鲁降鬼图"。

神图使用的仪式场合是很有讲究的，主要有以下五种：

第一，一般用"初寄"和"初尼姆"等咒麻风病鬼的仪式。彝族人最害怕的疾病是麻风病，通常被称之为"癞病"，彝族人认为"初"是麻风病鬼或者癞鬼的病源；"初"鬼一般隐藏在云、雨、雷、电之中化作蛙、蛇、鱼、水獭、猴及蜂等动物原形，一遇机会便会侵入人体从而诱发或传染麻风病；与此同时彝族人也通常将患有顽固性皮肤炎症的人视作麻风病并加

---

① 巴莫曲布嫫：《神图巫符与仪式象征——大凉山彝族毕摩宗教绘画中的神话原型》，《民族艺术》1998 第 1 期。

以躲避。一旦发现有人有皮肤顽疾、村落受到雷击或依据一些征兆，彝族人便认为是麻风鬼作祟，就要举办驱逐或预防"初"鬼的重要仪式。

第二，偶尔用在当地每年举行的"伊茨纳巴"（招魂仪式）之中。"伊茨纳巴"一般会在每年彝年前的冬天进行，这是由于彝族人通常认为在过去的全年中，由于进行的远行、畜牧、耕地、捕猎、送灵等产外事务较多，因而从事这些生产活动的人们的灵魂可能会于某个时段离开本人而漂泊在山野谷地之中。因此在新年马上来临的时候，就要举办招魂仪式。

第三，被当作防卫仪式的"斯叶挡"。在彝族人的意识中，一旦家族的长辈们中间曾有得过麻风病的人，或者现在有患麻风病的人，就必须举办"斯叶挡"以防卫麻风病鬼。举行仪式之前，事先要劈砍好一段杉木板，毕摩在木板上画好"支嘎阿鲁"神图上的具体内容，一并附上咒语，就是"神位木"，也被称作神牌。神牌制作完毕之后，以黑杨木作原料制好三块边缘刻有齿纹的木板，将这三块木板与神牌绑在一起。最后才能举办小型的反咒仪式：由毕摩施法将咒画于黑杨木板之上，并持神牌在主人家附近转圈，之后在每人头顶碰一下，悬在家中堂屋的门楣之上，用以阻挡"初"鬼，起到镇宅防卫的作用。

第四，用作送风湿病鬼仪式的"丝尔寄"①。在此类仪式中毕摩要绘画"丝吐色吐特依"，就是咒送风湿病鬼的符咒。其基本画法是：在一张白纸中间画上一个人偶，再在人偶的周围书写几圈咒语，此人偶象征着风湿病患者，咒语内容多是请来各路神灵以保卫患者，并诅咒各类病鬼。最后就是绘上"支嘎阿鲁"神图。神图绘完之后就将整张纸折起来，但折时一定注意不要将人的手脚折到，人像要露在外面，否则折到手脚后患者手脚会疼痛。在仪式结束之后，风湿病患者可以将咒符缝入一小布袋内，并挂在身上，就能起到抵御风湿病鬼的作用。

第五，这是巴莫曲布嫫在田野调查时发现的一个重要特征。1992年3月，巴莫曲布嫫在美姑县峨曲古乡从事田野调查时，走访乡政府计划生育干部阿裴木洛的住舍，发现一部以"支嘎阿鲁"神图为封皮的反咒经《食

① 丝尔寄，一种送鬼仪式。

人红舌经》。在这部经书中，扉页一面上依次画有神蟒"叭哈阿友子"、云雾之纹与神孔雀"苏里吾勒子"，悬于内室房门顶端。由于乡干部阿裴木洛经常从事计划生育工作，负责管理和制约超生的人口，因此不免遭受彝族民众的记恨，为反咒咒己之人和他们引来的鬼怪和祸端，阿裴木洛遂请来一位小毕摩为他抄写了一部《食人红舌经》，协同与内装麝香的护身符"干比"共同悬于门楣顶端。①

由此，"支嘎阿鲁"史诗的神圣性可见一斑。史诗的神圣性是由史诗的内容以及史诗在民众中的地位决定的。

另外，"支嘎阿鲁"史诗的神圣性在史诗的演唱和讲述中也有突出体现。笔者曾求访《支嘎阿鲁王》的整理翻译者阿洛兴德（国务院特殊津贴获得者）和《支嘎阿鲁传》的搜集者李么宁以及贵州有名的毕摩、2009年11月在贵阳举办的"滇、川、黔、桂四省区彝文古籍整理协作会"亦暨"全国第八次彝学会"上主持祭祀仪式的王子国先生，问及"支嘎阿鲁"史诗讲述的语境时，他们都说，"支嘎阿鲁"史诗，一般都在重大活动或隆重仪式及祭奠时讲述。毕摩要穿戴上传统的服饰，平日是不准许随便演唱的。

图1-3 《支嘎阿鲁王》的整理翻译者阿洛兴德（右）

① 参见巴莫曲布嫫：《神图与鬼板——凉山彝族祝咒文学与宗教绘画考察》，广西人民出版社2004年版，第38—41页。

在 2009 年的一次会议上，巴莫曲布嫫老师也和笔者谈到，在凉山，婚庆活动是不能演唱"支嘎阿鲁"的，因为"支嘎阿鲁"的结局而有此禁忌。

所有这些都有一种庄重感和神秘感，从而增加了史诗的庄严性。在讲述史诗时，也给人以肃然起敬之感。

二、"支嘎阿鲁"史诗的价值

贵州"支嘎阿鲁"史诗中的"支嘎阿鲁"，集多种身份于一身，有彝族始祖、帝王、天子、神王、部落酋长、毕摩、摩史、将官的形象，也有普通平民的影子。因而，他是古代彝族社会中各个阶层的理想化的代表，被塑造为所有等级成员的完美形象。他射日射月，修天补地，伏风降雾，降妖捉怪，为民除害，备受后世顶礼膜拜。"支嘎阿鲁"史诗展现了彝族远古的氏族生活、宗教信仰、历史文化等面貌，堪称"彝族人的一部百科全书"，具有多学科的研究价值。

（一）重要的史学价值

史诗《支嘎阿鲁王》和《支嘎阿鲁传》的史料研究价值巨大。《支嘎阿鲁王》不但记载了英雄"支嘎阿鲁"的家族谱系和"史"事，还包含人类起源、民族起源等诸多内容。它采用了诗歌文学形式，描绘了古代彝族英雄"支嘎阿鲁"的神话性的生平传说，显示了历史的影子，也可以说是被夸大的历史片段。该史诗起初用神话的方式写"支嘎阿鲁"的父亲是天界郎君恒扎祝，太阳是他的精灵，白鹤是他的化身；而"支嘎阿鲁"的母亲是凡间美女啻阿媚，月亮是她的精灵，杜鹃是她的化身。他们相遇并相爱之后，在支嘎山上生下了"支嘎阿鲁"，从此父亲化为矫健的雄鹰，母亲化作茂盛的马桑。白天，马桑树给"支嘎阿鲁"哺乳；夜间，雄鹰覆盖着"支嘎阿鲁"，后来"吱嘎阿鲁"成长为神力无比、智勇超群的伟大英雄。从这里我们可以看到古代彝族所经历过的图腾部落生活的影子。

后来在"支嘎阿鲁"四处奔波，寻找他的父母时，披黑披毡老汉拿出一幅记着"支嘎阿鲁"出身和家谱的白绸给他看，白绸上清楚地写着"支嘎阿鲁"的谱系。彝族历史和文献不像汉族一样有具体的纪年，但却有详细的谱系，根据谱系和古籍记载，可以推断出大概的年代。彝族是一个支

系繁多的民族，在《支嘎阿鲁王·继承父志》中提到有东方的青人、西方的白人、南方的红人、北方的黑人，基本与彝族支系中的"青彝""白彝""红彝""黑彝"相同。这里的"白彝""黑彝"等并不是按照现代彝族内部等级划分的"白彝""黑彝"等的概念，而可能是用白、黑等不同颜色的服饰及标识来划分的彝族内部的不同支系。

《支嘎阿鲁王》最后所记载的"支嘎阿鲁"统一七十二个部落并建立起强大王国的历史，在现在很多史学家的研究中，也有所体现。如方国喻先生在《云南史料丛刊》（第四卷）中提及的南诏国等。① 另外，《支嘎阿鲁传》开章记载的也是"阿鲁祖谱"，且还有专章记载"阿鲁后裔谱"。所以我们说，史诗具有不可代替的民族史学价值。

（二）哲学价值

"支嘎阿鲁"史诗还蕴藏着古彝人的许多哲学思想。《支嘎阿鲁王》里说："由哎产生了十二哎，这十二样哎，仅是哎哺②的一穗，树大叶才茂，水清源长流……四极生了四象，中间像眼睛一样，四面又分做八方，依此编织天地，依此修补天地。出现多彩的天地，出现明朗的世界……"，还有史诗开篇谈到的世界是"天和地连成一体，山和水连在一起，昼和夜连在一起，太阳月亮连在一起，天地黑空空，世界黑洞洞。昏昏沉沉的天地，混混沌沌的世界"。从这些中可看出，在认识世界、解释自然方面，史诗是一种演变进化的观点，即世界是经过长期的演变慢慢形成的。这种观点明显具有辩证法的萌芽，几乎存在于所有的彝族古文献之中。彝族的这种观点一般产生于演化之中的自然观念，是一种较为朴素的唯物主义世界观，比之西方上帝创造世界的唯心主义世界观要进步得多。

彝族原始史诗在探索万物的起源时就形成了自然万物以及人类社会都有发生和演化、万物相分相配的哲学思想，以及寻根、探根的思维路向和雌雄二元辩证统一的朴素辩证法等。如《宇宙人文论》认为"清浊二气是万事万物的总根子"，该书把宇宙间的事物和现象都看作清浊二气的产物，

---

① 参见方国喻主编：《云南史料丛刊》（第四卷），云南大学出版社1998年版，第745—746页。
② 哎哺即影形，彝族古代一个关于万物起源的重要词语。

在此基础上，论述了天人关系，认为"人生天为本"，并进一步肯定"人与天地同"①；《西南彝志》认为啥额（清浊二气）自身不断发展变化，产生哎哺（影形），又由于哎哺自身的不断发展变化，形成天地万物。②

史诗《支嘎阿鲁王》和《支嘎阿鲁传》将这种变化观成功地用在人物塑造之上，具有神力的"支嘎阿鲁"在降妖捉怪、为民除害时就像名著《西游记》里的孙悟空一样，是一位能变善变的英雄。这种极具智慧的变幻特征，使史诗"支嘎阿鲁"妙趣横生。

（三）民族学价值

"支嘎阿鲁"史诗拥有巨大的民族学价值，分析研究彝族的族源和彝族与其他民族的关系有着深刻的意义。民族形成之前，不同氏族部落之间的婚配融合是经常发生的。彝族渊源问题一直拥有多种说法。有"西来说""南来说""北来说""淮人说""卢人说""云南土著说"等。"支嘎阿鲁"史诗对彝族在云贵高原乌蒙山区的发展及其相关历史研究很有价值。

前文中我们谈到，"阿鲁"意为"龙"。图腾崇拜本是原始社会的部族把自然界中的某一物体当作自己的来源（祖先）或者是同源物而顶礼膜拜的一种原始宗教类型。"支嘎阿鲁"史诗中也存在较多彝族先民以"龙"为图腾的现象。如"支嘎阿鲁"出生在龙年龙月龙日，与龙关系极为密切，这正是彝族龙图腾崇拜的体现。

龙图腾遗传至今的文化迹象也存在于彝族人民的精神文化之中，那就是彝族人在何时何地都表现出的对龙的无比崇敬。彝族人将龙看作一种神圣物，也是一种吉祥的象征。彝族宗教中至今还有祭"龙树"等相关活动。云南的彝族笃信英雄"支嘎阿鲁"的灵魂和龙一起仙居在与世隔绝的大崖深谷里，有的彝族地区甚至还有以"支嘎阿鲁"命名的石崖。云南南部的石屏、新平等县的彝族聚集区，不止一处的悬崖被称为"支格阿龙悬崖"。云南东南部的"阿庐古洞"也是由于位于"支格阿龙悬崖"的崖下而得名的。

我国汉族同样对龙崇拜之至，并自称是"龙的子孙""龙的传人"，明

① 参见罗国义、陈英译：《宇宙人文论》，民族出版社1982年版，第105—106页。
② 参见王运权、王仕举编译修订：《西南彝志》第一至二卷，贵州民族出版社2004年版，第7—9页。

显存在着龙图腾崇拜的文化迹象。这样相似的文化现象是否是所谓的"文化嫁接"的结果,彝、汉两个民族的龙文化是否有着共同的来源等,这些都有待专家们的进一步研究。

（四）宗教学价值

彝族有起源久远而独特的与毕摩相关的传统宗教。毕摩是彝语音译,由于各地彝语的差异和音译的不同,也有称其为布摩、白马、笔姆、贝玛、西波、奚婆、朵觋、觋幡等,现在一般统称毕摩。毕摩是彝族宗教活动的主持者,同时也是彝族社会中德高望重的知识分子,是彝族文化的创制者、使用者和传播者。毕摩传统宗教源于彝族的原始崇拜,信仰鬼神、祖先神（祖先灵魂）和各种自然神灵,而以鬼神信仰和祖灵崇拜为核心,有较为系统完整的宗教礼仪,以各种巫术活动、祭祀仪式为行为表征,并通过日常生产、生活和宗教活动全面渗透到彝族人的生活中。"支嘎阿鲁"史诗也很明显地反映了彝族宗教文化,特别是彝族毕摩宗教文化。

史诗中叙述的英雄"支嘎阿鲁"不仅是一位神勇的部落首领,而且是拥有天文学、文学、历算等众多知识的著名大毕摩。毕摩在古代彝族社会中有着极高的地位,史诗《支嘎阿鲁王》和《支嘎阿鲁传》有丰富的描写"支嘎阿鲁"的毕摩形象的内容,甚至有专章进行叙述。如"支嘎阿鲁"在捉拿妖魔时,"支嘎阿鲁哟,口里不停念,挥动着维庹（毕摩法具）,扇动着洛洪（毕摩法具）,金锁锁葫芦",就将妖魔锁在了葫芦里。还有"支嘎阿鲁哟,白鹤黑杜鹃,塑成佣一对,青虎红豹子,塑成偶一双,祭祀了天地,祭祀了日月"。史诗中的"支嘎阿鲁"作为君王,而且又是著名宗教人物,显示出彝族社会政教合一的特征。除了"支嘎阿鲁"是毕摩之外,史诗中还存在丰富的彝族宗教现象。如"设松柏神座,牛马祭天地,做完了祭祀,阿鲁心明亮,一语惊四座""雕王大核娜,祭祀发了狂,不用牛马,不用猪羊,孩童作祭牲"。虎王在与"支嘎阿鲁"作战之时,"一起诅咒三天三夜,白马祭了苍天,黑牛祭了大地,猪羊祭了祖宗"。《支嘎阿鲁王·灭撮阻艾》中更是写道:"九支撮阻艾,三支最强大,凶残的撮阻艾,吃人招数多,撮阻艾越生越多,人烟越来越少……已经无人祭天,已经无人祭地,人种快要断绝,传令支嘎阿鲁,剿除撮阻艾,把叛乱平息,把世间整顿。"史诗中这些以万物有灵和祖先、神鬼崇拜为特征的彝族原始文化,对我国少数民族宗教的研究有着不可忽视的价值。

(五) 天文学价值

据相关彝文历史古文献记载,"支嘎阿鲁"也是一位出色的天文学家和历算家。彝文文献中有《鲁补鲁旺》《杰柞数》等传说中与"支嘎阿鲁"相关的天文历算书。其中记载"支嘎阿鲁"发明了"九鲁哺" (彝族九宫)、"八鲁旺"(彝族八卦),用来观测天象,分别辨识星座并逐个取名,最后以天上星座来划分大地界限;"支嘎阿鲁"还结合天文气象和地理物候现象,划分季节,编制了彝族历法。

这些观测天象、定方位、划分大地等天文历算活动在《支嘎阿鲁王·定夺乾坤》里有明确的叙述:"阿鲁跨上飞龙马,先到了北方,然后去南方,如矫健雄鹰,策马抵中央。用九鲁补、八鲁旺,定天地界限,打天地标记……天下九块地,对应满天星。说的九鲁补,用九星分野,由阿鲁来定,由阿鲁推算……支嘎阿鲁哟,来到了北方,姆古勾地方,以一组星座,划一片分野,星对应大地;在卧祈保尼,以一组星座,划一片分野,星地相对应;在米诺仁洛,以一组星座,划一片分野,星地相对应……以星座划天地界限,划内外界限。支嘎阿鲁哟,足迹遍天涯,划出分野,石碑定地界。"

再如《支嘎阿鲁王》的结尾写道,"支嘎阿鲁""理顺了太阳的道路,清除了月亮的污秽,制出威严的制度,订出严格的礼仪,在阿鲁的境内,一年分四季,使用共同纪年,地分为四级,使用共同的文字"。"支嘎阿鲁"依据日月运作和物候现象来划分季节,并用文字进行历算的活动。

史诗中还有大量反映古代彝族社会的军事、医药、地理、艺术等方面的文化知识。在军事上,《支嘎阿鲁王·智取雕王》中曾提道:"雕王大亥娜,兵分三路,东边是左军,西边是右军,大亥娜领中军,打着雕头旗,左军雕压阵,右军虎上前,中军是蛟龙,支嘎阿鲁哟,太阳阵把雕阵对,大火烧断了雕阵……月亮阵把虎阵对,陷阱如圆月,困住了虎阵,旱阵对付蛟龙阵,困得雕王失威风。"又在《支嘎阿鲁王·大业一统》中有较多诸如"支嘎阿鲁哟,借助雷电的威力,扑灭了鲁方的野火,平息了鲁方的叛乱……阿鲁关门打狼,解除北方的祸患"等作战技术的叙述,拥有彝族自

身的特色，显示出彝族古代的一些军事思想理论。在音乐舞蹈上，如"四方拥戴阿鲁王，吹响口弦和芦笙，敲响铜鼓和藤鼓，跳起挥帕舞"等，体现出了独特的民族音乐舞蹈特色。

本 章 小 结

彝族是一个支系繁多、分布较广的民族，"支嘎阿鲁"史诗是一部跨省区传承的史诗。在诸多的史诗文本中，既有突出的地域性特征，又更好地体现了南方史诗的特点。

钟敬文先生曾指出："西南史诗发生比较早，同宗教的关系密切。……作为大型的文学形式，英雄史诗从萌芽到发展，到最后发展为相对成熟的形式，其间经历了千百年的传承，而且各民族社会发展的阶段不一，各民族的英雄史诗也处在不同的发展阶段，其形态不尽相同，因此南北方的英雄史诗传统也不一样。北方以叙述征战英雄为主，南方则以赞扬文化英雄为主。"[1]

本章所述的贵州史诗文本中的"支嘎阿鲁"一词就同古老的植物崇拜有极大关联，与此同时，"支嘎阿鲁"流传的书面形式遍布于文学、历史、天文、历算、谱牒等很多种文献里，这些文献及史诗中的"支嘎阿鲁"，拥有王、毕摩、天文学家、历算家等多个身份。作为君王，他组织臣民战天斗地，疏导洪水，抓农耕、畜牧，解决了彝族人民生存和发展问题；作为毕摩，他曾统一彝文并推广彝文，为彝族古代社会的发展起了极大的推动作用；身为天文学家和历算学家，他观测天地，发明九鲁哺、八鲁旺，归类识别星座，加以命名；他划分分野，给山川河流命名，他观察天象、物候现象，积攒和汇集前人的经验，创制了彝族社会共同使用的历法等。这些充分体现了南方英雄史诗以文化英雄为主的特征，具有史学、哲学、民族学、宗教学、天文学等多方面的价值。

---

[1]　钟敬文、巴莫曲布嫫：《南方史诗传统与中国史诗学建设——钟敬文先生访谈录》，《民族艺术》2002 年第 4 期。

第 二 章
"支嘎阿鲁"史诗与彝族历史文化渊源

　　一部史诗的产生，既与该民族的历史密切相关，也和该民族的文化紧密相连。从根本上说，它是一个民族或族群特定的自然环境、历史文化和社会生活的产物。要对"支嘎阿鲁"史诗有一个全面的认识和解读，离不开对彝族历史与文化发展的考察和研究。

第一节　彝族的古代历史发展与
"支嘎阿鲁"史诗的产生

　　千百年来，"支嘎阿鲁"史诗产生的确切年份和详细地点始终是一个谜。近年来，不同学科领域的学者在进行了旷日持久的深入研究之后，提出了多种截然不同的观点。然而，彝族史诗"支嘎阿鲁"是彝族社会发展到一定的历史时期的产物，反映着古代彝族先民的生活方式和生产方式，因此，彝族的古代历史发展与"支嘎阿鲁"史诗的产生关系密切。

一、彝族先民的历史源流

　　彝族主要分布在云南、四川、贵州三省和广西壮族自治区的西北部，近30年来关于彝族族源问题的探讨较为热烈，迄今为止，彝族族源有"东来说""南来说""西来说""北来说"又有"土著说"，甚至有"外来

说"。曾经以"北来说"较为普遍，近年，支持"土著说"者日增。

"东来说"提出彝族源自春秋战国时期的楚国。"南来说"却认为彝族是古代越人的后裔。"西来说"则认为彝族是来源于西方或者至少带有西方雅利安人的血统。"北来说"指出彝族是从我国西北地区的氐羌民族系统中分化出来的，如蒙默在《试论彝族的起源问题》中就指出"彝族北来说应当是可以信从的"①。因此，彝族源于氐羌民族系统的观点在学术界较早得到学者们的普遍认同。

"土著说"可以分为"西南土著说"和"云南土著说"。"西南土著说"根据汉族、彝族的文献资料记载，彝族世代居住在我国的西南地区，经人类发展的不同阶段而逐步发展成为今天的彝族。

坚持"北来说"者，主要是从事彝史研究的汉族专家，依据的主要是《史记》《汉书》《华阳国志》和正史上的零星记载，以及相互传抄现象很严重的地方志史，同时参证了一些考古资料和民族学田野调查资料。"北来说"认为，彝族是"旄牛徼外"②南下的古氐羌的一支，形成时间为两汉之际，不早于秦；有的学者甚至认为蜀汉诸葛亮南征时才有彝族。此说被很多专家否定，诸葛亮南征是彝族历史上的大事件，是时云南东部彝族首领孟获为南中大姓，诸葛亮"七擒孟获"，并非轻而易举，颇费了一番周折。公元225年，贵州西北部彝族首领济火，因助武侯有功而被封为罗殿国王，罗殿国是与封建王朝保持密切臣属关系的彝族地方政权。③按社会发展规律，人类由原始社会迈向阶级社会，在阶级的基础上才形成国家。济火有资格被封为王，至少说明当时的贵州彝族地区已具备"国"的雏形，这个"国"的存在，证明彝族在西南地区已经有漫长历史，而不是有"国"的时候才有彝族。因此，秦汉之际西南才有彝族的说法没有依据。

由"北来说"派生出来的有关对彝族的历史文化的研究结论，很多专家也认为值得商讨。如认为彝族先民"随畜迁徙，无君长，无邑聚"，彝族是传统的游牧民族，没有农业文化。事实上，从大量的彝文文献记载看，

---

① 蒙默：《试论彝族的起源问题》，《思想战线》1980年第1期。
② 旄牛，西汉县名，一般解释为大渡河边的汉源或泸定；旄牛徼外，指大渡河以西的广阔地区。
③ 参见贾银忠：《中国彝族旅游文化》，四川民族出版社2003年版，第69页。

我国商代卜辞中所称的"禾、黍、稷、麦、菽"和西周时增加的"粱"等作物，都有彝语名称，可见彝族农业文化起源很早。[①] 又如认为游牧民族盛行火葬，并且现今四川凉山彝族还在实行火葬，因此西南考古中的非火葬文化均与彝族无关。彝族的葬仪有火葬，也有土葬、水葬、天葬等。彝文文献上说：白死白埋，黑死黑烧，说明今黑、白彝族两支系的先民有火葬和土葬之分。可见，在上述的推论中，古代的彝族文化肢解了，以致难以构成系统的理论，与古籍记载的彝族的历史不相符。

在探讨彝族历史的研究中，汉文文献中有关彝族社会历史的资料皆被用尽，如著名史学家方国瑜先生的《彝族史稿》，几乎收录汉文文献中关于彝族方面的所有的明确记载，并进行了较详细的考证，为彝族历史研究中汉文文献资料最丰富的学术专著。长期从事彝族历史研究的中国社会科学院研究员胡庆钧、易谋远和中央民族大学教授吴恒，云南省社会科学院研究员何耀华，四川大学教授蒙默，四川省民族研究所研究员李绍明，贵州省文史馆研究员史继忠等先生的著作，也几乎涉及了所有记载彝族社会历史的汉文文献资料。中国社会科学院研究员刘尧汉，贵州省民族研究所余宏模、王正贤，四川省民族研究所伍精忠，原在贵州民族学院现在毕节学院工作的陈英先生，云南彝族青年学者陇贤君等彝族史学研究家的论著也广泛涉及了汉文史志资料。然而，运用汉文文献研究所得出的观点，却是不尽相同，甚而是相互矛盾的，因此，关于彝族族源问题有多种说法并存，莫衷一是。

随着大量彝文文献被整理翻译、出版问世，由于资料来源的扩展，仅凭有限的汉文文献进行彝族历史研究的不足日渐得到克服，出现了"柳暗花明"的可喜现象。著名史学家马长寿著的《彝族古代史》，在使用汉文文献的同时，大量引用了彝文文献所提供的资料和考古资料，以翔实的史料，复原了彝族古代历史的基本原貌，认为三千多年前彝族先民就在云南活动了。东人达、马廷中等汉族史学家的《彝族古代史研究》一书，以彝文文

① 参见禄文斌：《彝学研究中的三大课题》，见贵州省彝学研究会编：《贵州彝学》，民族出版社2000年版，第3页。

献为基本线索，参证汉文文献和考古资料，向读者展示了彝族古代史的面貌，提供了彝族族源"土著说"的有力证据。彝族史学家刘尧汉先生主编的"彝族文化研究丛书"，在云南、四川、贵州彝族地区的扎实的民族学田野调查的基础上，引经据典，也确立了彝族"土著说"。彝族中青年学者戈隆阿弘、师有福、王子国、王继超等，也借助彝文文献《彝族源流》《指路丛书》等提出了彝族"土著说"的诸多见解。以这些研究成果为标志，"土著说"越来越被学术界所关注。

据大量的彝文文献记载，彝族有文字可考的历史经历了哎哺、尼能、什勺、米靡、举偶、笃慕六个部落时代，共计三百余代。哎哺时代，大致相当于汉文古籍中记载的传说中的天、地、人"三皇"时期。哎哺初期首先出现的人，第一个就是希慕遮。① 笃慕时代（彝族"洪水"时代）后，彝族便进入"六祖"及"六祖"后裔时期，直至清朝雍正年间改土归流。笃慕之前的五个时代，究竟有多长的历史，目前尚不甚明了，有待学术界认真探讨，只有弄清此段漫长的历史，彝族史才能清楚，彝族族源也才能最终明了。笃慕以后的历史，线索很清晰，资料也很丰富，所要解决的只是断代研究的问题。

笃慕时代究竟应当是我国历史上的什么时代，这个问题长期存着争论。以汉文文献为根据的学者认为，济火因助武侯有功而被封为罗殿国王，故济火之父为笃姆（笃慕），当不超出东汉；以彝文文献为依据的学者认为，汉史所说的济火，明代以后才见有记载，实无此人，助武侯有功的是著名的彝族君长妥阿哲，为笃慕的第 26 世孙，因此笃慕时代应从蜀汉上推近 600 年，即是殷周之际，又说笃慕为蜀"洪水"时期的人物。如何确定笃慕所处的时代，还有待于专家们继续探讨。现今云南、四川、贵州的绝大部分彝族地区彝文古籍中都有笃慕的记载，并且各地彝族都认为自己是笃慕的子孙，因此笃慕时期应是彝族历史上高度统一的时期。笃慕之后，"六祖"武、乍、糯、恒、布、默后裔分散在云贵川，从此形成现今仍然延续的彝族的分布格局。唐代彝族建立南诏国以后，作为整体的彝族被分割统

---

① 参见陈英：《彝族古代史分期与父子连名记时考证》，《毕节学院学报》2008 年第 3 期。

治，逐渐形成块状分布，长期处于互不往来状态，这段历史长达近千年。

2009 年 11 月，在贵阳召开的全国彝学研究会第八届年会、滇川黔桂彝文古籍协作会第十三次年会、贵州省彝学研究会第四届年会上，历经多年研究，争而未决的《中国彝族通史》中的许多问题，包括族源等问题得到了初步解决，学者们基本达成共识。彝学研究专家，贵州省彝学研究会会长禄文斌先生和很多学者普遍认为，中华民族为多元一体，彝族也在其中。彝族族源上的各种"单纯"主张，都不符合彝族历史的实际，也不符合社会发展的逻辑。彝族有"北来"的成分，而且这部分北来的彝族人在笃慕之后影响较大，参与了彝族历史上的许多重大事件，因此被汉史志所重录。"西来""南来""东来"诸说，也不能排除部分的可能性，应当尊重一些专家的成果，不能用形而上学的理论对待。一些外国传教士的"外来说"主张，是站不住脚的，没有任何依据。"土著说"之所以越来越被接受，是因为有翔实的彝文文献史料为依据，近年来的云南、四川、贵州考古资料也多有实证。所谓土著，即指彝族先民是我国西南的最古老的原始居民之一，不是后来才出现在我国西南的。因此，彝族应是"以土著为主、北来为辅的多元整合体"。这也是学界近年较为普遍的观点。

二、彝族先民古滇部落与"支嘎阿鲁"史诗的发轫

彝族史诗"支嘎阿鲁"的形成是一个长期发展的历史过程，它必然要经历孕育、诞生、发展、传承和成熟这几个阶段。在"支嘎阿鲁"史诗的发轫阶段，彝族先民的奉献功不可没。随着近年来研究的逐步深入，较多学者认为彝族先民的古滇部落与"支嘎阿鲁"史诗的形成关联度较大。

（一）关于英雄史诗起源的相关理论

关于英雄史诗的起源，很多学者都有过不同的探讨，其中比较有代表性的有以下几个：

首先，是以历史学派的观点阐述了英雄史诗起源问题的查德威克兄弟（K. M. Chadvick and M. K. Chadvick）和鲍尔（C. Bowra）。查德威克兄弟指出，创作目的对史诗来说是非历史因素，但我们对历史是不容置疑的。依照查德威克兄弟的观点，逐步偏离史实和创作者们富有诗意的主观臆想的

不断升级标志着向神话的过渡。换句话说，神话并不是史诗的某种萌芽，而是史诗的一种终点。通过对史诗与编年史中出现的各种人物和历史事件进行横向的比对，将神话看作史诗分化的一个阶段，认为英雄颂词是史诗的一个主要源头。鲍尔提出，史诗的起源实质上是一个较为复杂的综合性问题，主要有以下两种习惯：第一，按"史诗"的原始意义来讲，它源自萨满教的原始诗歌，因为两者使用的诗歌技巧基本相同；第二，源自颂词和哀歌，因为它们都反映出人类中心论的思想。

其次，在西方学界影响较大的是来自新神话派的观点。其代表人物包含英国民俗学家拉格伦（F. R. S. Raglan），荷兰民俗学家弗里斯（J. de Vries），法国学者奥特朗（Ch. Autran）、米罗、杜梅齐尔（G. Dumezil），美国语言学家卡彭特（R. Carpenter）和英国的列维（G. R. Levy）等。

新神话派和19世纪的旧神话派一样，指出史诗中的人物大致是宗教神话和宗教仪式中的人物的象征性重现，但在神话本身的评价方面，却不大相同。新神话派依据丰富的民族学方面的资料，并不赞同神话只是对"上天"现象的反映等观点，他们将神话中的内容情景归结为宗教仪式中重要时刻的再现，相对地拉近了神话同巫术和仪式的距离，创建了英雄史诗起源的神话—仪式理论。

列维在《悬崖之剑》中别出心裁地把新神话派与历史派观点进行了相对折中。列维指出，叙述神祇英雄反抗混沌时代余孽的斗争以及确立宇宙秩序的创世史诗才是史诗最古老的形式，如巴比伦的创世史诗和其他民族的创世神话中就已经出现英雄斗争题材的雏形。

遵循列维的理论，"寻找型史诗""创世史诗""历史英雄史诗"逐个形成了史诗创作发展的三个阶段，不但是"人类个性自由的进步"，而且是人类由崇拜神灵逐步向崇尚自身过渡的见证。

最后，关于史诗起源理论值得一提的还有一批前苏联学者，他们搜集和掌握了数目众多的以口头形式传承下来的史诗文献，并以这些资料为素材进行著书立说，这些著作在一定程度上涉及了史诗起源等基本理论问题。在前苏联学者的研究成果中，有价值的主要是日尔蒙斯基和普洛普等在史诗起源的基本理论方面的研究。在进行古代民间史诗研究时，反对食古不化地复原原本古老的原始形式的方式让他们志同道合，两位学者均是采用历史类型比较的研究方法来诠释史诗起源问题的，均认为西伯利亚地区各民族的英雄诗歌为最古老原始形式的史诗的最直接的继承者。为找出史诗起源的基本规律，日尔蒙斯基和普洛普对斯拉夫民族同外族在社会发展中各个阶段的史诗创作进行了对比。日尔蒙斯基通过对西伯利亚和中亚一带的突厥、蒙古诸族的民间故事式英雄诗歌研究的基础上，不仅复原了叙述阿尔帕梅什生平事迹的史诗发展史，而且部分地复原了描绘马纳斯的史诗发展史；普洛普则在将壮士歌同西伯利亚非斯拉夫民族的史诗创作进行对比之后，复原了俄罗斯壮士歌的前史。①

日尔蒙斯基提出，符合历史精神才是史诗的根本特性。② 他把史诗与民间故事进行了详细的对比，着重分析了古代史诗中的英雄传奇生平事迹（神奇的诞生、命名、驯服神马、英雄求亲等）及内容特点。日尔蒙斯基甚至认为某些史诗典籍就是根据这些勇士的民间故事转化而来的，这些故事在以后出现的英雄史诗中只不过在背景和部分内容的形成上起了较大作用。依他看来，倘若史诗中出现过神话内容的话，这些神话内容也是由勇士民间故事渗透到史诗中的，故勇士民间故事是联系神话与英雄史诗的重要纽带。但他并不认为英雄史诗的形成只此一种。

普洛普则认为史诗的基本特征不是其历史精神，而主要是它的英勇精神（为民族的理想而奋不顾身的斗争精神），以至采用歌曲的形式传唱英雄们的英勇业绩。他将史诗与神话比较之后认为，两者的不同就体现在于英雄主动性的程度有差异。

普洛普指出，"国家出现前"的英雄史诗基本没有多少历史内容，因此这个时期的史诗主要讲述铲魔除妖和英雄娶亲的故事，"国家出现前"史诗的源头就是神话。这些史诗传承了神话中英雄的主人公是神灵形象和双重世界（阳界和阴界）的思想。因为人类改造和征服自然界的能力逐步增强，所以人们对那些神话中的神祇主人公不像从前一样顶礼膜拜，悄无声息中

① 参见［俄］E. M. 梅列金斯基：《英雄史诗的起源》，王亚民等译，商务印书馆2007年版，第10—15页。
② 日尔蒙斯基指出，史诗就是通过将英雄人物理想化的形式来表达人民对历史的追忆。

一种反宗教的势力不断增长，这些能为人们带来各种福祉的主人公渐渐成为恶魔，成为史诗中英雄斗争的对象。普洛普认为，这个时期史诗的社会价值就在于讴歌和传颂取代氏族的家庭。

普洛普的理论中有些部分得到学者们的普遍肯定，那就是同妖魔鬼怪们进行抗争证明了英雄行为的主动性和人类征服和改造自然能力的变强。被李福清先生称为"创建了民间文学研究理论学派"的俄罗斯著名理论家梅列金斯基教授，在其出版于1963年的《英雄史诗的起源》中，综合前人的理论，对英雄史诗的起源提出了较新的观点。他认为，史诗本来就具有人民性的特征，所以应该从民间文学发展的原始阶段去探讨史诗创作的根源；另外，英雄史诗的本源并不是颂词，也不是宗教传说，更不是编年史，而是在阶级诞生之前的人民史诗。史诗的情节内容、思想内涵以及使之能独具魅力的和谐性，均与原始公社时期广为流传的民间故事相关，较多的古老的史诗反映的是原始社会的风貌。该书在对原始公社时期最为古老的英雄史诗这类民间文学遗产进行研究时，更偏重于英雄史诗与神话式史诗的比较。作者列举了一系列实例，用以指出在阶级出现之前的社会（原始社会）就已经出现了英雄史诗的萌芽。

笔者在探讨"支嘎阿鲁"史诗的起源及发展时，在参考其他理论的同时，主要采用梅列金斯基教授的理论，结合云南、四川的相关史诗，将史诗和其形成发展的历程放进特定的民族历史阶段中进行研究，力图探讨清晰各个阶段的特征，通过对史诗与彝族社会历史记忆之间关系的解读及对彝文典籍的记载进行分析，力求找出"支嘎阿鲁"史诗的形成规律。

（二）古滇部落图腾叙事及"支嘎阿鲁"史诗的雏形

据彝文书籍记载，在天地形成、人类产生之后，彝族最古老的部落是哎哺。《西南彝志》卷三中记述的"哎哺"部落共经历了90代的发展过程。彝族先民在漫长的哎哺时代里，在同大自然的搏斗中，逐步认识了大自然，在生产生活实践中，积累了丰富的知识。云贵高原上的滇池，是我国西南地区的第一大湖，其流域面积（不包括海口以下河道流域面积）为2960多平方公里，其间的河谷盆地面积约为1500多平方公里，230余万亩。它自古以来就是彝族的居住地之一。关于"古滇国"和"滇"的含义，史学家方国瑜在《古滇国》一文中批驳了汉文典籍中讹引"滇"为"颠"之谬误。他说：

　　滇地以滇池得名，《说文》"滇，益州池也"。何以称为滇？左思《蜀都赋》刘逵注引谯周《异物志》说："滇池在建宁界，有大泽水，周二百余里，水乍深广，乍浅狭，似如倒流，故曰滇池。"《华阳国志·南中志》郡宁郡作："所出深广，下流浅狭，状如倒流，故曰滇池。"《史记·西南夷传·正义》引《括地志》作："其水源深广，而更浅狭，有似倒流，故谓之滇池。"若此解释，以颠声训，事实上根本没有滇池水似倒流的现象，完全是望文生训的解释。袁嘉谷《滇绎》卷一说："庄蹻由楚沅水沂流而南，及最高境，因号曰滇池"；又以颠为声训，《文选·上林赋》李善注引文颖说："颠，益州颠县，其人能作西南夷歌"，颠县即滇池县，同音异写，可通用。滇池地势，海拔一千八百九十米，附近水源，分向四面流，成为金沙江、南盘江、礼社江诸流的分水岭，地位高；但古人旅行爬山越岭，既上又下，还不致有测量的知识。其他还说：如先零羌的大长名滇良、滇吾，羌族有以滇为名号；又庄蹻字《广韵》读照母，古音当读端母，与滇音近，以庄为号后写作滇。但若此之类，妄作揣测，毫无根据。总之，"滇"字当是土语译音，并不必从字面附会。①

　　且萨乌牛在《彝族古代文明史》中谈到，滇为彝语读音，意指"鹰"。古汉文文献所称"滇濮""滇叟"等均指"滇人"。彝语"濮""叟"均为"人"意。《史记》称"滇为靡莫之属"，《华阳国志》称"滇"或"滇濮"。滇人，最古时为崇尚鹰而以鹰命名部族而来。彝族人古今皆崇尚鹰、虎等，今彝族人多有以此取名者。尚鹰的部族在远古母系氏族社会晚期，

① 方国瑜：《方国瑜文集》，转引自且萨乌牛：《彝族古代文明史》，民族出版社2002年版，第148页。

父系氏族社会萌芽初期（支格阿尔时代）已存在。彝经中说，支格阿尔是"鹰"之父与"濮"之女交配而生于"滇濮署诺"。"滇濮"这里指滇人、滇祖居住地，"署诺"意为"黑海"，即"深黑"（彝族人惯于以颜色喻深浅、浓淡），此即指今"滇池"。①

陇贤君在《中国彝族通史纲要》中言及这个问题时说，在彝族史诗《支格阿龙》中，把滇池称作"滇濮梭洛"。该史诗讲述了"支格阿龙"组织人们利用箭射碎了绿色顽石，并用火冶炼出了铜制的生产工具。因此，人们才能用铜锄开垦出了大片田地，种植了庄稼和牧草，创建了人类历史上最早的村寨。依据地质资料看，当时彝族人们居住在滇池不远的丘岗、台地之上。尤其是在今天的晋宁平川之上，存在小股水资源可以利用，彝族先民在这些地方聚落而居，形成了一些大大小小的村落。他又说，当时在滇池附近的浅水区生长着大量的螺蛳，彝族先民们捞起并将其尾部敲碎，挑食螺肉，余下的螺壳竟厚达几米。至今仍还可以在昆明周边的兴旺村、老街村等地发现这些遗物。在彝族文献和传说中，也记载在滇池附近曾有彝族居住的"螺壳城"。同时，这些地区渔业也很发达，人们使用鱼钓、石镞和渔网坠等进行捕鱼活动，并用坚硬的石头磨成镞箭头，缚以木柄用来射杀滇池里的大鱼。

他还说那时所处的时期为"支格阿龙"时期，英雄"支格阿龙"征服了滇池周边地区的所有部落，并建起了部落联盟。"支格阿龙"成为部落联盟的首领，但是各部落间的纷争不断。见诸记载的有龙部落、蛇部落、鹰部落等。在这些部落之中，鹰部落和龙部落由于婚姻联盟而关系亲近，"支格阿龙"就是由鹰部落和龙部落的美女蒲莫列衣通婚而生的。"支格阿龙"的大量的军事和民事活动都得到了鹰部落的鼎力支持。"支格阿龙"在滇池附近娶了蛇部落的姑娘为妻，从而建立起父子世代相传的制度。"支格阿龙"后来死于与蛇部落的纷争之中。据说，"支格阿龙"还征服了比较落后而盛行食人风俗的飞马部落。今天，昆明附近的长虫（为蛇或龙）山、碧鸡（为鹰）关、金马寺等地，可能为古代彝族先民不同

---

① 参见且萨乌牛：《彝族古代文明史》，民族出版社 2002 年版，第 147 页。

部落的活动地域。①

　　学术界对"滇人"族属曾看法不一，但今已有一致或相近的看法，绝大多数认为是彝族，最有力的证据就是在云南晋宁发掘的文物。专家们一致认为，晋宁文物为彝族滇王国文物。②

　　云南省博物馆的考古人员在云南晋宁石寨山发掘了三次，清理墓葬34座。其研究报告指出：

> 石寨山墓葬出土的文物，是少数民族的东西，这里出土的铜鼓共有九个，而云南有铜鼓的民族只有苗、瑶、壮、彝四族。云南少数民族历史调查告诉我们，苗、瑶两族在明代未有土司制之前，阶级分化还不明显，与晋宁在二千多年前阶级分化已明显不同，故这个民族显然不是苗、瑶二族……壮族最早也是元代才迁移到云南，两千多年前的滇池地区不可能有壮族。同时壮族地区之铜鼓，其形制及所刻之花纹，与石寨山出土的很不相同，因此，晋宁的这支少数民族只有是彝族了。③

　　据彝文文献记载，古滇国是由鹰、蛇、龙、飞马等部落发展而来，诸部落被鹰（滇）部落统一而建立了滇王国。《西南彝志》卷二十六记载，实阿武之后的第一代为皮武古，其妻名耿叩娄益，生八子，住四方，掌管滇王国四方。据汉史记载，约当公元前3世纪（战国时期），彝族分布的中心地带"滇"地，建立了滇王国。滇王国强盛之时，东至今云南沾益、陆良、华宁、蒙自；西至保山；北至剑川、姚安、禄劝；往南达红河北岸。《史记·西南夷列传》载："滇王者，其众数万人，在旁东北有劳浸、靡莫④，皆同姓相扶不肯听。"滇王国这一区域以滇池平原为中心，旁及周围数百里

---

① 参见陇贤君执笔，《中国彝族通史纲要》编委会编：《中国彝族通史纲要》，云南民族出版社1993年版，第17页。
② 参见云南省博物馆：《晋宁石寨山有关奴隶社会的文物》，《文物》1959年第5期。
③ 云南省博物馆：《晋宁石寨山有关奴隶社会的文物》，《文物》1959年第5期；云南省博物馆：《云南晋宁石寨山古墓群出土铜铁器补遗》，《文物》1964年第12期。
④ 劳浸、靡莫均为我国古代西南地区少数民族名。

的广大地区，故《史记》载："滇王与汉使者言曰：'汉孰与我大？'及夜郎侯亦然。……使者还，因盛言滇大国，足事亲附。天子注意焉。"① 马长寿在《彝族古代史》中也说"滇族"的主导民族是彝族。居住在哀牢山一带的彝族在送魂归祖时所用的《指路经》中，把滇池叫作"吉都赫"（即东方海）。祖先亡灵不是被送到滇池北边湖畔的"谷窝"（意即螺壳城），就是被送到滇池南边湖畔的"纳贴"（称为南方的京城）。在彝族古籍《六祖魂光辉》中，亦言彝族的祖先远在"凡间人"时代，已住在"谷窝"。该书说："谷窝人间母，来自得芝家，谷窝凡间人，个个是金身，金身人那时，兽与人同居。"谷窝的彝族经历了"天地十二代，二十四代祖"的发展，其头上的发式称为"促"，即将发成束，绕九道，成尖状冠于头顶，与出土青铜器中的"古滇人"锥结发式如出一辙。

笔者认为，关于古滇部落的很多历史，有待学者们更进一步考证，以上所言及的"支格阿龙部落时期"在很大程度上也是根据彝文典籍中的"支格阿龙"史诗记载或民间传说所推断的。但有几点值得注意：

其一，在有关"支嘎阿鲁"的史诗和传说中，所涉及的主人公名字，只有云南多为两个音节的名，被称为"阿鲁举热""阿录""阿龙""阿罗""阿乐""阿洛"等，前面说过，"鲁"即"龙"，这是所有"支嘎阿鲁"史诗及传说故事中最为中心、最为固定的名字。四川和贵州的史诗和相关传说故事只是在其前面加上"支格""支嘎"或"尼智各""笃支嘎"等而已，"支嘎阿鲁"名字的起源地当属以现在的云南为主的古代区域。

其二，自古以来龙就是彝族全民族的图腾信仰，贵州彝文经典巨著《增订〈爨文丛刻〉》就载有长长的《祭龙经》，这是彝族献祭龙神中念诵的经文，崇龙、祭龙是彝族的普遍习俗。② 但这些习俗在云南体现和保留得最丰富、最充分。不但保山地区的彝族人崇龙、祭龙，而且南诏发源地的巍山、南涧、云县、景东等地的彝族人，甚至楚雄彝州的楚雄、南华、大姚等市县的彝族人，在重要的祭祀活动中都拜龙神。③《彝族源流·艾鲁谱

① 参见且萨乌牛：《彝族古代文明史》，民族出版社 2002 年版，第 150 页。
② 参见马学良主编：《增订〈爨文丛刻〉》，四川民族出版社 1986 年版，第 297—341 页。
③ 参见易谋远：《彝族史要》，社会科学文献出版社 2007 年版，第 263—266 页。

系》中记尼能后裔艾鲁的诞生：

> 尼君长之女，叫伦克舍依，有一天，往啥靡默侯（地名），去洗绸线，去浣丝纱，到啥靡默侯，洗绸线、浣丝纱时，还不大一会，一条小黑蛇，在默侯水中嬉戏，在默侯水中洗澡。变化一番后，变成个小伙，伦克舍依，十分害怕，着实惊慌。这条小黑蛇，开口说出话，我不是蛇，我是吉录神（司生育命运之神——原注），受至尊派遣，策举祖派遣，到天下凡间，作婚配龙，作传宗接代龙……一对男女，互起爱慕心，在默侯结合。到了第二年，生了聪明儿。这个聪明人，有开疆命运，有拓土命运，收天赋，征地租，顺天而掌权，靠地利守业，是这样说的。斯鲁儒一代，鲁儒纪二代，儒纪古三代，纪古许四代，许藉奋五代，藉奋艾鲁六代，艾鲁那时代，藉奋艾鲁为君，藉奋艾赖为臣，藉奋艾毕为师，他三贤时代，大地的四方，头至待洪鲁，中心艾鲁苦姆。边至米祖录史山，这块地盘，归其统辖，唯艾鲁有名，艾鲁叟厄七代。[1]

艾鲁谱系中的龙神话，体现了艾鲁氏对龙的崇拜。《彝族源流》的编译者称："至于这个艾鲁，也可能就是哀牢。"哀牢亦即云南哀牢山。

同样，在云南也有著名的九隆神话，这是汉籍记载彝族较早的龙图腾神话。它在《华阳国志·南中志》《后汉书·南蛮西南夷列传》《水经注》以及唐宋以后的《白古通纪》《白古通纪浅述》《白国因由》《记古滇说集》《万历云南通志》《南诏野史》等书中，都有记述。易谋远在《彝族史要》中说："九隆，从《华阳国志》'南中昆明祖之'的记载看，哀牢夷与古昆明同族，只不过因其酋长名'哀牢'而又称为哀牢夷罢了！即九隆族、哀牢部是三国时期南中地方（今云南、贵州及川西南之地）昆明族的祖先。昆明夷是形成近代彝族的核心。明确这些，也就不难理解为什么'哀牢夷'之称只见于汉代，而在此以前和以后都不见哀牢夷的活动。史实当然不是

---

① 贵州省毕节地区民族事务委员会编：《彝族源流》，贵州民族出版社 1992 年版，第 257—263 页。

哀牢夷在汉代突然冒出来又突然消失了的，而是哀牢夷与古昆明同族，或曰哀牢夷在汉代以前为昆明族。九隆神话乃昆明夷的原始感生神话，它产生的时间显然是在原始父系氏族部落时期，应将它视作传世彝族古史之最足供参考的资料之一。"①

可见，云南彝族的龙图腾崇拜较早，也较丰厚。

其三，从考古材料看，就龙形和龙图腾起源而言，据现有资料，云南境内的龙形和龙图腾的起源均较晚，至少晚于我国北方和黄河中下游地区的。新华社呼和浩特1987年12月13日电称，龙的形象起源于内蒙古草原，理由是在内蒙古敖汉旗发现的兴隆洼文化龙纹陶器，已有七八千年历史；《人民画报》1988年第3期载，在河南濮阳西水坡遗址发现的、距今6000年由三组均未加工的蚌壳摆塑的主体所表现的多是部落图腾的龙图形，被命名为"中华第一龙"。

再从文献记载看，《山海经·大荒西经》："有氐人之国。炎帝之孙，名曰灵恝，灵恝生氐人，是能上下于天。"此即《海内南经》所称之氐人国："氐人国在建木西，其为人面而鱼身，无足。"这就是说，炎帝也是"人面而鱼身"。在古籍中，鱼、龙、蛇是可互训的。也就是说，龙的形象与我国的西北及黄河中上游地区有极大关联，而这些地方正是古氐羌人的故地。前述的彝族族源说中就言及彝族与古氐羌人有很大关联，《巍山彝族简史》说："巍山古代的彝族先民也与古羌人有较多的历史渊源。"② 依此言之，龙的形象及龙图腾与云南彝族先民有极大关联。"支嘎阿鲁"的相关叙事也应发轫于云南。

其四，梅列金斯基教授在其著作《英雄史诗的起源》中认为，史诗本来就具有人民性的特征，因而可以从民间文学发展的最原始的阶段去找寻史诗创作的根源。英雄史诗的本源是阶级出现之前的人民史诗，史诗的情节内容、思想内涵以及使之充满魅力的和谐性，都同原始公社时期广泛流传的民间故事相关，很多古老的史诗反映的是原始社会的风貌。彝文文献

---

① 易谋远：《彝族史要》，社会科学文献出版社2007年版，第257—258页。
② 巍山彝族回族自治县人民政府编：《巍山彝族简史》，云南民族出版社2006年版，第10页。

记载，古滇国是由鹰、蛇、龙、飞马等部落发展而来的，而与贵州文本相比，相对古老的云南版本的"支嘎阿鲁"史诗《阿鲁举热》直接叙述了与鹰、蛇、龙、飞马联系密切的"龙鹰之子"的出生与发展，也许在彝族先民的部落故事中，就有了"支嘎阿鲁"的相关叙事。

综上所述，笔者认为"支嘎阿鲁"史诗的发轫应是云南古滇部落的部落故事。

第二节 古代贵州彝族的历史变迁与 "支嘎阿鲁"史诗的形成

云南省和贵州省毗邻的乌蒙山区，一直以来都是贵州彝族人民世代生息繁衍之地，也是孕育和发展彝族古代文明的重要摇篮之一。在我国的悠悠历史长河之中，彝族人先后在贵州高原上建立了罗殿国、罗施鬼国等民族政权，形成了自身严密的政治、社会、军事组织制度，继而开疆拓土，雄霸一方。据大量彝文典籍记载，彝族分布在我国西南地区的历史十分悠久，它经历了较为漫长的原始社会，才步入文明社会的门槛。由君臣师匠的出现直至明清时期的改土归流，皆为彝族"支嘎阿鲁"史诗的形成提供了极好的土壤。

一、彝族在贵州高原的古代历史变迁及武僰部落群与夜郎

在贵州高原上，彝族先民先后建立了多个少数民族政权，凭借领导人的勇敢智慧和民众的奋勇勤劳创下了不世功勋，因此他们能在强敌环伺的环境中独霸一方，这为英雄人物的出现创造了良好的现实条件，也为"支嘎阿鲁"英雄史诗的形成打下了基础。

（一）彝族在贵州高原的古代历史变迁

据《中国彝族通史纲要》和贵州彝文文献《彝族源流》等记载，彝族先民们曾经历过漫长的哎哺时代，度过了与野兽同居、发明使用火、母权制、创造天文历法、发明并开始使用文字等不同阶段。自哎哺时代开始，

经历了尼能、什勺、米靡、举偶、笃慕和六祖等若干时代。在这漫长的历史时期内,彝族出现了有名号的氏族、部族,以及有谱系记载的彝族的祖先,相继形成了很多的部族,也曾成立了名为"米(慕)"的统一的社会政治体系[如"笃米(慕)"时期],并曾都使用过统一的天文历法、统一的彝族文字,之后出现的才是以"祖"为代表的各自为政的混乱局面,持续时间达千年以上。

早在彝族"洪水"时期以前,实质上有武僰系的一支彝族部落,因为生产力和文化都相对其他部族发达,所以日益强大,在整个彝族内部居于统治地位。在此之后,武僰系又分化出众多的支系部族,其中较大的一支,史书上记载曾称为"白蛮"。"洪水"时期过后,武僰氏的统治地位渐渐地被动摇,笃慕的六子,史称"六祖"逐步强盛起来,分为六个支系,并成功地推翻了"米(慕)"的统治,建立起一套"祖、摩、布"(君、臣、师)三位一体的政治统治。"六祖"和我国历朝中央王朝及其与周边民族的关系,始终影响着整个彝族古代社会的历史演变。

据贵州彝文文献《西南彝志》记载,也有较多类似的彝族远古史的描述:在人类形成早期,人兽同居,人吃野果,穿兽皮;此后,人类发明了火,用树纪年,用石纪月,并依据花开、花落、果子成熟、树叶枯萎等自然现象制定了时令;再后来,人类逐步学会了种植庄稼,彝族形成了哎哺、尼能、什勺、米靡等众多古老的氏族;进入到阶级社会后,彝族出现了君臣,有了毕摩,并产生了祭祀。

彝族先民远祖希慕遮传至后代笃慕俄(即笃慕、笃米)之时,洪水开始泛滥成灾,笃慕俄率众南迁,他娶妻并生有六子。六子长大以后又率部开拓疆土,但却各自为政,史称"六祖"时期。彝族在"六祖"的后裔的基础上,发展成了今天的彝族。

余宏模在《彝族在贵州高原的古代历史变迁》中,依据贵州古彝文文献《彝族源流》《西南彝志》的相关记载,并结合汉文史籍的相关记录,认为彝族人民在我国的西南地区有着悠久的居住和变迁的历史。远在先秦时期之前,彝族先祖的足迹就已经遍及今天的四川、云南、贵州等省境内;彝文文献中叙述的若干古代的主要部落国家中,如武僰部落的社会生产力和文化都相对发达，他们主要从事农耕、制陶、制皮革、冶炼和丝绸等多项经济活动，武僰部落最早的政权是建立在大致今天四川省宜宾市以及云南昭通一带的"古僰侯国"。另外还有被叫做"武米"的"支格阿鲁"部落，在彝族内被称为"滇濮梭落"，在今天云南省境内的滇池流域，主要从事农耕、畜牧、冶炼、纺织、捕鱼和制陶等经济活动，曾建立的政权有古滇王国。彝族人称作的"米（慕）"意思是"天"，指地位在直摩（君长）之上的王。其后裔有从乌蒙山越过金沙江北上凉山的，还有从乌蒙山迁至哀牢山和点苍山等地的。被彝族称为"吐苏"之祖的仇娄阿摩部落，在历史上曾以云南省昭通市和贵州省威宁县一带为中心，创立了政权，其后裔之中又有名为阿朱提的部落南迁到云南曲靖一带，创建了"掌扎俄勾"政权。此外，彝文典籍资料总是载有希慕遮自"旄牛徼外"入居"邛之卤"，"卤"与"卢"通，为彝语"龙"之义。《括地志》中也载有"戎府以南皆卢地"，戎府即今四川宜宾之地，古有"卢夷"之国。[①]

余宏模先生研究认为，依据彝文典籍的诸多记述，先秦时期的古僰侯国、古滇王国、古卢夷国和古蜀国的彝族先祖几乎都在贵州高原上有活动的足迹，因此彝族进入贵州高原的历史较早。如在《彝族源流》中记载，古僰侯国的武僰部落因遭到"六祖"部落的攻击而衰败，汉文文献资料也记载了武僰部落居民被掳为奴的情景，他们被称为"僰僮"，转卖他方。《大定府志》转引《括地志》记载"则泸州以南至叙永、大定、安顺、兴义皆卢国也"，这解释了远在周初的卢国的族属，迁入黔蜀戎府以南之地后，就已经有了彝族先民被称为"夷"而从事的相关活动。在贵州西北一带发掘的战国晚期的众多墓葬器物之中，较多的青铜器受到滇文化的重要影响，兵器中有受蜀文化影响的柳叶形青铜剑，这些都能反映出古滇王国和古蜀国同贵州高原的彝族先民间有深入交往的史迹。[②]

秦开五尺道，揭开了王朝开边设道，开始统治贵州的序幕。然在秦代以前，贵州省境内就有较多的少数民族政权，就是所谓的"西南夷君长以

---

① 参见余宏模：《彝族在贵州高原的古代历史变迁》，《贵州民族研究》1996年第2期。
② 参见余宏模：《彝族在贵州高原的古代历史变迁》，《贵州民族研究》1996年第2期。

什数，夜郎最大"（司马迁：《史记·西南夷列传》），但这些少数民族政权与王朝联系不密切，这时期主要还是少数民族之间各自自由发展的时期。

秦、汉至魏晋南北朝时期，土流并治而"郡国并存"。中央王朝在推行郡县制的同时，又不能破坏少数民族"国家"存在的相对独立性，遂封其首领为王侯或邑长。这个时期是西南民族大迁徙、大融合的时期，也是彝族先祖的"夷人"系统在贵州高原崛起和雄霸一方的时期，这时期最为突出的表现就是"夜郎封王"和"六祖"后裔德布、德施两大统治家族势力的急速发展与扩张。夜郎国是早在战国晚期就已经在汉文史籍中记载的由夷人和濮人共同创建的国家，大概位于现在的云南、贵州的毗邻之地，夜郎国的统治民族为夷族，被统治的居民中有多数的濮人，即是杜预《春秋释例》所载的"无君长总统，各邑落自聚，故称百濮"部落。①

关于夜郎的国境与族属等学术问题，学界一直存在较多争议。据《彝族源流》中的"液那源"章记载，夜郎当与武僰氏有关。武僰氏后裔中有一支"液那"（夜郎的译音）。译文说："武僰同时出现，武僰同时形成，武僰为液那之先，液那是武僰氏裔，液那竹子孙，液那发祥于水，泰液水为液那根。""液那"早期的谱系是："僰雅蒙一代，蒙雅液二代，液那朵三代，液那朵时代，称液那勾纪，代表天掌权，代地守基业，液那是天地之子，兴起君长制，液那主一方。"② 彝文典籍叙述"液那"的兴起与竹和水有很大关系，并指出液那朵原为液那兴起的首代君长。参考汉文典籍有竹王兴于豚水，竹王雄长一方，后竹王被杀"夷濮咸怨"的相关记载，所称"液那"就是夜郎，夜郎族属实为夷与濮。《彝族源流》还记有 27 代夜郎君长的直系谱系。很多学者认为，《史记》记载汉武帝建元六年（公元前 135 年）唐蒙入夜郎境时所看到的"夜郎侯多同"有可能指彝书谱系中所记的"多同米"。等到"多同米"之后的第三代莫雅邪之世，"液那一时被攻打"，液那的余部惨败，遂迁往"啥靡"，住啥靡卧甸（今云南大理境）得卓罗纪部相助。"液那勾纪"的政权，此后遂由卓罗纪来继承统治。

---

① 参见余宏模：《彝族在贵州高原的古代历史变迁》，《贵州民族研究》1996 年第 2 期。
② 参见余宏模：《彝族在贵州高原的古代历史变迁》，《贵州民族研究》1996 年第 2 期。

还有学者指出，《汉书·西南夷传》中记载，"成帝河平中（公元前28—25年）"时期，太守陈立所杀的夜郎王兴，疑即莫雅邪之子。陈立攻绝水道，逼迫"蛮夷共斩翁指出降"，莫雅邪之子邪务年轻没有被问罪，夜郎残余势力继而西迁，从此夜郎的势力就衰落下去，并退出了历史的舞台。

由贵州省威宁县传入云南省昭通市的著名文物——彝文"以诺"印章，彝文音译为"液那迪那惹威"或者直译为"夜郎境手司印"。此印章与昭通民间收藏的另一颗铜质彝文印章，彝文直译为"统管堂琅印"，都可从考古和文物方面说明汉朝即有彝文印信，"液那"即是"夜郎"。

另外，被评为"2001年中国十大考古新发现"的贵州省赫章县可乐乡发掘的战国秦汉可乐遗址，其"乙类墓"已经清理的169座中，战国晚期到西汉前期的墓葬大致有80多座，西汉晚期的墓葬有14座。出土的铜锄、铁镬、铁叉等农业生产工具，这些工具大多为进行山地农业时使用的。其中的尖形组刀、铜锄等生产工具，系滇文化中最为常见的。在生活用具中，出土的有对称陶纹立耳铜釜（A型）、鼓型铜釜（B型）、铜鼓（M153）、铜戈（M20：1）等文物同晋宁石寨山、江川李家川滇墓葬出土的极为相似，这也充分说明夜郎的青铜器受滇文化的影响远大于巴蜀文化的影响。由此可以得知，夜郎的文化与滇文化基本相似，他们的族属也应该相同。

武僰部落的后裔"液那"在贵州高原经历兴盛和衰落的时候，"六祖"的后裔同时也不断在贵州高原开疆拓土，雄长一方。夜郎国从历史舞台上淡出以后，彝族在贵州高原上不断迁徙、分化、征伐、融合，又逐步建立

图2-1 学界认为的夜郎古国都城——贵州省赫章县可乐乡的考古现场

起各据一方的政治中心和地方政权。① 有意思的是史诗《支嘎阿鲁王》所叙述的内容与以上历史极为相似，我们留待后面分析。

（二）武僰部落群与夜郎

陇贤君执笔的《中国彝族通史纲要》中谈道："从大量的彝文典籍记载看来，哎哺末期，由于人口的增加和居住地域的扩大，形成了许多部落。这些部落有的发展成为今天的彝族，有的又发展成为其他的民族。据记载，在彝族历史上曾经出现过强大的武僰部落，其生产力和文化都比较发达，在彝族各部落中占据了很长一段时间的统治地位。"②

彝文古籍《彝族源流》第 5 至 8 卷的前言中也说，在武洛撮时代彝族先民的分支中，"出现了武僰系统"③，即武僰系部落群。除武洛撮外，该部落群其余 11 支在长期历史发展中产生了分化，有的融入汉人和僰（濮）人，有些则弄不清楚了。

马学良主编的《增订〈爨文丛刻〉》谈到了武僰系部落群 11 个支系或部落群首领后来的分化、融合情况：

> 武洛撮一世，（有十二兄弟），乃娄珠武（希慕遮的第 28 代裔孙——引者注）的十二个儿子，其中（除武洛撮外）有十一家过河去变了。武珠一是卷，卷珠变成妖，到岩穴里住去。武珠二是陀，珠陀变成秧，住在树枝上。武珠三是尼，尼珠变能叫，与禽鸟作伴。武珠四是缔，缔珠变成虎，住到箐里去。武珠五是益，益珠变成猴，住在红岩头。武珠六是朋，朋珠变成熊，与野兽同住。武珠七是觉，觉珠变成蛇，住在土穴里。武珠八是明，明珠变成蛙，住到水池里。武珠九是通，通珠变成木，在禾稼里居住。武珠十是选，选珠变成鸡，与家禽作伴。武珠十一是执，执珠变

---

① 参见余宏模：《彝族在贵州高原的古代历史变迁》，《贵州民族研究》1996 年第 2 期。
② 陇贤君执笔，《中国彝族通史纲要》编委会编：《中国彝族通史纲要》，云南民族出版社 1993 年版，第 16 页。
③ 贵州省毕节地区民族事务委员会编：《彝族源流》5—8 卷，贵州民族出版社 1992 年版，第 2—3 页。

成犬，与家畜同群。

　　武洛撮（没有变），他开始兴祭祀，行宴礼。到这时候，有了呗耄密阿迭①。②

《彝族源流》对此也有记载：

　　米毕吐杜，武洛撮之母。武珠氏十二，住笃佐能甸（地名）。武珠十二子，迁往水边去，武珠变成藤，藤又化为柳，以后消失了；武珠变黄松，黄松化为禾，变成树木类；武珠变成偶，偶化为杜鹃；武珠变成松，松又化为雀，成为飞禽类；武珠变成犬，犬化为老虎，变成了兽类；武珠变流水，流水化为雾，成为雾霭类；武珠变蒲草，蒲草化为熊，变成了兽类；武珠变成草，草又化为麻，成为植物类；武珠变成虾，虾子化为蛇，蛇化为蝌蚪，蝌蚪化为蛙，变成了虫类；武珠变成松，变成树木类；武珠被跌倒，跌后化为鸡；武珠体干枯，干枯后化狗，两个变家畜。武珠十二子，十一渡过泰溢河（泰溢河，河名，传说其水能使人或物变化——原书注），留在原地的，仅剩武洛撮……从此以后……在笃佐能甸……"武洛撮这人，叙谱建基业，祭祖立基业"。③

　　可见，希慕遮第 28 代裔孙乃娄珠武有 12 个儿子，其中，有 11 个儿子（实为彝族 11 个支系或 11 个部落的首领）渡过泰溢河"去变了"，即融入其他族群或部落中去了。从以上资料可以看出，他们所融入的都是以各种野生动植物为图腾的部落群。"这 11 个儿子中，绝大多数则转为以各种动植物为图腾的'武僰系统'即武僰部落群。"④（贵州"支嘎阿鲁"史诗独

---

① 呗耄，即毕摩，彝族从事原始宗教和文化活动的人，相当于巫师、祭司、经师。密阿迭，人名，彝族历史上一位有名的毕摩。

② 马学良主编：《增订〈爨文丛刻〉》，四川民族出版社 1986 年版，第 85 页。

③ 贵州省毕节地区民族事务委员会编：《彝族源流》9—12 卷，贵州民族出版社 1992 年版，第 473—496 页。

④ 易谋远：《彝族史要》，社会科学文献出版社 2007 年版，第 229 页。

特的植物崇拜和图腾痕迹，也许正与此有关。）

据汉文文献记载，武僰部落，曾在今天四川省宜宾市的南溪县和屏山县以及乐山市的马边县，还有云南昭通地区建立过"古僰侯国"。《汉书·地理志》载："犍为郡僰道。"应劭注："故僰侯国也。"《说文》曰："僰，犍为蛮夷，从人，棘声。"棘为一种竹，《词源》里有"棘竹"的记载，今四川省和云南省东北一带也称"棘竹"。明代曹学诠的《蜀中名胜记》记载："僰人者，……以棘围之，故其字从棘从人。"《酉阳杂俎》记载："棘竹，一名笆竹，节皆有棘，数十茎为丛。南夷种以为城，牢不可攻。"武僰部落正是以种植"棘"来作防卫之用，所以汉族就称他们为僰人。①

已有大量考古资料可印证，汉、彝文献记载的"百濮"之一支的西南濮人及其族称异译为僰。与汉文典籍将僰、濮作为同一族称之异译一样，彝文典籍也将"武僰"与"濮"并提，如《彝族源流》就有"武濮源流"一章。同时，在彝文中对"濮"一词也有多种解释，除解释为族称外，在《彝族源流》的"武濮源流"一章中还可以清楚地看到它是多种职业或手艺的泛称，是一定的生产力、生产技术的象征。从事农耕、盖房、染织、制陶、畜牧等，凡此种种，皆称之为濮。②

关于夜郎的族属问题，从民国时期到中华人民共和国成立后学者们相继提出了不同的看法，其中较有影响的一种为"濮族说"。随着本世纪初贵州民族出版社对王子尧先生的彝文古籍译著《夜郎史传》及龙正清、王正贤的彝文译著《夜郎史籍译稿》的翻译出版，这一学说得到学界的广泛认同。

夜郎称谓，西汉以前，文献无征。《史记·西南夷列传》始载汉武帝命番阳令唐蒙使南越后回归长安时，才从长安的蜀地贾人口中听说有夜郎的，夜郎是蜀地所产枸酱运到南越的必经之地，蜀地的副食品枸酱是经蜀贾人之手通过夜郎境然后才到南越的，而"夜郎"的称谓也是唐蒙据蜀贾人经夜郎时所闻夜郎人口语的直译。这说明"夜郎"的称谓绝不是南越人口语

---

① 参见陇贤君执笔，《中国彝族通史纲要》编委会编：《中国彝族通史纲要》，云南民族出版社1993年版，第16页。

② 参见易谋远：《彝族史要》，社会科学文献出版社2007年版，第231页。

的直译或古越语的一种译写，而应是夜郎人口语的音译。并且从前文得知，夜郎应为彝族先民口语"液那"的直译。液那的直系谱系的第 23 代称"多同米"，而汉武帝建元六年唐蒙在夜郎境内所见到的、被汉武帝钦封为"夜郎王"的"夜郎侯"正是叫"多同"。

彝文古籍称："多同米时代，住多同米古，自称天地后代，又称天生子，还称武僰后裔。开辟新的天，开创新的地，大地的四方，在五湖之内，唯我独尊，一个人扬名。"①

图 2-2　贵州省赫章县境内的彝文摩崖石刻

不管学界对夜郎的族属问题如何争议，从以上资料中我们可以得出一个结论，在彝族历史中曾经出现过一个较为发达的武僰部落群时期，武僰部落与史书上记载的古夜郎有相当的关联，这一点在我们后面对"支嘎阿鲁"史诗的分析当中还可有明确的佐证。

二、彝族"英雄时代"与"支嘎阿鲁"史诗的形成

英雄史诗主要产生在原始社会解体至奴隶社会初期这一段"英雄时代"，这是对人类的整个社会发展过程来说的。然而具体到每一个民族，其具体的社会历史进程却又不尽相同，所处的"英雄时代"也存在着自己的特殊性。正是彝族"英雄时代"存在着自身的特殊性，才形成了彝族英雄

---

① 贵州省毕节地区民族事务委员会编：《彝族源流》9—12 卷，贵州民族出版社 1992 年版，第 252—253 页。

史诗的特殊性。

（一）彝族"英雄时代"

关于"英雄时代"，很多学者都有论述。恩格斯在其著作《家庭、私有制和国家的起源》中经常提及"英雄时代"，曾指出每个民族都经历过自身的"英雄时代"。美国著名人类学家摩尔根（Lewis Henry Morgan）在其撰写的《古代社会》中提出，人类在由原始社会向阶级社会过渡的时期，存在着一个"军事民主"的社会形态。摩尔根所说的"军事民主"时期，即被称为"英雄时代"的时期，是原始社会向阶级社会过渡的一个阶段。

西方历史哲学之父维柯在其《新科学》一书中，对"英雄时代"与"英雄"问题作了详尽的分析与探讨：

> 因此这门新科学就成了玄学，从天神意旨的角度去研究各异教民族的共同本性，发现到异教民族中神和人的两类制度的起源，从而建立了一套部落自然法体系。这种体系经过三个时代都以最大限度的一致性和经常性在继续发生效力。这三个时代的划分是由埃及人传给我们的，埃及人把世界从开始到他们的那个时代所经历的时间划分为三个时代：①神的时代，其中诸异教民族相信他们在神的政权统治下过生活，神通过预兆和神谕来向他们指挥一切，预兆和神谕是一切世俗史中最古老的制度；②英雄时代，其时英雄们到处都在贵族政体下统治着，因为他们自以为比平民具有某种自然的优越性；③人的时代，其时一切人都承认自己在人性上是平等的，因此首次建立了一种民众（或民主）的政体，后来又建立了君主专政政体。①

维柯指出，"英雄时代"是从"神的时代"走向"人的时代"之间的过渡时代，也就是原始氏族社会向文明社会的过渡时期。维柯将"英雄时

---

① ［意］维柯：《新科学》，朱光潜译，见《朱光潜全集》（第13卷），安徽人民出版社1990年版，第75—82页。

代"作为构建其宏大的"新科学"体系的三大基石之一，他的关于"英雄时代"的界定为西方学术界所普遍接受。

黑格尔在其《美学》第三章中专门探讨了最能体现"个体的独立自主性"的"英雄时代"同艺术理想之间的关系，以"英雄时代"作为与其所谓"散文气味时代"相对比的最合于艺术理想实现的社会阶段。黑格尔将荷马史诗所描写的公元前11至公元前9世纪的古希腊称为"英雄时代"，并将这个时代的希腊人与"已经有了城邦和法律制度……私人的人格是应被否定的"罗马人比较后得出结论：

> 古代英雄却不然，他们都是些个人，根据自己性格的独立自主性，服从自己的专断意志，承担和完成自己的一切事务，如果他们实现了正义和道德，那也显得只是由于他们个人的意向。这种有实体性的东西与个人的欲望、冲动和意志的直接统一就是希腊道德的特点。所以在这种情况之下，个人自己就是法律，无须受制于另外一种独立的法律、裁判和法庭。希腊英雄们都出现在法律尚未制定的时代，或则他们自己就是国家的创造者，所以正义和秩序，法律和道德，都是由他们制定出来的，作为和他们分不开的个人工作而完成的。①

黑格尔提出，这种汇聚了普遍性（道德、正义）与个性在一身并且真正独立自主的人就是"英雄"。"英雄"只能出没于无政权、无法律，而且个人意志与社会道德要求完全统一的时代，就是"英雄时代"。"英雄时代"是产生最符合理想的艺术生长的时代。

弗洛伊德一生对希腊悲剧有着浓厚的兴趣。他曾专门指出希腊悲剧与"英雄"之间的深切关系：

---

① ［德］黑格尔：《美学》，朱光潜译，见《朱光潜全集》（第13卷），安徽人民出版社1990年版，第220—235页。

我个人对希腊的早期悲剧有极深的印象，它们常是：一群群众围绕着一位英雄的化身并听从他的命令和指示。这位英雄的化身在开始时是唯一的演员。接着才出现了第二、第三位演员，他们就像是由他所分离出来的一样，可是，却又常违抗他；不过，这位英雄与群众的关系并未因其他演员之出现而受到改变。这位悲剧中的英雄注定必须受苦，这也是构成悲剧的中心。他必须背负那些被认定的"悲剧性罪恶"；那些罪恶并不容易为人所发现，因为就现在眼光看来，它已并不构成罪恶。通常，它们都是起源于反抗某些神或权威（此指人类之权威）；在此时，群众和英雄都极感关切，于是他们将他抓起来警告他，并且在他受到应得惩罚后，人们才又开始哀悼他。①

从维柯、黑格尔与弗洛伊德等人的研究中可以得知，尽管他们的侧重点并不一样，但都提出"英雄时代"是指早期人类社会尤其是早期的希腊社会，是以具有半神半人特征的"英雄"为此社会时代的主宰或者悲剧代表的时代。

按马克思主义基本原理，民族形成于原始社会末期和阶级社会产生的初期，如此立论，则彝族早在哎哺时期末，希慕遮时代（父权制社会的开端）就已形成，因为希慕遮四世孙密窄拐时即已"创立了君业"，彝族社会已进入了君长制时代，不只是阶级社会的产生时期。不过，从文献推断，希慕遮到笃慕（彝族"洪水"时期）的 31 代，彝族阶级社会的发展相当缓慢，而且从迁徙、分布面还可看出，彝族是在不同的历史时期分化、融合而形成的，与历史上分布在彝族先民地理区域的已经消失了的某些古代民族之间既有区别又有联系。现今彝族的分布状况也是经历了长期演变而形成的，其间有扩展，也有收缩。在族源上，彝族是多源整合体，从形成和发展上看，彝族在形成的初期，经历了由血缘向地缘关系转化的过程。易谋远先生认为彝族共认先祖笃慕即汉文献所称的蜀王杜宇，因洪水泛滥失

---

① ［奥］弗洛伊德：《图腾与禁忌》，杨庸一译，中国民间文艺出版社 1986 年版，第 191—192 页。

国,退守今云南东北和贵州西北地区。如此说成立,从那时开始,彝族先民便离开成都平原,进入了有着清晰古籍文献记载的山区、高原生活。

笃慕子孙,彝族"六祖"武、乍、糯、恒、布、默在云南东北或贵州西北分支后,先民们便步入了向外扩张的鼎盛时期,不断征战,不断开疆拓土,逐渐集中向云南、四川、贵州边区迁徙和发展。汉唐以来,奴隶制的高度发展促使彝族地方政权不断产生,汉代有罗殿国,宋代有自杞国、比喇国,元代有罗氏鬼国等,而唐代南诏国的建立和长时期存在,使彝族分布范围扩大并得以稳定和巩固,一直持续到清雍正年间改土归流。

彝族社会发展总体是缓慢的、不均衡的,凉山地区在新中国成立前仍然有奴隶制存在。有的学者认为,就是在经济文化比较发达的贵州彝族地区,直到明代,彝族水西地区仍然有奴隶制的遗存。所以可以认为,直到清代改土归流之前的彝族社会,都符合产生英雄史诗的历史条件。因此,在贵州这片夜郎国的故土上,上起传说中的氏族时代至著名的夜郎王称雄一方期间,再至彝族地方政权长存一千多年的整个汉代至清代之间,都是彝族历史上的英雄时代,也就是可以产生和流传英雄史诗的时代。

(二)"武米制"与"支嘎阿鲁"史诗

在《支嘎阿鲁王·定夺乾坤》中有这样的诗句:

在叟依奎部,以一组星座,划一片分野,天地相对应,以星象,象征地上的风貌,在叟依套部,支嘎阿鲁哟,受举祖指派,做地上武米,修赤叩宫殿,为苍天掌权,为大地守业,四方的租赋,都上到奎部,支嘎阿鲁哟,治理雄鹰的国度,无一日轻松。

在《支嘎阿鲁传·巡视中部地》中也有这样的诗句:

笃支嘎阿鲁,开怀大笑道:"溢纳氏君长,有君长风度,相信有能力,言谈挺谦逊,句句都在理,办事也公道,与谁人办事,与谁人交道,都一律平等,毫无分彼此,有这种品格,谁敢不恭维,谁又不钦佩,做君最合格,具真龙虎像,是优秀的君。"溢纳

谦虚道:"你能说会道,天上的飞鸟,都能哄下来!"阿鲁回言道:"不在我夸奖,夸奖无益处,你所行的事,像武米一样。再强调一句,不单称君长,更要称武米,武米传溢纳,诺靡阿武山,阿武山下地,归属你范围,溢纳做君王,君王管臣民,溢纳臣训兵,师传播文化,编一部政令,编一部兵书,编一部民法,君臣师三位,掌溢纳印信,执溢纳印信,以印信为准。溢纳师法度,在溢纳通行。"就这样嘱咐。

贵州的这两个文本中皆提到"武米",一个说支嘎阿鲁受策举祖指派,做地上武米,治理雄鹰的国度;一个说支嘎阿鲁要别人"不单称君长,更要称武米"。看来支嘎阿鲁时期应该与"武米"有极大关联,弄清"武米",对我们更清楚地把握支嘎阿鲁史诗的叙述时代和史诗的形成非常有必要。

《彝族源流》在传述兴于泰液水、以竹为图腾的"液那"第 14 代鄂鲁默君长迁往"大革洛姆"地方以前,和"濮所"部通婚时,在"载拜赫嘎"地方祭三代亡灵后,叙述到"米靡是液那根本,米靡来相助,三代同米靡通婚,形成武米制"。

易谋远在《彝族史要》中说,"武米"一词的汉译应为"帝王",一般祖摩(君长)不能称武米,只有管多个祖摩的职位才能称"武米"。"武米"一词的出现绝非偶然,它是彝族历史上曾形成过称"米"的较统一的政治体系的实际反映。[①]

关于"武米制"的形成,又与前面提到的武僰系有极大关联。从《彝族源流》的传述看,彝族先民武僰系一支称作"液那"的后裔,在和"濮所"部三代通婚并在该部的相助下,特别是在和米靡三代通婚并在它的相助下,才"形成武米制"的。所以,《彝族源流》传述:"濮所是液那根本,三代得濮所相助,三代和濮所通婚……米靡是液那根本,米靡来相助,三代同米靡通婚……武乍是液那根本,三代得武乍相助,三代(和)武乍通婚。"濮所、米靡、武乍这三大"根本",应是"液那"族属中除"武僰"

---

① 参见易谋远:《彝族史要》,社会科学文献出版社 2007 年版,第 254 页。

而外的其余三大族属。其中，"武乍"是指彝族"六祖"的武、乍二支系；"濮所"除指濮人外，还包括在"液那"支系中从事多种职业或手艺的生产者；"米靡"即"靡莫"，属昆明族类，而昆明族亦为彝族的先民。

《史记·西南夷列传》："元封二年，天子发巴蜀兵击灭劳浸、靡莫，以兵临滇。滇王始首善，以故弗诛。滇王离难西南夷，举国降，请置吏入朝。于是以为益州郡，赐滇王王印，复长其民。"据此，知靡莫原隶于滇王之下，劳浸、靡莫被击灭后，滇王始离西夷举国降。

"液那"鄂鲁默君长在濮所部的相助之后，又在楚贵族统治下的靡莫即米靡的相助之下，"形成武米制"。"武米"，一作"武卧米"。易谋远在《彝族史要》中说："在彝族史上最著名的'武米'是支嘎阿鲁，一作支格阿鲁，凉山彝族称支格阿龙，是一位杰出的'王'，相传他统一过彝族，曾带领人民降伏妖魔，战胜大自然，勘查、测量划分天地，创制历法，造福于后代，因而受到赞美和神化，他的事迹在彝族人民中世代相传，家喻户晓。他的子孙有的从乌蒙山渡金沙江北上凉山；有的从乌蒙山迁到哀牢山，迁到苍山洱海。哪里有彝家，哪里就有阿鲁的子孙。"[1]

对比贵州的两部"支嘎阿鲁"史诗，我们可发现，"武米""支嘎阿鲁"应是"液那"时期从乌蒙山到哀牢山，再到苍山洱海这一大片土地上，兼并了许多以植物为图腾的部落，以鹰为图腾的"液那"一个支系的部落王国首领。

第三节 夜郎古国——彝族英雄史诗的圣地

从战国至西汉时期，在我国西南广袤神奇的土地上，出现过一个神秘的王国——古夜郎国。根据《贵州古代史》的相关记载和介绍，夜郎的统辖区域最大时，除包含今贵州省铜仁地区的部分县之外，还辖有四川省宜宾市的部分县，重庆市綦江以南，云南省的昭通市、曲靖市以东，广西壮

---

[1] 易谋远：《彝族史要》，社会科学文献出版社 2007 年版，第 254—255 页。

族自治区红水河南岸的部分地带等，总面积甚至超过了今天的贵州全省面积。《史记》中也曾记载："西南夷君长以什数，夜郎最大。"由此可知，在我国西南地区古代的众多部落中，夜郎其实是最大的一个。贵州"支嘎阿鲁"史诗文本中多次提到夜郎，我们不能不对此给予关注。

一、夜郎古国与武僰"液那"

当我们在进行彝族史诗"支嘎阿鲁"的研究时，不得不对夜郎古国进行深入的研究；然而提及夜郎古国，众多彝族典籍中往往会自然而然地提及"液那"。单看其发音的基本相似，我们不禁会提出这样的疑问：两者是代之某个相同的国家，或者是代表不同的国家，两者之间究竟是何种关系？

（一）关于夜郎

古夜郎国，最先见于西汉时期司马迁的《史记·西南夷列传》，书中记载："西南夷君长以什数，夜郎最大。"司马迁是我国历史上著名的史学家、文学家，他大概是汉武帝元狩、元鼎年间入仕任郎中，多次随汉武帝出巡。汉武帝元鼎六年（约公元前116年）奉命出使巴蜀以南地区，视察和安抚西南少数民族，当时他就发现了"夜郎国"的存在。古夜郎国是古代秦汉时期以来在我国西南少数民族历史中始终存在的一个未解之谜。为揭开夜郎古国神秘的面纱，这些年来中外史学界与考古学者们的脚步辗转于整个大西南。一般认为，那时的夜郎国是我国"西南夷"上百个部落王国中最大的一个，处于今云南、贵州、四川的交界地区，以现在的贵州毕节地区为中心，连云南的昭通市和四川省，延及云南曲靖市的宣威县和会泽县等地。这一带，有史以来就是彝族先民主要居住的地区。当时的夜郎国地域广阔，有精兵十几万，不愧为西南一个强大的王国。

笔者在查阅资料中发现，对夜郎国的了解越多，对彝族"支嘎阿鲁"英雄史诗的发展和探究也越接近清晰。

关于古夜郎国的社会性质问题，学术界的观点并不统一。依据对古夜郎国的经济发展状况的不同理解和评价，对夜郎国的社会性质理解大致可以分为以下五种观点：其一，原始社会末期的军事民主制。持这种观点的学者认为，统观有关夜郎的众多史料，原始社会末期的农村公社及军事民主制等的痕迹显著，而奴隶社会的史实很少；奴隶制虽已萌芽，但还未确立。其社会状况只能达到原始社会末期的军事民主制阶段。其二，夜郎进入奴隶制的初期阶段。持这种观点的人认为，战国末年，夜郎的原始社会开始崩溃。它虽然出现了早期奴隶制的特点，却又保留着原始社会的残余。到西汉时，夜郎才进入奴隶制的初期阶段。其三，夜郎处于奴隶制社会。持这种观点的人认为，西汉时期的夜郎社会已经发展到了奴隶制社会，并成了"西南夷"中"最大"的国家。其四，夜郎处于奴隶制向封建制的过渡时期。持这种观点的人认为，夜郎自统一在祖国的大家庭中以后，与全国各地的各族之间的交往较前密切，如此促进了夜郎古国经济社会的急剧变化，由奴隶社会开始向封建社会转化。其五，西汉时期的夜郎社会有三个阶段论。持这种观点的人认为，古夜郎在西汉初期以前是原始社会，到了西汉中期才进入奴隶社会的，到西汉晚期向封建社会过渡。

关于夜郎的族属问题，有的学者认为，在研究夜郎的族属问题时，首先必须对夜郎有一个时间、空间的定位。如果将其上限起自楚庄蹻降夜郎、王滇的战国年间，下限迄西汉成帝河平年间夜郎王兴被诛杀后建置郡县为止。夜郎的地域，如认为其统治势力达到今贵州西北地区、云南东北地区、云南东部、广西西北地区和四川南部，即"大夜郎国"范围，那么，其间夜郎境内的居民应当先后有濮人、夷人、越人、羌人、僰人以及楚人、巴人和蜀人。这些具有不同称谓、不同族系的人们，他们经过长期的经济交流、政治影响和文化接触，逐渐形成了今贵州境内的仡佬族、布依族、彝族等以及一部分汉族的先民。这一思路所提供的族属上的模糊概念，我认为或许更接近夜郎的历史真实。

关于夜郎的经济状况，在司马迁的《史记·西南夷列传》中，夜郎的经济属于"耕田有邑聚"的一类，较之"随畜迁徙毋长处"和"或土著或移徙"的游牧、半农半牧经济的发展水平要高。许多研究者根据文献、考古资料和田野考察，认为夜郎鼎盛时期的农业已达到"火耕而水耨"的锄耕农业。生产工具有铜器、铁器和木石器三类；夜郎的手工业门类有冶铸、制陶、玉石骨器及竹编、纺织、舟筏制作等；商业贸易方面已较为流通，因其地处滇、巴蜀、荆州和岭南地区之间，是它们商品流通的"走廊"。夜

郎地区与周邻地区的贸易交往主要有以下几个方面：与巴蜀地区；与滇国及其以北以南地区；与荆州地区及岭南地区。夜郎地区与周邻地区过境转换的贸易，史书中虽无明文记载，但从夜郎考古发掘中却获得了大量的线索。研究者们还认为，夜郎地区无蚕桑、寡畜产、"方诸郡为贫"，它为内地贸易所能提供的商品，主要不是物产，而是人口。夜郎的奴隶主、商人以出卖奴隶来换回物资、货币。总之，研究者认为，夜郎的经济发展水平虽较周边的巴蜀、荆州、岭南和滇落后，但自秦汉时与周边交往的加强，畜牧业经济较之前发展加快，特别是牧业经济实力在其统率的各邑中是最为强大的。

据贵州省博物馆有关专家考证，夜郎国临牂牁江（今南北盘江），而"牂牁江广数里，出番禺城下"。汉书《史记》云："牂牁江广百余步，足以行船。"因此，从夜郎到南越顺江而下十分方便。但自巴蜀到南越，不仅行程遥远，山路崎岖，而且中间横隔着夜郎地区的崇山峻岭，所以在巴蜀通往南夷的道路未开通之前，巴蜀只有少量的物资能够进入夜郎市场。夜郎在西南少数民族中虽然是最大的一个地方联盟政体，而且属于"耕田有邑聚"的经济形态，但比起"随畜迁徙毋长处"及"或土著或移徙"的游牧或者半农半牧的经济要稳定和先进得多。又因夜郎地区"无蚕桑、寡畜产""方诸郡为贫"，所以文献才作出"巴蜀富""滇，小邑，最宠焉"的评判，而对西南少数民族中这个最大的夜郎民族经济却无只字评价，道路的阻塞对夜郎经济的繁荣和发展起着致命的扼制作用，这是毋庸置疑的。学界认为，古夜郎应有广义和狭义之分，广义夜郎指夜郎民族集团，狭义夜郎指夜郎部落方国，亦即庄𫏋所伐之"夜郎国"。

朱俊明先生在其专著《夜郎史稿》中认为："夜郎是分布在古贵州高原一带各部越人的一种自称。在秦汉以前此诸部就各有自己的政权，互相间存在的问题是联盟、统率关系，绝无跨州联郡、占地数千里的单一的'大夜郎国'。"方国瑜教授也补充说："在未设郡县前，夜郎各部君长间只是联盟关系的问题，设郡县后，则以其势力大小任命为王、侯、邑长，以相统率。"

（二）夜郎与"液那"

关于夜郎与"液那"的关系，上文已有所述及。春秋时代，武僰系彝族先民后裔以竹为图腾的一支"液那"部落，自第一代君长液那朵"兴起君长制"始，到汉代共传27代君长，其所辖之地古称之为夜郎部或夜郎方国。《华阳国志·南中志》传述，战国末期，楚将庄蹻"出且兰，以伐夜郎王"。此"夜郎王"是原不属楚的竹王后裔。从庄蹻"既克夜郎"后"遂留王之，号为庄王（即夜郎庄王）"看，该"夜郎王"或是投降或是被灭了；《后汉书·南蛮西南夷列传》载该夜郎是被楚军"灭"了。尽管《华阳国志》与《后汉书》对战国时代的该夜郎方国的记载有些不同，但从两书的行文可以看出，该夜郎是一个既不大又不强的方国，故面对进入其境的楚军不战而灭。

《史记·西南夷列传》载汉武帝建元六年（公元前135年）唐蒙"见夜郎侯多同"时，"蒙厚赐，喻以威德，约为置吏，使其子为令"，在"还报"汉武帝后乃将其辖地置为犍为郡夜郎县。其势力，远比且兰国小。因且兰原是南夷地区政治、经济最大的中心，后被置为牂牁郡首邑便说明这点。再从汉武帝元鼎六年（公元前111年）南越反汉时，汉朝派使者赴南夷不是调夜郎兵而是调且兰兵助汉击南越，也可证明之。史称且兰因不发兵助汉击南越，"乃与其众反，杀使者及犍为太守。汉乃发巴蜀罪人尝击南越者八校尉击破之。会越已破，汉八校尉不下，即引兵还，行诛头兰。头兰，常隔滇道者也。已平头兰，遂平南夷为牂牁郡。夜郎侯始倚南越，南越已灭，会还诛反者，夜郎遂入朝。上以为夜郎王"。[①] 可见，在汉朝击破南夷地区最强大的且兰，灭夜郎始倚之南越，在"兵还"巴蜀途中又平"常隔滇道"的头兰并终"平南夷为牂牁郡"的大形势下，"夜郎遂入朝"而被汉朝封为夜郎王，且在南夷地区的各部落国中是独受王印者。正是在西汉政府的直接支持下，夜郎才成了南夷中"最大"者并具有领袖地位。

夜郎国的疆域，从《史记》《汉书》《华阳国志》《后汉书》《水经注》等书的记载和前人的考证看，它东靠且兰、南邻钩町、西连常隔巴蜀至滇

---

① 司马迁：《史记·西南夷列传》，中华书局点校本1973年版。

通道的头兰（今云南曲靖市）。至迟在战国晚年已出现的夜郎国，已建立了一整套国家机器。《史记·西南夷列传》载唐蒙"窃闻夜郎所有精兵，可得十余万"，数字因系传闻而不免夸大，但反映出它已有了作为国家支柱的武装力量。从史书称夜郎国的统治者为王、侯，称其控制下的旁小邑为"从邑君"看，这些称谓虽非夜郎国的本称而是汉称，但它毕竟反映了夜郎统治阶级中已形成权力不同的等级或阶层。这与彝文古籍《彝族源流》中关于"液那"（夜郎）"兴起君长制"后共有27位君长的传述相吻合。①

关于夜郎的起源，《贵州通志·前事志》载："夜郎之为国，不知何姓，其先亦不知何始。或曰：周武王伐纣，卢人从之。卢即唐之泸府，夜郎直其南，殆卢夷之属国也。至周末，夜郎始著。"《大定府志·疆土志》考证说："周初为卢夷之国，其君称蒸。""则泸州以南至叙永、大定、安顺、兴义皆卢国也。"白兴发在《夜郎、可乐文化与彝族古代先民》中说，夜郎是彝族先民武僰支系建立的国家，彝语称"液那"，意为"水"，"那"意为"大""黑"。贵州西北地区有不少以"益那""以那""迤那"命名的地名，多靠近河边。彝文古籍《益那悲歌·武益那世系》说："僰氏族一支，发展到水边，在泰益大河，安居建基业。僰雅蒙一代，蒙雅益二代，益那朵三代，益那朵时代，武益那氏，形成君长制。"② 此外，还叙述了夜郎臣谱系共26代，布摩谱系25代，武将谱系21代，工匠谱系16代。从彝文古籍的记载来看，夜郎的都邑极有可能在贵州的威宁县、赫章县和云南的昭通一带。③

《史记·西南夷列传》："西南夷君长以百数，独夜郎、滇受王印。"汉赐"滇王之印"已在云南晋宁石寨山出土，唯汉赐夜郎王印迄今尚未发现。但有学者就此提出了夜郎与"液那"的关系问题。

李卿先生在其《从发现威宁"彝文印章"谈夜郎国族属问题》④ 和

---

① 参见易谋远：《彝族史要》，社会科学文献出版社2007年版，第240页。
② 彝文古籍，阿洛兴德、阿侯布谷译著：《益那悲歌》，贵州民族出版社1997年版，第232—234页。
③ 参见白兴发：《夜郎、可乐文化与彝族古代先民》，见张学立主编《彝学研究》，民族出版社2009年版，第213页。
④ 李卿：《从发现威宁"彝文印章"谈夜郎国族属问题》，《贵州文史丛刊》1989年第4期。

《从〈彝族源流〉再论夜郎国族属问题》①等文章中，提出"夜郎"就是彝族古老支系的"液那"家：

在主夜郎族属的各说中，我是同意彝族先民说的。在 60 年代初，我问毕节地区彝文翻译组的王兴友、罗国义两位老先生：彝文里面有无关于夜郎的记载？他们都说夜郎就是彝书里面的"液哪（那）家"，这些书将来也要搜集翻译。其后，传闻云南昭通发现铜质"彝文印章"，有"液哪"读音的彝文。昭通地区民委于1986 年编印的《昭通少数民族画册》，就载有"彝文印章"的彩色印模，我得到了一本《画册》和西南师范学院邓子琴教授关于《彝文"以诺"印章跋语》的文章。我把"彝文印章"的两个复印件和邓老的跋语请毕节地区彝文翻译组的王世忠同志研究，他说："印文顺序为□□□□□□（古彝文，打不出相关文字——引者注）六字，音译为'液哪迪那惹威'，直译为'夜郎境手司印'，意译为'夜郎国手下管理发号施（应为司—李卿注）令的印'"。并说明"以诺"和"夜郎"，只是方言的语音不同，意义是一样的。有"大水、深水、黑水"的意思。如果作为彝族历史上的家支名称解释，就是"液哪"家，也就是汉文所称的"夜郎国"。1978 年 6 月，又由贵州民族学院彝文古籍编译室王子尧、王福会两同志翻译，陈英同志审定的《彝族芒部史诗集》中的《武氏溯源》一书，内中有：彝族武支系的武液哪，是武家27 代人当中最强的一个君长，说"武家在彝地，自称为天子""他们地广人多"，说"凡日照之处，都有武子孙"。这又是"夜郎"就是"液哪"的进一步的显露……其后，又获悉毕节地区民委得到昭通地区卫生局的唐同志收存的一颗铜质彝文印章的印模，彝文为"□□□□□□□（古彝文，打不出相关文字——引者注）"七字。音译为"吐鲁播卧那左欧"（"欧"或作"威"），直译为"吐鲁山内手掌

---

① 李卿：《从〈彝族源流〉再论夜郎国族属问题》，《贵州文史丛刊》1993 年第 3 期。

（持、管）印"，意译为"统管堂琅印"。拿和上述彝文印章的性质比较，前一颗是液哪手下的幕僚长用的，后一颗是液哪的封疆大臣用的，都是液哪颁发的印信。①

西汉时期，人们把散居在今甘肃南部、四川西部和南部、西藏自治区的昌都地区、贵州北部和西部，以及云南一带的少数民族，统称之为"西南夷"。或将"西南夷"分称为"西夷""南夷"两大部分。如《汉书·西南夷两粤朝鲜传》载，汉武帝时，"罢西夷，独置南夷两县一都尉，稍令犍为自保就"。显然，这里所说的西南夷、西夷、南夷之"夷"是泛称。

当时所称的"南夷"，包括牂牁全郡和犍为郡南部，大约相当于今天的四川南部、贵州西部和滇桂黔边一带。在这片辽阔的地域内，存在着君长"以十数"的部落群方国，其族属应不是单一民族而是多民族的，其中，以夜郎最大，成为"南夷君长以十数"这一部落群方国的中心。故广义的夜郎，应是指《汉书·西南夷两粤朝鲜传》载"南夷君长以十数，夜郎最大"这一夜郎多民族集团。

笔者认为，彝文典籍中所记载的与"支嘎阿鲁"关系密切的"液那"，当属夜郎集团的一个部落方国。

二、夜郎古国与"支嘎阿鲁"史诗

夜郎古国是在贵州高原上存在时间较长、地域面积较广和文化程度相对较高的少数民族政权，众多彝族古代历史上的有名人物都出自夜郎古国。彝族英雄史诗中描绘的集多重身份于一身的大英雄"支嘎阿鲁"，其所在的武僰部落也与夜郎古国相关。

（一）关于"支嘎阿鲁"的谱系

彝族是一个有着祖先崇拜的很讲究"根谱"的民族，客人相聚，一般都要"叙谱"，看是否是一个家支的人。在贵州传承的"支嘎阿鲁"史诗和很多彝文古籍，都记载有"支嘎阿鲁"的谱系。《支嘎阿鲁传》开头就辑录

---

① 李卿：《从〈彝族源流〉再论夜郎国族属问题》，《贵州文史丛刊》1993 年第 3 期。

了主人公 "支嘎阿鲁" 及其后代谱系，该书的前言说，"目的是有助于对'支嘎阿鲁'原型的了解，上溯源头，下述流向……后人为这位贡献特殊的英贤君王披上神话的外衣，正是从叙述他的谱系开始的，既符合情理，又是必然的，犹水到渠成一样的自然。"

《支嘎阿鲁传·阿鲁祖谱》载：

> 从前古时候，樊阿勒为仲，樊阿勒一代，勒叟俄二代，叟俄爵三代，爵阿纣四代，纣阿直五代，直支嘎六代，支嘎阿鲁七代。支嘎阿鲁世，天君策举祖，凡间访天子，得支嘎阿鲁，是这样传的。

该史诗不仅记载了 "支嘎阿鲁" 的祖谱，而且叙载了 "支嘎阿鲁" 的后裔谱。《支嘎阿鲁传·阿鲁后裔谱》载：

> 支嘎阿鲁家，二代阿鲁吐，三代阿鲁哪，四代哪羿俄，五代俄阿唔，六代唔苦鲁，七代鲁勺烈，八代烈阿武，九代武各鲁，十代各鲁鲜。鲜氏有九子，分布到各地。先据九高山，延至米吐博，后据八平坝。启铺洛时代，左为九山岭，输分野居中，右抵达吉叩，超过鲁安谷。在这范围内，啥益卧底，建宫样屋宇，修阿鲁庙宇，雕塑一堂像，阿鲁在其中，葛鲜十六国，由鲜氏统治，依天命掌权，为大地保境，是这样传的。

龙正清、王正贤译著的《夜郎史籍译稿》是根据夜郎故地阿默尼、俄索等君长国志书《阿默尼恒述》《以补舍额》《能数恒索》《确匹恒索》《武溢纳则索》和《俄索四大慕濯》六部彝文史料翻译编辑而成。《夜郎史籍译稿》以时纵事横、略古详今的手法，在记录了乾阳运年时代、坤阴运年时代、人文运年时代和六国分封的夜郎西南部武侯氏族、夜郎东南部乍侯氏族、夜郎西北部糯侯氏族、夜郎北部恒侯氏族、夜郎中部布默白黑彝氏族，以及夜郎民族的先天八卦文化、社会体制及法规、社会关系、经济和风俗

礼仪等数百万字的彝文古籍中，选择数十万字编译而成。其中，也辑录了
与"支嘎阿鲁"相关的《奉智戛阿鲁氏族》和《智戛阿鲁根由》。

《奉智戛阿鲁氏族》载：

> 一世智戛阿鲁，二世阿鲁洪吐，三世洪吐洪那，四世洪那羿
> 吾，五世羿吾阿欧，六世阿欧苦鲁，七世苦鲁输立，八世输立阿
> 伍，九世阿伍葛鲁，十世葛鲁尼。葛鲁尼时代，尼氏族有九子氏
> 族，遍地分布着。境有九名山，弭吐山为首，境有八方地，八十
> 个平坝。启遗录时代，左以九名山，分布在妥鲁山周围，右以八
> 星阵，分布震位方。两者相结合，在啥益卧甸地方，修高大庙房，
> 做阿鲁神庙，塑上一堂像，塑阿鲁神像。葛尼十六国，由葛鲁尼
> 主宰，依天道建国，依地道治理，自治自发展。次为燮阿侬，一
> 世燮阿侬，二世侬阿博，三世博必杜，四世必杜武，五世武育育。
> 武育育时代，奉拜震巽神，崇拜史弟仙，敬拜舍赤像，在鲁古嘎
> 一带，采矿冶取金银，世治洪鲁山一带。默德施氏族治两世，同
> 舍氏族世联姻，同舍珠洪通婚，以山封领域，洪鲁畏更氏族，仁
> 歹饶录楚氏族，阿德藉洪女，是默德施之母。如竹木并茂，自此
> 演称德施氏族，就是这样的。①

《智戛阿鲁根由》载：

> 次为燮阿勒氏族。一世燮阿勒，二世勒叟吾，三世叟吾爵，
> 四世爵阿纣，五世纣阿直，六世直智戛，七世智戛阿鲁。智戛阿
> 鲁时代，至尊策举主，访地上天子，得智戛阿鲁。天臣依旨意，
> 努娄则领人禀报，至尊策举主，相了他的头，生日月之光；相了
> 他的腹，生着老虎像；相他的双臂，生着龙凤像；相他的双膝，
> 生着青红像；相他的双唇，红花交绿穗。此人多智慧，再无人可

---

① 龙正清、王正贤译著：《夜郎史籍译稿》，贵州民族出版社 2007 年版，第 86 页。

比，察天测地，唯他能完成。到君王身边，至尊策举主，打开国库锁，赐给撑赶鞭，赐给权杖，赐给权力带，跨上飞神马，带领八勇将，九仙勇士随从，如此组合队，从天下界来，观察测度地，测地到北方，观察到南方，快速如飞鸟，策马进中央，从勾直诺上天，到举主身边，观天测地事，我已经完成。至尊策举主："测度的本领，量地的才能，唯此人而已。"举主宠阿鲁，把天上俸禄，赐给智夏阿鲁，把地上的租赋，封给阿鲁享受，治一方天地，年月日时制，依阿鲁推算。地上生天子，担王国大事，智在观测天地，能在治理的权力，就是这样的。①

该谱系和贵州的史诗内容大致相同，结合相关彝文典籍，从中可以看出，在贵州彝文资料中，支嘎阿鲁是武僰部落群，亦即与夜郎相关的一个部落方国首领，而从他代"天君"巡视四方、测量天地等来看，他同时还是部落群最高首领的著名"师"，即"毕摩"。在贵州古代的彝族社会中，应该有"支嘎阿鲁"的原型，这一点可以在贵州其他彝文古籍文献中得到佐证。立于明万历年间的贵州大方县现存的水西大渡河桥碑彝文碑刻说：

> 天开地辟，六祖有好根，传到默德施。德施九天君，遍居中部地带……承天神地祇的庇佑，沽境的道慕尼，为首传世系，行善地位高。他们根据古时赤陀创立的大典章，说到东方的帅主，创业得先祈祷。又据直括阿鲁载于《俄莫》之卷以传后世的格言，进窥珠乍地方，有濮人在那里治理，为主于其地。……古时直括阿鲁的《俄莫》文卷里说：中部是濮人统治辖地，他们祭奠天君地臣、叩祀而有社稷。《猎熊篇》里说：开创了基业，天下有高位，有业足以治，君令而臣行，如高天飞鸟，为首乃根不浅。如花卉艳丽，不离雁降之处，贤代都兴旺。②

---

① 龙正清、王正贤译著：《夜郎史籍译稿》，贵州民族出版社2007年版，第86页。
② 马学良主编：《增订〈爨文丛刻〉》四川民族出版社1986年版，第197页。

碑刻中引用了"支嘎阿鲁"的格言，并提到与他有关的《俄莫》一书。还有明嘉靖二十五年（1546 年）为贵州宣慰使安万铨捐资兴修衢道而刻制的《千岁衢碑记》。该千岁衢系开山劈岭，削岩凿石而成，彝语称为"阿东巨"路，在贵州省大方县城西 25 公里处，原属该县马场区白布公社。衢道长六百二十余丈。路成后，天梯沿崖上，险道变坦途，贩旅往来，人人称便。碑记刻在街道旁边的岩石上，系凿岩为碑，等分两副，一副刻汉文，一副刻彝文。因年久风化，汉文载入县志书，全文犹存。彝文志书未载，彝文碑记有以下内容：

> 勿阿纳是很贤能的；妥阿哲富强于一世，他们如鸿雁凌空般地统治着这些地方，人才济济，多如罢第羊群。阿基君长呢，他想了想说："自古以来，要修通道路，财富方能得到。"……慕格洛启坡的小道，是头目和民众必经之路。阿鲁有名言："修通道路，能传播文化于后学，然后有发展，可以百废俱兴。"在洛启坡修路，就是这个道理。①

马学良主编的《增订〈爨文丛刻〉》在引录该文时注释说，阿鲁即"支嘎阿鲁"，"川、滇、黔、桂彝族地区普遍有传说记载，是一位有聪明才智，博学多能的人。具体生活年代不详。彝文古书常引他的言论载于《俄莫》书卷，具体指哪些书，不详。今流传于贵州威宁的占卦书，称是'阿鲁的书'"。该彝文碑记也引用了阿鲁的名言，这也可为贵州历史上曾有"支嘎阿鲁"的原型作一佐证。

（二）文化英雄"支嘎阿鲁"与夜郎古国

陈建宪教授在《神祇与英雄》中谈到，反映人类凭借自己的文化创造与自然作斗争的神话是文化英雄神话。此种神话的主要特点，就是故事的主人公是人而并非是神。虽然这些"人"身上往往具备着某些神性，或者同神沾亲带故，但却是"人"的力量的代表者。他们反抗的对象，要么是

---

① 马学良主编：《增订〈爨文丛刻〉》四川民族出版社 1986 年版，第 209 页。

自然本身，要么是象征自然力的神或怪。文化英雄往往是一个具有神性的人物，他们为了人类的生存和发展，首先发现或首先制作了各类文化器物；消灭了横行大地的妖魔鬼怪；为人类建立社会组织，制定婚丧习俗、礼仪节令等。他们是全体先民集体力量的集中体现，也是人类原始文化成果的最为集中的文化代表。由于文化英雄们的发明创造或者斩妖除魔的辉煌功绩，为原始人类的生活带来了前所未有的安定感。所以，先民们过去对自然之神的敬佩与赞颂，同样地加诸在他们自身的文化英雄身上。这个转变为神话世界带来了翻天覆地的变化，"最初仅仅反映自然界的神秘力量的幻象，现在又获得了社会的属性，成为历史力量的代表者"。① 最初主要是由自然神统一天下的神话世界，又添加了新的代表人类力量与意志的成员——文化英雄。他们的加入使原有的信仰体系发生了崩塌与重组，先前掌管一切的自然神，一些退到幕后，一些被取代，部分神话发生变化，其中的部分功能逐步转移到文化英雄身上。从此神的时代一去不复返了，取而代之的是"英雄时代"。为数众多的文化英雄们生机勃勃地活跃在神话舞台的中心。②

关于文化英雄，美国的《韦氏大词典》中也有相关解释："文化英雄，系传说人物，常以兽、鸟、人、半神等各种形态出现。一民族把一些对于他们的生活方式、文化来说最基本的因素（诸如各类重大发明、各种主要障碍的克服、神圣活动以及民族自身、人类、自然现象和人类的起源），加诸于文化英雄身上……（文化英雄）为一民族或一社团之理想的象征。"③

我们知道，史诗产生在人类的早期阶段。一般来说，史诗是以传说或重大历史事件为题材的古代民间长篇叙事诗。它用诗的语言，记述了某个民族有关天地形成、人类起源以及民族迁徙的相关传说，歌颂了某个民族在其形成和发展过程中战胜各种艰难险阻、克服自然灾害、抵御外侮的斗

① ［德］恩格斯：《反杜林论》，转引自陈建宪《神祇与英雄——中国古代神话的母题》，生活·读书·新知三联书店1994年版，第144页。
② 参见陈建宪：《神祇与英雄——中国古代神话的母题》，生活·读书·新知三联出版社1994年版，第143—144页。
③ 转引自陈建宪：《神祇与英雄——中国古代神话的母题》，生活·读书·新知三联出版社1994年版，第143页。

争及英雄业绩。因此，它是伴随着民族在历史一起生长的。从某种意义上讲，一部民族史诗，往往就是该民族在特定时期的一部形象化历史。

《彝族源流》中记有 27 代夜郎君长的直系谱系。及至夜郎君长 "多同米" 后第三代莫雅邪之世，"液那一时被攻打"，液那的余部残败，迁往 "啥靡"，住啥靡卧甸（今云南大理境）得卓罗纪部相助。"液那勾纪" 的政权，此后即由卓罗纪继承。这一历史，与史诗《支嘎阿鲁王》里的记载极为相似。

《支嘎阿鲁王·大业一统》中叙述道：

> 支嘎阿鲁哟，量了北面的天，测完南面的地，快速胜飞鸟，来到了中央，回到了能弥。阿鲁的国度，大山有七千，七千又七百，七百七十二，小山万二千，山山取名字，在东西南北，封四大山岳，北方仁洪鲁，南方鲁洪鲁，日出炬洪鲁，月落勾洪鲁，在能弥中央，封了谷洪鲁，本是阿伍山。安定了七十二山，封了七十二祖摩，能弥的山，留下阿鲁的足迹，能弥的水，记住阿鲁的声音。知识是雄鹰的翅膀，知识是猛虎的钢爪，知识是黑夜的灯火，知识是渴时的甘泉，知识是血液，知识是生命，常敬知识神。

史诗中所谈到的山脉，据《盘县彝语地名考释》① 和贵州彝文古籍资料记载，属大理苍山和乌蒙山系。可知，"支嘎阿鲁" 部后来是往云南迁徙了。史诗同时也体现了 "支嘎阿鲁" 测天量地、射日射月的知识型文化英雄形象。

在史诗《支嘎阿鲁传·巡视中部地》中，夜郎与 "支嘎阿鲁" 的关系更为明显：

---

① 盘县彝学会、盘县少数民族古籍整理办公室编：《盘县彝语地名考释》，贵州民族出版社 2009 年版。

在溢毕珐吐，以鲁补（鲁哺）定界，以鲁旺划线，封立溢毕家，立碑作标志。君臣师三位，订君臣礼仪，订师臣之纲，师管理文化，订一套法度，取人名，取地名，取物名。神马嘶嘶鸣，阿鲁跃上马，手执马缰绳，往溢纳勾纪，到溢纳勾纪，以鲁补定界，以鲁旺划线，立一棵金柱，封立溢纳家，订君臣礼仪，溢纳臣训兵，溢师掌文化，君臣师三人，各人负其责，编纂一套书，记载天文学，记载地理学，记有万民名，记有土地名，记有财产名，载宇宙四方，载六十个甲干，记天干地干，记十月为年，记春夏秋冬。笃支嘎阿鲁，开怀大笑道："溢纳氏君长，有君长风度，相信有能力，言谈挺谦逊，句句都在理，办事也公道，与谁人办事，与谁人交道，都一律平等，毫无分彼此，有这种品格，谁敢不恭维，谁又不钦佩，做君最合格，具真龙虎像，是优秀的君。"溢纳谦虚道："你能说会道，天上的飞鸟，都能哄下来！"阿鲁回言道："不在我夸奖，夸奖无益处，你所行的事，像武米一样。再强调一句，不单称君长，更要称武米，武米传溢纳，诺靡阿武山，阿武山下地，归属你范围，溢纳做君王，君王管臣民，溢纳臣训兵，师传播文化，编一部政令，编一部兵书，编一部民法，君臣师三位，掌溢纳印信，执溢纳印信，以印信为准。溢纳师法度，在溢纳通行。"就这样嘱咐。在吐洛勾纪，以鲁补定界，以鲁旺划线，封立吐洛家，立一块石碑，吐君管吐臣，臣师掌法度，君臣师三人，异口同声道："笃支嘎阿鲁，昨天在溢纳，今天到此地，路途多遥远，你是腾云吧，或是驾雾来。"阿鲁笑吟吟，边笑边说道："你君臣三人，实在会夸人，就像听谜语，你们会算卦，还是会预测，拿我寻开心！"阿鲁直言道："我不会腾云，更不会驾雾。"君臣三位说："你不会腾云，你不会驾雾，长翅飞来吗？"阿鲁开言道："你们君臣师，见识有些浅，我不会腾云，也不会驾雾，更不曾生翅，我骑的是马，说的是实话，说的是真话。你君臣三人，你们如相信，可告诉你们，我骑的骏马，不骑它不走，骑上它就飞，白日行千里，夜行八百里，它真正会飞。"是这

样传说。

有几点值得注意,一是提到的"溢纳"是否就是"液那"的不同音译;二是要求"你所行的事,像武米一样",涉及了"武米"。文本中的"支嘎阿鲁"是代"天君"巡视中部地,笔者认为,史诗中的"天君"应为武僰部落群的最大"武米",而"溢纳",即"液那",亦即夜郎,只是其部落群中的一个部落。一般说来,史诗的产生、流传、演变和发展,都是一个相当漫长的过程,由于在不同地区和不同时间经不同的人们世代传唱,往往在继承了原有内容的基础上又融进了较多后世的东西,继而呈现出比较复杂的情形。以目前学界研究相对成熟的英雄史诗《格萨尔》为例,其流传的时间跨度太大,竟有一两千年的时间,从原始社会末期的氏族社会,历经奴隶主专政的奴隶制社会、封建农奴制时代,最后延伸至今。然而这部英雄史诗依然能在广阔的青藏高原上广泛传唱,显示出强大的艺术生命力。每个重要历史时期的沧桑变化,都在这部史诗中得到了直接或间接的反应,并使史诗本身不断丰富和完善。彝族发展的历史与藏族的历史有着相似之处,"支嘎阿鲁"史诗是否也与《格萨尔》一样,有着独特的产生、流传、演变和发展历程?笔者认为完全有可能。从前面的所有分析来看,"支嘎阿鲁"史诗应该是发轫于古滇国的图腾部落故事,形成于乌蒙山区,发展于征战频繁的夜郎古地。

(三)夜郎古土上的彝族英雄史诗

英雄史诗是人类历史上的一种重要的文学形式。马克思对英雄史诗的评价极高,他认为英雄史诗是"在世界史上划时代的古典形式",并且指出直到今天"仍然能够给我们以艺术享受,而且就某方面说还是一种规范和高不可及的范本"[1]。彝族广义的"英雄时代"历史长远,但产生和发展英雄史诗的时期应主要在汉朝之前,也就是夜郎国的存在时期。[2]

彝族史诗,不管是创世史诗或者英雄史诗,都在夜郎这块神奇的土地

---

[1] 《马克思恩格斯选集》第2卷,人民出版社1972年版,第114页。

[2] 参见王明贵:《夜郎故国——彝族英雄史诗的圣地》,见张学立主编《彝学研究》,民族出版社2009年版,第199页。

上有着大量的流传。在已发现的著名的史诗中，有云南的《梅葛》《查姆》《阿细的先基》，四川的《勒俄特依》，广西的《铜鼓王》等，而剩余的彝族史诗几乎都在贵州这片夜郎故土之上产生。《铜鼓王》是在广西发现的一部较为完整的英雄史诗，《勒俄特依》中也有英雄"支嘎阿鲁"的相关叙述。在贵州省内发现的众多彝族史诗中，哪怕是以史传为主的史籍，抑或创世史诗，几乎全部或多或少地有英雄业绩的相关记述。著名的古籍文献《西南彝志》被发现于彝族古代水西故地（今贵州毕节地区），一些专家把它当作史诗来解读，指出其中带有非常鲜明的英雄史诗成分色彩。[①]《彝族源流》则被发现于彝族古代的乌撒故地（今贵州毕节地区），文中有关于诺奎博创业、得胜的乌撒、乌撒与阿外惹之战、妥太之战等章节，这些章节记载了许多英雄人物的故事。《彝族古歌》《彝族创世志》《洪水泛滥史》等一些史诗中，也有较多叙述英雄业绩的内容。再到后来形成的完整的英雄史诗《支嘎阿鲁王》《夜郎史传》《益那悲歌》《俄索折怒王》等文本，其中部分原型人物像支嘎阿鲁王、夜郎王、俄索折怒王等，在古籍文献《西南彝志》《彝族源流》等之中都有雏形。并且据诸多史籍的相关记载，证明支嘎阿鲁王、夜郎王、俄索折怒王等都是历史上本就存在的人物。他们曾实实在在地活跃在这块英雄的土地上，创造了惊天动地的英雄业绩。正是这些形成了英雄史诗的历史基础。

《夜郎史传》是有关夜郎王的一部完整的史诗，由王子尧和刘金才编译，四川民族出版社 1998 年出版。其原稿是来自著名毕摩世家磨布阿侯氏的家传珍本古籍。这部史诗大致有 6000 行彝文，其中的主体部分"夜郎在可乐"也有 2600 多行彝文，都是五言诗歌。另外，"夜郎在可乐"也曾以"可乐古城传奇"为主题，被收录于彝族民间叙事诗集《达思美复仇记》中，之后又被何积全先生编入《贵州民间文学选粹丛书·彝族叙事诗》。史诗主要描绘了开创夜郎国基业的两个伟大人物——武夜郎和夜堵土兄弟的王者气象。

《益那悲歌》也是有关夜郎王的一部完整的史诗，由阿洛兴德和阿候布

---

① 参见张福三、傅光宇：《西南彝志英雄史诗成分》，《民族文化》1984 年第 1 期。

谷译著,并由贵州民族出版社 1997 年出版。史诗的原诗共 20 章,在整理翻译时,除《巴底候吐由来》一章不用以外,其中的 19 章都按照原文的先后顺序翻译出版。全诗共计五千余行彝文五言诗,讲述了邪苴隆子承父业,继位为王。在历经千难万险之后才登上了洪鲁山,并求到兵书和战法,之后冒着生命危险从天上盗来了神号,继而调动天兵天将一举打败了敌人,最终完成了复仇大计。他为达到为父报仇的目的所作出的种种努力,显示出了英雄的品质特征。

英雄史诗《俄索折怒王》(还叫《祖摩阿纪》),全诗总共有 1560 行,与翻译之后的汉文版本《支嘎阿鲁王》结合在一起出版。史诗叙述了彝族乌撒部由衰到盛,俄索折怒王也历经坎坷、磨炼,成长为叱咤风云的英雄人物的故事。史诗把他和"支嘎阿鲁"连在一起,说他是"支嘎阿鲁"的儿子。《俄索折怒王·神鹰之子》载:

> 达发能避风雨,达发能避刀兵,栖身支格阿鲁故居,磨炼雄鹰般的意志。住在达发已月余,国亡家破心欲碎,亡夫血仇海样深。孱弱婆媳啊,要得活路问谁人……策举祖遣鹰使者,给支格阿鲁传话:"到人间去,完成神圣使命,去给特波传后代。"又是一个清早,特波咪黛哟,以白荷花汁洗脸,用黄香花汁洗手……一连三个晚上,是梦又不像梦,一只硕大雄鹰,展双翼拥着咪黛,任随挣扎无济事。一转眼,化作个英俊小伙,多像年轻的特波,自称是支格阿鲁,受策举祖派遣,要给特波来传后……神鹰再度降临达发,完成使命悄然飞走……冬天接走了秋天,又把春天送回来,夏天去了秋天转,满了第二个三百六十天,十月怀胎一朝分娩,神鹰遗腹降临人世。地动山摇,电闪雷鸣,九天九夜,一团红光发自笃洪。

关于俄索折怒王的众多英雄业绩,在古籍文献《元史·地理志》中记载:"乌撒之裔,折怒始强大,尽得其地。"

除此之外,还有两部被贵州学者王明贵称为"末期英雄史诗"的《戈阿娄》和《弥苦赫舍人》。《戈阿娄》被发现于贵州西部的盘县彝族地区，总计900行，记述的主要是英雄戈阿娄率领部下和臣民为保卫拓荒而得到的宝贝结果英勇献身，在戈阿娄死后人们为纪念他而跳起了《海马舞》的故事。史诗《弥苦赫舍人》有一千三百多行，所讲述的是彝族"六祖"时期就已经迁居到贵州境内的由彝族德布氏统辖的在弥苦赫舍生活的彝族人的故事。在故事中，由于该地时常遭受到外族入侵，战火连绵不断，因而造成男丁稀少、女子众多的悲惨状况。在外族再次入侵之时，一位英勇而有智慧的女子领导男人们完成了抗击外侮、建设美好家园的重任。之后汉文译稿被收集并编入了《贵州民间文学选粹丛书·彝族叙事诗》。

以上在夜郎古国产生和流传的众多彝族英雄史诗，不但自成序列，且前后延续而绵绵不绝。彝族英雄史诗竟然如此集中地出现在贵州这片夜郎古国的土地上，显然不是偶然现象。夜郎时代也是英雄辈出的时代，更是历史上英雄史诗层出不穷的时代。这也从另外一个角度佐证了笔者关于"支嘎阿鲁"史诗是在夜郎古国上产生和流传的结论。

本 章 小 结

如前所述，"支嘎阿鲁"史诗是一部跨省跨地区传承的史诗，彝族是一个支系繁多、分布较广的民族，关于"支嘎阿鲁"史诗的产生和形成，一直是一个悬而未决且少有学者涉及的问题。本章在参考其他理论的同时，主要采用梅列金斯基教授关于英雄史诗起源的理论，以贵州史诗文本为主，结合云南、四川的相关史诗，把"支嘎阿鲁"史诗的形成发展道路放在特定的民族历史阶段中进行分析，提出"支嘎阿鲁"史诗源于云南古滇部落，形成于乌蒙山区，发展于征战频繁的夜郎古地。

夜郎是一个吸引着许多学者的千古之谜。学界认为，夜郎国主要位于以今天贵州省为主的地带。在贵州省范围内考古发掘的众多文物中，以贵州西部的赫章县可乐乡和普安县铜鼓山两个地区的最有价值，而在这之中又数可乐地区的最多，所以一些专家指出，可乐应当是夜郎国的都城。彝

族广义的"英雄时代"历史长远，但产生和发展英雄史诗的时期应主要在汉代以前，也即夜郎国的存在时期。作为夜郎故土的贵州省，其西部地区尤其是西北一带，是彝族英雄史诗流传最为集中的地方。在目前被发现、整理并翻译问世的彝族英雄史诗中，流传于贵州、云南、四川和广西四个省区的英雄史诗中，几乎都与贵州西北地区有着密切的渊源关系。

　　本章在厘清"支嘎阿鲁"史诗形成和发展道路的同时，通过对史诗与彝族社会历史记忆之间关系的解读及彝文典籍的记载进行分析，力求找出南方彝族文化英雄"支嘎阿鲁"史诗的形成规律。

第 三 章

"支嘎阿鲁"史诗与彝族毕摩文化

　　史诗是在一个民族漫长的发展过程中形成、演变、发展而成的，它既是集体意识的产物，也是集体意识的显现。彝族是一个史诗传统十分丰厚的民族，"支嘎阿鲁"史诗就是融神话、传说、记事于一体的原始性口头史诗，流传于云南省的《阿鲁举热》、四川省的《支格阿龙》以及贵州的彝族英雄史诗《支嘎阿鲁王》和《支嘎阿鲁传》均由彝族毕摩所搜集的彝文古籍经书整理翻译而成。毕摩文化是彝族独特的文化，彝文古籍就是毕摩文化的一种重要显现，是彝族传统文化与文明的载体。彝族在历史上很早就有了自己的文字，据学者研究，彝文作为系统的信息传播符号，已有两千年左右的历史。彝族早期的民间文学一旦进入了毕摩经书，就得到相对的定型保存，其作品的古朴、原始、单一等特征也体现得相对充分。毕摩文化是彝族原始文化的灵魂，其来源主要有三个：一是原始巫术；二是原始崇拜；三是汉族道、儒、佛文化的渗透。毕摩文化是彝族社会原生宗教高度发展的产物，在其泛灵论的思想体系中，万物有灵论和灵魂不灭观是其理论基石，祖灵信仰是其崇拜主体及其中心宗教形式，儒、释、道文化是其理论伸张的有力支点。毕摩文化在其兴起、繁荣到鼎盛、发展的漫长历史进程中，始终以彝人观念信仰中的泛灵观、"三魂说"和祖先崇拜为根本，立足于彝族自身的传统文化，建立起了一个已趋于完整的为彝族社会各阶层所接受和认同的宗教思想体系，成为彝族传统主体文化。毕摩文化与民间文化是中国彝族文化的两个基本阵营，在博大精深的彝族文化体系

中，毕摩文化是一个极为重要的基石，它在源远流长的彝族文化发展史上影响十分深远，① 因此，其对"支嘎阿鲁"英雄史诗的影响不可忽视。

第一节　彝族民间信仰与"支嘎阿鲁"史诗

彝族的宗教信仰是彝族意识形态的重要内容。彝族由于分布较广，社会、经济、文化发展不平衡，居住上又呈大分散、小聚居的特点，宗教信仰因此较为复杂。彝族在整个历史发展过程之中，其宗教信仰基本上处于原始宗教的发展阶段，直至今日仍有自然崇拜、图腾崇拜、祖先崇拜等形式的宗教信仰较为普遍地存在于彝族的社会生活之中。拥有特殊技能与素质的毕摩和苏尼（巫师）是宗教活动的中心人物，各种祭祀、巫术、兆术等相当流行。彝族由于长期与周围许多民族杂居，所以在信仰上还吸收了道教、佛教和儒教的某些成分和因素。近代以来，也有为数不多的彝族人信仰天主教和基督教。

一、自然崇拜

自然崇拜是世界各民族历史上普遍存在过的宗教形式之一，它始自原始时代，并延续至今，是人类历史上流传时间最长的宗教形式之一。"最初的宗教表现是反映自然现象、季节更换等等的庆祝活动。一个部落或民族生活于其中的特定自然条件和自然产物，都被搬进了它的宗教里。"② 自然崇拜的特点是把直接可以为感官所察觉的自然物或自然力当作崇拜对象。

18 世纪末，法国学者沃尔内（Volney）和杜毕伊（F. Dupuis）第一次系统地阐述了一系列有关宗教起源和发展的理论，他们认为宗教和神产生的原因在于人们对自然力的束手无策。杜毕伊在 1794—1795 年出版的巨著

---

① 参见巴莫曲布嫫：《鹰灵与诗魂——彝族古代经籍诗学研究》，社会科学文献出版社 2002 年版，第 29 页。
② 《马克思恩格斯全集》第 27 卷，人民出版社 1972 年版，第 63 页。

《一切崇拜的起源》一书中，力图论证古代宗教所信奉的神灵（包括神话中的英雄人物），无一不是日、月以及其他天体现象的化身。19 世纪初，在沃尔内和杜毕伊提出的自然神话理论的基础上，宗教研究领域形成了有史以来第一个最大的学派——自然神话学派。他们所认为的，神话和宗教中的神都是自然物和自然现象的人格化，最早的宗教形式是自然崇拜的观点，在 19 世纪受到许多学者的批判。自然崇拜虽不是最早形成的宗教形式，却在整个宗教史上占据着重要地位。自然崇拜先后延续数千年，对整个人类文化的影响十分巨大和深远。部分学者甚至认为历史上先后形成的各类人为宗教，包括基督教、佛教和伊斯兰教，都同自然崇拜有着某种渊源关系，因而许多自然信仰都被以后的人为宗教所吸纳，并加以改造。尤其重要的是，自然信仰对古代哲学思想的形成有很大影响。如中国古代的五行说、阴阳学、天人合一和天人感应观念、天命观、风水观等，都是在自然信仰和自然崇拜的基础上形成的。

自然崇拜的兴盛时代虽然早已过去，但它的残余形式仍存在于 21 世纪的今天。生活在中国较落后的广大农牧区的人们，既相信科学，也相信自然神。他们按照传统的习俗，每年定期祭祀各种自然神，以祈求风调雨顺、人畜平安。由此也可看出自然崇拜的巨大影响。

彝族原始宗教的产生和发展与其他民族的宗教一样，也是随着社会的形成和发展及人们认识的逐步深化而有不同阶段的。马克思和恩格斯曾说："自然界起初是作为一种完全异己的、有无限威力的和不可制服的力量与人们对立的，人们同它的关系完全像动物同它的关系一样，人们就像牲畜一样服从它的权力，因而，这是对自然界的一种纯粹动物式的意识（自然宗教）。"① 彝族的自然崇拜正是在这种情况下产生的。

根据有关学者研究，彝族自然崇拜具备了三大特征：第一，始于氏族公社时期，是原始氏族最主要的公共活动之一。因而至新中国成立前夕，多数保存着全族公祭的特点。第二，自然崇拜大都与农、牧、猎生产有关，目的是祈求丰收。第三，自然崇拜在彝族进入阶级社会之后，成了统治者

---

① 《马克思恩格斯选集》第 1 卷，人民出版社 1972 年版，第 35 页。

维护统治的重要手段。① 彝族自然崇拜的宗教文化,除彝文典籍和神话传说中有所反映之外,其内容和形式尚以残存的形态保存在新中国成立前的彝族社会当中。

彝族毕摩文化中的自然崇拜对"支嘎阿鲁"史诗有巨大影响,史诗中祭祷的众多神祇,展示了自然百神的具象世界,反映了彝族泛灵观和自然崇拜的充分发展。史诗中出现的自然界诸神,是由彝人所崇拜的天地、日月、山川、木石等自然实体人格化的结果,从天神到地祇,从动物神到植物神,神目繁多。

《支嘎阿鲁传·阿鲁斩杜瓦》说:

> 曾听老人传:水有神,岩有神,洞有神,石有神,树有神,草有神,天有神,地有神。

《支嘎阿鲁王·驱散迷雾》说:

> 支嘎阿鲁哟,白鹤黑杜鹃,塑成偶一对,青虎红豹子,塑成偶一双,祭祀了天地,祭祀了日月,日月大力相助,迷觉三力士,再次尽全力。

《支嘎阿鲁王·射日射月》说:

> 太阳一家,生了七个孩子,七个孩子七弟兄,吉翁哺是一,翁哺尼是二,尼阿恒是三,能雅轮是四,轮雅仁是五,仁雅措是六,吉若尼是七,太阳一家,住在东方吉朵吉。月亮一家,有七个女儿,七个女儿七姊妹,弘咪旺是一,旺黎娄是二,黎娄妥是三,妥雅陡是四,陡阿娄是五,娄阿鲁是六,鲁洪波是七。月亮一家,住在西方弘嫡勾。

---

① 参见何耀华:《彝族的自然崇拜》,见《中国少数民族宗教》(初编),云南人民出版社 1985 年版,第84—86页。

《支嘎阿鲁传·巡视中部地》说：

> 大家要记住：天为父，地为母，白为舅，黑为甥，白为君，黑为臣，武为师，古聪慧，渊源长，真是这样的。

这些都体现了"支嘎阿鲁"史诗中所保留着的远古彝族先民自然崇拜的意识形态。洛边木果在《中国彝族支嘎阿鲁文化研究》中谈到，四川《支格阿鲁》史诗所叙述的"支格阿鲁"母亲蒲嫫妮依的谱系也体现了自然崇拜思想：

> 谷冲充宏生谷嫫阿芝，嫁到握则尔曲去，生尔曲妮札，嫁到底使硕保去，生底使玛笈，嫁到卧笼则沃去，生则沃妮嫫，嫁到沃中达紫去，生紫姿阿木，紫女嫁格家，格女嫁蒲家，蒲家生三女；蒲嫫姬玛嫁姬家，蒲嫫达果嫁达家，剩下蒲嫫妮依在家中。
>
> 在史诗里这些女性谱系链当中，其姓名大多以地名、植物名或动物名来命名的，如："谷冲充宏"为地名，意思是大雁过冬的地方。"谷嫫"为"雁女"之意；"阿芝"是名；"谷嫫阿芝"就是"雁女阿芝"之意。"握则尔曲"是山名。"尔曲妮札"是以山名"尔曲"作为姓，加上名"妮札"构成的。"底使硕保""卧笼则沃""沃中达紫"都是山名，"则沃妮嫫""紫姿阿木"也是以所居住的山名作为姓再加上名构成的女性姓名。"蒲""姬""达"都是植物名，即"蒲家""姬家""达家"是以植物作为姓的。这样一种以山名、动植物名为自己姓名的突出现象，充分体现了古彝人对自然的崇拜，甚至与周围自然混同的意识特征。①

巴莫曲布嫫进一步认为，自然崇拜是彝族原生宗教的一个重要组成部分，它直接促使了彝族经籍文学中的祀神诗、述源诗的形成和发展，也规

---

① 洛边木果：《中国彝族支嘎阿鲁文化研究》，中国戏剧出版社 2008 年版，第 160 页。

定了彝族民间神话的经籍化的走向，同时也是彝族诗学理论中的"诗灵神授"观、诗歌神创说和诗歌的祭神参神的功能说的重要思想来源。①

二、图腾崇拜

图腾崇拜是自然崇拜、鬼魂崇拜和祖先崇拜三者相结合而形成的一种崇拜形式，也是在自然崇拜的基础上进行的发展和深化。在图腾信仰中，人们多用和自身关系较为密切的动物、植物来解释本氏族的起源，认为本氏族同某一种自然界的动植物有着血缘关系，或者认为某一种动物或植物能保护整个氏族，所以，将这种动植物作为氏族的徽号和保护神，整个氏族都来敬仰和膜拜。同马克思所说的一样："图腾一词表示氏族的标志或符号。"②

在图腾崇拜盛行的时代，人们把图腾视为本群体的血缘亲属或祖先，并用"父母""祖父母"或"兄弟姐妹"等亲属称谓称呼它们。如澳大利亚大多数民族都相信自己与图腾有某种特殊的亲属关系，用"父亲""哥哥""兄长"等亲属称谓称呼它们。大洋洲北婆罗州的加焦人认为虎是自己的亲属，称之为"祖父"或"大哥"。中非的班布蒂人视某些动物为近亲，称之为"祖父"或"父亲"。西非的班巴拉人称一种野牛为"爹爹"，南非的贝专纳人称鳄鱼为"父亲"。我国东北的鄂伦春人过去称公熊为"雅亚"（祖父），称母熊为"太帖"（祖母）。海南毛道黎人称雄猫为"祖父"，称雌猫为"祖母"。云南普米族称蛙为"蛙舅"。③

彝族图腾崇拜在毕摩文化中反映得十分丰富，毕摩文化中所积淀的彝族古代图腾的历史遗存比比皆是，多层次的衍生图腾折射了彝族远古氏族社会不断分支、发展的史迹。《爨文丛刻·人类历史》记载了武洛撮世家的12位兄弟中，除一人继承原来的图腾外，其余11人在氏族分支后，各成一支，各取一物为其氏族的图腾标志，有虎、熊、猴、蛇、蛙、虾、鸡、犬、

---

① 参见巴莫曲布嫫：《鹰灵与诗魂——彝族古代经籍诗学研究》，社会科学文献出版社 2002 年版，第 32 页。
② 白兴发：《彝族文化史》，云南民族出版社 2002 年版，第 88 页。
③ 参见何星亮：《中国自然崇拜》，江苏人民出版社 2008 年版，第 11 页。

鸟、叶、妖这 11 种宗支图腾。马学良先生收集的毕摩谱牒《艾乃族谱》中也记述了一些氏族的图腾，有谷、竹、马、鸡、斑鸠、池、树木、鸭子等。① 此外，在《查诗拉书》《作祭经》《那司姆》等彝文经籍中都反映了彝族的竹图腾崇拜，四川、云南、贵州、广西四省区的彝人认为自己的始祖系从竹而生，或因竹得生，人死后还要再度变为竹。彝族图腾崇拜为彝文经籍诗歌提供了丰富而深刻的内涵，对 "支嘎阿鲁" 史诗也产生了深刻的影响。

如前所述，鹰龙图腾文化在史诗主人公的名字中有充分显现。龙、鹰、虎为彝族最有影响的三大图腾，"支嘎阿鲁" 在云南被叫做 "阿鲁举热"，彝语 "鲁" 的汉意为 "龙"，"阿鲁" 即 "阿龙"；彝语 "举" 为汉语的 "鹰" 义，"热" 为 "儿"，"阿鲁举热" 即为 "龙鹰之子"。四川地区流传的《支格阿龙》史诗里所叙述的彝族先民图腾现象也主要是以龙和鹰，特别是龙图腾最为典型。史诗中写道，"支格阿龙" 的亲生母亲是经由龙演变进化而诞生的美女濮嫫妮依。"支格阿龙" 的父亲是鹰，"支格阿龙" 出生于龙年龙月龙日，在龙崖与龙同居成长等，还有其母亲 "去看龙鹰，去玩龙鹰" 而被鹰滴血于身上怀孕生下了 "支格阿龙" 的情节，之所以把孩子取名为 "支格阿龙"，是因其出生的时间和被遗弃后为龙所收养，与龙有天然的亲情之故。

在贵州，"支嘎阿鲁" 的完整称谓应为 "笃支嘎阿鲁"，翻译为汉语即为 "马桑树上龙的传人"，与贵州古老的家支图腾中的植物崇拜有极大关联，这在贵州 "支嘎阿鲁" 史诗中也有明显体现。

《支嘎阿鲁王·继承父志》写道：

> 听说高尚的白鹤，就是你的父亲，听说慈祥的杜鹃，就是你的母亲。……天郎恒扎祝，是太阳的精灵，白鹤是他的化身，就是你的父亲；地女窨阿媚，是月亮的精灵，杜鹃是她的化身，就是你的母亲。

---

① 参见巴莫曲布嫫：《鹰灵与诗魂——彝族古代经籍诗学研究》，社会科学文献出版社 2002 年版，第 32 页。

在《支嘎阿鲁传·巡视中部地》中也有"支嘎阿鲁"变化为鹰的叙述：

  阿鲁笑着道："马也会凫水，虽然是牲畜，什么它都懂！虽不会说话，人说的它知，虽不会人语，马自有马语，嘶嘶是它话。"阿鲁笑盈盈，阿鲁自语道："以前洗净脸，这次洗了变，我也会变化，洗马马会飞，洗马马变白，真正会飞了。"马嘶鸣三声，盘旋在海空，盘旋三圈后，降落在海边。阿鲁乐呵呵，哈哈地大笑，不觉变化了，变作一只鹰，在海上盘旋，盘旋三圈后，降落在海边，还原了人身，自豪地说道："我也会变了，真正会变化，如不是今天，谁人会相信。"它是这样的。

贵州地区英雄史诗《支嘎阿鲁王》中的古代彝族图腾崇拜表现得较为完整而丰富。史诗中鹰王"支嘎阿鲁"、雕王大亥娜、虎王阻几纳可能分别是鹰部落、雕部落和虎部落的部落酋长或氏族首领。这些古代彝族部落正是用自己部落所崇拜的图腾物（鹰、雕、虎等）以命名部落的徽号。除此之外，史诗中龙图腾崇拜的龙王、山图腾崇拜的隆王等都是用图腾来当作自己部落徽号的。古代彝族的图腾崇拜现象，在"支嘎阿鲁"史诗中体现得十分突出。

图3-1　毕摩及其法器上的鹰

三、祖先崇拜

在图腾崇拜阶段，由于社会的生产力低下，人们便认为动物、植物等自然事物高人一筹，人受到他们的保护。然而随着社会的不断发展，人类的认识也在进步。人们不但学会了种植、畜牧等生产技术，还认识到自身比动物、植物要聪慧许多。在这样的生产和生活劳动过程中，一些氏族成员由于在某个时间的劳动中发挥了巨大的作用，便受到大家的崇敬。这些英雄式的人物去世之后，人们都十分怀念他们，相信他们的鬼魂可以庇佑本民族的全体成员，故产生了祖先崇拜。图腾崇拜发展到祖先崇拜是生产力发展、社会进步和人类认识发展的产物。

彝族祖先崇拜产生在母系氏族社会外婚制向父系氏族社会对偶婚过渡的时代，祖先崇拜的对象包括父母双方。彝族谚语说："父母有知识，就要给儿孙奠昌盛基；子孙有知识，就要给父母理后事。"《作斋经》中记载："世人子欠父债，治丧建祭棚；父欠子债，成家立产业。"父母一辈在世时抚养、教育儿女，去世以后一样能保佑自己的子孙；倘若子孙不孝，行为不轨，父母一辈也将会惩罚子孙一辈。因而，彝族人认为对后人生产和生活起决定作用的是祖先的神灵，并非其他。做后代的应当把对自己祖先的崇拜放在首位，安葬祖先，祭祀祖先，并求祖先恩惠。

《支嘎阿鲁王·驱散迷雾》中，在"支嘎阿鲁"遇到麻烦时，就体现了父亲的保佑：

> 一只苍鹰空中盘旋，发出人的声音："阿鲁请听清，我儿莫蛮干，切莫负父望，定把父雪耻，遇事多计谋，举奢哲的书，不妨翻来看！"苍鹰倏忽不见，阿鲁一计已成。

《支嘎阿鲁王·鹰王中计》中还写到了对天、地和祖宗的祭祀，也是彝族祖先崇拜的反映：

> 虎王阻几纳，供着天上的神物，放着不死药，九天九夜的庆

典，缩作六天六夜，六天六夜的庆典，缩作三天三夜。白马祭了苍天，黑牛祭了大地，猪羊祭了祖宗。

　　彝族的祖先崇拜很有特色，第一个特点是灵魂崇拜。"人死三魂"（即祖灵魂、坟墓魂、阴世魂；一魂守焚场、一魂守灵牌、一魂归祖界）是毕摩文化所反映出来的彝族古老的灵魂学说，招魂、送魂的一系列仪式行为是彝族灵魂崇拜的具体特征。万物有灵观念指导着彝族人的精神世界和现实生活，也成为毕摩文化思想体系的认知基石。灵魂观念的滥用，导致了一系列繁复的宗教仪式的产生，"支嘎阿鲁"史诗演述的主要场地，就是在这些仪式中。彝族祖先崇拜的第二个特点，是祖灵信仰。祖灵信仰是在灵魂崇拜的基础上产生的以祖"灵魂"为崇拜对象的一种宗教形式。在毕摩文化的内涵中，我们可以找到彝族祖灵信仰的历史发展痕迹，彝族人的祖灵信仰经历了以下阶段：图腾女始祖崇拜—母系氏族女性祖先崇拜—父系氏族祖先崇拜—部落祖先崇拜—家支宗族祖先崇拜—家庭近祖崇拜。毕摩文化中反映的彝族原始宗教的历时序列说明，随着原始崇拜层次的更迭，从崇拜对象的地位而言，自然神下降，祖先神上升，图腾制度瓦解，祖灵信仰居于首位，彝族人从对超自然物的崇拜转向了对人类自身的崇拜。彝族母系氏族女性祖先崇拜是对真正"人自身"的祖先崇拜，在《作祭经》中能发现其遗形："福为舅财增，禄为女基厚""舅氏叙谱系""祖变银妣变金以逝"，表明"彝族古代曾有一时期为以女性为本位之氏族组织"，故"作斋时由母系亲属叙家谱，自远祖之名，一一诵至近代"。以男性祖先为主的父系氏族祖先崇拜在毕摩文化中的表现，则是彝族普遍对洪水后的再生始祖阿普笃慕的超地域性崇拜。①

　　四川史诗《支格阿鲁》用长长的诗行叙述了英雄"支格阿鲁"母亲濮嫫妮依的来历和谱系，在《支嘎阿鲁传》中，开篇就是"阿鲁祖谱"，述其

---

① 参见巴莫曲布嫫：《鹰灵与诗魂——彝族古代经籍诗学研究》，社会科学文献出版社2002年版，第34页。

源讲其流，说"支嘎阿鲁"是彝族父系始祖希慕遮的后代，出自武僰氏第三支。

《支嘎阿鲁传·巡海除寿博》中也体现了祭祖意识：

> 阿鲁对马说："去巡东方海。"白马急飞行，到东方海岸，戴上神威帽，策马入大海，进海里去后，鲁补（鲁哺）来定界，鲁旺来划线。溢居寿博鲁，闹闹嚷嚷的，妖魔买狠祖，逐人脚不停，抓人手不罢。唯恐人绝灭，无人祭祖先。笃支嘎阿鲁，带来好主意，要灭吃人魔。

《支嘎阿鲁传·智胜雕王》中则有叙祖叙根基的体现：

> 连绵的阴雨，转晴在瞬间，雕抓小孩吃，不是一两天，天天都来抓，够它抓多少，如依我所说，要出人，先理顺根基，出布摩，给人叙历史，不是已过的，从今天以后，情况会好转，请邻居老人，邀寨中青年，一同防御雕，人多力量大，人多主意多。

《支嘎阿鲁传·巡视中部地》中把父母和天地连在了一起：

> 大家要记住：天为父，地为母，白为舅，黑为甥，白为君，黑为臣，武为师，古聪慧，渊源长，真是这样的。

在彝族民间信仰的神灵中，祖灵同人们的吉凶祸福、贫富穷达等关系较为密切，祭祀的仪式活动也最为频繁。祭祀祖灵是彝族祖先崇拜中的主要内容。依照毕摩的认识，祖灵在阴间也会受苦并有可能变坏，为防止他们遭受痛苦和欺压，并能够升迁为保护和赐福给子孙后代的神灵，而不至于变成野鬼害人，就必须不断地开展各种各样的祭祀活动。祖先崇拜是彝族毕摩文化的一个重要内容，毕摩文化以其经籍的物质载体和仪式的动态符号较完整地反映着彝族民间信仰的多重性及其主导形式，"支嘎阿鲁"史

诗也属毕摩经籍文学的一种表现形式，毕摩文化的原始思维特征当然也影响着"支嘎阿鲁"史诗的叙述内容与形式。

第二节　毕摩与"支嘎阿鲁"史诗

彝族是我国西南诸省份中人口众多、分布较广泛的一个少数民族。因为受到社会历史、自然地理等较多因素的影响和制约，导致了我国各地区的彝族社会发展极不平衡。直至 1949 年，各地彝族聚集区都还不同程度地保留着奴隶制、封建领主制和封建地主制等多样化的社会经济结构，可恰恰是因为有这样一种特殊的环境，便形成了彝族文化多样性和复杂性的特征，很多远古时期的文化现象才能得以传承和保留，毕摩文化就是其中较为别致的文化现象之一。毕摩文化不仅在彝族地区有大量遗存，而且时至今日仍影响着彝族社会生产和生活的不同领域。

一、毕摩的历史渊源

原始宗教产生于原始氏族社会，是孕育原始思想文化的母腹，也是培育远古文明的摇篮。在彝族的原始文化中，原始宗教文化占有特殊地位。和很多民族一样，彝族原始宗教产生的思想基础也是万物有灵观，传承的载体是民俗活动，流传的主要渠道是固定的祭祀仪式。彝族的原始宗教具有系统性、多样性、连续性等特点，主要包括了自然崇拜、图腾崇拜、祖先崇拜、鬼魂精灵崇拜、土地崇拜等形式，毕摩文化在彝族原始宗教文化中占有极为重要的地位。

（一）毕摩来源传说

关于毕摩的来源，在经书的记载和民间传说中，毕摩的祖神是天宫派遣下来的。彝文经典《百解经·献酒章》记载："昔日无祭祀，且无稼穑时，翠绿触头映，蔓草杂错生。树头藤蔓结，路上草缠叠。昆仑门不通，日出光不明，月出光不明。道路不通达，官临令不行，吏至不理政。天遣毕摩降，清理此孽障，自此官令行，吏临政事清。树带藤蔓解，路上蔓草断，日出光且明，月出光且明。"①

民间传说与上述记载大体相似。相传古代天地曾有三次大变化：第一次变化，宇宙为混沌状态，天上有六个月亮、七个太阳，天地间的一切鸟虫，多被太阳晒死，草木枯萎，唯有马桑树及铁茎草未被晒死。第二次变化，宇宙间风暴肆虐，草木鸟虫全被风吹得旋转，小山飞荡天空。天宫又派毕摩下凡，世间才得清朗。第三次变化则因洪水泛滥，天宫派了三个毕摩，携带经书降临，拯救人民。毕摩因骑牛下凡，因此有些毕摩为追念牛为其祖神下凡时的伴侣，所以不吃牛肉。

彝族人认为经书是毕摩由天宫携带下凡的，所以视经书为天书，毕恭毕敬。平素毕摩把经书藏于木箱中，置诸高阁，在举行某种法术前，必先祭经书，方有效验。经书是历代传抄的旧书，用到不能再用时便祭后焚化，可见他们对经书是非常敬重的。

据贵州彝文典籍记载和传说，毕摩起源于彝族母系社会。早期的毕摩为女性，它与母权制结合，统治母权社会的意识形态。到父系制时代，毕摩这一职业方逐渐转入男性手中。②

图 3-2　诵经的毕摩

① 转引自白兴发：《彝族文化史》，云南民族出版社 2002 年版，第 108—109 页。
② 参见威宁彝族苗族回族自治县民族事务委员会编：《彝族苗族回族自治县民族志》，贵州民族出版社 1997 年版，第 113 页。

(二) 毕摩历史渊源

"毕摩"原本是彝语的音译,"毕"为吟诵,也有作法术、祝赞歌诵的意思,"摩"为母、师、智者,表达的是对长老、老先生的尊称。"毕摩"整体表达的就是"歌咏法言之长老"。① 因各地彝语方言或意译的差别,汉文史志、彝文古籍和各彝族地区对毕摩有多种不同的称呼,有耆老、鬼主、奚婆、鬼师、白马、白末、必磨、笔母、呗耄、布慕、布摩、西波、腊摩、阿闭等。

据蓝鸿恩、王松、何耀华等学者的考证,毕摩的历史渊源相对久远,大致源于彝族发展史中父系氏族公社时代的祭司和酋长。② 在那个时期,人们由于畏惧而崇拜图腾和妖魔鬼怪,祭司就是人们因为崇拜这些图腾和妖鬼的产物。祭祀仪式活动大多都是以民族或者部落为单位进行的,所以大多祭司实际上就是由氏族或部落的酋长兼任。即最古老的毕摩就是氏族部落的首领。据贵州彝文典籍《帝王世纪》载,最早的毕摩大概是彝族先民的部落首领密阿叠,为彝族始祖希慕遮的第二十九世裔孙武洛撮之时,大致等同于原始父系氏族公社时期。彝族学者罗文笔在《帝王世纪》的序中提及,就在这个时代,"上帝差下一祭司密阿叠者,他来兴奠祭,造文字,立典章,设律科,文化初开,礼仪始备"。那个时期人们普遍崇拜图腾和妖鬼,武洛撮生下的儿子有 12 个,其中的 11 个以虎、猴、熊、蛇、蛙、虾、鸡、犬、树木、鸟、蚱当作自身的图腾。

步入阶级社会之后,统治者利用宗教制度,在酋长和祭司合二为一的基础上产生了政教合一的统治制度。大致在汉晋时期,在进入了奴隶制社会之后,彝族较快地确定了兹(君)、莫(臣)、毕(师)三位一体的政治制度。根据滇中彝文古文献《额阔徐扎》载:"君呵发施令,臣呵理政务,毕呵书祭祀",毕摩进入专职角色后开始"兴祭奠,造文字,立典章,设律科",出现了"文化初开,礼仪初备"的政治局面,毕摩文化进入一个规范发展的黄金时期。晋代常璩在《华阳国志·南中志》中载:"夷中有桀黠能

---

① 参见马学良:《倮族巫师"呗耄"和"天书"》,见《云南彝族礼俗研究文集》,四川民族出版社 1983 年版,第 15 页。

② 参见何耀华:《彝族社会中的毕摩》,《云南社会科学》1982 年第 2 期。

言议屈服种人者，谓之耆老，便为主。论议好譬喻物，谓之夷经。""耆老"指那些能引用"夷经""假鬼教""屈服种人"的祭司和部落的政治统治者。唐代樊绰在《云南志》中说，东爨乌蛮"大部落则有大鬼主，百家二百家小部落，亦有小鬼主。一切信使巫鬼，用相制服"。《宋史·黎州诸蛮传》说："夷俗尚鬼，谓主祭者曰鬼主，故其酋长号都鬼主。"这充分说明直至唐宋时期，彝族的祭司依旧由酋长来担任。

元朝建立后，在四川、云南、贵州彝族地区设立了土司制度，原本政教合一的社会制度不再适应不断发展的经济基础，最终走向了瓦解。接着一种称为"奚婆"的祭司便从奴隶主、封建主集团中分离出来。"奚婆"是彝语中"si po"的直接音译，彝语中"si"发音［si:]，含有"仙人""神人""先知""聪明智慧"的意思，"po"表示"父""父辈""男先辈"的意思，"si po"整体表达的就是"有先知的男前辈""能谋会算的男性""神仙""神人"的意思。因汉语中无与"si"音对应的汉字，便用其谐音代之，故而译为"奚婆"。"奚婆"的名字始见于元朝李京所著的《云南志略》一书。该书在"诸夷风俗·罗罗"中记载："有病不识医药，唯用男巫，号曰大奚婆，以鸡骨占验吉凶，酋长左右，斯须不可阙，事无巨细，皆决之。"明清时期的文献多用"奚婆"之名，明代景泰在《云南图经志·曲靖府》中载："土人称巫师曰大奚婆，遇有一切大小事，怀疑莫能决者，辄请巫师以鸡骨卜其吉凶。"明嘉靖时期《贵州通志·土民志》中更有记载："水西罗罗者……信男巫，尊为鬼师，杀牛祭神，名曰做鬼。""邦枙""白马""必磨"等名字则多见诸清朝及以后的文献记录。如清道光时期的《云南通志·爨蛮》中载："巫号大觋皤或曰邦枙，或曰白马。"民国时期的《新平县志·民族》中写道："白马，左手执书，右手摇铃，患病之家，多有延至道旁念祷驱鬼疫者。"民国时期又有《昭通县志稿》卷六云："（夷）有白未能识夷家，读夷语，凡其族婚葬，应延其咒经。"[①] 清朝时期檀萃在《说蛮》中提及："居水西者黑罗罗，亦曰乌蛮……疾不医，惟事巫，号大奚婆。"在这个时期，"奚婆"显然已不是部落的政治领袖，却依旧参与部

---

① 参见白兴发：《彝族文化史》，云南民族出版社 2002 年版，第 110 页。

落的政事，担任酋长的参谋和军师等职位，处于佐政地位，"酋长左右，斯须不可阙，事无巨细，皆决之"。

清朝雍正早期，统治者在我国西南地区开始进行大规模的"改土归流"，大多数的彝族土司、土官都被废除，"奚婆"遂无政可佐，便发展为专掌宗教事务的"毕摩"。其中也有一部分毕摩开始以彝文著述作为自己的职事，承担本民族的科学文化等工作，而不再从事以原始巫术为主的宗教活动。在此以后，毕摩的发展逐步经历了一个由贵族统治阶级逐渐转变为被统治阶级担任的过程。依据何耀华在我国西南凉山彝族一带的实地调查研究，毕摩起初由黑彝奴隶主贵族兼任，之后黑彝以毕摩祭祀驱鬼，认为是纯属为人呼唤驱使之业，习此驱使之业会有伤奴隶主阶级的尊贵，便转给被统治的白彝担任。在 20 世纪 50 年代初期，凉山地区的黑彝毕摩屈指可数。贵州省威宁彝族回族苗族自治县的牛棚子土司陆家，在 20 世纪 40 年代末期有做法事使用的黑白彝毕摩各一人。黑彝毕摩的任务是操持法事的开头，之后由白彝毕摩继续完成余下的法事。这是由黑彝毕摩向白彝毕摩过渡时的一种表现。何耀华先生总结说，"毕摩"源自父系氏族公社时期的祭司，其发展大概可以分为三个不同时期：首先是执政时期，担任酋长，时间上则为唐宋以前，其名称为"耆老"或"鬼主"；其次是佐政时期，身为酋长的智囊，出现在元明至清初，一般被叫做"奚婆"；最后是专司宗教职事的时期，大部分出现在清初改土归流之后，大多被称为"毕摩"。

彝族经书说："毕司诵经文，毕职行斋祭，经史得流传。"毕摩熟知彝文，通晓史事典故和占卜、治病、祛灾、开路、祭祖等，身兼巫、医、史、文、法等多种职能。他们在彝族社会的生育、婚丧、疾病、灾患、征战、节日、出猎、播种、联盟联姻等生产、生活中都扮演着一定的角色，发挥着一定的作用。在彝族人看来，毕摩不仅是祭司，而且是教师、军师、医师和法官。毕摩掌握着人们的生死大事，同时又是创造文字，撰写、收藏彝文经典，通晓彝族历史、地理的知识分子。在彝族社会中，毕摩具有较高的社会地位。彝族谚语有"土司到来毕摩不让座，毕摩起身反使土司失体面""愿与毕摩做邻居，不与官家共一村"等。毕摩身兼数职，其主要任务有司祭仪、行巫医、决占卜、主盟诅。

　　毕摩有法衣、法帽与法棍等法事用具。做法事时，全副武装。贵州毕摩法衣系黑、白色的收腰长袍，从前胸开口到腹部，袖口宽大约0.4米，穿时从头上笼下。法帽有黑、白两色，黑的用黑羊羔毛作原料搓成带顶的圆形，顶面上有日、月、星图案，内用篾片编成架，状如斗笠；白的用白羊羔毛制而成。黑、白帽形状相同。毕摩做白事戴黑帽，做红事戴白帽。法棍既可特制，也可临时用一根削掉半边皮的五倍子树枝充当。

　　贵州"支嘎阿鲁"史诗的主要搜集地，威宁彝族苗族回族自治县是全国彝文古籍最多的县之一，据20世纪末不完全统计，散藏在民间的古书在1200册以上，百年以上的彝书有1000余部藏于省博物馆，400余部藏于该地区的彝文翻译组，内容涉及历史、哲学、天文、历法、医药、军事、政治、地理、文学、艺术等方面，同时记录了威宁彝族数千年的社会发展状况和彝族与其他民族的关系。彝文古籍的繁多，与该县的毕摩有很大关系。

　　据《威宁彝族苗族回族自治县民族志》载，至1997年，威宁彝族毕摩有27人①，多数为60以上年纪，而且一般只在农闲时从事活动，部分则已脱离毕摩职业，从事其他社会工作，从事毕摩职业的人日渐减少。现将1997年《彝族苗族回族自治县民族志》中所载的现存毕摩及其藏书情况转录如下，亦可帮助我们了解"支嘎阿鲁"史诗主要搜集地的毕摩情况。这些毕摩中，就有《支嘎阿鲁传》的主要搜集整理者李么宁。

表3-1　1997年威宁毕摩简况表②

姓　名	年龄	住　　址			藏书册数	备注
		区	乡（镇）	村		
张富德	44	龙街	龙街	勺铺	10	从师
张富荣	64	龙街	龙街	勺铺	10	从师
安正朝	67	龙街	龙街	中心	35	家传
禄洪明	58	龙街	新民	马街	20	从师
杨六十	64	牛棚	迤那	联合	40	从师

---

① 《威宁彝族苗族回族自治县民族志》第115页记载的威宁彝族毕摩为27人，所提供的表格却为26人，特在此解释。
② 此表中的两处空格，原书中也为空格。

续表

姓　名	年龄	住　址			藏书册数	备注
		区	乡（镇）	村		
唐开贤	69	一塘	梅花	前进	15	从师
唐文康	61	一塘	梅花	前进	50	家传
龙天福	76	盐仓	板底	雄英	50	家传
吴学科	59	一塘	人民	木块	20	家传
李荣林	61	龙街	龙街	龙丰	60	家传
李么宁	41	龙场	龙场	元坪	45	从师
文道荣	66	龙场	柳树	元山	27	家传
田正朝	84	龙场	长海	长坪	30	从师
吕顺林	49	龙场	龙场	元坪	16	从师
龙蛮独	49	龙场	龙场	元坪	17	从师
李万才	39	龙场	龙场	元坪	20	从师
唐毕摩	39	龙场	龙场	元坪	20	从师
张东友	54	龙场	龙场	边沿	25	从师
陈开学	59	龙场	开坪	联合	27	从师
马小奇	58	龙场	龙场		20	家传
张长宝	54	小海	凉山	高坡	10	从师
遭　荣	61	龙场	新发	乐居	20	从师
安月爱	74	中水	黑土河	切拖		家传
王绍陂	80	大街	大街	斗子口	5	家传
龙少清	63	大街	新街	斗子口	20	家传
吴必忠	59	龙街	龙街	甫戛	40	家传

　　毕摩识彝文，通晓彝文经典并知晓历法、伦理、历史、谱牒、医药以及神话、史诗、仪式歌等。因此，毕摩既是原始宗教的祭司，也是彝族社会中掌知识的人。举凡婚丧、起房盖屋、吉凶祸福、年节集会等，都须由毕摩诵经作法，毕摩在民间享有较高威望，形成了彝族独特的毕摩文化。

图3-3 彝族毕摩

二、毕摩——独特的搜集整理者

文艺是社会生活的反映,"艺术的起源,就在文化起源的地方。"① 任何民族,其社会发展到一定的阶段之后,就要"关心人所依靠的永久与基本的原因,关心那些控制万物,连最小的地方都留有痕迹的、控制一切的主要特征。要达到这个目的,一共有两条路:第一条路是科学,靠科学找出基本原因和基本规律,用正确的公式和抽象的字句表达出来。第二条路是艺术,人在艺术上表现基本原因与基本规律的时候,不用大众无法了解而只有专家懂得的枯燥定义,而用感受的方式,不但诉之于理智,而且诉之于最普通的人的感官与感情。"② 用科学和艺术这两条道路来认识客观世界及人类自身,是人类文明史的共通规律,但人类在早期漫长的社会历史中,是以幻想的不自觉的艺术方式认识自然和社会的,即是通过"艺术"的道路来达到自己的认识欲望。这种"艺术"的道路,最主要的内容就是民间文学。由于各民族的社会生活不同,文化背景不同,作为其早期文化载体的民间文学亦各有其特点。就彝族而言,由于自身的发展及所处的地理、自然环境,尤其是毕摩的存在与彝文的使用,使彝族文化更有别于其他民

---

① [德]格罗塞:《艺术的起源》,蔡慕晖译,商务印书馆1984年版,第26页。
② [法]丹纳:《艺术哲学》,傅雷译,人民文学出版社1983年版,第31页。

族的文化，彝族民间文学也有其浓郁的民族特点。

可以说，毕摩是中国古时候较早有意识地搜集、采录和整理民间文学作品的"学者"，尽管其目的与宗教有关，整理过程用今天的眼光来看也不尽科学，但其持续时间长，客观上为我们保留了很多难得的古籍资料。况且纵观我国民间文学发展史，对民间文学的搜集整理并不是由民间作者自己进行的。古代采录民间文学的途径主要有：一是王者为考察政绩，粉饰太平，采列国之诗"以观民风"；二是统治者为追求享受，采民间俗乐制作新声；三是历代史家、政治家、思想家为阐发观点，在史书或文章中引证民间传说、谣谚；四是封建时代文人学子的编辑努力。由此看来，毕摩在对彝族地区民间文学的搜集整理上，是有着独特贡献的。关于毕摩的缘起，也与原始文化相连。据云南武定、禄劝地区的彝文典籍记载，毕摩的祖先是一位能治天治地、本领非凡的神人。古代洪荒之际，天神派遣他下界背诵了几天几夜的经书，并先后作法三次，第一次把天上的七个太阳灭掉了其中的六个，六个月亮灭掉了其中的五个，大自然万物才重新焕发生机；第二次他止住了地上的暴风，将原本天昏地暗、日出不明、月出无光、大地旋转、小山飞荡的世界变得晴朗无比；第三次他降伏了洪水，使宇宙重回原貌，人类才得以复苏繁衍。这本身就是典型的民间文学体现，也表明了彝族先民对毕摩之祖的崇敬和颂扬。我国彝族在历史上很早就创建了自己的文字，据可靠资料证明，彝文作为系统的信息传播符号已大约有两千年的历史。然而，彝文则主要是由彝族社会的知识分子、祭司毕摩等上层社会使用。这些知识分子和毕摩因为各种需要较早地使用彝文将流传在民间的丰富的神话传说搜集整理成优美的韵文，在一定程度上起到了保存和传承彝族原始民间文学的作用。彝族民间文学一旦写进了毕摩经书，既已受到相对的定型保存，彝族原始文学的古朴、原始、单一的特点更是体现得较为充分。然则，文化是一个互相影响、互相联系的整体，原始文化在展示出其简单的同时又是如此的复杂、如此的模糊不清让人捉摸不透。彝族人民虽然主要居住在我国的南方，但也有分布在四川、云南、贵州、广西四省区，再加上彝族支系庞大，民间文学口头传承和经书传承源头较广，这都使得彝族文学文本显得相对复杂。目前云南、四川和贵州三省的几个

"支嘎阿鲁"史诗文本的不同，既是毕摩搜集整理的不同，也是民间文学传承过程中发展和变异的具体体现。

三、毕摩对"支嘎阿鲁"史诗的影响

"支嘎阿鲁"是广泛流传于我国彝族地区的神话英雄人物，有着人和神两种形象。根据《西南彝志》《彝族源流》等彝族历史古籍记载，"支嘎阿鲁"是一位集毕摩、天文历算家和英勇无敌的部落首领为一身的伟大历史人物，因其为人们作出过巨大贡献而著名，后人在流传他的事迹时，不断进行夸张、渲染，逐渐将其塑造成一位具有神奇身世、神力无比、无所不能、决胜一切的神话英雄人物。因此，毕摩文化对史诗"支嘎阿鲁"在宗教文化、诗学以及审美等方面都有着重要影响。

（一）宗教文化方面的影响

"支嘎阿鲁"史诗较多地反映了彝族宗教文化，特别是受彝族毕摩宗教文化的影响非常明显。《支嘎阿鲁传》中记叙和描写的英雄"支嘎阿鲁"不仅是一位无敌的部落首领，而且是拥有天文学、文学、历算等各类知识的著名大毕摩。该书共35个篇目，就有"阿鲁找布摩""测祭场""设置祭祀场""阿鲁迎布摩""阿鲁为摩史""阿鲁为布摩""阿鲁为摩""阿鲁做祖摩"这八个直接描写叙述"支嘎阿鲁"与毕摩相关的形象，其彝族毕摩宗教内容十分突显。

在《支嘎阿鲁传·阿鲁找布摩》中，叙述了"支嘎阿鲁"为报父母恩去找毕摩商量祭祀的场景；《支嘎阿鲁传·测祭场》显示了选择祭祀场地的慎重；《支嘎阿鲁传·设置祭祀场》则把毕摩祭祀场地的设置展现在我们面前：

> 远古的时代，笃支嘎阿鲁，造杰谷（丧事或祖先祭祀场——原书注）。砍树的砍树，扛树的扛树，砍竹的砍竹，划竹的划竹，挖土的挖土，挖的挖，砍的砍，扛的扛，划的划，去的去，来的来，熙攘着来往。人数多，如蚂蚁爬行，嘈声如雷鸣。不多长时间，灵堂建造毕。阿鲁驻足看，灵房八重堂，门三十七道，一层

连一层，一间连一间，一门连一门，他看在眼里，一边又回忆，天庭有见识，麦尼说过的，这样都吻合。笃支嘎阿鲁，心里喜洋洋。靠寨邻，靠族邻，感谢族，感谢舅，感谢甥，感谢老，感谢少，仰仗众亲戚，靠乡亲父老，完全仰仗了大家。阿鲁喊："提酒来，一个斟一碗，我来敬你们，来感谢你们。"斟完毕，笃支嘎阿鲁，端着一碗酒，举起酒碗说："老的老，少的少，大的大，小的小。我这一碗酒，一碗抵十碗，十碗抵百碗，百碗抵千碗，千碗抵万碗，一个敬一碗，那样才像话，毕竟啊，我不胜酒力，在场的，原谅我，干脆把酒饮。"它是这样的。

在《支嘎阿鲁传·阿鲁做杰姆》中，描写了"支嘎阿鲁"家做大型祭祀的场面：

　　远古的时代，支嘎阿鲁家，做大型祭祀，去点苍山上招灵，去陡德濮卧砍竹，去仇尼欧俄砍神木，去鲁阻陆卧捡石头，去勾濮架侯舀净水，去点苍雅卧把场开，七月二十日，陀尼布摩来纠赠，举偶布摩来卓车，朵可布摩来曲替，苦茍氏来跳舞，卓壳氏来吹号，哪史大如岩，伦补如瀑布，挂满神怪像，有独脚野人，有猪毛黑人，有牛首人像，扛铁矛铜矛，有马头人像，执铜弓铁弓，有鸡头人像，手执铜铁链，野鹿街绿葱，有野猪拖耙，有歪蹄神马，九只脚尼能，六只手实勺，九掐脸白人，黑鼠啃铧口，野兔喝哑酒，红眼鬼骑象，跳的跳凯洪，舞的舞凯本，灵堂四周，粉火闪，举濮家来祭，署诺家来祭，署呐家来祭，希古家来祭，希洪叫来祭，吉作家来祭，待诺家来祭，米褚家来祭，替札家来祭，虚恒家来祭，谷洪家来祭，吴咯家来祭，博尼家来祭，娄伐家来祭，夷迷家来祭，尼史家来祭，乌安家来祭，全部都到齐，头上戴孝帕，连连三叩拜，德楚布宇陡，作仪陡，九十九头牛，八十八绵羊，七十七头猪，六十六山羊，三十三只鸡，金银十二箱，乍姆布细沓，找药又挖药，捣药又熬药，吃药又敷药，阿德布卓让，未细赠，舟毕礼，小神斧，宰牛山顶红。阿娄布买采，戴孝忙祭场，来指路，杀羊山腰白，署琐开天门，孝帕手中执，列队站中间，玉珠布，鄙咧布，宰猪坝底黑，山羊与小猪，白鸡祭祖灵，举偶布月洛，尼姆布，杀鸡如野草，诵经伤人心，诵经人心痛，诵经宽人心，诵经惹人笑，举偶布说道："是儿酒，是孙酒，重孙酒，家族酒，舅家酒，外甥酒，邻里酒，亲族酒，寨邻酒，是陪酒，是伴酒，勾兑了。"布又说："要把酒倒满，全部要倒满。念来催泪下，念来伤人心，一盅当十盅，十盅当百盅，百盅当千盅，千盅当万盅，今年享荣华，明年受富贵。"笃支嘎阿鲁，笑着夸赞道："布摩说的话，句句是真理，我来插一句，族也好，舅也好，甥也好，亲族好，寨邻好，到此的都好，祖灵心里乐，我得到平安，大家都享福。"说是这样的。

"支嘎阿鲁"在《支嘎阿鲁传·阿鲁为布摩》中就活脱脱是一个知识分子的毕摩形象：

笃支嘎阿鲁，去巴甸果洛，做布摩。建学堂教书，教学徒，打陀螺，打毽子，教写字绘画。学徒数，越到后来，越是多，一月过一月，一年过一年，整整数九年，学堂的学生，人数多，学堂容不下。阿鲁建学堂，是多多益善。学堂已建毕，学徒们，读的读，画的画，个个有本领。越多读书，越是聪明，阿鲁亦自乐，家长也欣幸。笃支嘎阿鲁，被学生家长，你请去，我请来。支嘎阿鲁说："学徒家长们，学徒们，我办学期满，你别请了。我时间紧迫，向你们说明，我事情太多，你们要听劝。你们挽留我，是对我有情，我也很有意。但如今，不怪我，天庭的指令，不去不由我。我应该走了。"学徒的家长，所有的学徒，都来送阿鲁，学徒们流泪，阿鲁也流泪。学徒们说道："阿鲁大布摩，您慢慢上路！"支嘎阿鲁说："学徒家长们，学徒们你们回去吧！送别足千里。你们大家么，快点回家去，你们回家去，我还要赶路。"它是

· 175 ·

这样的。

作为祭司，毕摩是彝族原始宗教活动的主持者；作为彝族文字的创制和执掌人，毕摩是彝族社会知识阶层和彝族文化的集大成者。毕摩文化的形成和崛起是彝族社会历史上的一次重大变革，它不仅促成了彝族意识形态领域的聚变，而且推动了彝族社会的迅速发展，并渗透到彝族社会生活的各个方面，成为彝族古代的主体文化。《支嘎阿鲁王·迁都南国》中也体现了对毕摩的敬重：

> 知识是雄鹰的翅膀，知识是猛虎的钢爪，知识是黑夜的灯火，知识是渴时的甘泉，知识是血液，知识是生命，常敬知识神。知识神吐足佐，智慧神舍娄斗，他俩告诫人们，要常修知识，才不会被愚弄，骏马跑得快，布摩知识多，用布摩辅政，借助知识的力量。

前面我们谈到，彝族进入奴隶制社会后，确立了兹（君）、莫（臣）、毕（师）三位一体的政治制度。在《支嘎阿鲁传》的第四章"苍天商议"和第五章"举祖访阿鲁"中，需要找一个人测天量地，开头就有这样的叙事体现："天君策举祖，天臣努喽则，布摩阿麦尼，他三人商议……"在史诗里，随时随地都体现着浓郁的毕摩文化，这是较为成熟的贵州史诗《支嘎阿鲁王》和《支嘎阿鲁传》的一大特色。贵州处于云贵高原腹部，交通闭塞，自然条件极差，社会发展速度缓慢。正因为这样，这一地区没有遭受过毁灭性的战争打击，就是清朝吴三桂反清和鄂尔泰的改土归流，也没有让这里的彝族文化毁灭。另外，这一地区历史上也没有出现过让其社会文化产生"断层"影响的自然灾害，贵州彝族地区的地方政权相对稳定，最典型的是贵州古代彝族安氏土司（彝族叫阿哲君长）政权，从其先祖拖阿哲助诸葛亮南征有功被封罗殿国开始，到明末"改土归流"，共延续了一千多年，这样的地方政权在全国都非常少见。所以，在这种经济社会发展缓慢，政治制度相对稳定的社会中产生并保留下来的彝族文化特别是毕摩文化当然有自己的独特性，对彝族民间文学的影响之大也是可以理解的了。

《支嘎阿鲁王》中记叙和描写的英雄"支嘎阿鲁"也不仅仅只是一位英勇无敌的部落首领，还是拥有天文学、历算等各类知识的著名大毕摩。该史诗多处描写"支嘎阿鲁"的毕摩形象。如《支嘎阿鲁王·灭撮阻艾》中"支嘎阿鲁"在消灭妖魔时："支嘎阿鲁哟，口里不停念，挥动着维庹（毕摩法具——原书注），扇动着洛洪（毕摩法具——原书注），金锁锁葫芦"，把妖魔锁在葫芦里。又如《支嘎阿鲁王·驱散迷雾》中："支嘎阿鲁哟，白鹤黑杜鹃，塑成佣一对，青虎红豹子，塑成偶一双，祭祀了天地，祭祀了日月。"史诗主人公大英雄"支嘎阿鲁"本身就是一位著名的大毕摩，是一位集天文历算家、毕摩和王于一身的全才英雄。这是彝族典型的政教合一的社会制度的反映。

除了叙述英雄主人公"支嘎阿鲁"是著名宗教人物之外，史诗《支嘎阿鲁王》还出现了大量其他彝族毕摩宗教现象。如《支嘎阿鲁王·驱散迷雾》中："设松柏神座，牛马祭天地，做完了祭祀，阿鲁心明亮，一语惊四座。"《支嘎阿鲁王·智取雕王》中："雕王大亥娜，祭祀发了狂。不用牛马，不用猪羊，孩童作祭牲。雕王大亥娜，三天做一次祭祀，掳去阿鲁的儿女，阿鲁的人民，无人敬宗祠；阿鲁的人数，像月明时的星，大亥娜的肉食，像三斗麻籽，数不清数字。"《支嘎阿鲁王·灭撮阻艾》一节中写道"九支撮阻艾，三支最强大……凶残的撮阻艾，吃人招数多……撮阻艾越生越多……人烟越来越少"，天神传达策举祖旨意"已经无人祭天，已经无人祭地，人种快要断绝……传令支嘎阿鲁，剿除撮阻艾，把叛乱平息，把世间整顿"。

流传于云南彝区的彝族英雄史诗《阿鲁举热》和四川地区的《支格阿鲁》也有许多毕摩文化现象，洛边木果教授曾作过一些分析，这里不再赘述。

值得一提的是，在四川，"支格阿鲁"成了毕摩文化的一个重要组成部分，巴莫曲布嫫曾在其《神图与鬼板——凉山彝族祝咒文学与宗教绘画考察》一书中谈到，在凉山的毕摩经书和绘画里有用"支格阿鲁"神灵来对付妖魔鬼怪，借"支格阿鲁"之神威来驱鬼除魔的情况。这也是"支格阿

鲁"叙事与毕摩文化相互渗透，相互融合，形成你中有我、我中有你的特殊形态。这种形态也说明了"支格阿鲁"史诗中毕摩文化色彩的浓郁以及二者的密切关系。作为一种特殊的叙事，笔者将其留待以后分析。

（二）诗学方面的影响

世界上，有一种民族就有一种文化，民族与民族之间的区别，常常表现为文化的不同。从民俗文化的视阈来看，不论是在各自文化的文化内蕴、形态结构等方面，抑或在活形态的传承方式上，彝族史诗必定是彝族传统文化中一个不可忽略的精神实体。这和彝族有着多元化的文化生态网络关系密切。这种莫大的关联促进彝族民间史诗超越了文本传承、流播的文学乃至民俗的范畴，一跃成为彝族民族精神文化的厚重积淀或载体。因此，彝族传统文化赖以发展和创造的自然和人文空间，给学界研究和探讨彝族史诗的文化内涵提供了具有学术价值的视点。

与我国西南诸省区的其他少数民族对比，彝族拥有比较完善的诗歌理论体系。直至现在，彝族古代诗歌理论著作中现存的就有12部。[①] 这些诗歌从魏晋南北朝时期跨度到清代时期，涉及了彝族诗歌体例分类、声律、创作手法、修辞、鉴赏等多方面的内容。并且，历朝历代的诗人及诗歌理论家基本都对诗歌文体的多重要素提出了丰富的带有规律性的观点，为后来的彝语书面和口头文学文体提供了基本范式。

彝语书面文学和口头文学的诗歌大多采用五言韵文（也有少量无韵文）的形式，除此之外，彝族的经书、医典、历史、哲学、天文地理等古籍资料也是五言韵文体的形式。自然地，彝族史诗《支嘎阿鲁传》也主要采用五言韵文体。魏晋南北朝时期，彝族著名诗人大毕摩举奢哲在其著作《彝族诗文论》中提出："彝族的语文，多是五字句，七言却很少，三言也如此，九言同样是，也是少有的，五言占九成，其余十之一。"无独有偶，同时期的彝族女诗人阿买妮在其代表作《彝语诗律论》中有相似观点："诗有

---

① 举奢哲：《彝族诗文论》；阿买妮：《彝语诗律论》；布独布举：《纸笔与写作》；布塔厄筹：《论诗的写作》；举娄布佗：《诗歌写作谈》；实乍苦木：《彝诗九体论》；布麦阿钮：《论彝诗体例》；布阿洪：《彝诗例话》；佚名：《彝诗史话》；佚名：《诗音与诗魂》；佚名：《论彝族诗歌》；漏侯布哲：《谈诗说文》。

各种体，多为五言句，五言是常格，也有三言的；三言句不多，见于各种体。七言诗句少，各书中去找。"在后来的彝族学者中，一位毕摩漏侯布哲同样认为："因为彝诗呀，有各种各样，有的几千行，有的几百行，有的几十行，有的十几行，有的才几行。可是大多数，以五言为主，也有三四言，也有八九言。"综观云南、贵州、四川三地的彝文古籍，五言诗体是其核心语体。如《西南彝志》《彝族创世志》《尼苏夺节》《洪水泛滥》《玛牧特依》《普兹楠兹》等一大批重要的彝语古籍文献都采用五言文体形式。

然而，彝族古代诗学系统中的文类划分准则与我国汉语传统诗学体系中的文类含义是不尽相同的。在毕摩文化的强力影响之下，彝族几乎所有的传统文化作品（哲学、历史、医典、天文、地理等）都采用五言为主的韵文体形式，因此"文"代之全部用五言诗体创作的书面作品，而"诗"则只指代文学范畴内的诗歌。在对文学内部的各类文体进行分类时，古代彝语诗学将其划分为"故事"与"诗"两类。故事特指叙事诗、史诗一类，包含神话、传说、民间故事等，在古籍文献资料中鲜有散文体的故事出现。因此，现代史诗学中的神话史诗、创世史诗均能划入"故事"一类中。彝族史诗演唱歌手的身份也很特殊，毕摩的主要任务是主持宗教仪式，因此毕摩的史诗演唱不能称为单纯的民俗娱乐活动，而是表现出宗教性与教育性紧密结合的特征。应当说，史诗的吟唱本身就是彝族宗教仪式的一个重要组成部分。毕摩的文化身份明显与《江格尔》《格萨尔》《玛纳斯》等演唱者不同：毕摩的身份更具有双重特征，在吟唱过程之中其宗教神圣性（仪式主持者）远大于世俗性（民间歌手）。在《支嘎阿鲁王》和《支嘎阿鲁传》的搜集地，毕摩文化深厚的贵州毕节地区，以当地方言为核心的毕摩说唱风格极为明显。其毕摩文化的说唱艺术早已成为一种以毕摩为主体，以作毕主家和参与者为客体，以经书和仪式为重要载体，以神鬼信仰与巫术祭祀为核心的文学与音乐艺术相融合的说唱文化。

独特的毕摩文化，使彝族的史诗展演及史诗文本有着重要的口头性特征。

史诗《支嘎阿鲁传》在贵州西部一带得到了广泛的传播，但却是在宗教和世俗两个不同的路径上同时进行的。由于史诗是毕摩进行送灵招魂、

祀神驱邪和占卜除秽仪式时的宗教经籍的主要部分，毕摩经籍中排除占卜类的经书后，其余典籍内容的书面文体形式大多都为诗体。一般来说，韵文多为五言，三言、七言、九言、十一言的也时常出现。另外，彝族毕摩经籍的韵文样态主要是由口头记诵和传承的语境来支配。巴莫曲布嫫曾指出，"因为彝文经籍的书写传统具备自身的特征（彝文为音节文字）和历史的局限（毕摩世袭传承的制度、垄断文字的保守、书写物质材料的贫乏、书籍流通不便、印刷远未大众化等），民众作为接受者只能通过宗教仪式活动听诵、听解作品，却很难实现诉诸于视觉的阅读。"① 有鉴于此，"口头性"便成为衡量毕摩经籍文本文体特征的重要表征。《支嘎阿鲁传》的汉译本中，口头性特征依然十分浓烈，除了很多对话的直接引用外，许多篇目和叙述结束的最后一句话都是"说是这样的""是这样传的""它是这样的"等。

彝族史诗的口头性等特征是史诗在萌发、展演和传承过程之中民俗土壤作用的必然结果。彝族聚集区在原始的山地社会的自然和社会空间中为史诗的传承创造了一个相对与世隔绝的文化语境，使其不易被外来文化所侵蚀，因此保证了史诗口承特征的完整性和史诗传承的连续性，毕摩文化又使得彝族的史诗从内容到形式都独具特色。

（三）毕摩祭坛就是审美的艺坛

原始文明是人类文化赖以发展的源头，其所包含的内容十分庞杂，它朴素而自然，体现出一种古朴的美与真诚。"文学是人学"，一部文学史，就是一部关于人的生存状态、生命体验的符号显现史。如果说，由于人类基本生活模式的类似，文化发展的共同性在日常语言运用中表现得更为明显，那么，在审美意蕴特别浓烈的文学特别是民族民间文学中，各民族的文化差异就表现得非常充分。彝族是具有悠久文明史的古老民族之一，在认识自然、社会以及人类自身的过程中，走过一条漫长的"艺术"和"审美"认识道路，为我们留下了极为丰富的民间文艺宝贵材料。贵州的彝族主要分布在西北山区，即毕节地区和六盘水地区。贵州彝族历史悠久，约

---

① 巴莫曲布嫫：《口头传统与书写传统》，《读书》2003 年第 10 期。

在夏、商之际,彝族先民就活动在今贵州西北一带。彝族先民在贵州境内,曾参与建立过夜郎、罗殿、乌撒、播勒等地方政权,特别是罗殿地方政权,从东汉光武年间至清雍正七年改土归流为止,立国一千五百余年。由于贵州彝族地区地方政权相对稳定,经济发展也相对较快,致使贵州西北地区成为彝族文化比较发达的地区之一,卷帙浩繁的彝族历史文献、经典之多,在全国屈指可数。很多作品既显示了神话时代人们的意识和思维特点,更显现出彝族先民们独特的审美意蕴。

艺术源自劳动,艺术源于生活而又高于生活。在世界各国以宗教为民族自身意识形态主体部分的民族内部,宗教通常统摄了艺术。宗教一般创造了艺术的最初形式且为艺术的展示和表演提供了广阔的舞台。用舞蹈、歌唱、绘画等艺术来取悦于神是艺术在这个特殊时期的重要功能。

彝族是一个极为重视祖先崇拜的民族,祖先崇拜使其有着强烈的民族认同、自信、自豪感。彝族毕摩在歌颂英雄的民族祖先时,一般都是在宗教氛围里进行吟唱史诗。彝族宗教信仰中的独特的审美意识,最突出的表现就是彝族原始宗教的毕摩祭坛就是艺术展演的舞台。就这样,原为娱神的原始宗教和艺术同时为娱人也奉献了丰富的美的因素和样式。彝族文学中神话、史诗、宗教歌谣等题材的吟唱基本都在祭祀中进行,其本身也构成了宗教的内容。

所以我们说,彝族这一具有悠久历史和文化的古老民族,在漫长的历史发展进程中,创造了璀璨的民族文化,为我中华文明的绚丽多姿作出了重大贡献。丰富多彩的彝族毕摩文化,是古往今来全体彝族人民集体勤劳与智慧的结晶,是保藏在彝族文化知识宝库中的一颗璀璨明珠。历史上,毕摩文化凭借独特的形式和内容,在彝族社会中发挥着重要的社会功能和作用,尤其是对彝族文化的形成、发展和繁荣产生了极其重大深远的影响。彝族毕摩文化内容丰富多样,涉及哲学思想、社会历史、伦理道德、天文历法、文学、风俗礼制、教育教学、人文地理、医药卫生、法律法规等多个领域,被称为百科全书式的综合性文化,也备受世人的青睐和关注。彝族毕摩文化对"支嘎阿鲁"史诗的影响也是多方面的,因此我们研究"支嘎阿鲁"史诗,就不能不对毕摩文化给予较大的关注。

第三节　毕摩文化中的其他宗教成分与
"支嘎阿鲁"史诗

彝族宗教信仰的主要形式是以祖先崇拜为核心，并糅合了自然崇拜、图腾崇拜、鬼魂崇拜等多种信仰的原始宗教。但由于彝族分布较广，有着大分散、小聚居的居住特点，千百年来与周围许多民族杂居，经济上相互往来，文化上相互交流、借鉴和影响，尤其受到文化较高的汉民族的影响较大，在宗教信仰上也分别吸收和融合了道教、佛教、儒教的许多因素。在汉族文化的猛烈冲击下，毕摩文化在发展过程中也在不断吸收着道教、佛教、儒教等多元文化的精髓，并将这些外来的异族文化元素与彝族文化传统有机地结合在一起，从而使古老的毕摩文化兼收并蓄，独树一帜。鸦片战争以后，随着西方殖民主义者对中国的文化侵略，作为世界三大宗教之一的基督教也传入了我国西南少数民族地区。一些外国传教士到云南和贵州部分彝族地区传播基督教，他们不仅发展过教徒，而且曾培养过彝族的牧师，但彝族信外来宗教者较少。

一、毕摩文化对道教、佛教、儒教的吸收与改造

任何一种宗教都是一种文化现象。任何一种宗教也不可能将自己隔绝在一个封闭的地理区域和孤立的民族文化圈中保持静止状态，彝族的宗教也不例外。彝族宗教以祖先崇拜为核心的信仰形式，既是由于生产力的发展而形成的，又是吸纳汲取了其他宗教文化的结果。白兴发提出，道教、佛教、儒教在彝族地区的广泛传播，始于唐朝时期的南诏王国。《南诏德化碑》中说南诏"开三教，宾四门"。"三教"即儒教、佛教、道教。佛教在南诏王国之前已传入彝族地区，时间在公元 4 至 8 世纪。道教传入彝族地区的时间则比佛教传入的时间要早一些。①

---

① 参见白兴发：《彝族文化史》，云南民族出版社 2002 年版，第 127 页。

　　南诏国是彝族先民在唐朝时建立的地方政权。南诏时期彝族社会在政治、经济、文化等方面都得到了很大的发展，与内地汉族地区的经济文化交流极为密切，南诏历代国王都很注意吸收汉族的先进文化。这一时期，在宗教信仰方面，彝族除信仰本民族的原始宗教外，还受到内地道、佛、儒教思想的巨大影响。其中，大量吸收、糅合了中国固有的道教文化。有学者认为，贵州彝文巨著《宇宙人文论》是吸收汉文化要素最为精当的一部毕摩经典，春秋时已广泛应用于解释天象、宗教、祭祀和社会生活的阴阳五行学说和天人感应学说也为毕摩采纳和运用。巴莫曲布嫫认为，在彝族万物雌雄观和哎哺（影形）学说的基础上形成的彝族化的阴阳学说和五行观念与汉族的阴阳五行学说有共同的特征，但也有自己的民族特点。成书于唐宋时期的诗体哲学著作《宇宙人文论》说："人体和天体相仿，同样具有五行……人体是天生的，是仿天体形成的。人知道的天也知道。"这里具有"天人感应"的色彩。《西南彝志》中的毕摩宇宙哲学认为清、浊二气变化，出现"哎"（影）和"哺"（形），"哎"与"哺"演变成天、地、人和万事万物。马学良先生认为："很像《老子》'有物混成，先天地生。寂兮寥兮，独立不改，周行而不殆，可以为天下母。吾不知其名，字之曰道'的学说。"[1] 彝文经籍《创世志》中关于宇宙和人类的起源也持同样的论点。道家学说对毕摩文化影响的最佳例证是明代云南武定凤氏土司刻版印行的毕摩经书《劝善经》，该书是以道教《太上感应篇》的章句为母题，于每章之后以彝族原始宗教及社会习俗为材料，用彝文加释义与解说的一部训谕诗歌。[2]

　　佛教传入中国始于东汉时期。唐朝初期，约在唐高宗时，佛教开始传入南诏国统治的中心洱海地区。《蛮书》卷十载："开元二年（公元714年），（盛逻皮）遣其相张建成入朝，玄宗厚礼之，赐浮屠像，云南始有佛画。"[3] 昆明西北郊笻竹寺所立明代的《笻竹寺无相禅师塔铭》载："佛法

① 马学良：《研究彝文古籍发扬彝族文化》，《贵州民族研究》，1987 年第 2 期。
② 参见巴莫曲布嫫：《鹰灵与诗魂——彝族古代经籍诗学研究》，社会科学文献出版社 2002 年版，第 37 页。
③ 樊绰：《蛮书》，转引自白兴发：《彝族文化史》，云南民族出版社 2002 年版，第 128 页。

自汉明（帝）时传入中国以来，云南远在荒服之外，未闻有奉其教者。至唐，其教渐盛，南夷信奉佛者尤众，而其成行与禅宗大相远矣。"万历《云南通志·寺观音》说：南诏七法师"皆西天竺人，先后为南诏蒙氏礼致，教其国人，号曰七师。"此时，当时位处南诏西北的吐蕃也信奉佛教，南诏与吐蕃的频繁往来，也是南诏信奉佛教的来源之一。①

南诏隆舜时，由崇圣寺僧人玄鉴抄录《护国司南抄》内有"内供奉僧，崇圣寺主，密宗教主赐紫沙门玄鉴集"的题款。对僧人"赐紫"始于武则天，南诏"法宗唐制"，也给僧人"赐紫"的荣誉。"崇圣寺主""密教王""赐紫沙门"说明玄鉴的政治、宗教地位以及与南诏宫廷的密切关系。玄鉴既是崇圣寺主持者，又是南诏辖境内佛教密宗的教主。南诏蒙氏用抄录的佛经作为护国指南，这反映了佛教在南诏国内的重要地位。②

佛教对毕摩文化的渗透是区域性的，南诏国对汉族文化大量吸入，正如《南诏德化碑》所云："不读非圣之书，常学字人之术。"唐之经、史、医、佛等书，亦有所供，并邀南诏王室子弟赴成都学习中原文化。据有关学者考究，贵州毕节威宁彝族地区的原始宗教也包容有一定的佛教成分，如当地毕摩以彝族原始巫术送瘟神，把其鬼送到一尊"阿弥陀佛"石像那里，借助佛力镇压瘟神。从搜集于毕节彝族地区的"支嘎阿鲁"史诗中，我们也可看出其所受到的佛教的影响，史诗专有一章"善本姻缘"，标题就有佛教意蕴。《支嘎阿鲁传·善本姻缘》中，毕摩文化对佛教的吸收和改造可见一斑：

溢居诺尼她，煮饭又炒肉，笃支嘎阿鲁，一道做饭吃，要到吃饭时，溢居诺尼说："舀一碗饭来，奠一下我父。"诺尼舀饭来，把洛楚③洁净，倒出酒来祭，她哽咽说道："我父您喝酒，我父你

---

① 参见白兴发：《彝族文化史》，云南民族出版社2002年版，第128—129页。
② 参见白兴发：《彝族文化史》，云南民族出版社2002年版，第129页。
③ 洛楚，烧红的石头，这里借代洁净仪式，即在举行相关仪式前，先从僻静处选取三块石头，烧红后，放在马桑条下，浇以洁净水，使之冒出气，以便驱除污秽，这种仪式由"支嘎阿鲁"兴起。

吃饭，你不会知道，阿妈也不知，兄长也不知，在今天晚上，究竟真与否，笃支嘎阿鲁，有这样一个人，与我在一起，我跪下祈求，您来指引我，您来保佑我，成全我万事，终身有福享。"笃支嘎阿鲁，他也来跪下，也称呼老人："我支嘎阿鲁，在今天晚上，我投宿你家，你们两老人，不曾认识我，我也不认识你。一代接一代，世人皆循规，我同你后辈，你受我一拜，保佑你女儿，受我一跪拜，赐我终身福，使我得平安，享荣华富贵，你爱女与我，是知心的人，我俩同在此，一同吃晚饭，您老人安息，我真诚待她。"

溢居诺尼说："笃支嘎阿鲁，别讲恨不恨，别提醉不醉，我们有缘分，同枕共一宿，提着他不痛，碰中不叫疼，那样才了解。这样做了后，以表你真心，有仇的解仇，有冤的化冤，结不成亲戚，也是朋友啊！同渡一艘船，五百年的缘，能做共枕人，是前世造化。你我二人哟，有心来共枕，交流才方便，聊天也凑趣。笃支嘎阿鲁，是不是这样？"支嘎阿鲁说："溢居阿表妹，说在我心中，我也告诉你，我对你有意。"

彝族土司在广泛吸纳汉文化的时候，特别推崇儒学。儒家所倡导的"忠孝仁爱、尊宗敬祖"的思想在很大程度上也被融合进了毕摩文化。有彝族"道德经"之称的毕摩训谕经诗《玛木特依》就有较多儒家学说的痕迹："黑彝忠于兹莫，兹莫马鞍放在黑彝家""君是民的神灵，民是君的辅翼"等。《玛木特依》还主张"君王凶恶民就逃，扫帚硬则粮食跳""好心的君主，百姓就旺盛；开明的君主，平民理纠纷"等。这些思想都是儒家"臣事君以忠"及"仁政"的治国之本。儒教一直遵循的尊祖敬宗的伦理规范比较接近彝族祖先崇拜的心理和情结，从而为毕摩文化所认同。[①]

在《支嘎阿鲁传·巡视中部地》中也有类似内容：

---

① 参见巴莫曲布嫫：《鹰灵与诗魂——彝族古代经籍诗学研究》，社会科学文献出版社 2002 年版，第 37 页。

在沾扎甸果，据鲁补（鲁哺）定界，依鲁旺划线，封一姓祖摩，管一方彝地，君长来管治，君臣师三位，各办各的事，各负各的责，君来统管臣，臣来辅助师，由师管文化，订一套法度，奴耕种田地，法度管治民，平民管耕种，奴耕种田地。奴仆耕种地，耕种给养民，平民守法度，法度师推行；师要敬奉臣，臣要侍奉君。阿鲁又训诫："君臣师三位，我立个法度，刻在牌坊上，你们照着办，这样办了后，君臣师三位，你们可饮酒，但是别过量，要真正做事，酒过量，俗话说：'酒多话遭殃，财多人狂妄，家盛易骄狂'，这是第一条。第二条，别沉溺美色；第三条，不要习赌博，君臣师民奴，相互要传记，赌博的灾难，如山崩地裂，古代有事例。大家要记住：天为父，地为母，白为舅，黑为甥，白为君，黑为臣，武为师，古聪慧，渊源长，真是这样的。"

在麻纳姆古，以鲁补（鲁哺）定界，以鲁旺划线，封立古举家，君臣师三位，责任很重大，要有责任心，订君臣规章，师掌管文化，订一套规章，古师掌法度，平民守规章，平民管田地，奴仆耕种地，耕种养万民，万民守法度，师推行法度，师要传文化，臣该辅佐君，刻在石碑上，请牢牢记住。

在溢毕珐吐，以鲁补（鲁哺）定界，以鲁旺划线，封立溢毕家，立碑作标志。君臣师三位，订君臣礼仪，订师臣之纲，师管理文化，订一套法度，取人名，取地名，取物名。

虽然道教、佛教、儒教对南诏的影响很大，但这主要是在统治阶级之中。尽管南诏统治者极力推崇道教、佛教、儒教的思想以维护其统治，南诏彝族社会生活与道教、佛教、儒教的联结在史书和传说中都没有多少记录，可证明广大彝族人民主要还是信奉以祖先崇拜为核心的原始宗教，道教、佛教、儒教对他们的影响是有限的。

毕摩文化中有丰富的内容是对道教、佛教、儒教三教文化的吸取和改造，这与彝族历史上云南、贵州的土司在推行毕摩文化的同时，同时推行部分汉文化中有利于土司进行阶级统治需要的观念学说有着密切关系。14

世纪后期，明朝中央政府就在彝族地区设置儒学，选彝族土官的"子孙弟侄之俊秀者，以教之"。彝族土司非常重视儒学和佛教、道教，所以其在彝族地区迅速发展。他们请求派子弟到国子监学习儒学，之后，彝族地区出现了儒学知识分子。明朝还在水西（今贵州毕节地区）设置"僧纲司"，建造佛寺，由彝族人充当僧侣。明朝帮彝族地区修造佛寺、设置儒学曾盛极一时，水西的永兴寺即是毕摩文化与佛教结合为一体的产物，当地土司虔诚祈佛"以镇一境"求"五谷丰登"。毕摩通过原始宗教活动，从道、佛、儒文化中大量汲取养分，彝族人固有的文化传统，也或多或少地吸收佛教、道教的教义、仪式，促使了毕摩文化的高度发达。然而，高度发达的毕摩文化在受到外部多元文化激烈的碰撞和冲击时，就如同农耕民族的汉文化没有被游牧民族的文化所同化一样，不仅没有被这些外来文化所同化，相反却将这些文化进行大力的改造、消化、吸收、创新，使它们与彝族文化融为一体，既保持了原有民族的传统文化的基本特色，又大胆吸收和借鉴着外来文化，并在毕摩文化传统、古朴的学说体系上抹涂了一层玄秘的、混杂的理论色彩。

二、道教与"支嘎阿鲁"史诗

道教一直被看成中国的民族宗教，它植根于中华民族的历史文化土壤中，从创立至今一千八百多年来，对我国社会生活的各个领域曾有着巨大影响。刘守华先生在《道教与中国民间文学》中写道："中华民族由 56 个兄弟民族构成，除汉族外，还有 55 个少数民族。少数民族没有单一信仰道教的情况，但有几个民族以道教信仰为主，还有许多民族宗教信仰混杂，其中也杂有道教信仰。依据《中国少数民族宗教概览》一书及有关民族史志所提供的材料，我作了初步归纳，在 55 个少数民族中，不同程度地存在道教信仰的计有 22 个。其实际影响远远超出人们平素的估计。""彝族有自己的原始宗教信仰。因彝族分布区域较广，有的地方长期与汉族杂居，也接受了汉族的道教信仰。云南永仁县的彝族地区，每年要举行十多个宗教盛会，其中正月初二或初三的火神会、三月二十日的娘娘会、七月七日魁星会、七月十五日送亡会都同道教有关。云南巍山彝族地区在崇拜祖先的

同时，还信灶君、火龙太子、龙王、老君等，也表明了道教信仰的影响。"①

道教是中国土生土长的宗教，在创立时期，就与巴蜀彝族先民有着千丝万缕的联系，与彝族先民的巫文化相互激荡、相互影响、相互借鉴和相互融合。明清时期以后，道教对彝族传统文化的方方面面都产生了很大的影响。如彝族传统的祭祖仪式与道教最初的祭祖仪式基本雷同，彝族的招魂仪式和道教的招魂仪式基本相同。另外，彝族祭祀仪式中神枝所代表的神灵、星辰与道教的朝北斗，彝族太阳历与道教的"三十六洞天、七十二福地"中的数字的关系也都体现了彝族传统文化与道教的密切关系。

前面我们说过，彝族盛行祖先崇拜，其祖先崇拜往往与道教相结合。云南中部和西部地区的彝族村寨，每年过春节的时候都要在庭院正中栽一棵近两米高的三叉形（或多叉形）的青松树，称作"天地树"，预示着天、地、祖先神。除夕晚餐前，将过节的食品供祭在"天地树"下，全家老少跪拜，称作"祭献天、地、祖先之神"。不难看出，这与道教思想中的"天地人三界合一"观念异曲同工。明代云南武定凤氏土司曾刻版印行彝文版的道教经典《道德经》和《太上感应篇》。这部《太上感应篇》是一部与彝族社会相结合的著作，它以道教《太上感应篇》原著中的 284 句为母题，杂糅了彝族的劝善思想、风俗习惯等予以解释，长达上千句，是彝文文献中重要的宣教、说理、传授知识的善书。从以上我们可看出，道家学说在彝族地区相当盛行，道教对彝族毕摩文化的影响和交融可见一斑，道教的某些具体内容自然会被毕摩所吸纳。

道教对"支嘎阿鲁"史诗的影响是多方面的，比如"支嘎阿鲁"所做的一切都为"天宫"中的"天君"所安排，又如"支嘎阿鲁"量天测地、巡视四方时所按的顺序是东方、南方、西方、北方和中央，与道家的"五方"观念完全一样。笔者只就影响较为突出的咒语、葫芦、法术幻想三方面来看道教对"支嘎阿鲁"史诗的影响。

（一）咒语与"支嘎阿鲁"史诗

在浩若烟海的人类文化中，有一种流传久远的古老语言，然而却不是

---

① 刘守华：《道教与中国民间文学》，中国友谊出版公司 2008 年版，第 9 页。

人与人之间沟通的工具，却是人向神对话告白以实现自身理想的有力工具，这就是与一般的语言相异、具有神奇的超自然的力量、并可以带来幸福或者灾难的带有魔力的语言——咒语。彝族的毕摩咒语是彝族最为久远的文化现象之一。在彝族的经书等典籍之中，彝族人称之为"素吉"，大致意思是能起到襄灾、驱鬼、治病的经书。换句话说，也是彝族人用于诅咒仇人、鬼怪，并能招魂治病、襄灾驱鬼等仪式的咒语，因而能占据彝族经书的较大篇幅。咒语是彝族毕摩做仪式法事时的核心，是法事能实现的重要力量。彝族毕摩咒语的渊源，与彝族关于"鬼的起源"及相关传说故事《孜孜妮乍》相关。据说孜孜妮乍是鬼，但却变身为一位美女，由于爱慕黑彝阿维列苦，就嫁给了他，但阿维列苦却发现了她是一个前后都有眼睛的女鬼，故意卧床不起，并说只有吃雪山上的草药才能痊愈。孜孜妮乍由于过于爱慕阿维列苦，便不辞辛劳去雪山找药。走之前她告诉丈夫一定不能请毕摩，更不要请苏尼做法事。然而，孜孜妮乍刚走，阿维列苦就请来了著名的毕摩、苏尼做法事，以驱走恶鬼，可怜的孜孜妮乍变成了一只黑山羊，并被人们扔进了河水中。更为可恨的是，有人竟将黑山羊捞起来并煮了吃，结果吃了黑山羊的四家彝族人全部都死掉了，并成为了恶鬼。为了诅咒女鬼孜孜妮乍便产生了彝族的咒语、医书和卜书。

咒语也是道教的一个重要标志，道教咒语是道教法术中的重要内容。道教早期的咒语是蜀地先祖的巫师咒语、巴地巫师咒语、方士咒语融合在一起并经整理加工而形成的。道教认为道教咒语是神授，具有神效，我们可以从道教《太上正一咒鬼经》中窥见其强大的威力："……咒毒杀鬼方，咒金金自销，咒木木自折，咒水水自竭，咒火火自减，咒山山自崩，咒石石自裂，咒神神自缚，咒鬼鬼自杀，……咒毒毒自散，咒诅诅自减。"①

彝族《驱鬼经》也体现了咒语的作用："牲畜备齐，请施彻毕摩，请则莫毕摩，请白则布奴，请白麻阿革，请白奢布则，共请三十人。这些大毕摩，个个有本领，咒松松发叶，咒杉杉发枝，咒水水流淌，咒草草变色，咒红红褪色。天上的树枝，地上的树枝，全部都拿来，白枝枝叶蓬，黑枝

---

① 《太上正一咒鬼经》卷，《道藏》第28册，第368页。

枝叶茂，为了驱病疫。"①

道教将咒语视为天宫神仙的言语，经由天神传到凡间，因此人们认为咒语拥有强大的震慑力，能驱使鬼神、禳灾祈福、保命长生。道教早在初创之始，已将道教咒语与其他教派和巫师、方士等的咒语加以区分，因而赋予了道教咒语极强的神圣性与神秘性，遂将咒语视为道教科仪中的重要内容。由道士念诵的咒语，被认为是具有神秘效应的语言。《太平经》称之为能召呼神灵的"天上神语"，道士得之，遂成为秘法。咒语是建立在万物有灵、可以互相感应的神话思维基础之上的。人类文明初创之时，人们常赋予语言文字以神奇魔力，这也是一种神话观念的反映。

贵州《支嘎阿鲁王·鹰王中计》里，"支嘎阿鲁"被虎王阻几纳骗进地牢后，虎王就是用巫术咒杀阿鲁：

> 要制伏阿鲁，先要掏了他的心，马桑雕出阿鲁像，七十二个弓箭手，七十二支箭，箭箭射中阿鲁像。鹰王靠的是翅膀，要把鹰翅来斩断，白绸画上雄鹰像，人油大火来炙烤。阿鲁长生不老，苏额能咒断性命，最能诅咒的苏额，一起诅咒三天三夜。用油煎阿鲁雕像，用刀砍阿鲁雕像，用水煮阿鲁雕像，火烧阿鲁雕像。

《支嘎阿鲁传·阿鲁受赐宴》也有咒语的描述：

> 举祖又嘱咐："笃支嘎阿鲁，测天苦了你，量地累了你，暂且都不说，以后的大事，还要你烦累。笃支嘎阿鲁，你努力行事，重担由你扛，落在你肩上，要不负众望，你眼观八方，往上观天色，往下察凡间，可行的多做，无益的别做，要灵活机动，遇不顺之事，天臣会出谋，布摩会献策，他们支持你。为何说此话，你测天量地，还不遇麻烦，没遇大问题，现在的情况，不同以前了，你有大对头，溢居寿博鲁，一家四弟兄，有十个儿子，一二

---

① 普学旺等译注：《祭龙经》，云南民族出版社 1999 年版，第 518 页。

三房家，每家有三子，四房有一子，儿子和儿媳，共计二十余，他是你对头，个个有能力，个个有本领，你若缺智谋，斗不过他家，还会出乱子，但你阿麦尼，摘录点咒语，授支嘎阿鲁。"阿麦尼问道："摘录啥咒语？"努喽则他说："奢武吐咒语。"阿麦尼誊道："上有策举祖，下有恒度府，凡间有阿鲁，吐切天神剑，采买凡间用，寿博鲁畏惧，夜能斩寿怪，日能斩寿妖，在山中斩杀，草木皆欢喜，入海底作怪，海怪面朝天，咒语很简短，赐一把神斧，可作神字用，雷神啊雷神，请你显威吧，天罡啊天罡，战胜海中怪，轰鸣的雷霆，雷电与火神，我请诸天神，海怪无藏处，诃俄诃，嚓俄嚓也啊！"它是这样的。

《支嘎阿鲁传·巡海除寿博》也体现了咒语的威力：

到午夜三更，笃支嘎阿鲁，他把身一变，戴上洛洪帽，穿可洛洪纳，倒背着文妥，拿采买吐切，使着侯去恰①，神斧腰间挂，他念念有词，念武吐咒道："上有策举祖，下有恒度府，中有我阿鲁。吐切飘空中，采买捶海底。差派我的是，天上策举祖，恒摩努喽则，恒友阿麦尼，说派来破海，说派来巡海，差来斩寿博。白天斩寿博，降伏寿博，晚上斩寿博，战胜寿博，战中斩寿博，草木皆欢喜，海中斩寿博，寿博面朝天，斩杀言不多，神斧打算哪个咒符。"溢居寿博家，阵阵嚎，哭着来告饶，祈求阿鲁道："笃支嘎阿鲁，天庭命令你，举祖差派你，但别毁我城，你别破我城，我家央求你。"笃支嘎阿鲁："洛赌阿佐，洛姆古绸，洛支洛架，你们三兄弟，见过这种不，听过这些不，领略这些事，如铁锅铁铸，若明白了理，今天就这样，我要去赶路。"阿鲁解金链，卸下了金链，溢居三老魔，跑进海中去，拿起夺资来②，向阿鲁冲

---

① 洛洪、可洛洪纳、文妥、采买吐切、侯去恰都为阿鲁的装备，包含穿戴衣物和所使用的法器。
② 夺资来，武器名。

杀。阿鲁不提防，只差一点点，就打中阿鲁，阿鲁一闪避，没有被击中。阿鲁怒顿发，他大声呵责："溢居三老魔，说话不算话，讲好还翻脸，行为和道德，丁点都没有。喜鹊愿人好，人不好它好，乌鸦愿人败，人不败它败。寿博你三家，留着没用处，留下是祸根，该斩草除根，才大快人心。"笃支嘎阿鲁，念武吐咒语，这三个大海，内有大岩石，毕礼①中取火，阿鲁点火把，在海里点燃，熔岩如铁水。笃支嘎阿鲁，开金锁毕礼，天火点三把，点在红岩上，红岩熊熊燃，深水干涸了。神火点三把，燃红岩腰中，红岩熊熊燃，深海干涸了。雷火点三把，在岩脚下燃，红岩熊熊燃，深水干涸了。

"支嘎阿鲁"念咒语的形象常在史诗中出现，有时却并不那么严肃，如《支嘎阿鲁传·智胜雕王》：

　　笃支嘎阿鲁，倒背着文妥，头顶戴洛洪，带着弓和箭，口念着咒语，边念边发笑，念给大雕听。支嘎阿鲁说："你弥立大雕，你天天杀生，你天天害命，你是抓什么，你吃的什么？"弥立大雕说："我天天抓人，天天吃人肉，我抓人吃人，吃的是小孩，不吃其他的。"

咒语在彝族文化中的影响较大，20世纪末在贵州大方县六龙乡，笔者还有幸目睹过一次"咒人"。彝族人在遭到偷盗而又无法找到盗窃犯或有冤家而又打不过对方时，就请毕摩念经咒人。据说原来咒人一般要用三四只山羊、五六十只鸡、三尺长的柳条20对，把柳树枝插在山坡上，把一把草和一只鸡捆在一起，把羊、鸡放在树枝旁。毕摩把和草捆在一起的鸡拿在手中念咒人经，意思是要被咒的人像鸡一样地死去。念完经，家人把羊和鸡打死煮吃。最后毕摩做一草人用刀砍碎，表示砍死了被咒的人，同时一

---

① 毕礼，彝族古代随身携带的可以取火种的工具。

面念着经一面把鸡头、鸡翅膀、鸡腿捆在一根竹竿上插在咒人的地方，即告结束。但后来因为经济原因，很多都简化了，笔者目睹的遇偷盗"咒人"仅用了一只白公鸡。

不少人以为毕摩就是彝族的巫师，其实不然。彝族的巫师叫做苏尼，男女都可担任，更接近道士形象。成为苏尼的人一般是得了某种疾病久治不愈，认为是当过苏尼的亲戚或某个先人的魂附在自己身上，非"尼"不可，否则病就不愈。于是请毕摩祭"阿萨"神，并授予法器羊皮鼓、铃。病愈后，苏尼的祖神——阿萨指挥着他（她）念咒语，做法事，即可作苏尼了。

苏尼的职责主要是跳神、禳鬼、占卜、治病。治病驱鬼时，借助幻想中的"阿萨"附体，左手执鼓，右手拿鼓槌，击鼓数次后，全身战栗，且跳且唱，代神言神，边跳边厉声驱鬼或为人答疑，直至口角吐沫，声嘶力竭，仆倒在地为止。女苏尼作法舞蹈优美轻盈，男苏尼的舞蹈则疯狂粗犷。苏尼不通彝文，没有经典可据，所行法事没有毕摩重要，也没有毕摩多，从事宗教活动的收入较毕摩低，故而社会地位相对较低。

总之，种种道教方术其目的都是为了沟通并影响人们想象中的神灵世界，以趋利避害，裨益人世。因这一神灵世界在很大程度上是承袭神话而来，所以道教的信仰活动就起了保存神话因子、延续神话氛围的作用。史诗与神话关系密切，"支嘎阿鲁"史诗受到道教的影响也是情理之中的事。

（二）葫芦与"支嘎阿鲁"史诗

在"支嘎阿鲁"史诗中，还有不少与葫芦联系密切的叙述。如《支嘎阿鲁王·灭撮阻艾》：

> 一条白狗在河边，谷洪劳企图逃掉，阿鲁变作一猛虎，咬住白狗颈。谷洪劳走投无路，变作个蜂子，钻到葫芦中。支嘎阿鲁哟，口里念不停，挥动着维度，扇动着落洪，金锁锁葫芦。……妖魔蜀阿余，见支嘎阿鲁，好比鼠见猫，三魂出了窍。变作个蜂子，落阿鲁的网，钻进金葫芦。支嘎阿鲁哟，口里念不停，挥动着维度，扇动着洛洪，金锁锁葫芦。……支嘎阿鲁哟，用九条金绳，系在葫芦上，天样宽的绸子，裹着金葫芦。放到古笃法卧，

陡峭悬崖上。

又如《支嘎阿鲁王·古笃阿伍》：

> 古笃阿伍，起个大清早，到古笃法卧，把野竹子割。才得九棵竹，看见悬崖上，有物金灿灿，古笃阿伍哟，攀到悬崖上，看见金葫芦，被金绳系着。古笃阿伍哟，乐得发了狂："难怪昨夜做好梦，天见我可怜，赐了我宝物，从此不必起早贪黑，免得竹篾划手指，竹刀不再磨手板！"抽出腰中剑，砍断了金绳，撬开葫芦盖，钻出个妖怪，人身长鼠头，就地一个滚，变个虎头红人，要把古笃阿伍吃。

《支嘎阿鲁传·古笃阿伍》：

> 阿妣额苏他，拾起金葫芦，放在悬崖上，来问撮阻艾："你这虎头怪，见人就要吃，这个金葫芦，你能钻进去，就让你吃人。十二段脊骨，十三皮肋骨，十三吊人肺，十二片心肝，由你来享用。"虎头撮阻艾，听了额苏说，就信以为真，钻进金葫芦。阿妣额苏他，左手关葫芦，右手锁葫芦，为稳妥起见，连锁了九次。阿妣额苏啊，消除了祸患，这样灭祸根。

史诗中的葫芦功能主要是降妖伏魔，这明显受到道教的影响。道教中就有对"仙葫"的崇拜。葫芦是微缩了的小宇宙，内有天地日月。葫芦乃道士们拿来捉妖镇魔的重要法器。一些道士们在作法降妖时，一手持利剑，一手拿葫芦。彝族先民崇拜葫芦的信仰习俗很早，认为始祖从葫芦出，祖灵回归葫芦，有的彝族人家供奉葫芦祖先，有的人家把葫芦悬于大门头上。彝族祭司"毕摩"腰系葫芦，把它当作协助自己镇妖的"灵物"法器，据说葫芦振动时产生的响声可以惊动天上的神灵，从而下到凡间帮助女巫驱魔降妖。这显然在很大程度上受到了道教思想的重大影响。道教思想有丰富的神秘主义色彩，而彝族先民的灵魂观本就蕴含着神秘。从这里我们可以看出两者思想内涵大致相符，因此道教思想容易被彝族民众接受并深入彝族民间，从而形成广泛而深厚的社会基础，象征和标志两者的东西也自然吻合。彝族先民们崇拜葫芦，而葫芦又是道教的一个象征和标志，如道教八仙之一的张果老腰间常系一葫芦；唐宋之际的著名道士陈传则是"斋中有大瓢挂壁上"；元代著名道士"长春真人"丘处机所居的长春宫有"匏瓜亭"。"支嘎阿鲁"史诗中的妖怪被从葫芦中放出，后又由智者设计让妖怪重进葫芦，这是很多汉族民间故事乃至世界民间故事中常见的母题，应该是后来才传入彝族地区的，受道教的影响当然不足为怪。

（三）法术幻想与"支嘎阿鲁"史诗

道教学说的根本是对"道"的追求。道教主张天地人合一，并努力去探求贯穿三者之间的道。道教中的学说认为：得其道，才可长生不死，变化通神，役使万物，统摄宇宙，无所不能。先圣先哲由此才能超凡脱俗而成仙，普通人也可以通过勤求明师、潜心修炼而得道成仙。哪怕是自然界的一草一木、虫鱼鸟兽都能通灵得道。得道者不但能长生不老，更能通晓各种法术。《抱朴子》一书依据前人典籍对这些神秘方术做过大胆的设想：

> 变易形貌，吞刀吐火，坐在立亡，兴云起雾，招致虫蛇。合聚鱼鳖，三十六石立化为水，消玉为粘，溃金为浆，入渊不沾。蹈刃不伤，幻化之事，九百有余，按而行之，无不皆效。
>
> 飞行上下，隐论元方，含笑即为妇人，蹙而即为老翁，踞地即为小儿，执杖即成林木，种物即生瓜果可食，画地为河。撮壤成山，坐致行厨，兴云起火，无所不作也。
>
> 化形为飞禽走兽及金木玉石，兴云致雨方百里，雪亦如之，渡大水不用舟梁，分形为千人，因风高飞，出入无间，能吐气七色，坐见八极及地下之物，放光万丈，冥室自明，亦大术也。[1]

---

[1] 葛洪：《抱朴子》，转引自刘守华：《道教与中国民间文学》，中国友谊出版公司2008年版，第281—282页。

这里的神秘法术包括飞天、隐身、变容易貌、兴云致雨、开山造河、聚合虫蛇等，直至达到无所不能、自由创造的境界。刘守华先生在《道教与中国民间文学》中说，道教信仰建构了一个生动完整的神秘幻想世界，对中国的民间叙事艺术产生了深远的影响。世界上的每个民族，好像都生活在两个不同的世界里，一是客观存在的现实世界，另一个是心灵创造的幻想世界。根据自身丰富的学说，中国道教就建构了一个颇为生动完整的神秘幻想世界。整个神秘幻想世界既是人们的信仰，又不断影响着各类民间叙事文学的创造和演变。①

在"支嘎阿鲁"史诗中，这样的法术幻想比比皆是。如：

> 寿博大儿道："你年幼无知，不要说大话，如要说大话，别讲我无礼，你如不相信，真格动武力，你才会明白，不是你要的。"寿博家大儿，忽然一变化，变作个女人，就要动阿鲁，阿鲁摇身变，成一团黑云，寿儿架不住。寿博大儿变，成一片汪洋，想攻击阿鲁，那团黑云变，成一林石桩，攻也攻不动。一片汪洋变，成三对黄蜂，想改变战术。一林石桩变，成对大马蜂。因奈何不得，寿博家大儿，跑向住宫去，取出矛与弓，拿来对阿鲁，使矛杀过去，阿鲁用采买②。你打我还击，打若干回合。（《支嘎阿鲁传·巡海除寿博》）

> 溢居鲁阿麦，留下此条后，摇身变小，回到皮诺海。阿爸问她道："你怎么来了？"溢居诺尼说："笃支嘎阿鲁，不像谣传的，他是个好人，不用担心了。"白马又飞来，嘶嘶鸣三声，阿鲁闻马嘶，徒然醒过来，天亮明朗朗，阿鲁睁眼看，马摇头摆尾，房子已不在，之间荆棘丛。在手掌中的，有一幅字条，他展开一看，是诺尼留言，阿鲁看着笑，看了也高兴。看完了留言，阿鲁笑着

---

① 参见刘守华：《道教与中国民间文学》，中国友谊出版公司2008年版，第314页。
② 采买，法器名。

道："去皮诺她家！"白马它不动。阿鲁跃上马，白马疾飞去，到皮诺龙宫。（《支嘎阿鲁传·善本姻缘》）

勺哎插话道："笃支嘎阿鲁，与他干一盅，要说这盅酒，不是上乘酒，不是劣质酒，真正是神酒，真格是神酒，你喝下了它，就能言善辩，会十变九化，不神奇神奇，不神异神异，不练武有武，不动有威严，肉眼不见的，你能见到它，凡人难去地，你随便可去，凡人难进处，你可随意进，凡人不会的，你都会能做，无人敢坐的，你都能坐下，无人敢站的，你都能站立，无人敢睡的，你都可酣睡。"（《支嘎阿鲁传·阿鲁受赐宴》）

吃惯童子肉，牛肉粗丝不中吃，雕王使浑身解数，一只巨雕冲云霄，雕王变化现原形，更比流星从天降，展翅直扑向磐石，雕翅震碎磐石，磐石碰断雕翅，雕王一下昏厥。为人免受苦难，斗败雕王移本性，阿鲁掀开雕王，变作一只雄鹰，双翅压在巨石上……（《支嘎阿鲁王·智取雕王》）

"支嘎阿鲁"史诗里，"支嘎阿鲁"降妖伏魔的时候，往往像孙悟空似的善于变化，如《支嘎阿鲁王·灭撮阻艾》："支嘎阿鲁哟，变作一团雾，捉拿他不得。魔王巧比叔，海水威力大，变作一个海，要淹没阿鲁，支嘎阿鲁哟，变块大青石，淹没他不得"等。这些法术幻想系承袭原始神话、巫术而来，经道教神学做了加工改造。《魏晋神仙道教》一书的论析是中肯的："在科学蒙昧时期，人们还不能严格区分自然现象和超自然现象，当他们没法把握自然现象时，便求助于法术的超自然力量。施行法术行为的道士相信现实对象之间有超自然的联系，因而对超自然力量建立起真诚的信仰，这使法术成为道教神学的组成部分。"①

这些法术幻想虽与道教神秘信仰相关联，有些在民间演变成迷信活动，而它本身却含有对人类巨大创造力的期望与自信。在民间叙事文学中，人

① 胡孚琛：《魏晋神仙道教》，转引自刘守华：《道教与中国民间文学》，中国友谊出版公司2008年版，第315页。

们将这些神奇法术赋予那些仙人、道士、勇士、英雄，让他们创造出令人惊叹的种种奇迹。叙事中虚实结合，大胆想象，世俗生活与神幻境界交错融合，引人入胜。

本 章 小 结

彝族很早就有了自己的文字，彝文主要由彝族历史上的知识分子、祭司毕摩创造并使用，他们由于某种需要较早地用彝文将流传于民间的各类民间文学搜集整理成优美韵文，应该说，毕摩是我国古代较早有意识地搜集、采录民间文学作品的人，尽管其目的与宗教有关，整理过程用今天的眼光来看也不尽科学，但其持续时间长，客观上为我们保留了很多难得的古籍资料。由于自身发展及所处的自然环境较为特殊等因素，尤其是毕摩阶层的存在和彝文的广泛使用，使彝族文化本身较大地区别于其他民族的文化，彝族民间文学也有其浓郁的民族特点。

毕摩文化是彝族独特的文化，是彝族原始文化的灵魂，其来源主要有三个：一是原始巫术，二是原始崇拜，三是汉族道、儒、佛文化的渗透。史诗是一个民族在其漫长的发展过程中形成、演变、发展而成的，它既是集体意识的产物，也是集体意识的显现。"支嘎阿鲁"史诗由彝族毕摩所搜集的彝文古籍经书整理翻译而成，彝文古籍是毕摩文化的一种重要显现，是彝族传统文化与文明的载体。"支嘎阿鲁"史诗较多地反映了彝族宗教文化，受彝族毕摩宗教文化的影响非常明显，本章集中探讨了毕摩文化对"支嘎阿鲁"史诗多方面的影响。

毕摩文化是彝族社会原生宗教高度发展的产物，史诗是集体意识的表现形式，毕摩文化与民间文化是中国彝族文化的两个基本阵营。在厚重博大的彝族文化体系中，毕摩文化是一个十分重要的基石。毕摩文化在整个彝族文化发展史上的影响是十分深远的。因此，它对"支嘎阿鲁"英雄史诗的影响当然也不可忽视。

第 四 章
"支嘎阿鲁"史诗的母题解析

"母题"最先出现在法国学者 S. D. 波洛萨尔在 1703 年编写的著作《音乐辞典》中，本是音乐术语，表述为动机的意思，主要是指在一首乐曲中不断重复出现的一组音符。它原本是烘托乐曲主题的一个结构要素，之后被用至民间文学的相关研究之中，主要指那些在民间文学作品中反复出现的叙事单元。至今，"母题"一词在国际民间文学中也已经通用。尤其是近年来比较文学学科的形成与发展，使史诗的比较研究也逐渐得到学者们的深切关注。当然，史诗的母题研究，也早已属于史诗的比较研究范畴。

随着各学科间交叉研究及其范围的进一步扩大，我们对"支嘎阿鲁"史诗这类跨省域传承且拥有巨大研究价值的文本的深入研究，应当深入史诗内部，逐步通过对作品母题的研究，来探析"支嘎阿鲁"史诗中的文化内涵、叙述风格和情节结构等。

第一节 关于英雄史诗的母题研究

由于母题在民间文学作品中反复出现，从而使这个叙事单元成为相关民间文学研究中的热点和重点。尤其是在不同地区的史诗研究中，母题研究十分盛行。国外学者大多从母题的分析研究中，来探析各民族史诗的性质、特征、内涵等。伴随着国外学术界对国内学者的影响，我国学者在史

诗领域内的研究也逐步热衷于母题研究，因此在对史诗"支嘎阿鲁"的研究分析中不可避免地要进行相关母题研究。

一、英雄史诗的母题研究

有关史诗的母题研究在国外十分盛行，国内 20 世纪末也呈现出蓬勃发展的势头。不少学者在史诗母题研究领域作出了巨大的成就。国外学者之中，德国学者海希多年来致力于蒙古史诗母题的研究，成绩斐然。英国学者亚瑟·哈托有关《玛纳斯》的研究成果，也得到了国际社会的高度评价。俄罗斯史诗学者日尔蒙斯基在突厥语民族史诗母题的研究方面，也有了不俗的成就。这些学者通过自身在史诗母题的研究努力，逐步拓宽了史诗的研究领域，推动了史诗研究向更广和更深层次发展。反观国内，我国史诗母题的相关研究起步较晚，有关的著述也极少。笔者在中国知识资源总库——CNKI 系列数据库"中国期刊全文数据库"中输入"史诗母题研究"，检索 1994 年至今的相关论文，仅有 33 个篇目。

中国社会科学院少数民族文学研究所郎樱教授于 20 世纪末已开始了此领域的相关研究，她认为："母题是最小的叙述单元，史诗古老的成分，大多体现在史诗古老的母题之中。史诗在形成过程中，一些外来文化因素，往往也以母题形式进入史诗。对于不同民族史诗中类同母题的研究，既有利于揭示史诗古老的文化内涵，也有利于不同民族史诗的比较研究。"[①] 郎樱教授在其论文《史诗的母题研究》中进一步指出："母题的文化内涵及象征意义的涵盖面是很广泛的，它们所揭示的多为人类原始思维的特点，所反映的也是古代社会生活的民风民俗。母题又与民族生活、民族思维及心理特点、宗教信仰、生活境遇有着密不可分的关联。因此，世界各民族民间文学的母题既具有共性，也具有民族与地域的特点。史诗是人类童年时代的产物，民族史诗是在一个民族形成时期产生的。因此，史诗中包含着许多古老的文化成分。值得引起人们注意的是，史诗中有不少神话母题以

---

① 郎樱：《贵德分章本〈格萨尔王传〉与突厥史诗之比较——一组古老母题的比较研究》，《民族文学研究》1997 年第 2 期。

及许多文化内涵相当古老的母题，它们是构成史诗古老文化层的重要组成部分。深入研究这些母题，不仅能够使我们对于史诗的古老文化层有较为清晰的认识，而且有利于我们对于史诗形成规律的探讨，有利于推进史诗比较研究的开展。"①

当前，英雄史诗的母题研究渐渐得到了学者们的重视，多年来他们在英雄史诗母题的相关研究方面取得了较大的成果，如在英雄史诗母题的分类、史诗母题的文化内涵等方面。这些成果主要集中在三大史诗即《格萨尔》《玛纳斯》和《江格尔》的研究上，尤其是蒙古—突厥族英雄史诗的母题更受学者关注，这与我国英雄史诗在世界范围内的整体研究现状密切相关。

二、"支嘎阿鲁"史诗的母题研究

前面我们谈到，"支嘎阿鲁"史诗是我国云南、贵州、四川彝族地区广为流传的一部英雄史诗。贵州西部毕节地区广为流传并被整理、翻译为汉文出版的《支嘎阿鲁王》和《支嘎阿鲁传》与云南的《阿鲁举热》和四川的《支格阿龙》，虽然史诗长短有差异，但主要英雄人物完成的英雄事业却大致相同。洛边木果先生在《中国彝族支格阿鲁文化研究》一书中曾用专章就其流传情况进行研究，介绍了云南、贵州和四川彝族地区流传的"支嘎阿鲁"史诗在内容上的差异。此处，将本书的主要研究对象——贵州西部流传的《支嘎阿鲁王》和《支嘎阿鲁传》择其情节梗概如下：

> 英雄"支嘎阿鲁"神奇出生；英雄完成一个又一个任务，包括测天量地，除妖伏怪，成婚，寻找父母，射杀日月，为彝族人民传播天文、地理、军事、农耕、伦理道德等方面的知识；英雄死亡或回归天庭。

郎樱在《史诗的母题研究》中提出："在进行史诗母题研究时，无疑首

---

① 朗樱：《史诗的母题研究》，《民族文学研究》1999 年第 4 期。

先要关照的是母题的叙述模式、母题的分类以及母题类型的研究。但是，史诗母题研究最终要达到的目的在于揭示出含蕴于母题深层的文化内涵。"① 母题研究已经是民间文学的基本研究方法之一，也是史诗研究的重要手段，对史诗的母题进行研究，对于弄清楚史诗讲述了什么及怎样讲述，都是至关重要的，史诗的母题研究是深入研究史诗的基础，也是将一个民族与其他民族史诗文本进行比较研究的基础。作为英雄史诗，和其他民族特别是我国北方民族的英雄史诗一样，"支嘎阿鲁"史诗既有与之相同的母题结构，又有自己独特的地方；"支嘎阿鲁"史诗是在三省传承，具有不同的文本，即使在同一个地区，也存在着不同的文本异文，这对我们进行不同文本母题的比较研究提供了难得的机会。

　　然而遗憾的是，相比而言，在史诗母题研究方面，彝族史诗所受关注较少，对彝族"支嘎阿鲁"史诗的母题研究还处于一片空白。因此，本章研究既是将彝族英雄史诗的母题研究补充入中国史诗母题研究的大阵营，也是为更深一步地呈现彝族史诗的文化内涵作铺垫。

第二节　"支嘎阿鲁"史诗的母题构成

　　尽管对于母题到底意指什么至今仍存在争议，民间文学、比较文学、文学叙事学和文学的一般原理研究都各有所指，以至于"母题"给人歧意丛生的感觉，但这并不妨碍学者们对这一学术概念的普遍运用，尤其是在民间文学中。美国民间文艺学家史蒂斯·汤普森（Stith Thompson）认为的"母题"（motif）就是指民间故事、神话、叙事诗等叙事体裁的民间文学作品中反复出现的最小叙事单元，"一个母题是一个故事中最小的、能够持续存于传统中的成分"。② 在他之后，不断有学者就此进行补充、发展、完善，仅就民间文学的母题研究而言，郎樱就曾指出民间文学中的母题，尤其是

---

① 朗樱：《史诗的母题研究》，《民族文学研究》1999 年第 4 期。
② ［美］斯蒂·汤普森：《世界民间故事分类学》，郑海等译，上海文艺出版社 1991 年版，第 499 页。

比较文学中的母题，具备在不同作品中重复出现、程式化、具有丰富的文化内涵和象征意义这几个特点。①

诚如研究者所指出的，母题并不一定是一个故事中最小的叙事单元，而有可能是被概括出来的最精练的成分，在具体的作品中有不同的表现形式，如曹柯平所指"真正的'母题'，则应当是在具体的民间文学研究中，经过概括、抽象之后的故事成分的组群"。② 英雄史诗一般包括英雄奇特诞生母题、孤儿母题、抢婚母题、英雄外出家乡被劫母题、英雄变形母题等。"支嘎阿鲁"史诗虽然在云南、贵州、四川诸地流传并有不同异文，但具有稳定结构模式并包含着深厚彝族文化内涵且反复出现的母题主要有以下几个。

一、英雄奇特诞生母题

在世界各地的英雄史诗、神话、传说中，英雄都有奇特的诞生，这一母题有时被归入英雄身世母题之中。英雄奇特的诞生通常情况下都包含"祈子母题、特异怀孕母题、难产母题、英雄诞生特异标志母题、英雄神速生长母题，等等"。③ 如英雄启乃是九尾狐所孕，化石而生，还有著名的启母石神话、姜嫄履大人迹而生后稷。许多帝王的神奇出生皆主要是其母感光而孕或者梦花而孕。

尽管各地流传的"支嘎阿鲁"史诗中对于"支嘎阿鲁"的出生在细节上有所不同，但每个地方流传的英雄"支嘎阿鲁"的奇特诞生都包括以下三个母题："支嘎阿鲁"母亲的奇特怀孕；"支嘎阿鲁"的奇特出生；"支嘎阿鲁"的奇特生长。如在四川地区流传的史诗《支格阿龙》文本中，"支格阿龙"的母亲少女蒲莫妮依是在孤独寂寞时看天空中的雄鹰玩时怀孕的：

> 空中雄鹰啊，反复嬉戏着，天地之怪事，离奇也难怪。恰巧

---

① 参见朗樱：《史诗的母题研究》，《民族文学研究》1999 年第 4 期。
② 曹柯平：《中国洪水后人类再生神话类型学研究》，博士学位论文，扬州大学，2003 年，第 17 页。
③ 朗樱：《史诗的母题研究》，《民族文学研究》1999 年第 4 期。

这时候，三滴鹰之血，刚好落下来，滴在妮依身上。一滴落在头帕上，穿透九层辫，头昏又目眩；一滴落腰部，穿透九层毡，四肢酸又软；一滴落下身，穿透九层裙，全身在颤抖……

自从这以后，蒲莫妮依啊，早晨起白雾，下午生阿龙，生下一仙子，生下一神人。年庚也属龙，月份也属龙，生日也属龙，生也龙日生，行运到龙方，取名叫阿龙。①

表4-1 我国不同版本"支嘎阿鲁"史诗中英雄的奇特诞生的共性与区别

母 题	贵州《支嘎阿鲁传》	贵州《支嘎阿鲁王》	四川《支格阿龙》	云南《阿鲁举热》	备 注
英雄母亲的奇特怀孕	人与天女结婚，13年孕育，在母腹中即可讲话	天郎恒扎祝与地女菁阿媚三万年相亲六万年相爱，九万年才生巴若	人间未婚少女与鹰血的结合	老鹰身上的三滴水滴在未婚少女身上而孕	英雄均为非人类的后代
英雄的奇特出生	虎年正月初一寅日寅时，在马桑树下由神人接生，由神人举行命名仪式并给予祝福	天地抖动三下，伴随雷鸣闪电出生，出生后即成为孤儿	龙年龙月龙日生	属龙的日子出生	出生的时间奇特，刚出生或幼小时即有奇特的表现
英雄的奇特生长	生时即哭声如雷鸣，由神人喂马桑露珠	马桑白日哺乳，雄鹰夜里覆身	由龙奶、龙饭、龙衣养大	老鹰哺养长大	英雄均非人奶喂养长大

从上表中可看出，关于"支嘎阿鲁"的诞生，有以下三个方面的内容值得研究：

一是神奇的孕育。"支嘎阿鲁"的孕育，一般为超过十月怀胎的孕期或者没有孕期，且在母腹中即能与母亲交谈。即使在同一地区流传的史诗中，其孕育也有所区别。比如同为贵州地区流传的"支嘎阿鲁"史诗，一为13年孕育后分娩，一为没有孕期，"支嘎阿鲁"是伴随着支嘎②的第一枝马桑、

---

① 沙马打各、阿牛木支等主编：《支格阿龙》，四川民族出版社2008年版，第4、16页。
② 支嘎山，地名。

第一声杜鹃、第一朵盛开的索玛①而出生的。

《支嘎阿鲁传》中"支嘎阿鲁"的孕育：

> 满了十个月，孩子不出世，却与母言语，却与母对话，能与母聊天，而迟迟不生。一年又一年，怎么不辛劳，怎么不辛酸。整整十三年，天天想儿子，刻刻盼儿子。直到有一天，阿鲁支嘎滴，大坝子头子，大马桑树下，生一个男孩。生时父离世，生时母昏厥，策戴姆休克，戴姆的儿子，没有人照顾。……吴阿皮，厄阿帕捡生，举舒野照顾，喂马桑露珠……

《支嘎阿鲁王》中"支嘎阿鲁"的孕育：

> 恒扎祝治天，詈阿媚治地，从支嘎山出发，快治完了天，快治完了地，到了北方姆古勾，左边雾沉沉，右边霭茫茫，恒扎祝精疲力竭，詈阿媚全力已尽。树落叶归根，人老归祖先，恒扎祝和詈阿媚，回到支嘎山。……恒扎祝和詈阿媚，是世上第一对恋人，他们的相恋，九万九千年，相好如一日。……春天光临支嘎山，正把大地亲吻；支嘎的马桑，才伸出第一枝，巴地的杜鹃，才叫第一声，艳丽的索玛，才开第一朵，忽然间天地抖了三下，雷鸣惊天地，闪电照宇宙，一只苍鹰搏击长空，一个婴儿呱呱降生。恒扎祝用尽最后一丝力，化作矫健的雄鹰，詈阿媚吸进最后一口气，化作茂盛的马桑。

英雄神奇的孕育，说明了古人对英雄及英雄史诗的理解和解释，英雄是出身于天神的，所以人们把英雄史诗看作神的颂歌，史诗演唱是一种特殊的祭祀祖先的仪式，因为史诗歌颂了祖先的丰功伟绩。这说明了英雄史诗在古人心目中的地位和人们对英雄史诗的崇仰，这一点也正是英雄史诗

---

① 索玛，彝族称杜鹃花为"索玛花"。

得到迅速发展和流传的动力之一。

二是出生后即为孤儿。或者有母无父，或者婴儿自动与母亲切断了联系（拒绝吃母乳），或者父母分别化为雄鹰与马桑而不抚育刚出生的婴儿。《支嘎阿鲁传》中的"支嘎阿鲁"出生后是"生时父离世，生时母昏厥，策戴姆休克，戴姆的儿子，没有人照顾"。《支嘎阿鲁王》中"支嘎阿鲁"出生后，其父"恒扎祝用尽最后一丝力，化作矫健的雄鹰"，其母"啻阿媚吸进最后一口气，化作茂盛的马桑"。"孤儿没有名字，人们叫他巴若，旱莲叶死又萌发，活省笃万古长生，巴若大难不死，白日有马桑哺乳，夜里有雄鹰覆身。""支嘎阿鲁"是"马桑哺乳的巴若（意为弃儿——原书注），龙鹰抚大的斯若（有非凡手段的男人——原书注）"。

孤儿母题是一个世界范围内的故事母题，少数民族民间故事中更是普遍，如贵州苗族地区有民间故事《孤儿与龙女》①，云南傈僳族的神话中有孤儿等②，大多数孤儿故事中的孤儿都能成长为英雄，似乎越苦难的孤儿在以后的英雄业绩中越显得高大。刘守华先生认为，孤儿可怜的出身及孤儿后来的幸福生活寄寓着人们对于现实生活中孤苦无依者的一种人道主义同情。孤儿母题广泛存在，且又以各种变体存在，其中一种变体是英雄在少年时虽然不是孤儿，但是以"弱者"的身份生活，即他是一个有母无父、没有完整家庭庇佑的婴儿，这种变体在云南、四川的"支嘎阿鲁"史诗中表现明显，即"支嘎阿鲁"出生时只知其母，不知其父，有学者认为这是彝族母系氏族社会只知其母不知其父的文化遗留。而在贵州"支嘎阿鲁"史诗中，"支嘎阿鲁"不吃母乳，最后只得由马桑或者龙、鹰哺育长大，这种英雄的选择，如前章所述，有图腾崇拜的原因，但是否亦可视为在英雄史诗产生的父系氏族社会初期，人们让英雄自动切断其与母系的信赖关系与紧密联系，是在试图确立自己的男性权威。

三是生下后奇特之处立刻显现。在《支嘎阿鲁传》中，婴儿出生时母

---

① 赵冰、杨国兴：《孤儿与龙女》（苗族），《山花》1993 年第 4 期。
② 参见李子贤：《云南少数民族神话选》，云南人民出版社 1990 年版，第 228—229 页。

亲昏厥，婴儿的哭声奇特，如打雷、起台风，并由神仙以马桑露珠哺育，而马桑树在西南少数民族的信仰中，乃是奇特的通天树；在《支嘎阿鲁王》中，"支嘎阿鲁"白日由马桑哺乳，夜晚有雄鹰覆盖，以麒麟当马骑，身跟着虎豹；在《支格阿龙》中，婴儿不肯吃母亲的奶，无论母亲如何哄逗喂养，婴儿都不依，结果引来塔博阿莫派使者抓走母子，阿龙被母亲丢弃在悬崖上，由龙喂养长大。贵州流传的史诗中，"支嘎阿鲁"出生时的接生、出生后的命名礼（取名仪式）都是由天神完成的。因此，"支嘎阿鲁"不平凡的孕育、不平凡的出生从一开始就预示着他不平凡的经历。如《支嘎阿鲁传》他出生后的命名礼也是一种预言：

> 摸三下头顶，边摸边评论："头顶悬日月。"摸三下耳朵："能听千里话。"摸三下眼睑："要观万里事。"摸三下嘴唇："要断事无误。"摸三下小手："管山川河流。"摸三下胸口："想就记，记就知，知就做。"摸三下腰部："造鲁补（鲁哺），订鲁旺。"摸三下小脚："测中央，清海底，修路过，收拾妖魔，与雄鹰为伍，斩杜瓦，要你去完成，为马桑之故，取支嘎阿鲁，天上有你位。"

命名礼上的这些预言，即是英雄奇特能力和以后主要业绩的预显："支嘎阿鲁"有超凡的听力、视力与智慧，所以他要完成测天地、斩妖魔的艰难任务。

二、英雄征服恶魔母题

英雄史诗中的英雄除了有奇特的身世，其主要的功绩就在于英雄要不断地去战斗。以下为云南、贵州、四川南地区"支嘎阿鲁"史诗中英雄的主要业绩：

表4-2　贵州、四川、云南"支嘎阿鲁"史诗中英雄的主要业绩表

业绩	贵州《支嘎阿鲁传》	贵州《支嘎阿鲁王》	四川《支格阿龙》	云南《阿鲁举热》①
1	巡海除寿博	驱散迷雾，治理洪水	阿龙定夺乾坤	
2	阿鲁射日月	阿鲁射日月	阿龙射日月	阿鲁射日月
3	智胜雕王 阿鲁驯野牛 阿鲁胜老虎	测天量地 智取雕王 战胜虎王	阿龙智取雕王 阿龙灭虎王 阿龙治食人马 阿龙治杀人牛 阿龙治魔孔雀	阿鲁用火制伏蟒蛇打小石蚌
4	阿鲁灭哼妖 阿鲁斩杜瓦	灭撮阻艾（食人妖） 大业一统	阿龙捉雷公 阿龙征服巴哈阿支 阿龙治欧惹乌基	阿鲁治死日姆（凶狠的头人）

　　由上表可以看出，英雄的主要业绩在于测天地、斗雷公、射杀日月、斩杜瓦和哼妖（妖魔鬼怪）、战胜雕王等。虽然三地彝族地区流传的"支嘎阿鲁"史诗有繁简之别，但归纳起来都有以下几个共同点：

　　一是英雄"支嘎阿鲁"测天量地的业绩。在四川和贵州流传的史诗中，都有英雄测天量地的情节。在贵州文本中，"支嘎阿鲁"是受到天君策举祖的委托而承担起测天量地责任的；在四川，"支格阿龙"则是自动承担起将天地秩序重新恢复的责任。

　　二是"支嘎阿鲁"射日月的业绩。三省彝族地区的英雄史诗中，都有"支嘎阿鲁"射日月的母题，只是四川彝族地区流传的史诗中英雄是主动去射日月的"支格阿龙啊，有眼能见到，有耳能听到，要去射太阳，要去射月亮"，在经过了六次射杀而不中之后，最终求助智慧的天神圣舍，从地心鸠土木古地站在柏树上射中了五个太阳六个月亮；在贵州《支嘎阿鲁传》中，射日月乃是由于"支嘎阿鲁"的母亲被日月（天上的纪与洪两家）关押，为救母而用六支银箭和六支金箭射杀了六个太阳六个月亮；在贵州《支嘎阿鲁王》中，"支嘎阿鲁"则是因为移山填海，用了山神鲁依岩的财

_____

① 本栏第一行的空格表示：《阿鲁举热》中无相关类似的英雄业绩。

产，山神的女儿阿颖爱上"支嘎阿鲁"并为帮助"支嘎阿鲁"完成治理洪水的大业而牺牲，山神为了报复天神和"支嘎阿鲁"，挖出举祖派人埋下的六个太阳、四个月亮，造成了灾难；"支嘎阿鲁"受举祖的分派，练好了箭术，将多余的日月都射了下来。云南《阿鲁举热》中的"阿鲁举热"因世间的不太平而决心为民除害，射下了六个太阳五个月亮。

三是"支嘎阿鲁"战胜各种动物的业绩。"支嘎阿鲁"史诗中，各种自然界的动物今日的特征，如外形、声音、生活习性等，都是"支嘎阿鲁"打败它们之后所形成的。如在《支格阿龙》中，"支格阿龙"智取雕王，胜过雕王后，"雕王的子孙，不敢用人祭，从此改吃牛羊肉，小猪小羊作祭品"。① 《支格阿龙·阿龙治杀人牛》："支格阿龙啊，跳到牛背上，气愤把牛拴，拴成花脖子，所有水牛啊，拴得喉沙哑。以前花脖子，现在花脖子，都是阿龙留。所有水牛啊，以前喉沙哑，现在喉沙哑，都是阿龙治。"② 在《支嘎阿鲁传》中，"支嘎阿鲁"用神鞭驯服野牛王："笃支嘎阿鲁，投一棵竹签，戳穿牛鼻孔，用绳子绾结，拴在树子上……"从而使牛王答应："都为人造福，解决人温饱……从今天以后，人怎么安排，你们怎么做。去帮助人做事。"在《阿鲁举热》中，阿鲁打败了蟒蛇，将大石蚌打成巴掌大小，不再祸害庄稼。在蒙古—突厥史诗中，英雄常常要驯服各种动物、征服超自然力并历经恶劣的自然环境，乌日古木勒将这一类母题统一为"蒙古—突厥史诗考验母题"并将之视为蒙古—突厥族成年礼民俗模式，是重复着一个男性成员成长的民俗模式。③ 而"支嘎阿鲁"史诗中，"支嘎阿鲁"所战胜的各种自然界的动物，大约也带有彝族男子成年所必须具备的各种生存技能与技巧的考验意味。

四是"支嘎阿鲁"打败各种害人的神怪。在《支嘎阿鲁传》中，"支嘎阿鲁"打败了各种食人妖，如斩杜瓦（吸食人畜）、灭哼妖（食人妖）、智胜雕王（啄食人类）；在《支嘎阿鲁王》中，"支嘎阿鲁"灭撮阻艾（食人妖）；《支格阿龙》中的雷公劈人、劈树、劈石，"支格阿龙"捉住雷公后不

---

① 沙马打各、阿牛木支等主编：《支格阿龙》，四川民族出版社 2008 年版，第 194 页。
② 沙马打各、阿牛木支等主编：《支格阿龙》，四川民族出版社 2008 年版，第 195 页。
③ 参见乌日古木勒：《蒙古突厥史诗人生仪礼原型》，民族出版社 2007 年版，第 166 页。

但打得雷公承诺从今以后不劈人，而且还问出治各种病的方法：

> 雷神阿普啊，从今天以后，不敢劈人了。自从那以后，后代子孙们，戴上铜手镯，这风俗习惯，就来源于此。支格阿龙啊，边打又边问，病根十二种，肚子痛的病，用什么医治？烧头发来闻。得风疹斑病，用什么医治？山沟溪水边，烧恩茨草熏……①

可见，天神在彝族人的心目中不一定都是好的，包括"支嘎阿鲁"所射之日月所属的纪与洪两家，也都是邪恶的代表。而史诗中英雄的业绩都与彝族人的生活方式与生活习惯密切相关，是英雄的业绩帮助人们形成这些生活方式与习惯。

刘锡诚先生曾指出："内蒙古东部地区（如呼伦贝尔盟、昭乌达盟、哲里木盟）至今流传着许多以英雄与恶魔（蟒古斯）斗争的史诗片段。"② 在彝族史诗中，"支嘎阿鲁"要打败的是妖魔鬼怪中吃人的哼妖和杜瓦（四川流传的是阿龙征服巴哈阿支，巴哈阿支也是食人妖），它们都是直接威胁着人类生存和发展的。"支嘎阿鲁"所要征服的这些恶魔并不直接与"支嘎阿鲁"为敌，"支嘎阿鲁"一开始也并没有成为人民的首领，只是一个孤独的英雄。正是在与这些人类的敌人的斗争中，"支嘎阿鲁"成长为部落的英雄，民族的领袖。支嘎阿鲁与妖魔鬼怪的斗争中，常常并不是仅凭着自己超凡的力量直接与妖怪打斗，有时也会借助神奇的武器，如"支嘎阿鲁"的神鞭，"支格阿龙"的剑等，然而"支嘎阿鲁"最终战胜或者消灭对手依靠的主要是智慧。这是彝族人民崇尚知识和智慧在史诗中的重要体现，犹如彝族人民对于知识和智慧的代表——彝族毕摩的尊重一样。

在"支嘎阿鲁"史诗中，英雄征服恶魔母题大致可以分为两类：一是"支嘎阿鲁"受天命出战，二是"支嘎阿鲁"主动帮助受到恶魔伤害的人们。"支嘎阿鲁"受天命出战主要是测天量地，巡海除害，其他业绩主要是

---

① 沙马打各、阿牛木支等主编：《支格阿龙》，四川民族出版社 2008 年版，第 85 页。
② 刘锡诚：《民间文学的理论与方法》，中国文联出版社 2007 年版，第 306 页。

"支嘎阿鲁" 在人间行走或者在寻找母亲的过程中遇到受苦受难的人们，为打抱不平而进行的艰苦努力。四川流传的 "支格阿龙" 除害母题有着较为固定的文本内叙事模式，具体为："支格阿龙" 寻找母亲来到某处——这一处的人民受苦，受到恶者的侵害不得生存，哀哀哭泣——"支格阿龙" 知晓后怒火中烧，决心为民除害——"支格阿龙" 历经艰苦寻找恶者处所——"支格阿龙" 心中害怕但不退缩——"支格阿龙" 运用智慧征服恶者，使恶者改变生活方式，或服务于人，或不再祸害人，如《支格阿龙》中的 "阿龙征服巴哈阿支" 一章。这样的叙事更体现了史诗英雄的人性和伟大。

三、英雄的神奇婚姻母题

英雄的婚姻是英雄史诗的重要组成部分，在蒙古族、突厥语诸民族史诗中，英雄的婚姻即是史诗的中心母题，有研究者将蒙古—突厥英雄史诗中的英雄的婚姻母题归为三类：抢婚（把姑娘抢走而结婚）；试婚（经过测验而结婚）；包办婚姻。① 其中，经过测验而结婚的母题，即是在民间文学中十分常见的难题求婚型，有研究者认为："蒙古先祖们所经历的服役婚之中，女婿通常在岳父家中居住的一段期间，帮助岳父的部族狩猎，在射猎许多凶禽猛兽之后，是为通过岳父的考验。由捕猎至游牧的过渡阶段，女婿会为岳父家驯服野生动物，并为其提供狩猎工具。即便在这样的效劳过程中，女婿却不断受到虐待和迫害，这基本上和世界其他民族的古老服役婚类似，女方为考验求婚者的生存能力、耐心、毅力而设下了层层关卡。蒙古族英雄史诗的考验婚，也是基于此之上才出现的，并且融合了英雄所产生年代的父权制家族婚姻观念和私有财产等内容，从而诞生了具备父权制时代婚姻观念和游牧年代狩猎业特点的考验婚。因此，英雄帮助岳父家驯服野生动物的各种考验经历大多与蒙古族先辈们的游牧年代有关。"② 史诗中存在的婚姻母题常常和一个民族的婚姻方式有着极大的关联。

---

① 参见库尔班·买吐尔迪，阿布都克里木·热合曼：《维吾尔英雄史诗〈乌古斯传〉的中心母题试析》，《民族文学研究》2006 年第 3 期。
② 九月：《试论英雄驯服野生动物母题与考验女婿习俗之关系》，《中央民族大学学报》2003 年第 3 期。

表4-3　贵州、四川、云南"支嘎阿鲁"史诗中的英雄婚姻情况表

婚恋要素	贵州《支嘎阿鲁传》	贵州《支嘎阿鲁王》	四川《支格阿龙》	云南《阿鲁举热》
婚恋对象	海龙女溢居诺尼	山神女儿阿颖	阿里、阿乌两仙女	头人日姆的大小老婆
认识方式	巡海的路上遇到等候引诱"支嘎阿鲁"的诺尼	阿鲁为完成任务而主动结识	阿龙奉母命找长发，遇见被红公龙囚禁的仙女	两女本就属于日姆，是阿鲁对手财产的一部分
婚恋方式	一夜夫妻	相恋，并得到女子的帮助	通过两仙女的猜谜考验，两女住在大海的两边，阿龙轮流住	阿鲁通过与日姆的斗争抢来两女，两女住在大海的两边，阿鲁轮流住
婚恋结局	为"支嘎阿鲁"产下一子	阿颖为帮"支嘎阿鲁"而牺牲	仙女阿乌因嫉妒而剪掉仙马翅膀，阿龙落海而亡	日姆小老婆剪掉飞马三层翅膀，阿鲁落海而亡

　　大多数民族的英雄史诗中，婚姻既是英雄业绩开始的原因，也是英雄业绩完成的标志——为了救未婚妻或者向某部落的美女求婚而开始一系列的战争，通过一系列的考验，最终抱得美人归。仁钦道尔吉在《蒙古英雄史诗源流》一书中曾采用比母题大的情节单元，即以史诗母题系列（早期英雄史诗的情节框架）为单元，对蒙古英雄史诗的情节结构类型进行分类，把蒙古早期英雄史诗归为"勇士远征求婚型"和"勇士与恶魔斗争型"两类，并认为这两个系列是整个蒙古英雄史诗向前发展的单元，"在蒙古英雄史诗的基本情节里存在的数百种母题都是以这两种母题系列有机地组织在一起，以不同数量、以不同的组合方式滚动于各个史诗里"。① 可见，英雄的婚姻母题在蒙古史诗中具有重要位置，而且大多英雄的远征都是成功的，与此相应，其求婚也是成功的。如仁钦道尔吉在上书中所列举的各种史诗文本："Ⅶ.21—26 婚事型板巴彦宝力德老人"、婚事加征战型史诗"Ⅸ.32—34 喜热图莫尔根型史诗"、乌拉特英雄史诗《昂苏米尔的故事》、青海和甘肃省肃北蒙古族自治县的和硕特史诗《道白利精海巴托尔》型史

---

① 仁钦道尔吉：《蒙古英雄史诗源流》，内蒙古大学出版社 2001 年版，第48—49 页。

诗、新疆卫拉特史诗《好汉米莫勒哲赫》与《布萨尔阿拉达尔汗》等，这些史诗中极少有英雄的妻子背叛或英雄因为妻子的原因而死亡。

然而，彝族"支嘎阿鲁"史诗却是一个例外。蒙古—突厥英雄史诗的婚姻母题一般都有提领全诗的作用，它是英雄出征和战斗的原因，也是英雄最后胜利的奖赏，因此，英雄作为勇士，一般都会成功，也就顺理成章地获得了妻子。但是在所有的"支嘎阿鲁"史诗中，婚姻既不是"支嘎阿鲁"完成其英雄业绩的原因，也非"支嘎阿鲁"完成英雄业绩的奖赏，"支嘎阿鲁"的神奇婚姻母题与其他英雄史诗中的婚姻母题相区别的重要之处在于，婚姻非但不是"支嘎阿鲁"英雄业绩所能获得的结果，相反，"支嘎阿鲁"却因此而失去了生命，或者对方为"支嘎阿鲁"牺牲了生命。就"支嘎阿鲁"婚姻的来历而言，所有"支嘎阿鲁"史诗异本中，"支嘎阿鲁"与情人（妻子）的相遇都是在进行英雄事业时的"意外收获"，如《支嘎阿鲁传》中阿鲁是在完成测天量地、收服海中寿博的路上与溢居诺尼相遇；《支嘎阿鲁王》中"支嘎阿鲁"受人指点为完成治理洪水的任务而主动去结识甚至是勾引山神之女阿颖，以期得到她的帮助；在《支格阿龙》中阿龙是在完成母亲交给的艰难任务时与阿里、阿乌相遇等。从表4-3可以看出，无论是哪个"支嘎阿鲁"史诗文本，英雄"支嘎阿鲁"都没有得到完美的婚姻，《支格阿龙》与《阿鲁举热》中，"支嘎阿鲁"虽然都得到了两个妻子（情人），但也因为女人失去了生命。在《支嘎阿鲁传》中，虽然"支嘎阿鲁"没有因为女人而死，但其婚姻仅有一夜，且从此以后似乎也没有再见面。作为一种补偿形式，这一夜婚姻为"支嘎阿鲁"留下了一个儿子，但儿子似乎仍是孤儿，因为他是人与龙（异类）的后代，不能由生母（龙女诺尼）抚养，而"支嘎阿鲁"也并不知道诺尼生子。

"支嘎阿鲁"史诗里反映了多种婚姻家庭形式，《支格阿龙》和《阿鲁举热》中的主人公在两个妻子之间轮流居住，"一家住十三天"，体现了母系社会婚制下的走婚习俗；《支嘎阿鲁传》中的一夜婚和山神之女阿颖为帮助"支嘎阿鲁"的自我牺牲，是受后世婚姻家庭形式的影响，是这部民间文学在流传和再创作中出现的，体现了有着漫长母系制的彝族社会对女性的一种赞仰和崇敬。

"支嘎阿鲁"史诗的神奇婚姻母题丰富了英雄史诗的婚姻母题，使"英雄为未婚妻而出发—英雄历险征战—英雄获胜得妻归来"的一般婚姻母题之外，还有一种母题模式。根据"支嘎阿鲁"史诗的几个异本，这一神奇婚姻母题可简单概括如下：

英雄在完成任务途中遇到漂亮的女子—经过某种途径得女为妻—女子最终害死英雄（离开英雄）或为帮助英雄而牺牲。

英雄史诗中如果有英雄的死亡，一般往往会有英雄的死而复生母题，如熊黎明归纳的柯尔克孜族英雄史诗"《玛纳斯》呈半圆形结构，即英雄在人间诞生—立功—牺牲—死而复生结构"①，云南、四川及贵州彝族地区流传的"支嘎阿鲁"史诗同样呈现出这样的半圆形叙事结构，但其结果不同，云南、四川的"支嘎阿鲁"史诗讲述到英雄的牺牲就结束。《支嘎阿鲁传》的结尾是"支嘎阿鲁"告诉人们："这段时间里，共同来生活，有共同心愿，共同来创业，感情似海深。只不过，我受天庭派，天庭差我来，今天传令来，叫我回天庭，我不得不转，我不得不回，我走了。他起身离去，故事传人间。"《支嘎阿鲁王》的结尾是："阿鲁历尽艰辛，完成一统能弥大业，能弥变成乐园。口渴时，记起水的源头，解馋时，想到果木好处。阿鲁上天去了，他的事迹，永远留在人们心中。天上最亮的星，他就是支嘎阿鲁，他用深邃的眼睛，盯着他的子孙。要他的子孙永上进，要他的子孙有作为，要他的子孙昌盛繁荣，要他的子孙自强不息。他告诫他的子孙：永远坚持正义，邪恶要铲除，不能忘记历史，不能辱没祖宗！懒惰必受冻挨饿，贪心定受惩罚。阿鲁的事迹，留给后世子孙，阿鲁在天上盯着，子孙们的一举一动。那闪闪的星星，是支嘎阿鲁，敏锐的眼睛。"这两部史诗出现的是"人间诞生—立功—回天庭"的叙事结构。显然，这种区别与"支嘎阿鲁"史诗的婚姻母题不同于其他民族英雄史诗的婚姻母题相关，也与彝族独特的古代人学思想相联系。

---

① 熊黎明：《中国少数民族三大英雄史诗叙事结构比较》，《云南民族大学学报》2005年第2期。

"支嘎阿鲁"史诗的奇特婚姻母题在缔结婚姻的原因上就异于其他民族的英雄史诗，它不是契约婚姻（如蒙古—突厥英雄史诗中往往是英雄的父母为英雄缔结了婚姻，英雄为了践约而踏上娶妻之路，同时也是历险与立功之路），有更多的自由色彩。就婚姻的结局而言，云南和四川的史诗中"支嘎阿鲁"因女人而亡，且没有死而复生，犹如《玛纳斯》这样的英雄史诗演述到一半便戛然而止，但这既是死而复生这一世界性英雄史诗母题在"支嘎阿鲁"史诗中的缺失，也与彝族自身独特的文化构成，尤其是与其对于死亡、女性、婚姻等文化观念的差异相关。

杨树美在《彝族古代人学思想研究》中谈道：

> 彝族人学思想的根本特点就是把人的存在区分为灵魂与肉体两个方面，并把灵魂作为人的根本。由此，既建构了以灵魂观为核心内容的彝族古代人学思想理论体系，又使彝族古代人学思想具有不同于儒家、道家人学思想的特点。……
>
> 彝族先民不仅从灵魂出发认识和解释人之生，而且还从灵魂与肉体的关系解释和说明人之生必死，诸如"何谓人的死亡""人为什么会死亡""如何对待死亡"等问题。彝族先民认为，灵魂与肉体是构成人的生命的两个不同的方面，它们既可以结合又可以分离：灵魂与肉体的结合意味着人之生，灵魂与肉体的分离就意味着人之疾病，甚至是人之死。灵魂与肉体又有不同的归宿：肉体是暂时的、有限的，最终是要消逝的，人的肉体之消逝也就是人之死；而灵魂则是人的生命的本源，是人的本质，它可以离开肉体而单独存在，它是不死的、永恒的。
>
> 彝族先民亦从灵魂是人之根本出发，认识和探索人的应然存在。彝族古代人学思想认为伦理道德不是人的实然存在，而是人的应然目标和理想追求。但是，伦理道德何以是人的应然目标呢？这首先取决于对天地是伦理道德的根本的认识，由于伦理道德源于天地，具有神圣性、绝对性和至上性，因而伦理道德之于人也就具有神圣性、绝对性和至上性，即人必然要遵循伦理道德。但

是，由天地赋予伦理道德的神圣性和至上性只是人选择伦理道德作为人的应然目标和理想追求的必然性，还不是人选择伦理道德的必要性。那么，是什么最终促成彝族先民选择伦理道德作为人的应然目标和理想追求呢？这又取决于彝族先民的灵魂观。彝族先民认为灵魂是不死的，不死的灵魂回归祖界时，必须接受其生前行为善恶的审判，善有善报，恶有恶报，如果生前作恶多端，死后将会受到各种可怕的惩罚。正是基于对灵魂将经历善恶因果报应之必然性的认识，彝族先民认为，成为道德的人，是人的应然目标和理想追求……彝族先民构拟了祖界及其理想生活，认为不死的灵魂最终最好的归宿就是回到祖界与先逝的祖先一起过着永恒而又幸福的生活。因此，终归祖界就成为彝族人的信仰和终极超越的目标。①

这可能就是死而复生这一世界性的英雄史诗母题为何在 "支嘎阿鲁" 史诗中不存在的原因，也是贵州两部有关 "支嘎阿鲁" 史诗具有相同的结局（"支嘎阿鲁" 回归天界）的最好诠释。

"支嘎阿鲁" 的婚姻，没有具体的成婚仪式，要么是其往返于两个女人之间（如云南和四川的史诗），要么是其在完成任务的途中与某位女子结成了婚恋关系（《支嘎阿鲁传》中阿鲁在巡海途中与守候在路途的龙女结成了一夜夫妻，《支嘎阿鲁王》中阿鲁主动到山神家中与山神之女阿颖恋爱），其共同特征是阿鲁处于一种被动、游移的状态，而女子则处于一种相对固定的、守望的状态，这可能正是彝族在原始母系氏族社会从妻居习俗在史诗中的反映。在《西南彝志》和《物始纪略》等彝族典籍和神话中，希姆遮之前的漫长岁月里，尽管无法确定大致年代，然而越往上推，母系制的色彩越浓，即逐渐进入婚姻形态上 "男的不知娶，女的不知嫁，知母不知父" 的时代去了，如典籍和神话中记载的，那时是人类只知有母，不知有父，妇女给众人治病，率领众人进行生产活动的一个历史阶段，"支嘎阿

---

① 杨树美：《彝族古代人学思想研究》，人民出版社 2008 年版，第 202—204 页。

鲁"的婚姻也是彝族民间文学中反映这一历史阶段和习俗的一个组成部分。

尽管"支嘎阿鲁"史诗歌颂的是一位男性英雄，甚至其中的天神系统也是以男性神为最高主宰，但仍有多处叙述中隐含着母系氏族社会中以女性为中心而形成的社会秩序，其中"支嘎阿鲁"的婚姻母题更是如此，如"支嘎阿鲁"被女子主动求婚、他答应女子的求婚、走婚于两位女性之间等，女性需要其遵从母系氏族社会的从妻居之俗，而"支嘎阿鲁"又要争取男性在婚姻和家庭中的决定权，男性争取父权与女性保持母权的矛盾不可避免地出现，史诗最终以婚姻的失败来否定从妻居的母系氏族社会残余下的习俗，并且不同程度地借婚姻来贬低女性的地位和作用，如将"支嘎阿鲁"的死亡归结于两个女子的嫉妒心或者女子为支嘎阿鲁的事业而必须牺牲自己的生命等。应该说，这是父系氏族社会初期男性争取父权与女性保持母权的矛盾在史诗中的显现。

四、英雄救母母题

各地流传的"支嘎阿鲁"史诗中，除了英雄与妖魔鬼怪角斗的母题，还有英雄复仇母题，其中复仇母题主要是英雄的母亲或母亲的魂魄被恶势力抓走，英雄为了救母亲而与恶势力进行斗争。英雄救母的叙事程式可归结为以下序列：

> 英雄得知母亲的消息—英雄寻找母亲的途中不断与邪恶者斗争，经受考验救出母亲—英雄寻找救母亲的神奇之药。

在贵州的《支嘎阿鲁传》中，"支嘎阿鲁"寻找母亲乃是一个母题系列，主要包括以下母题：

寻找母题：英雄经过长途跋涉，问过了牧童、过路人、犁地人、赶集人、背水人、驮马人、石工、过河人、建房人、迎亲人这十种人，都得不到父母的消息，又到举布偶家、野使家，终于得到上天庭询问的指点，并与笃勒策汝一起结伴上天庭向举策祖询问父母的消息。

考验母题一：英雄被天神设计考验其是否真心孝顺父母，通过测场坝、

设置祭祀场、请毕摩祭祀父母等，得到天神的肯定，并得知母亲被抓的消息。

考验母题二：英雄为救母亲而射死关押母亲的纪与洪两家的作恶者（即射日月母题）并救出奄奄一息的母亲。

考验母题三：英雄为医治母亲而到米褚山上寻找奇特的恒革（药），终将母亲治好。

在四川的《支格阿龙》中，"支格阿龙"寻找母亲的系列母题包括：

寻找母题：阿龙想找父母，向大石头打听父母的消息，得知妮依为塔博阿莫所捉；阿龙找路费以找母亲，在寻找路费的途中，依次得到神猎狗阿各与神仙马。

考验母题一：（寻找途中与邪恶者的斗争）阿龙捉雷公—征服巴哈阿支（食人妖）—不食鹅而得鹅赠予的神剑—征服塔博阿莫救出母亲。

考验母题二：阿龙请毕摩为母亲招魂—阿龙为母亲寻找熊胆、冰柱、治欧惹乌基①，终将母亲治好。

从以上"支嘎阿鲁"史诗的救母母题系列中可以看出，在"支嘎阿鲁"史诗中，该母题往往与英雄的征战母题交织在一起，救母是征战的原因，而在其他许多民族的英雄史诗里，救妻或者求娶妻子才是征战的原因，如《伊利亚特》《江格尔》等，这也是彝族史诗与许多其他英雄史诗相区别的一个地方。母子关系的重要性在"支嘎阿鲁"史诗中远远比夫妻关系更重要。（为何会出现这一现象？这与彝族对母亲、女性的尊重与崇拜有密切关系，是彝族母系氏族社会演化留下的重要文化遗迹在史诗中的表现，母子关系比婚姻关系更为重要。时至今日，在笔者老家贵州西部彝族地区，仍有舅舅为大，把姨妈都称为舅舅的习俗。）

乌日古木勒在对蒙古—突厥英雄史诗进行研究时，对口传史诗母题有以下认识：

（1）史诗母题是史诗故事情节中独立存在的最小的情节单元；

---

① 欧惹乌基，恶鬼名。欧惹乌基将"支格阿龙"母亲的灵魂抓去，准备嫁给濮兹濮莫，后被"支格阿龙"救出。

（2）史诗母题是世界性的；

（3）史诗母题不仅是一个独立的情节单元，而且也是具有丰富文化内涵的象征符号系统；

（4）史诗母题在漫长的传承过程中随着社会历史的变迁而发生变化。①

母题是通过比较得出的共性的归纳，显然它是比较文学的一部分，斯蒂·汤普森六卷本的《民间文学母题索引》，其功能是为了展示世界各地故事成分的同一性或相似性，而母题的文化内涵研究又是为了挖掘同一表现方式下不同的文化历史内涵，这似乎是一种悖论：既要找共性，又要关注差异性。形成这一悖论的主要原因在于，母题的叙事与母题的提炼之间是具体与抽象的关系，即前者为形而下的表述（口头表演或书面表达），后者为形而上的总结（充分运用逻辑后的表述）。抽象程度越高，越接近人性的发现，而组成这些抽象叙述的文本本身，则是千差万别地代表着史诗、故事的演唱者与讲述者记忆的苦难和怀抱着的希望，代表着他们对生活的希冀，对人性的期许。因此，如何在共性母题的关照下有效地分析与阐释"支嘎阿鲁"史诗，就成为"支嘎阿鲁"母题研究的重要课题，而这有赖于更加细致地阅读与对"支嘎阿鲁"叙事语境的把握，充分运用民族学、民俗学、人类学乃至社会学等多学科的研究方法与研究视角也就成为"支嘎阿鲁"史诗研究的重要支撑。

第三节 "支嘎阿鲁"史诗的母题特征

上节所归纳的母题（实际上应该称为史诗母题系列），主要是云南、贵州、四川三地流传的"支嘎阿鲁"史诗的共有母题，但由于其也是英雄史诗母题的重要组成部分，在蒙古—突厥英雄史诗、荷马史诗、印度史诗等史诗中也普遍存在着这一类母题。以上母题归纳，既考虑到母题所具有的共性，又在归纳的过程中注意到了"支嘎阿鲁"史诗在各地所具有的独特

---

① 参见乌日古木勒：《蒙古突厥史诗人生仪礼原型》，民族出版社 2007 年版，第 29—30 页。

性,即母题作为抽象的归纳是共性的,而具体的表现则在各地有自身的特点,同一母题在不同的"支嘎阿鲁"史诗文本中有差异,因此,以上归纳出的这些母题具有"支嘎阿鲁"史诗内部比较研究的价值,也是"支嘎阿鲁"史诗与其他英雄史诗进行比较研究的基础。正是在比较的基础上,我们注意到"支嘎阿鲁"史诗具有一些明显区别于以蒙古—突厥英雄史诗为代表的其他英雄史诗的特征。

一、"支嘎阿鲁"的英雄业绩在于个人的创造与对人民的拯救

"支嘎阿鲁"史诗中的英雄业绩在于个人的创造与对人民的拯救,而非部落的掠夺与复仇。

英雄史诗被认为是"英雄时代"的产物。恩格斯认为,随着人口的增加,部族资源的紧缺,需要亲属部落联盟。"英雄时代"的到来,正是部族联盟后"军事首长、议事会和人民大会构成了发展为军事民主制的氏族社会的各机关。……邻人的财富刺激了各民族的贪欲,在这些民族那里,获取财富已成为最重要的生活目的之一。他们是野蛮人:进行掠夺在他们看来是比进行创造的劳动更容易甚至更荣誉的事情。以前进行战争,只是为了对侵略进行报复,或者是为了扩大已经感到不够的领土;现在进行战争,则纯粹是为了掠夺,战争成为经常的职业了……"① 蒙古—突厥英雄史诗多数反映的正是这种带有掠夺、复仇等性质的"英雄时代"的战争,如格萨尔经过赛马称王、江格尔斩将夺旗,攻城略地而获得英雄的名声与地位、玛纳斯杀死叛变的亲属(包括自己的叔父与妻子)等,无不带有部落战争与复仇的性质。在这些史诗中,英雄为了个人的婚姻、荣誉、安危等出征,无论是为自卫而战斗,还是为复仇而发动战争,都是正义的,是得到史诗叙事者的肯定的,因此,东西方史诗中有大量的少年英雄立功母题、英雄结义母题、英雄外出家乡被劫母题、英雄妻子被劫母题、英雄死而复生母题、亲友背叛母题、英雄复仇母题等,这些母题反映了史诗中的民族为生存而在侵略与反侵略、被害与复仇等历史中挣扎的痕迹。

---

① [德]恩格斯:《家庭、私有制和国家的起源》,人民出版社 1972 年版,第 161 页。

贵州彝族地区流传的"支嘎阿鲁"史诗主要情节包括：

　　鹰王降生；苍天商议；举祖访阿鲁；阿鲁测四方；巡视中部地；再返天宫；阿鲁受赐宴；巡海除寿博；善本姻缘；智胜雕王；途中救弱女；阿鲁灭哼妖；古笃阿伍；阿鲁得贵子；阿鲁测苍天；阿鲁斩杜瓦；神鸽戏阿鲁；阿鲁尽孝道；阿鲁设宴席；阿鲁找布摩；测祭场；设置祭祀场；阿鲁迎布摩；阿鲁做杰姆；阿鲁射日月；封神划疆域；闻报忧讯；天赐神鞭；阿鲁为民验疾苦；阿鲁为摩史；阿鲁为布摩；阿鲁为摩；阿鲁做祖摩。①

　　天地初开；神王降生；天君求贤；支嘎阿鲁；继承父志；驱散迷雾；移山填水；射日射月；定夺乾坤；智取雕王；鹰王中计；灭撮阻；艾古笃阿伍；迁都南国；大业一统。②

　　在上一节中，经过比较与归纳，笔者将"支嘎阿鲁"史诗的主要内容归为英雄神奇诞生母题、英雄征服恶魔母题、英雄的神奇婚姻母题及英雄救母母题这四大母题系列，而最具有英雄特征且因此而被命名为"英雄史诗"的，乃是英雄征服恶魔母题系列，这一母题系列也是"支嘎阿鲁"史诗彝族文化特色比较浓厚的部分。与蒙古—突厥族英雄史诗相比，"支嘎阿鲁"史诗中的英雄业绩并非主要体现在部落战争中，尽管在有的异本中有统一各部的母题，而是英雄个人单枪匹马地完成他人甚至神仙也完成不了的任务，如测天量地、巡海除妖、射日月等。这一母题系列具有以下特征：

　　首先，英雄的争斗不是为了个人目的的主动出征，而是为了完成策举祖（彝族神话中最高地位的天神）分配的任务或者为了人类的生存而被动出发。著名的俄国学者普罗普（Vladimir Propp）早已指出："界定和研究这个角色（指英雄史诗中的英雄——笔者注）和英雄主义的内涵是我们研究

① 以上为田明才主编、贵州民族出版社 2006 年版《支嘎阿鲁传》的主要内容。
② 以上为阿洛兴德整理翻译、贵州民族出版社 1994 年版《支嘎阿鲁王》的主要内容。

史诗的主要任务。一个时期以来，人们仅仅满足于指出史诗的内涵就是斗争和胜利。实际上我们可以看到，不同的历史时期史诗中斗争的内容是不一样的。但就斗争的所有阶段来说，在史诗中有一件事是特殊的、稳定不变的，这就是它的目标是宏大的而不是渺小的；斗争不是为了个人的兴趣，也不是为了英雄个体的幸福，而是为了人民最高的理想，斗争是艰难的，需要英雄集中所有的力量和能力去奉献自己。"① 在以上所举贵州地区的两部"支嘎阿鲁"史诗中，都有天君为了测天量地而寻找能人并最终找到"支嘎阿鲁"，请"支嘎阿鲁"完成此任务的篇章（"举祖访阿鲁""天君求贤"），"支嘎阿鲁"接受任务后方才出发，并在完成任务的过程中与各种妖魔鬼怪进行斗争。因此，"支嘎阿鲁"的争斗从源头上说，乃是非个人的争斗，而是为了彝族甚至人类的生存境遇而进行的争斗。

其次，英雄争斗所完成的任务多是造福人民、消除人民的生命安全威胁以及生存困境。"支嘎阿鲁"神奇的出生与神奇的成长使他具备了完成一般的神和人所无法完成的任务的能力，测天量地、巡海射日、灭哼妖、智胜雕王虎王等这些功绩都是造福人民的。而其他英雄史诗，如《玛纳斯》《乌古斯传》《格萨尔王传》等英雄的争斗母题系列实际上多是英雄的征战系列。库尔班·买吐尔迪等人通过对《乌古斯传》等英雄史诗的研究认为，英雄征战母题有三种类型：英雄与妖魔鬼怪角斗母题；英雄复仇母题；英雄掠夺财物母题。② "支嘎阿鲁"史诗中，"支嘎阿鲁"与妖魔鬼怪的斗争与为救母而与日月作斗争，或者在寻母、救母的路途中遇到各种对人民生活和生命有害的妖魔鬼怪，经过艰苦的斗争后，"支嘎阿鲁"制伏或者杀死这些对手，人民的生命和生活得到保障。"支嘎阿鲁"的斗争不是与他个人生活的得失相关，不像蒙古—突厥史诗中大多英雄的征战是为了个人的婚姻，或者至少是为了本民族的利益，然而"支嘎阿鲁"史诗中的斗争更接近于一种普遍的人道主义精神，不是为了个人的利益，也不仅是为了本民

---

① ［俄］弗拉基米尔·雅可夫列维奇·普罗普：《英雄史诗的一般定义》，李连荣译，《民族文学研究》2000 年第 1 期。

② 参见库尔班·买吐尔迪、阿布都克里木·热合曼：《维吾尔英雄史诗〈乌古斯传〉的中心母题试析》，《民族文学研究》2006 年第 3 期。

族、本部落人民的利益。在 "支嘎阿鲁" 史诗中，很少出现彝族、部落等词汇，少数地方出现诺苏①、汉等，但也是一种友好的关系。"支嘎阿鲁" 所完成的业绩，"支嘎阿鲁" 的个人英雄事迹与人民的日常生活紧密地联系在一起，而不是与战争等个人得失联系在一起，所以 "支嘎阿鲁" 史诗中的英雄是人文的英雄，而不是一般意义上的战斗英雄。

最后，"支嘎阿鲁" 的功绩显示，"支嘎阿鲁" 不是一般意义上的战斗英雄，而是战斗英雄与文化英雄的复合，其文化传承的色彩比较浓。这是 "支嘎阿鲁" 史诗与世界许多民族的英雄史诗相异的一个重要特点。

目前，关于英雄史诗的定义在各类民间文学教程中都有，以刘守华等主编的《民间文学教程》为例，其对英雄史诗的定义为 "它是歌颂人类童年时期的民族英雄的传奇武功与光辉业绩的长篇叙事诗，主要描写古代民族形成过程中，氏族、部落或民族之间的战争，主人公都是历史转变时期的民族英雄、部落领袖和原始社会的君王，以及由他们转化而来的新兴奴隶主或封建领主"。② 在世界上有重要影响并引来众多汉学家进行研究的中国三大史诗（藏族的《格萨尔王传》，蒙古族的《江格尔》，柯尔克孜族的《玛纳斯》），都是这一定义的绝好注脚。作为彝族人民传唱最为广泛的英雄史诗，"支嘎阿鲁" 的传奇武功与光辉业绩主要不在于氏族、部落或民族之间的战争，而是为彝族人民传承了文化，是文化英雄而非简单的战斗英雄。

俄国著名史诗研究者梅列金斯基在《英雄史诗的起源》一书中指出，关于英雄史诗起源的研究要特别注意原始社会两种形式的史诗及其形象，即文明使者（先祖或创世者）的传说和早期民间故事中的勇士，这些文明使者最终都会自觉或不自觉地成为当时世界秩序的创造者，他们或被描写成为人类的始祖，或被定性为人类的缔造者和先师。③ "支嘎阿鲁" 正是这样的文明使者和勇士，在《西南彝志》《物始纪略》《彝族源流》等著名的彝族历史文献和典籍中，"支嘎阿鲁" 都被记载为彝族历史上的 "武米"④，

① 诺苏，四川、贵州和云南等省区彝族的自称。
② 刘守华、陈建宪主编：《民间文学教程》，华中师范大学出版社 2002 年版，第 170—171 页。
③ 参见 ［俄］E. M. 梅列金斯基：《英雄史诗的起源》，王亚民等译，商务印书馆 2007 年版。
④ "武米" 一词的汉译应为 "帝王"，是管多个祖摩的君长，参阅本书第二章。

他最主要的功绩就在于划定天界、除妖、射日月等。在《支嘎阿鲁王》中，"支嘎阿鲁"的重要功绩有驱散迷雾与移山填水：

> 高天和大地，原本不想分开，自从分开后，天不停地晃荡，地不停地摇摆，北边缺了一半天，姆古勾（山谷名）的大雾常作怪，大雾引来北边洪水；南边陷了一半地，大水淹了南边地。南边人烟被灭绝，南边土地被水困，森林是鲁朵家园，森林被水淹，鲁朵上天告急……

天地的不稳定，导致大雾出现，洪水出现，人种灭绝，各种物种也不能生存，山神、水神和岩神都上天向策举祖告急，而策举祖所派的天神阿娄家族、大力的恒优额、杜波祖都没有办法驱散大雾反而将洪水引到天上，最后众神会议后，诸娄则推举"支嘎阿鲁"来驱散迷雾，"支嘎阿鲁"不仅驱散了大雾，而且还用智慧战胜了鲁依岩①，驱赶大山填水，将洪水治理好，但也因此牺牲了自己的爱情。

《支嘎阿鲁传》中"支嘎阿鲁"的文化启蒙英雄色彩还体现在"闻忧报讯"中，"支嘎阿鲁"向天君汇报人间的忧讯时所说的各家"不耕田，不种地，粮不足。诗不成，无礼乐，废舞蹈，不录史，不习文，废教化，不练兵，不依理，不讲理，不办事"。人间文明完全丧失，根据天君策举祖及众神的商议，"支嘎阿鲁"承担了各种身份：民、摩史、布摩、祖摩等，使人间的秩序得以恢复。"支嘎阿鲁"完成的文化与文明的传递任务包括：农业生产、建学校作教师、军事训练、作法官及君长等。正如洛边木果在《中国彝族支格阿鲁文化研究》中所指出的："支嘎阿鲁曾经统一过大部分彝族。支嘎阿鲁作为典型的彝族古代圣贤之一，他集王、布摩（文化知识掌握者）、天文学家、历算家于一身。作为王，他带领人民战天斗地，治理洪水，劝勉农耕、畜牧，解决了生存和发展问题，历史功绩不可没。作为布摩，他曾统一规范过彝文这种古老的文字。全民族统一使

---

① 鲁依岩，神名，即大力山神。

用文字，为彝族古代社会的发展进步，起了积极的推动作用。作为天文学家和历算家，他观察、测量天地，定下九鲁补（九宫）、八鲁旺（一作亥启，即彝族八卦）……"① 在各地流传的"支嘎阿鲁"史诗中，有关如何让人民生活安定（治理洪水、分天界、灭妖除怪、驯服各种野兽等）占有重要篇幅，而"支嘎阿鲁"统一各部的战斗却多只有一至两个章节，如《支嘎阿鲁王》中仅有"迁都南国"与"大业一统"。正因为如此，笔者认为"支嘎阿鲁"史诗的英雄业绩在于英雄个人的文化创造与对人民的拯救，而非部落的掠夺与复仇。

二、"支嘎阿鲁"史诗中存在丰富的大词

美国史诗研究学者约翰迈尔斯·弗里（John Miles Foley）指出："对歌手来说，一首歌里的一个词与作为文本的词（a textual word）并不是一回事。场景（scenes）和母题（motifs）也不是一个单词……通过'大词'来讲述故事，'大词'构成了其共享的史诗词汇、短语和叙事范型（shared epic vocabulary, the phrases and narrative patterns）。"② 中国的史诗学者朝戈金先生对弗里的"大词"概念作如下解释："大词也是一个结构性的单元，它可以小到一个'词组'，大到一个完整的'故事'。大词是歌手武库中的'部件'，形成于长久的演唱传统中。大词的界定，完全是'比较'的结果——重复律在这里起作用。而且大词可以是跨文类的，也就是说，它可以由叙事歌、史诗、故事等不同文类共享。"③ 尽管《支嘎阿鲁传》是一部汇集整理翻译出的彝族英雄史诗，而非一个歌手演唱而成的，但其中的大词仍然居于十分显著的位置，它们常常穿插在"支嘎阿鲁"的各种行动母题中。"支嘎阿鲁"史诗中的大词多不具有完整的故事情节，而是以固定的史诗词汇和叙事范型存在，通过对这些大词的研究，可以了解彝族的审美文化。

---

① 洛边木果：《中国彝族支格阿鲁文化研究》，中国戏剧出版社 2008 年版，第 2 页。
② ［美］约翰·迈尔斯·弗里：《口头诗人说了什么（用他们自己的"词"）》，朱刚译，《民俗研究》2009 年第 1 期。
③ 朝戈金：《"大词"与歌手立场》，《民间文化论坛》2007 年第 1 期。

根据内容长短及叙事情节的不同，"支嘎阿鲁"史诗中的大词可分为简单的大词和复杂的大词两类。简单的大词多数为描述性短语，是被反复使用的片语，但常常不是一个短语而是由多个短语构成一个完整的内容，如《支嘎阿鲁传》中"支嘎阿鲁"的装束与装备：

> 笃支嘎阿鲁，他戴着洛洪，穿可洛洪纳，倒背着文妥，采买
> 和布笃，往左腰间插，吐切①和毕礼，挂在右腰间，金链作系腰，
> 抹争腰中系。②

"阿鲁的装备"有其出现的规律：一是"支嘎阿鲁"即将出发去完成任务之前，如出发巡海；二是战斗中，如果需要中途停止战斗，再次开始战斗时必然要叙述其装备，如与寿博家战斗的过程中，休息后再战（灭寿博与灭哼妖的过程中，都有"支嘎阿鲁"进毕里③和金锁睡觉后再战时的装备描述）的描述④；三是传递信息者对"支嘎阿鲁"装束的描述等。

"支嘎阿鲁"的装备描述还体现在《支嘎阿鲁传》中其寻找父母出发前：

> 早晨起床，用银水洗脸，用金水洗脸，装一角美酒，在左肩
> 上挎，撮一升炒面，在右肩上挎。

在《支嘎阿鲁传》的"阿鲁尽孝道""阿鲁找布摩""阿鲁迎布摩""阿鲁射日月""封神划疆域""闻报忧讯"等"支嘎阿鲁"的英雄业绩中，必然有"支嘎阿鲁""用银水洗脸，用金水洗脸"，并装美酒与炒面这一套短语出现。"支嘎阿鲁"与各种妖魔鬼怪进行变形斗争后，对手求饶的套语

---

① 洛洪、可洛洪纳、文妥、采买和布笃、吐切等为《吱嘎阿鲁传》中的简单大词，都为阿鲁的装备，包含穿戴衣物和所使用的法器等。
② 另外可在田明才主编的《支嘎阿鲁传》的第145、166、201、209、318页分别见到阿鲁的装扮。
③ 毕里，代指帐篷一类的房屋。
④ 或者借宿时与宿主（敌人）再战，"支嘎阿鲁"总是变化后睡在竹筒里，即将出战时的装备描述见《支嘎阿鲁传》第201页："三更鸡鸣叫，天也蒙蒙亮，笃支嘎阿鲁，又变化一下，附在房一角。从毕礼出来，把咒语一念，头上戴洛洪，穿可洛洪纳，倒背着文妥，拿侯去吐切。"

等也是较简单的固定词组。另外，还有在"寻找"过程中常常会出现的问询话语，也可视为简单的大词，包括"支嘎阿鲁"提问和被问者的回答等。在《支嘎阿鲁王》中，"支嘎阿鲁"遇到青人、白人、红人和黑人，每次遇到一位老人，都会向他打听自己的父母是谁：

> 天上星星最多，地上老人知识多，您一定知道我父母，您若把真情相告，我替您放三年猪！

以白人老者的回答为例：

> 麻苦海水有时也会枯，老汉我常常糊涂，若能帮你解难题，老汉不用你背水！树无本不长，水无源不流，听说高尚的白鹤，就是你的父亲，听说慈祥的杜鹃，就是你的母亲，不信你再去打听！

"支嘎阿鲁"向每位老人打听自己的父母时，先后把老人的知识与天上的星星、麻苦的海水、洪鲁山顶、林中的树叶等相比拟，承诺对方若告知父母的消息，要为对方放三年猪、背三年水、牵三年马、上三年租。青人、红人、黑人的回答与白人老者的回答大同小异，都是针对"支嘎阿鲁"的比喻谦逊地告知自己所知道的"支嘎阿鲁"父母的消息，并拒绝"支嘎阿鲁"提出的交易，这种交易意识及其描述，与彝族迟至新中国成立前还存在的以物易物的习俗有关系。将打探消息与给予消息视为一种交易，但不是靠金钱交换，而是靠劳动，这种习俗在彝族叙事长诗《阿诺楚》中也有所反映，如阿诺楚为寻找自己的亲生母亲而询问并为答问者做事以换取答案。这种"寻找"的片语在《支嘎阿鲁传》中也同样出现，不同之处仅在于套语的差异。

复杂的大词可以看作一个完整的小故事，至少是一个故事中的重要的情节，如英雄出发寻找某人、某物，或者英雄求宿、英雄的变形等。以"求宿"为例，"支嘎阿鲁"在对手家中求宿时，总会有一长串几乎完全相

同的叙事，如《支嘎阿鲁传·巡海除寿博》与《支嘎阿鲁传·阿鲁灭哼妖》①。这一程式几乎出现在"支嘎阿鲁"与每一个妖魔之家作斗争的叙事中，它包括以下内容：

英雄向对手求宿—遭到对手拒绝—英雄坚持留宿—对手伺机害英雄—英雄变形与对手战斗—英雄多次变形打败对手。

如其中对手拒绝"支嘎阿鲁"的投宿，总是以家中的人和牲畜、兵士会吃人、打人、杀人等为理由：

笃支嘎阿鲁，你别睡我家，我家不借宿。你若要投宿，先把坏话说，再来说好话。实在要投宿，我大儿捆人，二儿会打人，三儿会杀人，夫君会吃人，女儿会烙人，我也会关人，家兵会射人，家犬会咬人，公鸡会啄人，马匹会踢人，耕牛会牴人，家猪会拱人。

而"支嘎阿鲁"总是再次请求，其请求之词总与对手的拒绝之词相对应：

你大儿捆人，今夜别捆我，你二儿打人，今夜别打我，你三儿杀人，今夜别杀我，你夫君吃人，今夜别吃我，你女儿烙人，今夜别烙我，阿婆会关人，今夜别关我，你家兵射人，今夜别射我，你家狗咬人，今夜别咬我，你家鸡啄人，今夜别啄我，你家马踢人，今夜别踢我，你家牛牴人，今夜别牴我，你家猪拱人，今夜别拱我。

---

① 在《支嘎阿鲁传》中，"支嘎阿鲁"在巡海时灭寿博与灭哼妖，均有"阿鲁求宿遭拒"这一词，见田明才主编的《支嘎阿鲁传》第411、414、421、428页。

这类大词不仅出现在一个史诗版本中，其他版本的"支嘎阿鲁"史诗中也有。如《支嘎阿鲁王·灭撮阻艾》中，"支嘎阿鲁"先后来到巧比叔家、谷洪劳家、蜀阿余家，每到一家都基本与《支嘎阿鲁传》中的"求宿"经过相同：英雄向对手求宿—遭到对手拒绝—英雄坚持留宿—英雄变形与对手战斗—英雄多次变形打败对手—对手之母求饶赎命遭拒。以对手拒绝"支嘎阿鲁"投宿为例：

> 巧比叔的娘："莫非你吃了豹子胆，莫非你吞了老熊心，哪怕你长九个脑袋，难在我家过一夜。我家的鸡是饿雕，见了人就啄，我家的狗是豺狼，见人就咬，我的儿子是魔王，见了人就吃，你替阿爸收租税，念是个孝子，趁早快离开，晚了难保命！"

到了谷洪劳家：

> 谷洪劳的娘："生人快些逃，我的鸡是饿鸦，见了人就啄，我的狗是恶狼，见了人就咬，我的儿子是魔王，见了人就吃，你若再不逃，性命定难保！"

至蜀阿余家，蜀阿余的娘拒绝英雄的投宿，其词亦大致如此。复杂的大词几乎可以看成几个简单的大词的组合体，如史诗中常见的"英雄的变形"等。

这些大词是彝族英雄史诗中最具文化特质的母题与程式，是彝族文化的重要组成部分。在文化研究上，它们比比较文学所确定的大母题更具有优势，除此外，它们也是"支嘎阿鲁"史诗中那些能与世界英雄史诗母题并驾齐驱的重要组成因素。大词反映的内容大致可归纳为以下几个方面：民间信仰、饮食民俗、服饰民俗、对自然万物的认知知识以及大量的谚语、俗语等。

根据大词的不同表述形式，"支嘎阿鲁"史诗的大词大致可分为两类：一类是对话体大词，一类是叙述体大词。这两类大词在反映彝族民俗文化

上各有重点。一般说来，对话体大词主要承载的是语言民俗，以大量的谚语、俗语来展示彝族人对自然万物的认知和他们的人生经验。如上文所引《支嘎阿鲁王》中"寻找"这一大词，其对话即反映了彝族人对自然的认识（"树无本不长，水无源不流"）和他们的人生经验（"天上星星最多，地上老人知识多"）。叙述体大词则多反映彝族的民间信仰、饮食民俗和服饰民俗等，如"支嘎阿鲁"的穿戴、"支嘎阿鲁"的装备、"支嘎阿鲁"出发前的行动，反映了彝族的饮食民俗和服饰民俗。

在史诗中，英雄和英雄的助手——神奇白马都是可以变化的，如《支嘎阿鲁传》中，"支嘎阿鲁"与寿博长子斗争时：

> 寿博家大儿，忽然一变化，变作个女人，就要动阿鲁。阿鲁摇身变，成一团黑云，寿儿架不住……

而"支嘎阿鲁"在与哼妖作斗争时，也会出现这样的变化：

> 硕阿余婆她，化作对铁鹰，飞到天空中，支嘎阿鲁变，变林里野猪，没捕捉得逞。硕阿余婆变，变成山中虎，笃支嘎阿鲁，他一变化身，变成一缕雾。硕阿余婆变，变成一阵风，支嘎阿鲁变，变成一块石。硕阿余婆变，变成一堵岩，支嘎阿鲁变，变一林黄松，她捕捉不到。硕阿余婆变，变一蓬藤萝，要捉拿阿鲁，支嘎阿鲁变，变成一堆火……

在一物降一物的变化中，"支嘎阿鲁"可变为黑云、石桩、大马蜂、风、岩石、雨、大象、鹰、雕、野猪、雾、山、黄松、金猫等，而对手常变为海水、黄蜂、篝火、大野猪、公鸡、大豹子、铁鹰、风、虎、老鼠、藤萝等，无论如何变化，"支嘎阿鲁"总是会降伏对手。从变形斗争中的变形物来看，双方所变之物均为大自然中常见的天气现象与生物食杀本性中的一物降一物特性。这些叙述体大词共同构筑了"支嘎阿鲁"从求宿始至灭掉对手的整个过程。"支嘎阿鲁"与对手进行变形斗争，既反映了彝族先民对于大自然中一物降一物的认知，也反映了彝族先民朴素的万物有灵观，将人与妖、人与动物、人与植物、人与自然现象之间无差别地进行转换，彝族先民的这种认知与信仰体现在英雄的神奇变形及英雄神奇的助手（如《支嘎阿鲁传》中的白马能言语、能变化并预先知道寿博四兄弟中谁善谁恶等）这一类母题之中。

维柯在《新科学》卷二和卷三里，联系人类文化史，指出在文字出现之前的人类童年时期，各民族的史诗都是"诗性的历史"，是用诗歌叙述的编年体历史，是民族的百科知识总汇；民族的社会生活、生产水平、共同意识等，都要通过史诗方可得到反映。这些民族生活的方方面面细节、方方面面知识在频繁出现的大词中得到充分展现，如果专门对史诗中的这些大词所蕴含的民族文化生活信息进行分析，将会是一件十分有意义的工作。"这种传统性的指涉，是不容易通过阅读文本就能明白的，尤其不容易通过词典上的释义就能弄明白的。"①

三、"支嘎阿鲁" 史诗母题具有浓郁的抒情性与日常生活化特征

西方学者对母题的定义大致有以下五种："1. 作品中表现主题或情节的较小单位或最小单位。2. 文学作品中反复出现的某些因素。3. 对不同作品所表现出的主题或题材的一致性或延续性概括。4. 在德文中相当于英语的'主题'。5. 接近于词源的意义。"② "支嘎阿鲁" 史诗母题既有其他史诗中反复出现的一些情节，也表现了一些不同的主题。除此之外，在对"支嘎阿鲁" 史诗进行母题概括时，笔者发现，彝族史诗的抒情性特征对母题的构成十分重要，诚如王立先生所认为的"母题既是修辞手段，又是修辞手段构置在作品的具体表现"。③ 母题作为源于民间叙事文学研究中最常用的、反复出现在不同文本中的最小叙事单元，在"支嘎阿鲁" 史诗的研究中，仅仅视作叙事的、讲述故事的最小叙事单元显然不能充分概括"支嘎阿鲁" 史诗的母题特征。从母题入手对"支嘎阿鲁" 史诗进行分析，除了以上所

① 朝戈金：《关于口头传唱诗歌的研究——口头诗学问题》，《文艺研究》2002 年第 4 期。
② 王先霈、王又平：《文学批评术语词典》，上海文艺出版社 1999 年版，第 196—197 页。
③ 王立、吕堃译：《母题的产生、识别、命名和定位》，《辽东学院学报》2006 年第 2 期。

提到的"支嘎阿鲁"史诗在母题上与世界上大多数英雄史诗所具有的共性外，还可发现"支嘎阿鲁"史诗在母题的叙事中有着强烈的抒情色彩，这是"支嘎阿鲁"史诗的又一个特征。正如大词是口头演述史诗利于演唱的一种程式性存在，每一部史诗，包括同一部史诗在不同演述者的演述中都会有不同的大词特征，母题也同样如此，"支嘎阿鲁"史诗的母题特征与彝族悠久的抒情诗歌历史相互映衬，既具有叙事的功能，又具有抒情的功能。

仁钦道尔吉在研究蒙古英雄史诗时曾就何谓"英雄史诗母题系列"进行界定，他提道："蒙古英雄史诗一般都由抒情性序诗和叙事性故事两部分组成。各类史诗的序诗都不太长，它们有共同的模式和母题。这个问题我们不谈。史诗的主体是叙事部分，其中除有作为史诗框架的基本情节外，还有派生情节和各种插曲。派生情节和插曲是史诗里晚期产生的因素，它们像民间故事一样复杂，其中难以找到规律性的部分。基本情节是史诗的栋梁，蒙古史诗的古老传统情节及其周期性和规律性体现在其中。"① 据此，结合以《支嘎阿鲁王》与《支嘎阿鲁传》为代表的"支嘎阿鲁"英雄史诗，可以看到，抒情性序诗在"支嘎阿鲁"史诗中往往以抒情性的母题（大词）出现，这是"支嘎阿鲁"史诗母题所具有的抒情性的一个重要特征；另一个重要特征即是"支嘎阿鲁"史诗的叙事主要靠对话来完成，而对话的抒情性构成了"支嘎阿鲁"史诗叙事母题的内在抒情特征。

在《支嘎阿鲁王》中，序诗的内容包括对天地初开的抒情性描述，如"天地初开"中有：

> 天和地连成一体，山和水连在一起，昼和夜连在一起，太阳月亮连在一起，天地黑空空，世界黑洞洞。昏昏沉沉的天地，混混沌沌的世界。

而在《支嘎阿鲁王·灭撮阻艾》中，又借此来作为一种起兴：

---

① 仁钦道尔吉：《蒙古—突厥英雄史诗情节结构类型的形成与发展》，《民族文学研究》2000 年第1 期。

> 天和地共生,日和月共生,云和星共生,雾和雨共生,风和
> 雪共生,森林和大海共生,飞鸟和走兽共生,病和药共生,人和
> 妖共生。

在抒情性序诗中,天地、日月等大自然的各种现象往往成为抒情的主题。如《支嘎阿鲁王》关于"支嘎阿鲁"神奇出生的母题中,"支嘎阿鲁"的父母之爱作为这一母题的"序诗",更像是一首爱情诗,凄婉而美好:

> 恒扎祝和訾阿媚,是世上第一对恋人,他们的相恋,九万九
> 千年,相好如一日。假若天地永成一体,他们就不会分开,可是
> 天地分开了,他们只得分开。假若日月不各东西,他们就不会分
> 开,太阳月亮分开了,他们只得分开。假若没有昼夜,他们就不
> 会分开,昼夜已经分开了,他们只得分开。假若山水不分离,他
> 们就不会分开,山水已经分开了,他们只得分开。

热奈特在《叙事的界限》中认为"叙事"是指"用语言,尤其是书面语言表现一件或一系列真实或虚构的事件"。他分别用叙事(recit)、故事(histoire)、叙述(narration)这三个词来表示这一术语的三个不同含义。从亚里士多德所认为的"叙事"是"事件的安排",到福勒所认为的"指详细叙述一系列事实或事件并确定和安排它们之间的关系"(《现代批评术语词典》),普兰斯主张的"在一个时间序列中至少有两个自主的真实或虚构的事件或情境的呈现"(《叙事学》),其他学者如布雷蒙、巴特、保罗·利科等都对叙事进行了定义,其间始终不变的是叙事具有的故事性(讲述故事),叙事定义的趋势则是叙事所包含的面不断拓宽,从传统的叙事由语言构成到叙事"无所不在",成为"一种基本解释模式"[①],"支嘎阿鲁"史诗讲述"支嘎阿鲁"的故事,但故事的叙述常会出现一个时间的停顿,即抒情性叙事是叙事的重要组成部分,也即笔者认为的叙事所具有的抒情性

---

① [美]华莱士·马丁:《当代叙事学》,伍晓明译,北京大学出版社1990年版。

特征。

"支嘎阿鲁"史诗母题的抒情性特征一方面表现为抒情性序诗是母题的重要组成部分，另一方面是各类母题中，史诗人物的对话具有抒情性。前者如《支嘎阿鲁王》中，以骏马喻"支嘎阿鲁"的抒情性母题反复出现，在《支嘎阿鲁王·继承父志》中，以抒情性序诗的形式出现：

> 骏马是练出来的，钢刀是磨出来的，圣人是学出来的，骏马不跑会变懒，钢刀不磨就生锈。圣人不学会落伍。是雄鹰，不在风浪中摔打，练不出坚硬的翅膀，是猛虎，没有严酷的拼杀，练不出坚硬的钢爪。雄鹰飞得最高，骏马跳得最快，布摩知识最多。

而史诗人物对话的抒情性使彝族史诗的抒情特征明显地体现出来，如在《支嘎阿鲁王·鹰王中计》中，传信者为了引诱"支嘎阿鲁"去完成艰难的考验，对"支嘎阿鲁"的夸奖语言就是一首赞美的抒情诗：

> 你是举祖的长子，希略①没有你俊美，天上只有一个太阳，你就是太阳，你的光芒四射，你的名声大如海，若是用斗，千年万年量不干。是太阳，就该有月亮陪伴，是龙王，就该有凤凰陪伴，最漂亮的金鸡，应该陪伴鹰王，走路靠的两条腿，英雄怎能打单身？

而对美女吉娜依鲁的赞美又是一首优美的抒情诗：

> 天上的月亮美，月亮上的芍薇花更美，比起吉娜依鲁，无不黯然失光彩。不必追求天女的美貌，看见吉娜依鲁，天人也会动心。吉娜依鲁的容貌，能融化严冬的冰雪，能炙干六月的洪水，能叫驼背伸直，能叫哑巴说话，她的嗓音，能引住天上云雀，成

---

① 希略，人名，彝族传说中长相俊美的男子。

群的蜜蜂围她转，星星般的眼睛，摄去不少人的魂灵。

朝戈金曾经对口头艺术作品的审美遭遇发出这样的疑问："传统的、长久被奉为典律的评判文学价值的尺度遭到了质疑——那些总结自书面文学的诗歌美学法则，拿来说明口头文学，是否合用？究竟是谁，运用了怎样的权力，出于怎样的原因，决定着哪一类的诗歌才能进入人类文学宝库的作品名录？为什么在这个名录中，几乎看不到那些同样伟大的口头艺术作品呢？"①"支嘎阿鲁"史诗的抒情性特征在口头的流传中并没有失去色彩，与中国传统的雅文学代表——古典诗词相比，赞美吉娜依鲁的诗行并不比曹植的《美女篇》失色，曹植如此形容美女：

> 美女妖且闲，采桑歧路间。柔条纷冉冉，落叶何翩翩。攘袖见素手，皓腕约金环。头上金爵钗，腰佩翠琅玕。明珠交玉体，珊瑚间木难。罗衣何飘飘，轻裾随风还。顾盼遗光彩，长啸气若兰。行徒用息驾，休者以忘餐。

大自然一切美之物被用来形容吉娜依鲁的美，并通过她的美所产生的巨大的力量来描绘，这极易使我们想到荷马史诗中描写海伦之美的手法。史诗主要通过因海伦之美而产生十年战争甚至当审判者看到海伦时，认为她的美的确值得引起长达十年的战争这种对美的肯定，来达到写美的目的，而不是文人文学中如曹植那样常见的对女性外貌的逐一描绘。美所引起的心灵的激荡能产生审美者的重大变化，甚至发生原本按常理不可能发生的奇迹，如能使哑者言语，能吸引善歌的禽鸟围绕美女翩飞等，这比起文人文学仅以他者眼光来观察而非囊括审美对象与审美主体及其间的审美关系的描写手法来，显然更具有具象性和感染力。而这种抒情诗歌的表现手法，在彝族史诗中对于人物的描写几成定式，既用于描写女性的美貌，也用于描写英雄的美貌及名声，如《支嘎阿鲁王》中对"支嘎阿鲁"的

---

① 朝戈金：《关于口头传唱诗歌的研究——口头诗学问题》，《文艺研究》2002 年第 4 期。

描写:

> 支嘎阿鲁哟,说星星俊美,他胜过星星,日月一样闪光的眼
> 睛,伟岸如青松的身材,雄鹰样矫健,雄鹰样的壮志。

上面我们谈到,"支嘎阿鲁"史诗的抒情特征主要通过抒情性序诗与人物对话来体现,大量的对话在"支嘎阿鲁"史诗的母题形成中也起到了重要的作用。对话中除了抒情性特征外,日常生活化也是一个重要的特性,这些对话所具有的特性也就成为史诗母题所具有的特征。以英雄征服恶魔母题中,英雄智胜雕王为例,在《支嘎阿鲁传》中,以雕食人,而人反复追寻不得,最后"支嘎阿鲁"出面,用计使雕王在赌约下服输而同意不再食人为结局,其主要的过程都是在对话中完成的。其间既有失去儿女的父母非常生活化的哭诉,如"雕叼去阿娆,叫我怎么活?""毕鲁啊毕鲁,额索瞎了眼,为什么这样,叫我怎么活!",又有"支嘎阿鲁"与雕王之间极具生活特征的对话:

> 弥立大雕说:"我天天抓人,天天吃人肉,我抓人吃人,吃的
> 是小孩,不吃其他的。"笃支嘎阿鲁,笑着对雕说:"你抓人吃人,
> 只吃小孩肉,我根本不信。"弥立雕吼道:"你怎么不信,我吃的
> 是人?"阿鲁笑着道:"不信就不信,吃的不是人。弥立大雕啊,
> 你固执己见,我就与你赌,你所抓获的,究竟是人不!"……

这些对话就如日常生活中两个普通人见面后所开的玩笑一般,这种对话中所体现出来的生活化特征,也在"支嘎阿鲁"寻找父母、"支嘎阿鲁"的婚恋、"支嘎阿鲁"巡海除寿博等母题中充分表现出来。

抒情性特征一般说来是艺术化的,是异于日常生活的朴素表达,为什么在彝族史诗中,抒情性特征与日常生活化特征会同时出现在对话中呢?笔者以为,这与"支嘎阿鲁"史诗既是口头演述的民间口头文学,同时又是被演述者严谨地记录与传承下来的经籍文学文本有密切关系。"史诗是彝

族传统的职业宗教活动者（毕摩）送灵招魂、祀神驱邪和占卜除秽的宗教经籍的组成部分之一。"① 尹虎彬先生曾经将"口头诗人很看重文字记录下来的文本"视作 20 世纪口传文学研究的十大误区之一，而在"支嘎阿鲁"史诗的流传中，这些汉译的彝族史诗却是立足于一个史实，那就是彝族史诗的传唱者，尤其是毕摩所记录下的史诗文本在史诗传承与传唱过程中有着十分重要的地位和作用。

沙马拉毅对彝族的毕摩对彝族文学所起的作用进行研究时认为，彝族的卓卓特依（民间文学）要晚于毕摩文学，"古时候在没有剧场、文字、书籍、刊物的情况下，借助宗教场所进行文娱活动，从而为传播文学艺术提供了某些方便。作为主持宗教仪式的毕摩、祭师，他们凭记忆和世代口耳相传（后来逐渐有手抄本的祭书），通过宗教活动演唱、传播本民族的神话传说、历史故事、英雄故事、生产经验、风俗习惯等，所以说他们既是民间文艺家和演员，又是民族文学艺术的继承者和传播者。"② 作为本民族中的知识分子，有一定的文学修养者，在史诗的口耳相传和文字记录中，既有个性化的创作，又有一般性的传承，个性化的创作体现在抒情性中，一般性的传承体现在史诗母题的保存上；而如何对母题进行传承，则又打上了每一个演述者的印迹，一旦这种印迹在实践中为民众所喜爱与认可，则代代相传下去，遂又成为一种共相。"以彝族史诗而言，历时传承的'书面文本'（毕摩经籍）和共时展演的'口头表演文本'（克智赛唱）是两个相辅相成的文本样态，二者互为依存，缺一不可。"③ 因此，也就出现了具有浓郁的艺术化特色的抒情性诗歌，又有非常生活化的对话叙事，且在抒情性的对话中，往往也并不违背彝族史诗的日常生活化原则。这主要表现在抒情中的取象技巧，即所谓的"立象以尽意"时，所取之象一定是民众（听众）所熟悉的日常生活之象。如《支嘎阿鲁传》中天臣寻访"支嘎阿

---

① 鲜益：《民间文学：口头性与文本性的诗学比较——以彝族史诗为视角》，《艺术广角》2004 年第 5 期。
② 沙马拉毅：《论彝族毕摩文学》，《贵州民族研究》2003 年第 1 期。
③ 鲜益：《民间文学：口头性与文本性的诗学比较——以彝族史诗为视角》，《艺术广角》2004 年第 5 期。

鲁"以治天地时的一段话语:

> 天臣诺娄则,见支嘎阿鲁,如死里逃生,快步趋向前,手拉
> 着阿鲁。你是三十的月亮,你是久旱的春雨,我是枯老的树枝,
> 枯木逢春雨,老枝也发芽,哼哈有修天之志,巴若是哼哈,哼哈
> 有回天之力,巴若是哼哈!"

因此,在"支嘎阿鲁"史诗的抒情对话中,作为比喻,大量出现彝族人民生活里所熟知的日月星辰、山川河流、飞禽走兽、花草树木等。抒情性与抒情的日常生活化也因此成为彝族史诗的叙事母题中并行不悖的两个重要特征。

第四节　从"支嘎阿鲁"史诗母题看彝汉文化关系

"彝族起源是中华民族起源的一部分。因之探讨源远流长的彝族起源问题,不仅是研治彝族历史文化的一个极为重要的理论课题,也是探讨中华民族起源这一具有重大历史意义和现实意义的问题的一个不可分割的组成部分。"[①] 易谋远认为,炎帝、黄帝、蚩尤是彝族的祖先,并针对刘尧汉的彝族起源地"元谋猿人说"提出异见,认为它失之偏颇。有研究者认为,彝族史诗因其民族的居住环境等而具有封闭性:"彝族史诗的口头特征源自史诗萌发、展演和传承的民俗土壤,彝民族山地社会的自然和社会为史诗的传承提供了一个相对封闭隔绝的文化语境,使其不易受外来文明浸染,从而保证了史诗口承特征的完整性和史诗传承的连续性。"[②] 然而从"支嘎阿鲁"史诗的母题中,可以析出彝族文化与其他民族文化的交流关系,作为民间记忆的彝族英雄史诗在彝族历史文化的研究中常常被作为一种佐证,我

---

① 易谋远:《彝族史要》,社会科学文献出版社 2007 年版,第 111 页。
② 鲜益:《民间文学:口头性与文本性的诗学比较——以彝族史诗为视角》,《艺术广角》2004 年第 5 期。

们也不能期望单纯的史诗研究可以明确彝族的民族起源，但却可以从"支嘎阿鲁"史诗的母题构成上确定彝族文化与其他民族文化之间的密切联系。

一、走向祖先崇拜：从英雄的神奇诞生母题
看彝汉文化图腾崇拜的遗迹

"支嘎阿鲁"史诗在彝族人民的心中具有十分重要的地位，祖先崇拜是彝族多神崇拜的核心，而"支嘎阿鲁"则是彝族人民中最具有影响力的始祖之一。在许多民族的神话传说中，始祖神常常为处女母亲所生，如华胥"感蛇而孕"生伏羲，姜嫄履大人迹而生后稷，彝族的沙壹"触沈木"而生九隆；也有的始祖英雄是天神的后裔，如珞巴族的始祖阿巴达尼就是天地之子，纳西族的祖先从忍利恩是开天辟地的主神的后代。"支嘎阿鲁"的身份同样也具有神异性，他是天神的后裔，是人与非人（鹰）或人与神（天女）结合之后产生的后代。无论是神人结合的后代，还是天神的直接后裔，"支嘎阿鲁"的诞生母题中都能反映龙、鹰、马桑等图腾崇拜的遗迹。

自闻一多先生的《伏羲考》[1]后，中华民族尤其是汉民族对于龙崇拜始末的研究一直是学术界（以史学界、民俗文化学界为代表）的热门论题。随之而起，该论题自然也会包含着中华民族这个大家庭中，汉族、布依族、苗族等民族龙图腾的相关研究，如钟涛通过调查贵州清水江苗族龙文化，对闻一多的蛇图腾综合说的问题提出了探讨。[2] 陈啸考证《苗族古歌·枫木歌》后认为，龙崇拜是苗族祖先崇拜的主要反映。[3] 谷因认为布依族所崇拜的龙的原型是大蛇和鳄，并分析"中华民族所崇拜的龙应该是蛇和鳄"。[4]在这些研究中，杨正权的研究具有普泛性，他在考察西南少数民族的龙神话时认为，"龙感生人是西南少数民族中一种古老观念，是图腾崇拜的反映。龙被人们视为图腾"。[5] 彝族是我国西南少数民族中的重要成员，"支嘎

① 《伏羲考》全文见于《闻一多学术文钞》之《神话研究》卷，李定凯编校，巴蜀书社2002年版。
② 参见钟涛：《清水江苗族龙文化》，《民间文艺季刊》1987年第4期。
③ 参见陈啸：《试析苗族的龙崇拜及其造型艺术的嬗变》，《贵州民族研究》1997年第2期。
④ 参见谷因：《布依族崇龙文化探略》，《贵州民族学院学报》（哲学社会科学版）2002年第2期。
⑤ 参见杨正权：《龙崇拜与西南少数民族宗教文化》，《思想战线》1999年第1期。

阿鲁"史诗中英雄的神奇诞生母题即反映了彝族的龙图腾观念，但这种龙崇拜主要出现在四川和云南地区流传的"支嘎阿鲁"史诗中，在四川的《支格阿龙》中，龙年龙月龙日生的"支格阿龙"由龙奶、龙饭、龙衣养大，而在云南的《阿鲁举热》中，阿鲁也是在属龙的日子出生的。

无独有偶，在汉族流传的始祖神话中，也有与鸟、龙等相关的图腾崇拜遗迹。《诗经》中的《商颂·玄鸟》《大雅·生民》可视为汉族最早的英雄史诗，这两则史诗都记载了商部族与周部族的始祖神话传说。前者主要讲述了商的始祖名契，他是由其母简狄吞食燕卵而生。后者主要讲述了后稷的母亲姜嫄为求子而祷告神灵，后来因踩到了神的足迹而怀孕，遂就生下了后稷，但却不敢抚育，只能将后稷丢弃，后稷却历经磨难生还："诞置之隘巷，牛羊腓字之。诞置之平林，会伐平林。诞置之寒冰，鸟覆翼之。鸟乃去矣，后稷呱矣。实覃实讦，厥声载路。"当后稷长大成人之后，就发明了农业，他种的农作物都非常茂盛。后来后稷就在有邰（今陕西省武功县西南）成家立业，开创了周民族的基础。后稷后来就成为周民族的始祖和农业之神。这则史诗反映了周民族的历史观念以及以农业立国的社会特征。后稷的经历与"支嘎阿鲁"的经历何其相似，在各地流传的"支嘎阿鲁"诞生的母题中，都有"支嘎阿鲁"为马桑树所育、为龙所育与为鹰所育的情节，如《支嘎阿鲁王》中有："恒扎祝用尽最后一丝力，化作矫健的雄鹰，菩阿媚吸进最后一口气，化作茂盛的马桑。孤儿没有名字，人们叫他巴若，旱莲叶死又萌发，活省笃万古长生，巴若大难不死，白日有马桑哺乳，夜里有雄鹰覆身。"前面已经论述过，"支嘎阿鲁"最主要的功绩就是作为彝族先民农业的传授者，并带领彝族先民迁徙生存，这也与后稷的功绩很相近。

彝、汉等民族都经历了用动植物等图腾象征作为氏族部落标志的阶段，最终都以氏族祖先的名字取代了这些图腾，但这些图腾并没有从人们的记忆中完全消失，而是在史诗中成为英雄出生与成长的过程中具有重要象征意义的各种助力。

二、与日月抗争：彝族射日月神话与汉族后羿射日神话

除了英雄的神奇诞生母题有着与汉族史诗一样浓郁的图腾崇拜遗迹之外，"支嘎阿鲁" 史诗中反映这一文化共性的母题还有很多，如英雄征服恶魔母题所反映出的自然图腾崇拜，只不过汉族的自然图腾崇拜主要反映在洪水神话、射日神话等古老的神话中。从英雄进行斗争的主要母题来看，"支嘎阿鲁" 史诗存在两种反映文化的情况：一是以某一动物为图腾的部落和 "支嘎阿鲁" 部落之间有生存竞争，"支嘎阿鲁" 和某一动物进行斗争，实则反映了彝族各部落之间的斗争。有意思的是，在关于龙图腾的研究中，阿尔丁夫提出的 "野马说"① 与李炳海提出的龙蛇图腾源于雷图腾②都在 "支嘎阿鲁" 史诗中有所反映，只是在 "支嘎阿鲁" 史诗中，一者为英雄的助手，一者为英雄的敌人，即作为 "支嘎阿鲁" 助手的马与 "支嘎阿鲁" 必须与之斗争的雷公。二是这些动物、妖魔所代表的是彝族先民在生活中面对的各种自然灾害，包括旱灾、水灾和各种动物对人的威胁等，彝族先民正是在与大自然的斗争中，克服种种困难，学会驾驭部分动物帮助自身生存。这些集体记忆被集中投射在一个 "箭垛" 之上，这个 "箭垛" 最终就以 "支嘎阿鲁" 为代表，成为彝族先民的英雄。

上述的第二种情况以 "支嘎阿鲁" 射日月这一母题为代表，与汉族的射日神话母题为同一种文化现象的投射。从射日的原因、射日工具的来历、射日的结果这三个方面看，"支嘎阿鲁" 史诗中的射日母题与汉族记载的后羿射日神话有明显的相似性。

后羿射日神话在《山海经》中有断断续续的记载，如《山海经·海内经》说："帝俊赐羿彤弓素矰。"《山海经·大荒南经》载："羲和者，帝俊之妻，生十日。"《山海经·大荒东经》"一日方至，一日方出"。《楚辞·天问》王逸注引《淮南子》云："尧时十日并出，草木焦枯。"羿"仰射十日，中其九日，日中九乌皆死，堕其羽翼，故留其一日也"。

---

① 参见阿尔丁夫：《华夏文化中龙的原型及其由来》，《民间文学论坛》1992 年第 2 期。
② 参见李炳海：《楚辞与东夷族的龙凤图腾》，《求索》1992 年第 5 期。

另在《淮南子·本经训》中也载有后羿射日神话：

> 逮至尧之时，十日并出。焦禾稼，杀草木，而民无所食。猰
> 貐、凿齿、九婴、大风、封豨、修蛇皆为民害。尧乃使羿诛凿齿
> 于畴华之野，杀九婴于凶水之上，缴大风于青邱之泽，上射十日，
> 而下杀猰貐，断修蛇于洞庭，擒封豨于桑林。万民皆喜，置尧以
> 为天子。

汉族神话中后羿射日的原因、射日工具之来历、射日的结果大致可归
纳如下：

> 十日乃天神的十个日子，因连续而出给下界人民造成巨大灾
> 害；后羿受帝俊之赐而得弓箭射下九日；所射之九日乃是九乌，
> 被射后"堕其羽翼"而民众得安。

神话中多个日月是一家人（乃是神的后代）。在"支嘎阿鲁"史诗中，
或者是：

> "太阳一家，生了七个孩子，七个孩子七弟兄……月亮一家，
> 有七个女儿，七个女儿七姊妹……"（《支嘎阿鲁王》）

或者是七兄弟：

> "纪底家的人，在七弟兄中，六个的为人，凶狠又毒辣，纪汝
> 额为首……纪汝额为首，领日兵月将，巡逻在空中……就说纪底
> 家，七弟兄有箭，谁能管得下，谁人能指教，天天都玩耍，天天
> 都闲游，放晴的日子，七轮日同出，晴来晒枯树，晴来青草死，
> 树木多枯萎……洪家也一样，天天睡大觉，到它亮相时，七轮月
> 齐出，水都干涸了，只剩麻苦海。"（《支嘎阿鲁传》）

"支嘎阿鲁" 史诗中，"支嘎阿鲁" 射日月的原因同样是因为日月作乱，连续出现在天空中，危害大地上的彝族人，"支嘎阿鲁" 用天君赐予的弓箭经过苦练后而射下多余的日月，并且，所射日月也有羽毛。如《支嘎阿鲁王》中描绘的 "支嘎阿鲁" 射日月：

> 阿鲁拉弓练了三月，阿鲁射箭磨破了手皮。做不到稳操胜券，就莫轻易出手，心头有数的一天，阿鲁只带一张弓，阿鲁只带十杆箭，先到吉贝博，支嘎阿鲁哟，左手张银弓，右手搭金箭；一气射出六支箭，连射中六日，地上堆满羽毛。支嘎阿鲁哟，再到弘由蕊，最后四支箭，做一气射出，射中了四月，遍地落兔毛，好比大雪下。

在 "支嘎阿鲁" 史诗中，日为鸟，月为兔，与汉族神话中羿 "仰射十日，中其九日，日中九乌皆死，堕其羽翼，故留其一日也" 及《淮南子·精神训》云："日中有踆乌，而月中有蟾蜍。日月失其行，薄蚀无光。"[1] 汉张衡的《灵宪》载："羿请不死之药于西王母，娥窃以奔月。将往，枚筮之于有黄。有黄占之，曰：'吉，翩翩归妹，独将西行，逢天晦芒，毋惊毋恐，后且大昌。' 娥遂托身于月，是为蟾蜍。" 晋代傅玄的《拟天问》说："月中何有？白兔捣药。" 唐代段成式的《酉阳杂俎·天咫》载："旧言月中有桂、有蟾蜍，故异书言月桂高五百丈，下有一人常斫之，树创随合。人姓吴名刚，西河人，学仙有过，谪令伐桂。" 相同。汉族历代文献中都留下了月中有蟾蜍，后演而为玉兔的神话传说。

总结起来，汉族神话传说与 "支嘎阿鲁" 史诗中的射日月母题有以下相通之处：多日并出为害人间，几个太阳之间为兄弟关系，似都为鸟（彝族中太阳被射落后落下羽毛），月亮为兔；射日者受到天神的派遣，以神奇

---

① 闻一多先生的《天问释天》列举 11 条理由证明蟾蜍的蜍与兔，古音相通，月兔亦由蟾蜍衍化而来。蟾兔原是一物两名，成为两种不同物名，系后人以讹传讹。此说为众多学者认同。

的箭术完成了射日任务，所用之箭多为天神的赐予；英雄因射日而给人类带来和平安宁的生活。胡念贻在《关于后羿的传说》一文中认为："后羿的传说，就是反映了人类有了弓箭这进步的武器，能够射杀最凶猛的野兽，并且想象连太阳都可射下来，风神也可射死。"[①] 在"支嘎阿鲁"史诗中，一方面解释了日月的出现规律，另一方面也以此为缘由解释了各种植物的生长特性，当然也与后羿射日神话反映人类有弓箭这进步的武器一样反映了彝族的射猎技艺。由此可见，彝族先民与汉族先民曾经经历过相同或相似的发展阶段，既依靠日月恩赐务农而活，也受日月之灾而与之斗争，在争取生存资源的过程中，狩猎求生逐渐发展起来，甚至因此而产生了日月可射的奇特想象，在这种想象之中神化了人类自身的能力，并将这种能力堆积到一个祖先英雄人物的身上，在汉族为后羿，在彝族为阿鲁。

三、"支嘎阿鲁"测天量地、巡海除雾与汉族的鲧禹治水神话

除了射日母题在"支嘎阿鲁"史诗中反映出彝族先民与汉族先民共同的治农、狩猎经历外，其他的英雄争斗母题也反映了彝汉先民在面对大自然时曾经共同经历过的苦难，其间，以"支嘎阿鲁"测天量地、巡海除雾的争斗母题与鲧禹治水神话之间的相似性最具有代表性。

"支嘎阿鲁"作为彝族人崇拜的英雄始祖，从他的父辈开始就已经与天地同在，这一点与鲧禹神话的谱系十分相似。《支嘎阿鲁王》首叙"天地初开"时，"支嘎阿鲁"的父亲和母亲所处的即是一个混沌世界：

> 天和地连成一体，山和水连在一起，昼和夜连在一起，太阳月亮连在一起，天地黑空空，世界黑洞洞。昏昏沉沉的天地，混混沌沌的世界。……没有人治天，天上没有秩序，没有人治地，地上没有大小。

这与《三五历纪》中所记载的世界之初"天地混沌如鸡子，盘古生其中，

---

① 胡念贻：《中国古典文学论丛》，古典文学出版社 1957 年版，第 52 页。

万八千岁，天地开辟，阳清为天，阴浊为地"很相似。治理天地的"支嘎阿鲁"父母正是奉天君策举祖之命，但并没有能最终完成这个艰难的任务：

> 天郎恒扎祝，是太阳的精灵，白鹤是他的化身，他首先治天，为策举祖治天，地女訾阿媚，是月亮的精灵，杜鹃是她的化身，她首先治地，为恒度府治地。……恒扎祝治天，訾阿媚治地，从支嘎山出发，快治完了天，快治完了地，到了北方姆古勾，左边雾沉沉，右边霭茫茫，恒扎祝精疲力竭，訾阿媚全力已尽。

"支嘎阿鲁"正是在父母死后，子承父命完成了测天量地、巡海除雾的英雄业绩。这与鲧窃息壤治理洪水，功业未竟而亡，却生子大禹奉帝命最后完成了治理洪水的任务极其相似：

> 洪水滔天。鲧窃帝之息壤以埋洪水，不待帝命。帝令祝融杀鲧于羽郊。鲧复（腹）生禹，帝乃命禹卒布土以定九州。（《山海经·海内经》）

父业子继，以帝命而造福天下，这是"支嘎阿鲁"业绩与鲧禹治水神话相通之处。除此之外，"支嘎阿鲁"的爱情与大禹的婚姻也有相通之处。在《支嘎阿鲁王》中，"支嘎阿鲁"为了治理洪水而要驱赶山峰，因此与山神之女阿颖相恋，阿颖为了帮助"支嘎阿鲁"，最终吞下赶山鞭而牺牲。而在汉族的"启母石"神话中，禹与涂山氏之女结合，每天赶着山云疏堵洪水，涂山氏给禹送饭，最后也因见禹化熊而化石（即死亡的一种形式），但涂山氏所化之石诞下子启，这也与"支嘎阿鲁"与所恋之人不能相守而最终分开类似。《绎史》所载先秦文献《随巢子》中有云："禹娶涂山，治洪水，通轩辕山，化为熊。涂山氏见之，惭而去，至嵩高山下化为石。禹曰：'归我子！'石破北方而生启。"而启乃夏王朝之开国之帝，并因此而受到崇拜，这与"支嘎阿鲁"所具有的神奇的能力并最终成为彝族人民所崇拜、祭祀的祖先具有同等的谱系地位。

从"支嘎阿鲁"的出生、"支嘎阿鲁"的英雄斗争业绩母题至"支嘎阿鲁"在人间治理洪水、大雾、测天量地等功绩和汉族的后羿神话、鲧禹治水神话的谱系可以看出,"支嘎阿鲁"史诗的诸多母题与汉族神话中的母题有诸多的相似性。彝族史诗的母题与汉族神话母题的相似性表明,不同民族,由于各自的历史发展的不同,生活地区环境的差异,生活方式的差异等形成的文化差异,必将如实在地反映在各自的历史叙事中,但相似的心理发展历史,也必定在各自的民间叙事中沉淀为相似的母题。身为主持宗教仪式的毕摩和祭师,他们根据自身的记忆和世代的口耳相传(后来逐渐有手抄本的祭书),通过宗教祭祀等活动吟唱、传播彝族的神话传说、历史故事、生产经验、生活知识和风俗习惯等。"支嘎阿鲁"史诗作为彝族人民的"百科全书",被毕摩和祭师们代代传抄与传唱,代表了彝族文化与其他民族文化之间有所交流的一个方面,这种交流正是以母题的相似性为基础的。

本 章 小 结

在"支嘎阿鲁"史诗中,英雄的神奇诞生母题、英雄征服恶魔母题、英雄的神奇婚姻母题和英雄救母母题等共同构成"支嘎阿鲁"史诗的神奇世界,反映了彝族文学与世界文学英雄史诗的相通性。"支嘎阿鲁"史诗母题在叙事上的独特性又反映了彝族文化中重人文胜于重武功的民族个性。此外,"支嘎阿鲁"史诗的母题包含着丰富的文化意象,也与史诗的重要传承人毕摩和彝族的宗教文化及各种日常生活仪式、礼仪等有密切关系。

以"支嘎阿鲁"史诗中作为英雄神奇诞生中的重要角色——"神奇的马桑树"为例,宋兆麟在《中国生育信仰》中曾经对贵州其他民族的求生育仪式进行研究,如苗族的"立花杆"祭仪中,"花杆"由杉树、柏树刻成,视为神树而求。① 无独有偶,在《支格阿龙》中,阿龙的母亲请毕徒查找经书时,毕徒召唤生育魂:"拿根绿树枝,母鸡祭神灵,召唤生育魂。"而

---

① 参见宋兆麟:《中国生育信仰》,上海文艺出版社1999年版,第410页。

后，蒲莫妮依请毕摩时，也反复出现树的身影："毕摩大师父，领毕徒嘎嘎，过了杉树林，杉叶背身上。毕摩一群人，过了漆树林，漆汁背上身。过了竹丛林，砍竹在手中。"这都反映了"树"在人们的生育观念中所具有的重要地位，甚至万物皆由生育树结果落成，从某个侧面说明了"树"与生育的关系。

在《支嘎阿鲁传·鹰王降生》中在英雄的神奇诞生时，神人举舒野照顾阿鲁时"喂马桑露珠"，在"支嘎阿鲁"的取名仪式中，神人穆琐尼也说道："为马桑之故，取支嘎阿鲁，天上有你位。"在《支嘎阿鲁王》中，因为"恒扎祝用尽最后一丝力，化作矫健的雄鹰，啻阿媚吸进最后一口气，化作茂盛的马桑"，所以，"支嘎阿鲁"是孤儿没有名字，在其成长的过程中马桑具有重要的地位："人们叫他巴若，旱莲叶死又萌发，活省笃万古长生，巴若大难不死，白日有马桑哺乳，夜里有雄鹰覆身。"可见，马桑树是"支嘎阿鲁"诞生母题中的一个重要元素，它是"支嘎阿鲁"母亲的化身，也是哺育"支嘎阿鲁"的源泉。马桑树在"支嘎阿鲁"史诗中所具有的象征意味，与史诗中其他树意象一起构成了一个神树体系，如"支嘎阿鲁"射日月中，树成为"支嘎阿鲁"射日月的支撑点，成为沟通人间与天上的桥梁，杉树、漆树也好，马桑树也罢，树向上生长且枝繁叶茂的形象与人们渴望子孙繁衍、探索未知的天空等心理有关，成为一种社会化或者生活化的象征，积淀在民族的群体意识之中并通过史诗表现出来。

普罗普在《神奇故事的历史根源》一书的结尾曾指出："随着封建文化的产生，民间文学的因素成为统治阶级的财产，在这种民间文学的基础上创作出了一系列英雄传奇……民间文学，包括故事，不是只有千篇一律的一面，在具有同一性的同时它还是极其丰富多样的。对这种多样性的研究、对单个情节的研究，要比对情节结构相似性的研究困难得多。"[1] "支嘎阿鲁"史诗中的其他母题所蕴含的一些文化意象也具有独特性，如征服恶魔母题中的各种动物意象与寻找模式等都具有独特性，对这些母题的独特性存在进行研究，是一项任重而道远的工作，这项工作现在才刚刚开始。

---

[1] [俄] 弗拉基米尔·雅可夫列维奇·普罗普：《神奇故事的历史根源》，贾放译，中华书局2006年版，第476页。

第 五 章
"支嘎阿鲁" 史诗与彝族传统诗学

彝族是一个用诗思维的民族，自有文字来，彝族就开始用自己特有的表意文字以诗的形式记载一切，诗歌文化非常发达。彝文典籍虽形式古朴，但所记载的内容涉及面极广，天文、历法、地理、数学、医学、生物学、法制、政治、经济、军事、哲理、经典、文艺理论等无所不包，这些记载多为五言体诗歌。从广义上来讲，彝族的诗不但是彝族文学的一部分，而且还包括所有用彝文写成的彝族著作，有历史著作、诗歌和故事等。换句话说，彝族的诗应当是彝族文学的别称。从狭义上来讲，彝族文学则主要包括诗歌和故事两大部分（此处的"诗歌"等同于汉文学中的诗词，而"故事"则相当于今天所说的叙事诗）。彝族诗歌是在民间诗歌的基础上发展的，从取材到章法，从格调到韵味，都洋溢着独到的、浓郁的民族特点。彝族很早就有了自己的诗文论，尤其是举奢哲的《彝族诗文论》、女诗人阿买妮的《彝语诗律论》、布独布举的《纸笔与写作》、布麦阿钮的《论彝诗体例》等诗论被发掘并翻译出版后，更是引起了学界的惊叹。这些著作以彝族诗歌的叙事和抒情两大部类作品为主要论述对象，从这些诗论、文论中，我们可以看出彝族诗歌的美学追求及审美品格，看出其所呈现和追求的那种遒劲的骨力美及和谐统一的相称美。作为彝族民间文学的一部分，"支嘎阿鲁"史诗当然也会受到彝族传统诗学的影响。

第一节 彝族传统诗学

彝族诗学有着自身特殊的理论体系。这是我国著名民间文学研究者贾芝先生在《彝族诗文论》的序中所提出的符合客观实际的论断。彝族诗学的本体论基石主要体现在《彝族诗文论》《论彝族诗歌》和《论彝诗体例》三本论文集里。它们是从彝族"羊皮档案"（彝文古籍）中翻译、整理出来的古代文艺理论。《彝族诗文论》共五篇，1988年曾附彝文原文，由贵州人民出版社出版；《论彝诗体例》（共两篇）和《论彝族诗歌》（共五篇）未附彝文原文，由贵州民族出版社出版过单行本。1997年11月，"贵州民间文学选粹丛书编委会"将以上三书合并为一册，删掉彝文原文，定书名为《彝族古代文论》，由贵州人民出版社重新出版。

《彝族古代文论》共有诗论12篇，王子克为该书的整理翻译者之一。他是贵州民族学院夜郎文化研究院的研究员，其兄王子国先生为家传第108代毕摩，2009年11月在举办于贵阳的"滇、川、黔、桂四省区彝文古籍整理协作会"亦暨"全国第八次彝学会"上曾主持演示彝族传统祭祀仪式。王子尧先生多年来致力于彝族古籍文化的搜集整理翻译研究，成果颇丰。

这12篇文艺论著，从时间跨度看，上起魏晋，下迄明清，都是以五言诗的形式写成；其内容已涉及文艺的起源、文艺的社会功能、文艺的创作过程、文艺作品的内容和形式、文艺作品的体裁、作家的艺术修养以及文艺的欣赏等一系列重大的文艺理论问题。

原来的12篇的《彝族古代文论》出版后，曾受到民族学界、文艺学界的重视，引起相当反响。1989年1月6日，新华社向国内外发出了《贵州彝族古代文论源远流长》的专稿。《人民日报》（海外版）《文艺报》《文学遗产》《民族文学研究》《贵州日报》等报刊也相继进行了报道。著名文艺评论家、民间文艺学家贾芝、刘锡诚、刘魁立等均撰文给予高度评价。《民族文学研究》《文艺理论研究》《贵州社会科学》《今日文坛》《贵州日报》

图5-1　王子尧先生（左一）

先后发表文章，对这些彝族古代文论进行研究和评论。新疆出版的《中国历代少数民族文论选》《少数民族古代文论选释》、四川出版的《中国少数民族美学资料初编》等都选录了《彝族诗文论》中的有关篇章，作为民族院校教材使用。广东花城出版社编印的《中国文艺理论大成》中的少数民族卷，选编了这12篇彝族文艺论著中的大部分篇章，共占二十余万字的篇幅。

关于"彝族古代经籍诗学"的学说体系，巴莫曲布嫫在其《鹰灵与诗魂——彝族古代经籍诗学研究》一书中，对学界评价曾有如下概括：

综观学界的有关研究，对这批发掘出版的彝族古代文论著作所建构的理论体系有以下诸种宏观的定语和评价：（1）古代文艺学。枚昌大先生在《特色鲜明体系完备的彝族古代文艺学》一文中开篇明义地指出，"这个体系，以阐述诗文创作的规律、方法为中心，涉及文艺与现实的关系、文艺的社会作用、提高审美—艺术修养等几个方面的问题。而各个方面问题的阐述，又有明确的哲学—文艺学方法为统率。"他认为这些著作"体现着彝族古代文艺学学说体系，而不仅仅是诗文论"，其主要根据是彝族古代先贤在论述诗文的同时，也兼及论述了工艺制作等诗文以外的文艺现象，当然他的看法是有其理论依据的。① （2）古代文论或文学理论。王佑夫、艾光辉等学者则以"今天通用的文学理论"角度来考察这些论著，认为"彝族先哲们已经创立了如此完备精湛的文学理论体系"。② （3）古代诗学。谢会昌、刘鸿麻、陈长义等学者则从本体论和比较诗学的角度来探讨这些论著的诗学理论基石、诗学范畴和诗学价值，认为"彝族诗学有着自己的理论体系。③ 以上学者作为彝族古代诗歌理论研究的拓荒者，对彝族这几部古代诗文论的研究既深且广。④

巴莫曲布嫫倾向于第三种评价，并基于对本民族传统文化的了解和多年来在经籍文学研究中的体悟，在抽绎彝族古代经籍诗学的一般规律和总体特征上形成了自己独立的思考，提出了"彝族古代经籍诗学"的概念。

图5-2 彝文版《彝族古代文论》（王子尧供图）

---

① 参见栾昌大：《特色鲜明体系完备的彝族古代文艺学》，《彝族古代文论研究》第5页，贵州民族出版社1992年版。（原书注）

② 参见王佑夫、艾光辉：《中国古代文论的瑰宝》，《彝族古代文论研究》第21—22页，贵州民族出版社1992年版。（原书注）

③ 参见《彝族古代文论研究》第118、142、198页，贵州民族出版社1992年版。（原书注）

④ 巴莫曲布嫫：《鹰灵与诗魂——彝族古代经籍诗学研究》，社会科学文献出版社2002年版，第1页。

一、举奢哲与阿买妮及其诗学见解

目前发掘出的最早的、独立的彝族诗学著作是举奢哲的《彝族诗文论》和女诗人阿买妮的《彝语诗律论》。关于举奢哲、阿买妮的生活年代，学界一直有不同看法，其中一种看法认为这两位先贤是彝经记载的传说中最早掌握文化的先师。1985 年，王子尧等在贵州毕节地区发现了彝族一个支系的家谱——盐仓家谱。这个家谱从远古一直记载到清康熙三年（1664 年）吴三桂带领大军攻破乌蒙、水西等彝族地区止。谱中写道："恒也阿买妮，举奢哲同时，书根他俩写，诗文他俩创。"① 从家谱中得知，举奢哲、阿买妮是从康熙三年算起，往上推 66 代，即汉史中魏晋时期的人。在彝族的诗文论中，从广度和深度来说，举奢哲、阿买妮当为首位。

举奢哲是彝族古代最著名的大君师——大毕摩。他既是经师、史家、思想家、教育家，也是颇负盛名、影响巨大的诗人、作家和文艺理论家。他的著作《彝族诗文论》一书共有五篇，即《论历史和诗歌的写作》《论诗歌和故事的写作》《经书的写法》《医书的写法》《谈工艺制作》（《医书的写法》没有被后来的贵州民间文学选粹丛书《彝族古代文论》收录）。这些篇章主要体现了举奢哲的诗学思想，其内容涉及诗歌和故事的写法、历史和经书的写法乃至医书的写法及工艺制作等，几乎无所不包。

举奢哲的诗学理论主要集中反映在前三篇诗论之中。《论历史和诗歌的写作》通过写史和写诗的比较，阐述了诗歌创作的根本问题和诗歌的本体特征，并进一步概括了彝族诗文的语言特征。《论诗歌和故事的写作》则把写诗和写故事进行对比，阐述了彝族诗歌创作中抒情诗和叙事诗的同异和各自的体类特点。此外，还论及彝族诗歌的音律、句式和"对正"的艺术手法及诗歌的社会功能等问题。《经书的写法》主要阐述了彝族古代丧祭经

---

① 举奢哲、阿买妮等原著：《彝族诗文论》，王子尧、康健、何积全、王冶新翻译整理，贵州人民出版社 1988 年版，第 240 页。

诗类作品的写作原则。

举奢哲将诗歌从总体上划分为诗（抒情类）和故事（叙事类），并提出"诗"（即抒情诗）是"相知的门径，传情的乐章"。作者通过诗歌"达意""表情"，反映社会生活的方方面面；传达感情，状写情景，是抒情诗的主要特征，所以作者要"浓墨描事象，重彩绘心谱"。而关于"故事"（即叙事诗）的记录和写作，举奢哲认识到了历史真实与艺术真实的区别，意识到文学艺术的想象性和虚构性特征；并认识到想象和虚构，必须以生活的真实为基础和准绳。关于历史题材作品的创作，举奢哲提出了"六成真、四成虚"的准则，并认为在真实的基础上，可以通过"想象"来构思情节，把人物写活，使故事"动人"，这样才能使作品流传于世。举奢哲要求诗歌要创作出"故事的发展""事情的起因"，特别提出"要把人写活"，要写出"人物的成长"。他认为叙事诗的创作要遵循两个基本原则：第一，不但要"描事象"，更要"绘心谱"，要注意对人物的心理刻画，因为人是叙事诗的中心，只有善"绘心谱"，才能写出栩栩如生的人物形象；第二，要注意故事的完整性和连贯性，写出人物性格的发展和故事情节的来龙去脉。这些论断对"支嘎阿鲁"史诗的叙述和艺术特点等都有直接的影响，我们后文再作论述。

举奢哲的《彝族诗文论》既是彝族古代的一部文艺理论，也可称为古代彝族文化论。我们不妨将《彝族诗文论》中的《论历史和诗歌的写作》《论诗歌和故事的写作》《经书的写法》《医书的写法》《谈工艺制作》连接起来进行深入研究，那么就会发现举奢哲较为熟练地掌握了辩证思维中的全面性观点、整体性观点、普遍性与特殊性的关系等，这说明他具备了较为完整的文化观念。举奢哲素朴的诗文观对后世彝族诗学的发展产生了巨大影响，他所采用的"史"与"诗"相比较的方法论，他将彝诗从总体上划分为抒情和叙事两个大门类的诗歌体类观，以及他所提出的"事象"与"心谱""情"与"景""骨力"等概念和"假想""想象""对正"等诗说，在后世的诗学论著中都得到了继承和发展。

据《彝语诗律论》的译注，阿买妮也是彝族古代著名女诗人、大毕摩、学者和教育家，与举奢哲同一时代，史称"举奢哲著书，阿买妮来教，书

根这样起"。①

阿买妮学识渊博，有许多著作传世，如《人间怎样传知识》《狼猴做斋记》《奴主有源》《独脚野人》《横眼人和竖眼人》等。由于阿买妮对彝族文化的发展作出了极大贡献，历代毕摩和彝族民众都非常敬重她，称她为"先师"，甚至将她神化，称之为"恒也阿买妮"，"恒也"意为"天上或上天"，即是说阿买妮是天神、天女。不少彝文经籍还将她描写成一个风姿绰约、聪慧绝顶的女神，因受天君筹苟举的派遣，才到人间来传播文化和知识的，故又被后人尊为传播知识、文化的月亮女神。②

阿买妮的《彝语诗律论》是彝族文学史上继举奢哲的《彝族诗文论》之后的另一经典著作。全书也是用五言诗写成，约二千余行。阿买妮在遵循举奢哲诗文观的基础上，凭借自己广博的学识，结合本人的创作实践和丰富的创作经验，对彝族诗歌理论中的一系列重要问题进行了深入的探讨和系统的分析，其强调彝诗押韵谐声为特点的彝语诗律论说，较为系统地开创了彝族诗歌声律论的先河，并对后世诗学产生了极为深远的影响。

在《彝语诗律论》中，阿买妮还有自己独特的诗学创见，巴莫曲布嫫将其归纳为以下几个方面：一是主张诗歌题材多样化。阿买妮提出"万事可入诗，万象诗中出"。二是重视创作主体的学识积累。阿买妮再三强调学识对于诗歌创作的重要性："写诗写作者，若要根底深，学识是主骨""文采看作者，笔力靠学识""知广文思涌，学富出俊才""知识是书根，书体即知识，写者若渊博，行文必畅顺"。创作主体只有通过观察生活，开阔视野，博览群书，积累知识，方能提高写作才能，文思泉涌，文采纷出。三是强调"主旨"的统摄作用："诗要有主旨，无旨不成诗。诗骨从旨来，有旨才有风，有风才有题，有题才有骨，有肉才有血。"她还强调诗歌创作中要提炼出主旨，使主旨鲜明、突出："诗文各有风，题材各有主，诗文不嫌多，主旨要鲜明。"阿买妮所论及的"主"，有主干、主体，题材的主要内容，描写的人物对象等多重

---

① 举奢哲、阿买妮等原著：《彝族诗文论》，王子尧、康健、何积全、王冶新翻译整理，贵州人民出版社 1988 年版，第 243 页。

② 参见巴莫曲布嫫：《鹰灵与诗魂——彝族古代经籍诗学研究》，社会科学文献出版社 2002 年版，第 216 页。

意义指归。阿买妮的"主旨"观及"主"概念的提出，对后人诗论的影响极大，在后世的诗论中，"主旨"及"主"逐渐发展为彝族诗学中的一个重要美学范畴。四是提出"主骨"是诗歌作品整体结构的核心。阿买妮指出："写诗抓主干，主干就是骨，主骨抓准了，体和韵相称。"她所说的"主骨"是指诗歌作品整体构成中的主要部分，只有抓住"主骨"，才能使诗歌的"体和韵"达成有机的结合，使诗歌的整体结构出现和谐化一的美感——"称"。在满足以上的前提条件下，阿买妮接着提出，写诗应当以"骨力"强劲生动为主，并不绝对地追求辞藻华丽和行文繁复："骨弱美也差，美差欠风采，纵丽质不佳。"阿买妮较为排斥过于讲求词采而丧失"骨力"的倾向。她的观点与刘勰在《文心雕龙·风骨》中的"若瘠义肥辞，繁杂失统，则无骨之征也"有着同样的识见和准的。阿买妮所论及的"主骨""诗骨""骨力"发展了举奢哲的"诗歌骨力劲"的诗歌功能说，为后世彝族诗学中"诗骨说"的产生和完形奠定了基础。五是从对"风味""风致"和"风采"等概念的探究中，对"风"这一范畴进行了理论开掘。六是人化诗论。阿买妮在《彝语诗律论》中鲜明地提出了"诗歌如人体"的学说："诗文写作者，当你写诗时，就像写人体：头面要分明，手脚要分清，血肉寓风采，身体扎诗根。"如果骨与肉"剔开""有肉没骨配，说诗不像诗，根就扎不起……"这些观点明确地把诗歌看作一个活脱脱的人体来对待，以主、骨、肉、血四者之间密不可分的关系来强调诗歌作品各个要素之间的重要联系与有机整合，此类的诗歌才会有生气和神韵。阿买妮的"人化诗论"对后世诗学各家的影响是十分深远的，其"诗歌如人体"观直接影响了北宋布阿洪的"诗如人样"说；由此，彝族古代诗学中一般多以人身体的骨骼、血肉和人的灵魂作比喻，借此来指代组成诗歌结构的主要因素和诗歌整体的美学风格，充分反映出彝族诗学中"人化诗论"的典型特征。……阿买妮所提出的一些崭新的诗学概念，诸如"主""题""风""味""骨"等，对后世彝族诗论产生了重要影响，为彝族古代诗学的发展打下了坚实的基础。①

---

① 参见巴莫曲布嫫：《鹰灵与诗魂——彝族古代经籍诗学研究》，社会科学文献出版社 2002 年版，第 219—220 页。

　　贾芝先生在《彝族诗文论》的序中谈道："这在大约一千多年以前，彝族就有了举奢哲和阿买妮的诗文理论。举奢哲是一个大毕摩，是受人拥戴的经师、史家、思想家和文学家。阿买妮是著名的女诗人、诗歌理论家。他们关于诗学的论著及其传播，很能说明为什么彝族民间诗歌蕴藏是那样丰富，那样源远流长。我们都知道，民间不识字的劳动群众中大有才华出众、对歌如流的佼佼者。许多民族还有专门演唱史诗、叙事诗的民间艺人，彝族的'摩师'就是这种业余诗歌演唱家。他们中间不乏荷马式的人物。他们是民族史诗的传播者和创作者。他们也该是最懂诗学的。各民族都有自己所特有的诗歌形式和创作技巧，使自己的作品披上不同地域的民族色彩。"① 在漫漫历史长河中，彝族人民用自己的勤劳和智慧成就了绚丽多彩

図 5-3　举奢哲等的《彝族诗文论》中的彝文、音标与译文

---

① 举奢哲、阿买妮等原著：《彝族诗文论》，王子尧、康健、何积全、王冶新翻译整理，贵州人民出版社 1988 年版，第 1 页。

的彝族古代文学，尤其是彝族诗歌，而作为彝族诗歌创造和审美准则的理性概括与总结的诗论，也顺理成章地构成了彝族古代文论的主体。

二、布独布举等的诗论

在南北朝至唐代的数百年间，彝族文学史上出现的彝族诗学论著，目前已发掘出来并已收入贵州民间文学选粹丛书《彝族古代文论》的，有布独布举的《纸笔与写作》、布塔厄筹的《论诗的写作》和举娄布佗的《诗歌写作谈》以及实乍苦木的《彝诗九体论》；有宋代所产生的两部重要经籍诗学论著，即北宋布阿洪的《彝诗例话》和南宋布麦阿钮的《论彝诗体例》；有明清时期所出现的作者佚名的《彝诗史话》《诗音与诗魂》《论彝族诗歌》和漏侯布哲的《谈诗说文》四篇诗学论著等。

布独布举等学者对诗学先辈推崇之至，他们的诗学观点除继承发扬了举奢哲、阿买妮的诗学思想外，归纳起来大致有以下一些特点：一是秉承彝族古老的"万物雌雄观"和"哎哺学说"的双元辩证观，提出了诗必"对正""相称"的诗学理念；二是所言"诗情如闪电，抓准功就成"，涉及诗歌构思过程中的"灵感"问题；三是论述彝族古代诗体三段诗的写作和韵律规则，论及诗歌韵律的核心问题；四是论及诗歌题材的多样化及写作与读书的关系；五是论及诗体生成说、诗体分类说和诗歌的社会文化功能；六是论及诗歌的情、主、景、神、色、骨等要素之间的和谐统一，强调并以此构成诗歌的风采，"无采不成诗"，实际上已触及诗歌的抒情性、形象性、音乐性等基本问题；七是提出写史的九要诀，继而论述写史的真实问题，论及写史与写诗的区别，从中我们不难理解彝族古代诗学从题材上已划分出"咏史诗"类；八是提出诗景观，阐述诗歌景与物的关系，"无物就无景，有景就有物"，物可以在诗中生成景，而景物是生动又富于变化的，无一定格，并认为诗景关系体现诗歌的诗意和诗情；九是从这些诗论中看出，彝诗体例论说已从雏形走向成型，与此同时，在诗学理念上，诗与人性、心与物、意与境、风骨与神韵、诗情与诗味、诗影与诗魂之间的关系上升并凸现出来。这就使彝诗"审美意识从追求内容和形式的统一导向了诗歌深层审美价值的超越，从偏于情感本体论的建构导向了精神（心

灵境界）本体论的沉思"①；十是全面总结了诗歌创作主体、创作技巧、诗歌品评审美等方面的问题。尤其值得一提的是，宋代布麦阿钮提出"主干具影形，影形成意境""主骨诗之体，冷峭是诗魂"，之后清代漏侯布哲从影、形、魂之间的关系，探讨和完善了彝族诗学理论中最具特色的"诗魂说"。"诗魂说"的成熟，使彝族古代诗美理想走向了更为抽象和空灵的境界，彝族古代诗学的理论体系，在审美运思程式和批评模式方面也形成了自身独具特色的思维方式。除了最具特色的诗骨说、诗魂说、诗根说之外，在历代诗学理论的基础上，彝语诗律论、诗歌发生论、诗歌本体论、诗歌功能论、创作主体论等诗论都得到了进一步的阐说和概括，从而使彝族经籍诗学呈现出精细而成熟的理论形态。

三、新发掘翻译的诗论

彝族古代文艺理论系统全面，规模宏大，它是中国民族文艺理论宝库中一颗璀璨的明珠。更难得的是，彝族古代诗学论著还不断被学者们从民间，从彝族毕摩的"羊皮档案"（彝文古籍）中发掘整理出来，彝族古代文艺理论系统正一步步走向充实和完善。

王子尧等在《彝族古代文论》原12篇文艺论著的基础上，又发掘整理翻译了14篇诗论，把举奢哲的《彝族诗文论》分为四篇单列，共计28篇彝族古代文艺理论，原文与译文已成书——《彝族古代文论精译》，共811页，已于2010年10月由民族出版社出版。该书新发掘整理翻译的14篇诗论为：南宋布麦阿钮的12篇，即《论连诗名扣》《论诗一体裁》《论各自诗思》《诗歌的一种》《诗歌的九十九种花》《论诗各种体》《诗歌的起源》《诗文论树鸟》《各类诗种体》《诗歌句相扣》《诗歌的韵连》《论山河景物》；唐代实乍苦木的一篇《诗歌的连名扣》；清代热俄姆首的一篇《诗音与诗魂》。

新发掘整理翻译的诗论以布麦阿钮的诗论为主，根据译注，据彝族

---

① 巴莫曲布嫫：《鹰灵与诗魂——彝族古代经籍诗学研究》，社会科学文献出版社2002年版，第229页。

《芒布君臣世系》这一古代谱牒记载，布麦阿钮的世系是由清康熙三年（1664 年）上推 28 代，约为 12 世纪，他应是南宋时期的人，是彝族芒布支系布努利君长家的"君师"，大毕摩。

彝族古代诗学发轫于魏晋，成熟于唐宋，这两个时期的诗学论著所呈现的发展序列表明，彝族古代诗学的基本理论是一脉相承、前后贯通的。布麦阿钮继承并发扬了举奢哲和阿买妮的诗文理论，其主要观点：一是认为彝诗有"押韵"和"对声"之分，诗歌讲究声韵工稳以达"谐声""协韵"，论述严格意义上的声韵诗具有押韵、连声、对句、扣连等特点；二是强调并论述了"故事"与"诗歌"在写作方法上的区别；三是提出"深有深的景，景有景的界，界有界的境，境自有其美，美自有所生"的"境界"说，认为"境界"有广狭、大小之分，"境界定于诗，诗好在于题，题好出好诗"以及"有主才有题，有题才有骨，有骨才有风，有风乃能深，诗深妙入神"等诗歌主张；四是以自己的诗歌作品为参照依据，论述诗歌的"主干""题旨"和"骨力"，提出"主骨有五行"，并予以分述；五是论述对歌体（问答体）诗歌的特征，并谈及诗歌质量的"精"；六是从阐述"悲哀诗"的艺术感染力论及诗歌的审美教育功能；七是提出"风骨""神韵""味"等诗学概念，以及"诗有风寒意，云雨字上生""冷峭是诗魂"等诗歌观念；八是阐述了彝族"三段诗"的写法，论述长篇"三段诗"的体制、神韵、诗力以及诗律规则；九是论述了"记事"类诗歌的特点，其"风味"在于"叙事"，发展了"故事"（叙事类）诗论。布麦阿钮在诗体中发现了诗律，又在诗律中揭示了诗体，进而找到了二者的诗学联结，"诗句的扣连，诗文的主干"。更难得的是布麦阿钮在论述自己诗学见解的时候，以彝族"质括阿鲁（支嘎阿鲁）"的神话故事为例，论及史诗的叙事及人物性格的描写等，这不仅对我们了解、分析"支嘎阿鲁"史诗的艺术特征和诗学影响有直接帮助，也从另一个角度佐证了"支嘎阿鲁"史诗的源远流长。

热俄姆首的诗论是第一次被发掘、翻译，其《诗音与诗魂》中，除了论述彝诗要注意音韵格律等外在美，强调"讲声韵，抓主根"之外，还提出了诗的妙处在于必须具备"诗影""诗魂"的概念，强调彝诗的内在美。什么是"诗影""诗魂"呢？作者解释说，"诗影"是"诗主"，"诗魂"是

"诗根";并认为"诗中的影魂，魂影成一体"，对于这些东西，"要用心去思，要靠想去寻"，在一定程度上触及了诗歌的"意境""神韵"等问题，深化了彝族古代诗学的理论体系。

这部《彝族古代文论精译》，是国家"十一五"社科立项课题，也是学者多年来从彝族古籍"羊皮档案"与残破不堪的彝文典籍书中精选精译出来的一部古代文艺理论巨著。这28篇文论，从彝文古籍文献的时间跨度上看，上始哎哺时期，下迄明清；从它的表现形式上看，全书都是以五言诗句的形式写成，以诗论诗；从内容上说，已涉及彝族古代文艺的起源、文艺的社会功能、文艺的创作过程、文艺作品的内容和形式、文艺作品的体裁、古代彝族作家的艺术修养及文艺欣赏等，另外还涉及长诗、短语、天文、历法、哎哺阴阳、天干地支等有关方面的一系列与彝族文艺理论相关的问题，在每篇译文后面，译者都写有附记，对译文作一个简要的诗学小结。在漫长的历史长河中，这些彝族古代诗学的重要著作在古代乌撒和阿哲（水西）的彝族腹地（今贵州西部地区）为历代彝族毕摩广泛抄传，是彝族毕摩和歌手摩史写诗论诗的主要理论依据，影响颇为深远，为探讨彝族社会历史、民俗风情、思维方式、艺术观、审美观及其他文化现象提供了珍贵的资料。"支嘎阿鲁"史诗是从毕摩经籍中翻译出来的，这些诗学思想，对很多年前整理、传唱"支嘎阿鲁"史诗的毕摩当然会有较多、较大

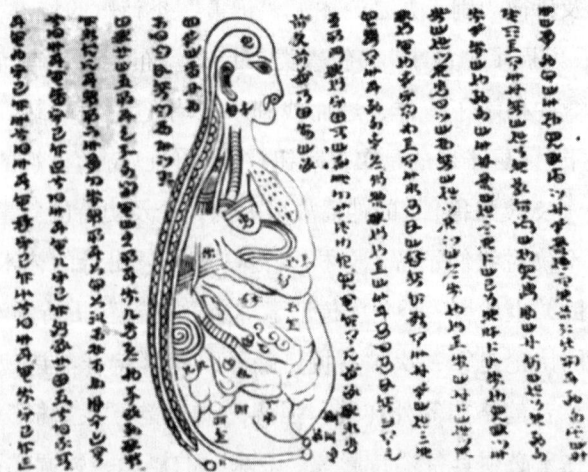

图5-4　彝文版《彝族古代文艺理论》（王子尧供图）

影响。篇幅所限，笔者仅就彝族传统诗学对"支嘎阿鲁"史诗在叙事、抒情及其审美追求上的影响作一初步探究。

第二节　彝族传统诗学对"支嘎阿鲁"
史诗叙事的影响

　　"叙事"本意是指"叙述事件"，作为叙事学研究对象的"叙事"往往包括两个层面，即广义的叙事和狭义的叙事。广义的叙事研究涉及叙事本体及与叙事相关的一切层面，如叙事者、叙事行为、叙事结构、叙事母题、叙事类型等；狭义的叙事指的是仅从叙事话语层次上的叙述技巧和叙述内容本身，包括叙事的视角、叙事的时间、空间及叙事的美学特征等。自 20 世纪 80 年代叙事在国内引起小说研究者的重视之后，叙事学、新叙事学不断扩充叙事的研究领域，尤其是民间文学的叙事研究对于文人叙事研究的启发和冲击，将叙事学推向了包括如电影叙事等囊括语境研究、程式研究等在内的一系列领域。作为民间文学重要组成部分的史诗自然也是叙事学研究的重要组成部分，其中对荷马史诗的叙事研究产生了具有决定性作用的影响，从"荷马问题"到帕里—洛德理论（又称为口头程式理论）对我国的史诗研究，特别是"三大英雄史诗"的研究产生巨大影响。

　　目前，我国英雄史诗的叙事研究主要集中在叙事母题、叙事结构、叙事情节、叙事者（歌手）、叙事语境等方面的研究，如熊黎明的《中国少数民族三大英雄史诗叙事结构比较》①、毕桪《〈乌古斯传〉的叙事母题》②、仁钦道尔吉《蒙古—突厥英雄史诗情节结构类型的形成与发展》③、巴莫曲布嫫《叙事语境与演述场域——以诺苏彝族的口头论辩和史诗传统为例》④

---

① 熊黎明：《中国少数民族三大英雄史诗叙事结构比较》，《云南民族大学学报》2005 年第 2 期。
② 毕桪：《〈乌古斯传〉的叙事母题》，《伊犁师范学院学报》2007 年 4 期。
③ 仁钦道尔吉：《蒙古—突厥英雄史诗情节结构类型的形成与发展》，《民族文学研究》2000 年第 1 期。
④ 巴莫曲布嫫：《叙事语境与演述场域——以诺苏彝族的口头论辩和史诗传统为例》，《文学评论》2004 年第 1 期。

等。然而，有关叙事语法和叙事诗学的研究相对来说较少受到关注，彝族英雄史诗更是如此。彝族是一个诗学传统历史悠久的民族，刘锡诚先生在《论彝族诗歌》的序言中指出"彝族是一个用诗思维的民族"，劳动、恋爱、婚丧嫁娶等活动中无事不有诗，节庆和日常生活中也是无时不有诗，且很早就有了自己的诗文理论。"支嘎阿鲁"史诗是彝族诗歌中璀璨的明珠，在彝族诗学研究中，应该作为重要的文本对象。可惜的是目前对该史诗从叙事角度进行研究的论文较少，多是关于"支嘎阿鲁"史诗的流传情况、史诗的主要内容、史诗的文化意义等方面的研究。笔者拟从狭义叙事的角度，就彝族古代诗学对"支嘎阿鲁"史诗叙事技巧和叙述内容的影响作一探求。

一、独特的毕摩叙事

文学叙述活动，是人类古老的思想活动方式之一。"从叙述的起源意义上说，它最本原的目的，就是为了解释世界与理解世界，记忆民族英雄与想象宇宙神灵，通过叙事传达与形象构建完成民族历史精神生活的想象性和情感性解释。这种叙述活动，经历了从口头叙述到书面叙述的转变，同时，也经历了从想象性叙述向真实性叙述的转变。最初的文学叙述与历史叙述'共生同在'，后来，两者分道而行；前者通过想象性叙述重构历史生活经验的记忆，后者则通过亲历性记忆或文献性叙述重建历史生活的场景。"① 从根本上说，叙述的成功，取决于叙述形象的生动完整性，尽管历史真实的人物形象与文学真实的人物形象有着巨大的区别。

从艺术起源的角度来看，人类最初的叙事，不是关于世俗生活的记载，而是关于神圣生活或神秘生活记载的神话叙事、神圣叙事。神话叙事，保存了先民关于自然和世界的想象性记忆与随意性虚构；神圣叙事，以神为叙事核心并以英雄的传奇作为基本构架，英雄的传奇最终皆通过神话获得说明。

神话叙事与历史叙事的关系，是许多学者关注的问题。彝族古代诗学就十分强调历史叙事。举奢哲在《论历史和诗的写作》中指出，撰史的基

---

① 李咏吟：《形象叙述学》，浙江大学出版社 2009 年版，第 2 页。

本原则是"要把忠实讲",强调把历史事件发生的时间、经过、历史人物等忠实地记录下来,"第一写史事,人物身世明,代数要叙清,时间要弄准。所有写史者,人人须做到:记录要真实,鉴别要审慎。"彝族诗学论者都认为历史和诗歌作品要以人为本,但在撰史与写诗中,人物的处理方法却大相径庭。彝族诗学家都普遍重视在历史中叙述历史人物的世系根源、世系发展的谱牒代数和人物在重大历史事件中的角色和作用,这与毕摩惯于以彝族的父子连名制的谱牒来记史叙事的传统有关。布塔厄筹也谈道:"史须这样写,纲目贵分明,史实信为美。要探真历史,先说古笃米。笃米子多少,父子名相连,一说便知道:人人容易记,父子孙排好。支系有根生,讲写都明了。"漏侯布哲在《谈诗说文》中也指出:"写史要这样,抓住古的根,谈论古时事,大事要叙清,名人勿挂漏,这样来写史,才能叫历史。"并强调:"人物要写清,世代要紧连。子代接父代,代代要叙清。所有写史者,人人须做到:记录要真实,时间要搞清,身世要写明。这样写下来,才叫做历史。"所以作为史诗,《支嘎阿鲁传》开篇就是"阿鲁祖谱"和"阿鲁后裔谱",在开头部分辑录了主人公"支嘎阿鲁"及其后代谱系,目的是有助于对"支嘎阿鲁"原型的了解,上溯源头,下述流向,"支嘎阿鲁"不仅是彝家有影响的始祖之一,而且还贵为帝王,在其谱系中的简短几句话就把他身份表明了:"天上策举祖,访地上天子,得支嘎阿鲁。"其有"代天命行事""征地上租税,进上天贡品"的特殊使命,后人为这位贡献特殊的英贤君王披上神话的外衣,正是从叙述他的谱系开始,并进一步发展开来的,既符合情理,又犹水到渠成一样的自然。

彝族的诗论家都是大毕摩,我们知道,毕摩是彝族父系氏族公社时代的祭司和酋长,是彝族原始宗教活动的主持者,也是彝族文字的创制和执掌人,是彝族社会知识阶层和彝族文化的集大成者。人类文学艺术,无论是叙事艺术,还是抒情艺术,最初皆是口传艺术。随着文字的诞生,书面文本得以形成。当口头叙述发展到了一定程度之后,一方面,它不能满足人们对世俗生活历史的需要;另一方面,它又无法使世俗生活变得更加充实和形象真实。于是,在民众中诞生了伟大的历史叙事者,他们试图"真实"地保存民族的历史,这也许可以看作"历史叙事的起源"。彝族古代诗

学论者作为祭司毕摩，还担当着"史官"的社会文化角色，作为部族统治阶层，需要叙述者真实地保存他们和他们祖先的英雄史与生活史，而不是虚拟的神话历史，于是，毕摩经籍文学或艺术应时而生。毕摩经籍文学源于民间，毕摩文化以原生宗教和祖灵信仰为意识核心，以巫术、祭仪为行为表征，以彝文经籍为载体形式，这些经籍文学再回归民间传唱时，也就有了其神圣性，轻易不能改动。毕摩文化与民间文化，成为中国彝族文化的两个基本阵营。毕摩经籍文学中的叙事就形成了饱含彝族古代诗学思想的独特的毕摩叙事。

在彝族古代诗学发展中，历代诗家均以比较的视觉从写作方法上充分探讨了诗与史的区分问题，形成了较为系统的诗文说。举奢哲认为真实是历史的出发点，而虚构和想象是诗歌的本质特征。他在《彝族诗文论》中指出："所以历史家，不能靠想象。不像写诗歌，不像写故事。诗歌和故事，可以是这样：当时情和境，情和境中人，只要真相像，就可作文章，可以有假想，夸饰也不妨。"他还强调了虚构对于诗歌的重要性："若是写故事，无论怎样写，须有六层真，须有四层虚。这样才能把，人物写活起。"作为毕摩叙事的文本，"支嘎阿鲁"史诗承继了神话叙事的传统，又深受彝族古代诗学思想的影响，在实与虚、真与假之间，找到了既可娱情又可记史的崭新的叙事通道，构成了新的叙事风格与叙事时尚。史诗以铺叙、对话等多种叙述方式的交叉组合，将"支嘎阿鲁"的形象生动地呈现在一系列事件发生、发展的过程之中，而作为叙事角色的毕摩却隐没在完整的、似乎是"真实"的情节结构之中，其诗化叙事结构具有"浪漫主义"与"现实主义"交相融合的艺术特征。

一方面，毕摩以诗化的形式、写实的手法为人们叙述了远古时期彝族英雄"支嘎阿鲁"时代部落的战争、爱情、宗教等生活气息十分浓厚的历史场景。如《支嘎阿鲁王》结尾所描绘的胜利场景：

> 举行最隆重的庆典，四方拥戴阿鲁王，吹响口弦和芦笙，敲响铜鼓和藤鼓，跳起挥帕舞。天空被染过，阳光格外明朗，大地被洗过，山水格外秀丽。七十二颗星星，聚集在一起，七十二个

部, 在一起盟誓, 七十二个祖摩, 在一起喝牛血酒。月亮率领众星, 阿鲁率领人民, 开创新的天, 新天明朗朗, 开辟新的地, 新地添异彩。

再如《支嘎阿鲁传·巡视中部地》中 "支嘎阿鲁" 充满生活情趣的一段叙述:

> 笃支嘎阿鲁, 到姆古勺球 (地名), 以鲁补定界, 以鲁旺划线, 下雨起烂泥, 场院上有三女, 赶集的人多, 阿鲁在马上, 急急纵下马, 阿鲁跌一跤, 滚进烂泥中, 把女人惹笑, 三女嬉戏他, 指着阿鲁说:"这个蠢男人, 骑马来赶场, 从马上摔下, 摔在烂泥中, 染作黄母猪。" 阿鲁听见了, 故不作声色, 硬记在心里, 立一块牌坊, 把标记作好, 再去场院上逛, 巧遇三女人, 阿鲁停住步, 诙谐笑言道:"今天这气候, 它与我作对, 别人赶场晴, 我赶场下雨, 雨从天上降, 下到场上来, 场上起烂泥, 不滑倒别人, 偏要滑倒我, 跌在烂泥中, 像头黄母猪, 惹得他人笑, 惹得母牛笑, 牛下巴笑脱, 笑脱了大牙, 笑落了上牙, 我曾经听说。牛没有上牙, 马不生苦胆, 我这匹坐骑, 抵三头母牛, 谁都不吃亏!"

另一方面, 毕摩以幻想的方式、神话的笔触为人们讲述着 "支嘎阿鲁" 与妖魔的战斗。如《支嘎阿鲁王·灭撮阻艾》:

> 撮阻谷洪劳, 抽出腰间长剑, 直取支嘎阿鲁, 妖魔急着报仇, 阿鲁忙着除害, 量地杖迎战长剑, 一场撕杀直到天明, 双手渐渐发麻, 谷洪劳支持不住, 丢下长剑忙逃跑, 变只画眉飞出去。支嘎阿鲁变雄鹰, 穷追妖魔不停歇。一条白狗在河边, 谷洪劳企图逃掉, 阿鲁变作一猛虎, 咬住白狗颈。谷洪劳走投无路, 变作个蜂子, 钻到葫芦中。支嘎阿鲁哟, 口里念不停, 挥动着维庹, 扇动着落洪, 金锁锁葫芦。

史诗不仅给我们讲述了英雄的历史，也给我们展示了表现历史的方式——神话。布麦阿钮在《论彝诗体例》中列举了一首叙述彝族文化英雄"质括阿鲁（支嘎阿鲁）"灭妖记的"故事"诗，叙述者通过幻想的方式，叙述了远古时期人类在恶劣的生存环境中与神奇莫测的大自然作斗争的场景，诗歌的开篇就显示了极富浪漫色彩的想象，洪水淹没大地以后，人类只有武仆所一人幸存下来，天神巡视人间时发现了孤身一人的武仆所，次日便送来两位美丽的天女与之成婚，生子十二，自此人间便与天庭结下了姻缘：

> 天下热闹了，到处都有人，到处都有房。可是人世间，怪事真是多。人间各地方，各地有了怪。各地有了妖，妖怪数不清。那些妖怪呀，到处去吃人。还不到半年，可怜天下人，都快被吃尽。正在这时候，出了一勇士，他的姓名是：质括阿鲁呀！他来收妖怪，收呀到处收；他来打妖怪，打呀到处打。天下的四方，到处他走到，到处他走遍。小妖他射死，老妖放火烧。可是妖怪中，有个老妖呀，老妖本领高。老妖会变化，一会变成石，一会变成木，一会变成女，一会变成男，一会变成鸟……各样都能变。质括阿鲁呢，不管老妖呀，无论变什么，阿鲁都能辨，所以妖怪呀，妖怪在人间，再也无法生，再也无法存。这个老妖呀，后来他变作，变作一山鸡，潜逃到林中。其后阿鲁呀，就用火来烧。大山烧着了，到处是火海。这样一来呀，会变的妖怪，再也变不了。妖怪烧死了，妖怪上天了。后来妖怪呢，又在天空中，变成了烟雾，烟雾黑沉沉……妖怪每一年，它又变病根，病根传人间，世间的凡人，得病医不了，常常都闹病。后来阿鲁呢，他在各地方，到处传医经，帮人找病根。这样一来后，各地的病根，病根再难生。①

---

① 举奢哲、阿买妮等原著：《彝族诗文论》，王子尧、康健、何积全、王冶新翻译整理，贵州人民出版社1988年版，第174—176页。

诗中叙述者展开想象的翅膀，忽而掠过天上，忽而俯瞰大地，把人类和天神的和谐、英雄和妖怪的对立淋漓尽致地展现出来。从这首有"神话"色彩的"故事诗"中，我们可以看出，叙述者通过幻想采取物化的艺术手段将"虚"的妖怪转化为"实"的"石""木""鸟""山鸡"和"烟雾"，凭借着幻想，使无形无色，看不见、摸不着的观念形态恰到好处地附托在具体可感的形象之上。运用这种由虚而实的艺术手法，使抽象化为具体、概念化为形象，并使潜于诗中的远古彝族先民征服自然的强烈愿望和积极饱满的乐观情绪得以质感外化，从而增强了诗歌的艺术表现力和感染力。在布麦阿钮的时代，"支嘎阿鲁"史诗就已成为诗论作者的叙事典范，史诗受彝族古代诗论的影响可见一斑。

虚实相间的叙事结构中，使"支嘎阿鲁"史诗作品超越了时空。就叙事的时间而言，"支嘎阿鲁"史诗是由"天和地连成一体，山和水连在一起，昼和夜连在一起，太阳月亮连在一起，天地黑空空，世界黑洞洞。昏昏沉沉的天地，混混沌沌的世界"的混沌意识向"恒扎祝和咨阿媚，是世上第一对恋人，他们的相恋，九万九千年，相好如一日"的模糊纪年推展的；就空间观念而言，"支嘎阿鲁"史诗的叙事空间由天界、地界和神界三界构成。毕摩叙事，展示了人类叙事博大的心灵世界，一方面能有效地保存着口传叙事内容；另一方面，又能在口传艺术的基础上进一步发展和完善书面叙事，使其艺术空间变得丰富而完善。

二、起兴与赋比手法的普遍使用

一个民族的文学作品是这个民族文化的一面镜子，呈现出这个民族的文化特点和社会生活的方方面面，而该民族文学作品中所使用的叙事手法也常常呈现着这个民族的文化思维方式。彝族有着悠久的诗歌传统，我国西南千里彝山是诗歌的海洋。在日常生活中，彝族人以歌当话，大凡能说出的话，都能唱成歌、说成诗。诗歌是彝族的精神家园，彝族是一个以诗来思维的民族，诗性智慧是彝族传统文化的基质，在彝族深层的文化心理结构中，凝固着根深蒂固的诗性思维因子。彝族古代诗学论者所体现出来的思维定式，也有着民族文化渊源和传统的诗化思维定式。抒情性是诗性

思维的一个重要特征，举奢哲在阐说抒情诗的创作要领时提出应着力于"怎样来达意，怎样来表情"，强调"浓墨描事象，重彩绘心谱"。阿买妮也指出，"写诗义要深，诗义若浅露，情文不相生"。实乍苦木同样认为，"说到写诗嘛，诗要有所感，写诗须写情"。

彝族古代诗论者们将"诗"总归为"传情的乐章"，"传情"即我们通常所说的抒情，以抒发真实的、强烈的、带有普遍性的人类情感为其主要特征，诗人常常借助于感情的激发，使诗的思想和诗的感情交融在一起，使诗篇荡人心魄。彝族古代诗学论者常说"歌从情上起，情从深处分"，"行间意味长，诗中有深情"，"诗的字句间，蕴含各种情"，"句中有神韵，行中有感情"，"情真而语挚"。这些有关"诗言情"的论说，与唐代诗人白居易讲的"感人心者，莫先乎情"有着同等的诗歌美学内涵。所以，彝族史诗语言大多通过比喻、拟人、象征、夸张、起兴等艺术手法使其叙述具有鲜明的形象性。

从修辞方面来看，起兴和赋比手法的普遍使用是"支嘎阿鲁"史诗中最常见的叙事手法。赋、比、兴是中国诗歌传统手法的总结，《周礼·春官》记载："大师……教六诗：曰风，曰赋，曰比，曰兴，曰雅，曰颂。"随后的《毛诗序》又把"六诗"看作"六义"："故诗有六义焉：一曰风，二曰赋，三曰比，四曰兴，五曰雅，六曰颂。"唐代经学家孔颖达在《毛诗正义》中释义："风、雅、颂者，《诗》篇之异体；赋、比、兴者，《诗》文之异辞耳。……赋、比、兴是《诗》之所用，风、雅、颂是《诗》之成形。用彼三事，成此三事，是故同称为义。"简而言之，赋是指开门见山地对所咏之事、之物铺陈直叙；比是指对所咏之物、事用比喻的修饰手法来形容、模拟；兴是在对所咏之物、事吟咏之前，托物起兴，先言他物，再借以联想，引出所要表达的事物、思想、感情。在"支嘎阿鲁"史诗中所常见的这三种诗艺，与彝族传统的诗歌理论所总结的规律相一致。

作为一种创作方法，直叙其事，白描其象的"赋"在史诗中运用得极为普遍。如《支嘎阿鲁王·天君求贤》中的描写：

天上策举祖，要派天上租赋，要收地上租税，要把天地统一，

不知天的高度，不知地的深度。派人到地上，把贤人寻访。天人
不敢下地，寻访不得贤人……天上策举祖，派笃勒愁苦，测天的
高度，好把天治理，量地的深度，好把地治理。笃勒愁苦他，去
测量天地，手持测天杖，系上量地带，往北方测天，去南边量地。

又如《支嘎阿鲁传·巡视中部地》中的描写：

神马嘶嘶叫，阿鲁跃上马，手勒马缰绳，策马穿彝地，到笃
洪迷尼，鲁补定地盘，鲁旺划地界，立永久依据，定濮的界线。
到亚嘎米祖，凭鲁补定界，照鲁旺划线，制一面金旗，定土地界
线。到赛依鲁略，立一块铜碑，在峭壁顶上，栖一双大雁。到司
液资嘎，以鲁补定界，以鲁旺划线。到鲁吐博尼，立块白石碑。
到米阿鲁恒，立块黑石碑。到克博液鲁，以鲁补定界，以鲁旺划
线。到吐鲁打洛，以鲁补定界，以鲁旺划线，鲁补定地界，定土
地界线，鲁补定界标。到纪抖鲁姆，以鲁补定界，依鲁旺划线，
订君臣礼仪，鲁则定中线，订君臣典章，鲁补定标界，鲁旺划界
线，说是这样的。

铺陈与排比经常在文学作品中同时出现。铺陈和排比总是将一连串内
容关系紧密的景观物象、事态现象、人物形象和性格行为，按照一定的顺
序形成一组结构大致相同、语气大概接近的句群。这样的句群可以淋漓尽
致地细腻铺写，又能加强语势，还可以渲染某种环境、气氛和情绪。

比喻是彝族史诗的内在生命，彝族诗性思维具有生动的比拟性，往往
由一事物与另一事物的某种相似或相近点触发，或通过对一事物的形象和
本义加以引申，用一事物去取比、拟喻和表现另一事物，从而形成诗歌意
象。东晋常璩所记载的"夷人""议论好譬喻物"，正说明这种类比性思维
是彝族由来已久的传统思维方式。"支嘎阿鲁"史诗中所运用的巧妙比喻俯
拾即是。明喻如《支嘎阿鲁传·举祖访阿鲁》中天神初见"支嘎阿鲁"时
的描写：

确勺哎尼尼，急转向侯吐，到侯吐海边，眼前的侯吐，像一面镜子，天色映海面，红艳艳的霞，蔚蓝的碧空，海边的景物，皆清晰可辨。望四面八方，他忘记眨眼，看见了阿鲁，相貌是人样，头大如斗样，脸黑如锅底，胸膛如红岩，牙生成虎齿，耳大如象耳，眼亮如日月，身躯如巨龙，手指如鹰爪，脚大如小船，话音如雷鸣。走路如闪电，笑声如崩岩，坐态如座山，游水如金鱼，睡觉如蚊虫，难见到其状。

再如《支嘎阿鲁王·大业一统》中："君像鹤一样高洁，臣像杜鹃般能言，布摩好比，凌空展翅的鹰。……天上最亮的星，他就是支嘎阿鲁，他用深邃的眼睛，盯着他的子孙。"

转喻如《支嘎阿鲁王·继承父志》中的描写："骏马是练出来的，钢刀是磨出来的，圣人是学出来的，骏马不跑会变懒，钢刀不磨就生锈。圣人不学会落伍……'天上星星最多，地上老人知识多，您一定知道我父母，您若把真情相告，就替您放三年猪！''天上星星会有失色时，老汉我也会有糊涂时，若能帮你解难题，我有猪不用你去放。'……林中树木最多，到了秋天不管用，老人的阅历再深，到了暮年说不清。"

在"支嘎阿鲁"史诗中，隐喻的运用也常常见到，如《支嘎阿鲁王·移山填水》中龙部落首领依岩和"支嘎阿鲁"的对话：

依岩问阿鲁："没有名字的星星，你是哪家儿郎，狐狸和狗不来往，你来我家有何求，荞子水稻各有地盘，井水不把河水犯，你来我家为哪行？我只有群山，群山是我的财产，不准你多摸一下，我只有一个女儿，女儿是我的灵魂，不准你多看一眼！"

支嘎阿鲁说："我家住在支嘎山，世代为天地效劳，家父恒扎祝，毕生治天地。有志不在出名，有心不在年幼，雄鹰给我力量，我叫支嘎阿鲁。鸽子斑鸠是兄弟，龙鹰本是一家亲，铁板搭桥踩不断，亲戚常走路不断，麻绳越拧越紧，亲戚越走越亲……"

　　龙王鲁依岩，脸如抹锅烟，顿时沉下来："我家不是金枝，歇不下金雀，我家不是银枝，歇不下银雀，山羊不是岩羊伴，绵羊麂子不相亲，灰鹰夜鹰分支远，鹰龙本来有仇隙！"龙王鲁依岩，把阿鲁撵走。

　　依岩和"支嘎阿鲁"的对话中，蕴含着丰富的历史文化内涵。"支嘎阿鲁"是龙鹰之子，母亲为龙部落的女子，父亲是鹰部落的人，所以他说"鸽子斑鸠是兄弟，龙鹰本是一家亲，铁板搭桥踩不断，亲戚常走路不断"。我们知道，彝族家支众多，各支系间常有矛盾，龙王说的"灰鹰夜鹰分支远，鹰龙本来有仇隙"便是家支矛盾的隐喻。
　　除了"赋"和"比"的广泛运用，"支嘎阿鲁"史诗中还大量使用了"兴"的表现手法，如《支嘎阿鲁王·天君求贤》：

　　冬天的枯木，逢春就萌发，天臣诺娄则，阳光射进胸膛，心里亮了一阵，记得若干年前，在恒博支嘎，天郎恒扎祝，有惊天才能，帝女啻阿媚，有非凡相貌，三万年相亲，六万年相爱，到了九万年，生了个巴若，留在了人间。

　　杜鹃来了，带来春天的消息，天臣诺娄则，告诉了策举祖喜讯。

再如《支嘎阿鲁王·继承父志》：

　　是雄鹰，不在风浪中摔打，练不出坚硬的翅膀。是猛虎，没有严酷的拼杀，练不出坚硬的钢爪。雄鹰飞得最高，骏马跳得最快，布摩知识最多。"不能像笃勒愁若，事到临头无办法。"举奢哲见知最广，常常聆听他教诲，恒勒易主意最多，常常向他求教。知识和武力是翅膀，少了一样都不行！麻苦海水装满时，支嘎阿鲁已成人，麻苦海水有源头，阿鲁要把源头找。

作为彝族诗歌中独具魅力的一种体裁——"三段诗",广泛存在于彝族民间诗歌及文人创作中。在彝族古代诗论者中,最早提出"三段诗"概念的是阿买妮,她在《彝语诗律论》中不仅明白地告诉我们什么是"三段诗",还进一步阐述了这类诗的特点:"诗要容易记,人人都记得,写诗的时候,须分为三段,前两段写物,后一段点人。"继阿买妮之后,隋唐至明清的彝族诗歌理论家们不断对"三段诗"作了补充和发挥,形成了一套完整的"三段诗"理论体系。彝族"三段诗"基本上都通用"兴"的艺术手法,与《诗经》中不同的是,彝族"三段诗"是连用两个兴段起兴,而不是用句起兴。彝族诗论中所征引的三段情诗或反映爱情的诗篇,往往通过摹写景物、设喻起兴、比拟铺垫等方法来"表情"和"达意",隐晦曲折而不率直浅露,在风格上显然是含蓄蕴藉的。彝族"三段诗"体,抒情、写景、咏物、叙事兼而有之,一般前两段采用比喻、拟人等艺术手法起兴,铺垫,从描景到写物,制造气氛,之后自然过渡到第三段的写人或表现诗歌主题。

在"支嘎阿鲁"史诗中,除了起兴和赋比手法的普遍使用外,对仗的使用也极有特点。举奢哲在《彝族诗文论》中明确要求:"谈到作诗歌,语句虽然少,事却要分明:天与地要分,山和水对正,箐与林对正,人与鸟相对,虎与兽相对,男与女相对,日和月相对,星和云对正,雷和电相对,雨和土相对,一切这样对,才能表达出,各种不同处的情感差异,色彩的区分。"阿买妮在《彝语诗律论》中也说:"诗须写成双,写双不写单。写单不像样,写双才叫诗。"她进而指明:"天和地相对,日月山河对,人类知识对。""阴有阴的性,阳有阳的性,阴阳紧配合,其余各具形。"另一位大毕摩漏侯布哲在《谈诗说文》中说:"我说诸位呀,诸位大布摩,我说的根本,根本是抓住,无非用阴阳,阴阳相对应。"彝族古代社会,生活内容较为单纯,人们保持着纯朴自然的天性,有着和大自然天然的亲密关系,诗人"观物取象"(《易传·系辞传》),山和水,日和月,星和云,"天的形""地的貌",自然地进入诗中。这与彝族原始思维中的"万物雌雄观"和"哎哺阴阳说"有极大关联。这在"支嘎阿鲁"史诗中也有充分体现,如《支嘎阿鲁王·天地初开》:

　　天和地连成一体，山和水连在一起，昼和夜连在一起，太阳
　月亮连在一起，天地黑空空，世界黑洞洞。昏昏沉沉的天地，混
　混沌沌的世界。

再如《支嘎阿鲁王·神王降生》：

　　假若天地永成一体，他们就不会分开，可是天地分开了，他
　们只得分开。假若日月不各东西，他们就不会分开，太阳月亮分
　开了，他们只得分开。假若没有昼夜，他们就不会分开，昼夜已
　经分开了，他们只得分开。假若山水不分离，他们就不会分开，
　山水已经分开了，他们只得分开。……白日有马桑哺乳，夜里有
　雄鹰覆身。

这些手法的运用对史诗情感的建构和塑造起到了很大的作用，达到了
阿买妮所强调的"情和思充盈"的效果。

三、"支嘎阿鲁"史诗的数字叙事

　　"支嘎阿鲁"史诗中频繁出现的数字是叙事的一种重要修辞策略，当
"支嘎阿鲁"穿戴起来时，当"支嘎阿鲁"途经各种困难时，当"支嘎阿
鲁"与敌人战斗时，数字随处可见。作为一种特殊的语言现象，数字的研
究并不仅仅局限于数学研究的范围，尤其是在文学作品中，数字的使用与
其蕴含的深意更是值得探讨的。频繁出现的数字，对某些数字的特殊的钟
爱，往往使数字除了本身的数量意义以外，还带有浓重的文化色彩，并以
其文化色彩引起审美对象的联想和共鸣。我们可以通过对"支嘎阿鲁"史
诗中最常见的数字的归纳、各个数字出现的规律来探寻史诗数字修辞下所
蕴含的文化共性与个性。

　　（一）"支嘎阿鲁"史诗中最常见的数字
　　"九"是"支嘎阿鲁"史诗中最常见的一个数字。这一常见的单数衍生
出相关的各种双位数甚至多位数，如九十、九十九，九百、九千、九万九

等。"九"字既是史诗中天地的层数，也是"支嘎阿鲁"测天量地的工具的件数，还是"支嘎阿鲁"战斗的武器数；在"支嘎阿鲁"出发进行各种征服活动时，"九"又是他常常遇到的困难的数目。

"六"是"支嘎阿鲁"史诗中另一个常见的数字。如"支嘎阿鲁"在寻父的路上所遇到的智慧老者为六十岁；寻访"支嘎阿鲁"的使者为六位；在"支嘎阿鲁"修天之前，天君派出的修天者为六人等。与"支嘎阿鲁"斗争的魔王巧比叔的变化数目也是"六"："魔王巧比叔，黄蜂尾上针，才能蜇死人，变六个黄蜂，要蜇杀阿鲁"（《支嘎阿鲁王·灭撮阻艾》）。

"三"是"支嘎阿鲁"史诗中又一个常见数字。史诗形容"支嘎阿鲁"与阿颖之间的情感深厚时说"鲁斯阿颖哟，阿鲁才走三天，她强如过了三年"；形容天下因日月而受灾时说"天下的水都干涸，仅仅剩下三颗露，天上只剩麻苦海的水"；写"支嘎阿鲁"勤练弓箭"阿鲁拉弓练了三月，阿鲁射箭磨破了手皮。做不到稳操胜券，就莫轻易出手"；"支嘎阿鲁"测天量地时常常是住"三夜"，测量时也是"支嘎阿鲁哟，策马到中央，来回察三遍，挥动测天杖"；"支嘎阿鲁"的对手雕王行恶时"雕王大亥娜，三天做一次祭祀，掳去阿鲁的儿女，阿鲁的人民，无人敬宗祠；阿鲁的人数，像月明时的星，大亥娜的肉食，像三斗麻籽，数不清数字"等。再如"支嘎阿鲁"求婚的三个条件、"支嘎阿鲁"完成三个难题（"支嘎阿鲁哟，办完三件事，带上三件宝，来给阻几纳，献上了厚礼"），"支嘎阿鲁"遇害时也是被巫师诅咒三天三夜等。

"七"在"支嘎阿鲁"史诗中也较常见。如形容"支嘎阿鲁"的领地之大"阿鲁的国度，大山有七千，七千又七百，七百七十二"；美女所住的地方也与"七"字密切相关：

> 金子般高贵的英雄，白鹤般高洁的客人，好花藏在深山，我天女般的姑娘，经不住严冬的寒冷，受不了酷暑的炎热，她住在七层地下宫，吐下的口痰收不回，我虎王从来说话算数，小女就配给英雄，请你下地宫相见！
>
> 地宫打开七层门，阿鲁来到最底层。阻几纳吩咐快关门，"莫

让飞鹰见光明，阿鲁英名从此埋地下!"地宫七道门，先关金银门，再关铜铁门，又关石木门，后关藤蔓门。(《支嘎阿鲁王·鹰王中计》)

"支嘎阿鲁" 所射日月，其原始的数目也是七兄弟为日，七姐妹为月。另外还有一些以 "三" "六" "七" 和 "九" 为基础单数而出现的双位数和多位数，如 "三" 重复为 "三十" "三十三"；"六" 重复为 "六十六" "六百六" "六千六"；"九" 重复为 "九十" "九十九" "九千九" 乃至 "九万九"。就其重复的规律而言，一般只重复一次，但重复数的中间则加入 "十" "百" "千" 等数字。如形容 "支嘎阿鲁" 属地的星星多时，"支嘎阿鲁" 即称 "大星三千三，中星六千六，小星九千九" 等。

（二）"支嘎阿鲁" 史诗中数字叙事的规律

"支嘎阿鲁" 史诗中的数字叙事有着自身的一些规律，这些数字有时单独出现，但更多的时候是以群体的形式出现，即每当有一个数字的叙事出现时，史诗的诗行往往会出现其他数字的诗行。其中，三、六、九以及以这三个数字为基数而变化的相关数字常常会一起出现，如《支嘎阿鲁王》中 "支嘎阿鲁" 与敌人的战斗："一日三战，两日六战，三天打九仗，打七十二仗"；同书中 "支嘎阿鲁" 征战的途中所遇到的困难也是三个数字连续出现："派我来查访，我到习鲁格，到九家门庭，求宿无人肯，到六家门户，无人问晚饭，到了早饭时，到三家门口，无人来问津!" 数字的成群出现，形成了一种结构上的递进，使史诗的韵律和意义结合起来，呈现一种向上的趋势。

一组数字修饰的叙事中，诗行的布局往往也有一定的数量规律，如为偶数，最为常见的是以两行与四行有数字出现的诗行连贯在一起，如 "大山九万九千九，小山一百二十万" "太阳第一次露出笑脸，月亮第一次掀去面纱。烧起九十九堆篝火，大庆九十九天"。

如为奇数行的布局，则三行、六行、九行数字同时修饰最为常见。三行数字修饰，如 "鲁斯阿颖哟，闯过九十九道关口，得到九十九把金钥匙，打开九十九个银箱，盗来父亲的神鞭。" 最长的数字修饰连环叙事为九行，

如"九十九群牛,赶走了九群,留下九十群,六十六群马,赶走了六群,留下六十群,三十三群羊,赶走了三群,留下三十群。"这种数字群的布局与史诗口头传唱的规律和便于记忆的要求有一定的关系。

在诗歌中用数字表示夸张的手法古已有之,在民间保存得特别完整。《诗经》之《伐檀》篇:"不稼不穑,胡取禾三百亿兮?"《硕鼠》篇:"三岁贯女,莫我肯劳。"《采薇》篇:"岂敢定居?一月三捷。"《氓》篇:"三岁为妇,靡室劳矣。"数字在《庄子》中也反复出现,如《逍遥游》中有:"鲲之大,不知其几千里也。""水击三千里,抟扶摇而上者九万里,去以六月息者也。""楚之南有冥灵者,以五百岁为春,五百岁为秋;上古有大椿者,以八千岁为春,八千岁为秋,此大年也。"等。汉族诗歌与文学作品中,最常见的数字与彝族"支嘎阿鲁"史诗中常见的数字有相通之处,如"三""六""九"。这些数字修饰的共同之处在于,都是虚指,而非实指。实指是借助数字准确具体地表述事物的真实面貌,虚指则更多地建立在形而上的想象与精气神的透溢之中来表达某种抽象的概念与感觉。诗歌与文学作品中的虚指,或夸大或缩小,无论是"三岁贯女"还是"抟扶摇而上者九万里"都是以数字表示时间之长与冲飞之高。在"支嘎阿鲁"史诗中,数字也多与时间和事物名词匹配,与人物行动的修饰相关,它们因为有了数词的修饰而具有了奇特、神秘、新奇的色彩,彝族史诗特有的浪漫与夸张风格也因此成形。如《支嘎阿鲁王》中"支嘎阿鲁,向举祖天君,要九件宝器,三对度瓦舍,用来量厚薄;三对寿尼若,用来探深浅;三对奏尼若①,用来量长短""风从三面吹来,风往一个方向猛吹,要命的大风,刮了三天三夜,揭开九层地皮"等。

在"支嘎阿鲁"史诗中数字的修饰异于前举汉族诗歌之处的是"三"所表示的并非多,而是少,如"支嘎阿鲁"在鸟的国度、龙的国度、虎的国度等各住了"三天",在这里,"三天"意味着少,表明"支嘎阿鲁"在极短的时间里完成了天君策举祖交办的极重任务。在"支嘎阿鲁"史诗中,表示多的数字一般用九,如"支嘎阿鲁""委派九姓舒,管这块地盘。武珠

---

① 度瓦舍、寿尼若、奏尼若,相传是天神用来测量天地的宝器。

九百姓，住这块地上。武珠这族人，龙头人身躯，无翅也能飞"，其间的"九"字即表示委派者与被管理者数量之多。

(三) "阿鲁史诗" 中数字叙事的文化意义

荷兰叙事学家米克·巴尔曾经指出，叙事不仅是一种类型，而是一种模式，是文化中的一种积极的力量。[①] 来自人类对客观世界的观察和探索的数字概念除了科学的计算功能之外，它还在不同的语言和民族文化背景下受到民族文化心理、宗教信仰和语言习惯及审美观念的影响而具有特殊的文化象征意义。数字在每个民族的宗教信仰或者文学作品中往往具有象征意义，如基督教文化中的三位一体、佛教的三世说和道教的阴阳五行说等都含有象征成分。就彝族数字的书写而言，有研究者指出："彝文数目数字和汉文数目数字字形如出一辙，字义语序等同，虽异族异姓，但应同宗同祖，同根同源，都是中国古文化的传承和沿用，只是彝文较多地保留了古文字的本来面目……"[②] 彝汉数字的同源性与彝汉数字文化之间也形成了重要的异同关系。"支嘎阿鲁" 史诗中的数字具有特定的象征意义，彝族数字文化与汉族数字文化的相通与相异之处也体现在各类数字文化所具有的象征意义之中。

在汉族文化中最常用的数字如"九"，它是自然数中最大的单数，被视为天数中的极数，可代指上天、九天，也可以指天子之位，它在汉族文化中是一个最为尊贵的数字，又是俗信中与爱情、婚姻、财富、事业等常相联系的一个与"长久""久远"等心理预示、心理期待相关的一个数字。"支嘎阿鲁" 史诗也似乎特别偏爱"九"和与之相关的各种数字，如九十九、九百九十九、九千九百九十九等。如"支嘎阿鲁"是九万年才被孕育出来的；"支嘎阿鲁"补天地之前已经由天君派过九个人补天地历经失败；"支嘎阿鲁"去补天地之前向天君要了九件工具；"支嘎阿鲁"测天量地的工具中有"九鲁补"；"支嘎阿鲁"完成任务时有九力士相助；阿颖因为对

---

① 参见［荷］米克·巴尔：《叙述学：叙事理论导论》，谭君强译，中国社会科学出版社 1995 年版，前言第 2 页。

② 罗阿依、马啸：《探析彝汉数目数字之历史渊源》，《西昌学院学报》（人文社会科学版）2004 年第 3 期。

"支嘎阿鲁"的爱情而盗父亲的赶山神鞭，也是"鲁斯阿颖哟，闯过九十九道关口，得到九十九把金钥匙，打开九十九个银箱，盗来父亲的神鞭。"从英雄所配备的工具、经历的磨难中"九"这个数字的运用可以看出，彝族对数字"九"亦与汉族对数字"九"的认知有相通之处，"九"都被视为天数中的极数，是一个意味着尊贵的数字。

数字"七"作为民族文化的一种体现形式，在"支嘎阿鲁"史诗中也担当着数词、形容词和许多其他词类的功能，有着重要的文化价值。在一些民族中，数字"七"是正义、勇敢的化身，或者把数字"七"看作幸福和吉祥的象征，尤其是俄罗斯人特别重视"七"。而在"支嘎阿鲁"史诗中，"七"一般被作为困难的代言，是一个具有不幸、困难意味的数字。七个太阳兄弟和七个月亮姐妹为害人间，敌人"大亥娜的队伍，踏破七层地皮，腥气透进了地心"。"支嘎阿鲁"被虎王设计而经历的三个难关（三道难题）中，必须到达七层天和七层地的尽头才能完成：

> 阿鲁跨龙马，飞奔七层天，到月亮山上，守梨树的虎，拴在梨树上，摘来月亮上的棠梨。到九层天上，到麻苦海边，打败迷觉怪，捞来无骨鱼。支嘎阿鲁哟，跨着白龙马，快速如飞鸟，来到七层地尽头，采来不死药。（《支嘎阿鲁王·鹰王中计》）

依鲁姑娘被虎王阻几纳关在七层地牢，而阿鲁完成任务后也被骗入七层地牢：

> 地宫打开七层门，阿鲁来到最底层。阻几纳吩咐快关门，"莫让飞鹰见光明，阿鲁英名从此埋地下！"地宫七道门，先关金银门，再关铜铁门，又关石木门，后关藤蔓门。（《支嘎阿鲁王·鹰王中计》）

除此之外，违反天君美意的也是七姓人：

天上策举祖，派支嘎阿鲁，为人间除害，灭了撮阻艾。天君策举祖，说知恩要报，委派七姓人，管地上租赋，不料七姓人，势力日益大，却恩将仇报，违背策举祖，拒绝上租赋，苦坏了阿鲁。(《支嘎阿鲁王·灭撮阻艾》)

从"支嘎阿鲁"史诗对数字的选用来看，彝族民间文化崇尚单数，因此叙事也以奇数为主，主要使用的数字为"三""七""九"。对于偶数的使用，主要是"四""六"和"八"。这与汉族的数字数目文化有相通之处。汉民族上层文化多用"三""五""九"，如"三生万物""阴阳五行""九鼎之尊"，而在民间则常用偶数，如好事成双、四季平安、六六大顺、八大发等。但是，在汉族的数字文化中二、四、六、八、十属于吉祥的偶数，而彝族史诗中偶数的使用较少，主要具有客观、好运之意，是彝族人对天地探索的认知表述。

彝族原始思维中的"万物雌雄观"和"哎哺阴阳说"对彝族文化影响极大，汉族传统文化认为事物分阴和阳的观点在彝族数字中也有体现。如阴阳文化关照下的事物都是从一化为二、二化为四、四化为八的几何梯级发展，并依此来作八卦，《周易·系辞·上》载："天一，地二；天三，地四；天五，地六；天七，地八；天九，地十。天数五，地数五，五位相得而各有合；天数二十有五，地数三十，凡天地之数，五十有五，此所以成变化而行鬼神也。"因此，分四季、定四方等都与阴阳之分的文化观念有关，作为一种自然知识的认知，彝族文化中同样分四季八节，在《支嘎阿鲁王》中也有体现：

希密遮与希度佐①分开，世间的昼夜分开，南面和北面分开，南面生机勃勃，北面阳光明媚。四极生了四象，中间像眼睛一样，四面又分作八方，依此编织天地，依此修补天地。

---

① 希密遮与希度佐，恒投氏族的两个始祖。

此外，在《支嘎阿鲁王》中，"八"还表示"支嘎阿鲁"的好运："善歌的摩史，唱了九天祭歌，善舞的恳初①，模仿战场厮杀，跳了八夜恳洪②，安慰了死者。""八"也有吉祥之意，如"支嘎阿鲁"与阿颖为堵洪水而选的吉祥数字："牛群里点了八条头牛，挑选八大山为头。羊群里点了八只头羊，群山中选八座山为头。"

"支嘎阿鲁"史诗中所呈现出来的对于数字的偏好，与彝族现实生活中对祖先崇拜的诸多现象有相通之处。彝文经典《勒俄特依·石尔俄特时代》记载，石尔俄特家八代生子不见父，在四处寻找父亲的过程中，女子施色问他"家中三节不烧的木柴"指的是什么，他在人的指点下回答是"家中的祖灵"。彝族认为人有三魂，人死后，这三魂分归祖先居处、守候故地、留在家中这三处。在乌蒙山彝族的有钱人家供奉的祖灵的仪式与供奉的竹节也多与"三"相关，如祭祀时打"醋炭"所用的三个烧红的鹅卵石、三节竹节等，其祖灵房一般也是分为三间，以三牲（壮牛、肥羊、肥猪）作为祭品等。彝族的祭祖大曲的祭师人数虽然没有严格的限制，但六个主祭师不可缺少，且各司其职，祭祀九天。

可以说，彝族文化中的数字思维不仅体现在"支嘎阿鲁"史诗叙事中的直接表述，而且直接影响了史诗的情节进展，民间故事中常见的"三叠式"叙事在"支嘎阿鲁"史诗中还表现为"七叠式""九叠式"等，但以"三叠式"为主。阿买妮在《彝语诗律论》中早已指出："写诗的时候，须分为三段，前两段写景，后一段写人，必须这样写，这样写的诗，写来又好记，男女老少呀，人人都能唱，个个能记牢，流传宽又广，根子入地深，代代相传承，人人能记诵。""支嘎阿鲁"史诗也呈现出这种"三段"记忆法，在关于母题的研究中，笔者已经指出许多小母题的程式化特征，从数字文化这方面来看，许多小母题的数字重复，可以反映彝族关于重复的思维惯性。如在《支嘎阿鲁传》中多次出现"遇人问路""遇人救教""遇人求救"这类母题，既有"支嘎阿鲁"问路，也有举祖访阿鲁，古笃阿鲁被

① 恳初，专门从事跳舞唱歌的人。
② 恳洪，祭祀的舞蹈。

妖追赶而求救于所遇到的老人，英雄寻找父母，确勺哎六次问路，英雄寻找父母十次找人问路等。抓住这些具有伴随意义的数字，仔细品味这些词所含的文化伴随意义，能由表及里，由浅入深，由形象感受进一步延伸到深层次去领会史诗所包含的彝族文化生活内容和思想情感。

第三节 彝族传统诗学与"支嘎阿鲁" 史诗的审美追求

在彝族古代诗学形成和发展的历史长河中，历代诗家和诗歌理论家在探索诗歌创作和诗歌审美活动的一般规律时，创造性地运用了一系列诗学范畴和命题。本节结合这些诗学范畴仅从彝族传统诗学对"支嘎阿鲁"史诗三个方面的影响来对史诗的审美追求予以观照和探析。

一、"主"与"支嘎阿鲁"史诗

巴莫曲布嫫在《鹰灵与诗魂——彝族古代经籍诗学研究》中谈到，"主"是彝族古代诗学中最古老、最重要、最核心的范畴，在诗歌审美价值的构成上占据着主导地位，"主"最基本的含义是诗中所抒写的对象（审美客体），如某段或某首诗，咏山则山是主，叙人则人是主。"主"不是一个单一的可以绝对界说的命题，而是一个内涵丰富、外延宽广的系统，"主"还派生出含有主根、主干、主体、主旨、主题、主脑、主韵等多层意蕴。[①]所以历代彝族诗论家们一再强调"主"的重要性。

在彝族诗学史上，"主"最早由阿买妮提出，后世诗学论者又不断使之丰富和发展。阿买妮在《彝语诗律论》中论及"主"时提出："诗中各有主，各体有区分。""诗文各有风，题材各有主……诗中的三段，头一段写景，二一段写物，三一段写主，景物主相连。""前两段写物，后一段写

---

① 参见巴莫曲布嫫：《鹰灵与诗魂——彝族古代经籍诗学研究》，社会科学文献出版社 2002 年版，第 521—525 页。

人。"在阿买妮的诗论中,"主"有主干、主体、题材等主要内容和描写人物对象等多重意义指归。

"支嘎阿鲁"史诗在述写人物时,也很注意这一规则。如《支嘎阿鲁王·大业一统》中,对"支嘎阿鲁"平息叛乱后的描述是这样的:

沟渠要常清理,不然填满淤泥,能弥八鲁旺,重新立标记。太阳揩去了灰尘,光彩熠熠,月亮擦掉了污斑,洁白如银。清除雕王境内荆棘,破了虎王地盘拦路刺,肃整隆王故地纲纪,洗刷血的耻辱。羊粪能带来,荞子的饱壮;耻辱能带来,无穷的财富。不扑灭野火,会酿成火灾;不平息叛乱,会造成祸患。支嘎阿鲁哟,借助雷电的威力,扑灭了鲁方的野火,平息了鲁方的叛乱。

这三段诗中,显然叙述"支嘎阿鲁""清除雕王境内荆棘,破了虎王地盘拦路刺,肃整隆王故地纲纪……扑灭了鲁方的野火,平息了鲁方的叛乱"的第三段是"主",前两段起兴是为了引出和更好地述写第三段"支嘎阿鲁"的业绩。

彝族诗论家们还将"主"的范畴由"人"的描写延伸到了人的"情性",布麦阿钮在《论彝诗体例》中指出:"如要写人时,定要抓住主,抓住人本性,本性就是主。"显然,他在阿买妮论人为"主"的基点上,阐发了"主"不仅是指诗中所写的人,也指人的情感和个性。为了进一步阐述其观点,布麦阿钮还以例论的方式进行解说:"比如写女人,女子到十八,十八正当春。女到一十八,体变气充盈。体变心也变,心变有情生。情变可作主,女变可作题。"可见,作者所选择的描写对象——女子只是"题",而女子随着年龄的成长而发生的情性变化才是诗歌描写的重点,即"主"。布麦阿钮把人的"情性"作为"主"这一范畴的首位要素,为他建构诗歌"有关人之本"的论说提供了前提和基础。

在彝族古代诗学的开山之作《彝族诗文论》中,举奢哲在《论诗歌和故事的写作》篇中将彝族文学划分为"故事"和"诗歌"两大部类,他所说的"故事",就是我们今天所说的叙事诗,"诗歌"即我们所说的抒情诗。

和汉族诗学以抒情诗论为主不同，彝族诗学是以叙事诗论为主的。古代彝文诗歌以叙事诗为主，如阿买妮说彝诗"叙事体为主，诗歌各种型"，漏侯布哲说"这种记叙体，彝文古籍中，大约占八层"，均说明了这一点。彝族古代诗学也多从叙事体诗类出发，系统地总结和概括了叙事体诗歌的创作经验和文本特征。

举奢哲在阐说"故事"体诗类的创作方法时指出，诗歌作为客观现实的反映，它可以"记下一切事，来记天下事""不管流传的，还是现编的，都要表现出，事件的真相，人物的活动，当时的环境"。在这段简洁的论述中，举奢哲清楚地涉及了叙事类作品的三个基本要素：人物、事件和环境。他进一步强调："所以写故事，一定要记准，一定要写清：故事的发展，人物的成长，事情的起因。"

在最近新发掘翻译的文论《论诗一体裁》中，布麦阿钮对"故事"中的"主"及其人物、人物"情性"的叙写专有论述，并以"支嘎阿鲁"史诗为例加以说明：

> 诗体有多种；写来风格异，不可一概论。各类诗当中，备有其体裁，各有其风格，诸体韵不丽；诗体各有主，主骨不相同。歌有歌的体，韵在尾中出，头尾备有韵，格式也不同。

> 至于写故事，故事也有主，主干各有别。人有人的名，物有物的类，性有性的能，性能皆可分。诗体有轮廓，故事有层次。写诗好不好，有主才分明。神韵主上出，文采笔上生，诗在韵上起，声在尾上明。各体可归类，类别有区分。比如诗歌呀，就是一种体；再如故事呢，也是一种体。体裁作者选，定主作者定。如要写故事，作者要弄清，主干分明后，再把景物配，再把事写清。

> 古时的故事，故事真是多。各有各的主，各有其景物。景物各有色，人物各有性，性能各不同。在写故事时，写人这样写："比如阿鲁呢——他的长相呀，看起像棵松，身材很魁伟。如要看他头，他头像日月；如要看他脸，脸上泛红光。阿鲁他会变，一

变变百样；阿鲁他会飞，一飞飞千里。阿鲁本领高，阿鲁本领强，阿鲁为世人，收妖传医术。医道阿鲁传，病根阿鲁收。"上述这个人，他就是阿鲁，像阿鲁这样，就是诗中主，他就是主骨。在写故事时，主干非止一。比如我写的，以上这段中，阿鲁是主干。然而主干呀，其中还可分。以上所谈的，所谈的那些，它的主干呢，有的时候呀，可以不是主；而有时候呢，它又成了主。

如写阿鲁时，阿鲁是主干。在写妖怪时，有时是主干，有时又不是。

故事的写法，它不像诗歌，因为写诗歌，写诗要讲韵，写诗要谐声，上下要相扣，句中字要接，字接才相连，相连才有韵，有韵才有声。可是故事呀，它就不同了。不同在哪里？不同就在于，连声不管韵。只要上下连，故事脉络清，人和物分明。为何要分明？只因人和物，类型各有分。人有人的性，性情各不一；物有物的形，形状有区分，各有各性能。如要写人呀，定要抓住主，抓住人本性。本性就是主，本性就是骨。对于写人物，说来是这样。①

身为审美活动的产物，文学形象是审美创造的直接结果，也是主观与客观两种不同因素相互作用、相互融合的产物。中国古代文论通常用"意象"等来界定具体的艺术形象，目的是为了突出艺术形象既有主观的"意"，也有客观的"象"，是主客观因素的相互结合。虽然文学形象一般来说是具体的、个别的、感性的，然而它总是包含着远远超出这种个别性和具体性的内涵，这就是文学形象的概括性。刘勰用"称名也小，取类也大"② 来概括文学形象的这个特点；黑格尔则说："美的内容固然可以是特殊的，因而是有局限的，但是这种内容在它的客观存在中却必须显现为无

---

① 沙马拉毅主编：《彝族古代文论精译》，王子尧等译，民族出版社 2010 年版，第 254—260 页。
② 刘勰：《文心雕龙·比兴》，见《中国历代文论选》第 1 册，上海古籍出版社 1979 年版，第 71 页。

限的整体。"①

"人有人的名,物有物的类,性有性的能,性能皆可分。"注意到了文学形象概括性的特点,不仅如此,诗论中也强调了文学形象的个性化特征:"人有人的性,性情各不一;物有物的形,形状有区分,各有各性能。"在《论各自诗思》中,布麦阿钮还谈道:"人各有个性,能力也不等,有的能力大,有的能力小,无论大与小,界限很分明。个性强与弱,要因事而定。人性可作主,人性自有分。"② 形象的概括性是个性化的结果,"支嘎阿鲁"史诗在描绘和塑造形象的时候,也充分注意到了这点。

"支嘎阿鲁"是一个射日射月、降妖伏魔的英雄,既有"阿鲁骑上马,下凡到人间,开北方天门,从北方测量,轰轰烈烈地,测天杖测天,量地带量地,镇天上烈日,镇住人间妖,除尽地上魔,灭天地妖魔……阿鲁跃上马,手执马缰绳,神马嘶嘶鸣,阿鲁笑开颜。"(《支嘎阿鲁传·阿鲁测四方》)的一面,也有"笃支嘎阿鲁,干起了农活……砍火地,烧火地,撒荞麦,锄生地"作平民的一面。他经历了"麒麟当马骑,以虎豹为狗"的威武,也有战后"敌我全遭毁灭,入侵者全被消灭,守城者全都战死。城堡变成坟墓,埋葬了入侵者,掩埋了守城人,战场没留下活口,惨不忍睹的场面,无法向后世诉说"(《支嘎阿鲁王·迁都南国》)的黯然。"支嘎阿鲁"的"情性"及英雄形象就是这样被塑造起来的,史诗的叙述,既注意到了形象的个性化特征,又始终体现着"支嘎阿鲁""主"的位置。

二、"味"与"支嘎阿鲁"史诗

"味"作为一个审美范畴,是彝族古代诗歌美学的重要特征之一。"味"最早由阿买妮提出,强调的是诗歌结构的整体美和审美心理的感受体验。后来的诗论各家沿袭了"风味"这一概念,但又将其称之为"味"或"诗味",其具体内涵也不尽相同。如布麦阿钮在《论彝诗体例》中,就对"滋味"进行了较为透彻的解析:"深有深的景,景有景的界,界有界的境,境

---

① [德] 黑格尔:《美学》第一卷,朱光潜译,商务印书馆 1979 年版,第 142—143 页。
② 沙马拉毅主编:《彝族古代文论精译》,王子尧等译,民族出版社 2010 年版,第 260 页。

自有其美，美自有所生。生由字句起，起有题可分。分则分层次，层次应分明。明为诗的体，体含血肉层。层层偶偶紧，紧紧又相连。写诗这样写，写来格调高，读来有滋味。"很显然，布麦阿钮将"诗味"看作评判诗歌的最高审美价值标准。只有拥有这样的滋味的诗才是"格调高"的"诗之至"。那么什么是诗的"滋味"呢？布麦阿钮鲜明地指出了有关"滋味"的论说："若要专谈诗，说来广又深，滋味各异趣，写法也不同。"也有学者在《论彝族诗歌》一文中认为，诗歌要传神地传达出主人公的丰富而强烈的思想情感，才能打动人心，感动读者。诗味与诗情有着密切的关联："彝族三段诗，题旨很分明。诗中情很浓，读来味很深。"布阿洪也认为："写来有感情，诗情就浓郁。读来就有味，传下就有根。"这同钟嵘所说的不谋而合。钟嵘认为只有有感而发的"吟咏情性"之作，才会有"滋味"或有诗"味"。

史诗离不开抒情写意，抒情写意是"味"的要求。"支嘎阿鲁"史诗是如何在作品中把那种无形无体的情感传达出来，使接受者在接受过程中也能感受到类似的情感呢？叙述者主要是通过把情感化为具体可感的形态，以具象之物来传达抽象之情。

一是在其现象层直接呈现与生活非常接近的写实形态，根据情感表达的需要，抓住那些最能负载浓烈情感的人、事、景、物，构筑出场景或画面，并予以突出表现，直接表达感情，如《支嘎阿鲁王·迁都南国》对战后惨烈场面的描述：

> 没有胜利的凯歌，没有失败的悲歌，城池被血火淹没。战戟和弓矛，漂浮在血水上。血火一样红，血火汇在一起，血在下面流淌，火在上面燃烧。就像煤一样，云烟一样黑，烟云汇在一起，天上乌云翻滚，地上浓烟冲天。谁都没占便宜，毁灭性的灾难过后，留下的是瓦砾，留下的是白骨，留下城池的残垣，繁华的城池，从此荒芜萧疏。

那种对战争的厌恶和恐怖之情，体现在血、火、云、烟、瓦砾、白骨、残垣等一系列意象之中。

二是以极度夸张的手法，变形而达意。如《支嘎阿鲁王·古笃阿伍》中，古笃阿伍逃避妖怪追赶遇到放牛翁时，放牛老翁的夸张语言就充分表现了妖怪的可怕，更体现了古笃阿伍的恐怖之情和最后解救古笃阿伍的"支嘎阿鲁"具有超高智慧：

> 九千条鲁比①，其中有一条，见危难要帮，遇知恩要报，人不能贪心。在我年壮时，在高山，放声吼三下，能把风雨唤；在田间，三斗种的地，一天就耕完；抱牛撞老虎，也是平常事。而今我年迈，气力已衰竭，救不了你难，逃跑人长命，你快些逃命！

三是营构超现实的幻化之象。《支嘎阿鲁传》与《支嘎阿鲁王》中，不仅塑造了大量神的形象，而且刻画了众多魔的形象，在描写英雄与魔鬼所进行的直接的对立和争斗中，抒发并体现了人们对英雄的崇敬之情。"巡海除寿博""智胜雕王""途中救弱女""阿鲁灭哼妖""阿鲁斩杜瓦""阿鲁射日月"是《支嘎阿鲁传》这部史诗中的核心部分，也是最能突出表现"支嘎阿鲁"英雄形象的部分。大海里的孽龙寿博兄弟、雕王、食人魔鬼撮阻艾、白颊骨妖撮宇吐、魔鬼哼氏家庭、洞中的杜瓦、多余的六个太阳和六个月亮等，全部都是穷凶极恶的敌人。对于这些严重威胁民众生命安全的妖魔鬼怪，"支嘎阿鲁"经过千辛万苦，以大智大勇的英雄气魄，爱憎分明的人生态度，除恶务尽的坚强决心，逐个地降伏、斩杀和清除了全部妖魔鬼怪，给天地重新带来了生机勃勃，为人们带来了安宁。

《支嘎阿鲁王》中先后出现的为数众多的妖怪，如海里的妖怪孽龙寿博兄弟、雕王、虎王等，都是对社会原有形象的异化。正是花大笔墨进行对这些面目可憎的妖魔鬼怪的刻画，才衬托出"支嘎阿鲁"高大完美的神性英雄形象，并使其成为最具典型化和理想化的英雄代表。作为史诗的主人公，"支嘎阿鲁"也是一个幻化大师和巫术大师，他神通广大，变幻无穷，

---

① 鲁比，即格言、谚语、警句等。

拥有最具威力的本领和武器——法术。法力无边的"支嘎阿鲁",如同中国四大名著之一——《西游记》中的孙悟空一样,是一位能变善变的英雄。他一会儿是一个小孩,方便去雷公那里探听虚实;一会儿又是龙,好去问恶魔巨蟒的致命弱点。《支嘎阿鲁王·灭撮阻艾》中把幻化和巫术描写得淋漓尽致:

> 魔王巧比叔,大锅炖老头,孩童生着吃。来不及抹嘴,见支嘎阿鲁,肥肉自送来,口福真不浅。人最怕女鬼,就变作女鬼,伸手捉阿鲁,支嘎阿鲁哟,变作一团雾,捉拿他不得。魔王巧比叔,海水威力大,变作一个海,要淹没阿鲁,支嘎阿鲁哟,变块大青石,淹没他不得。

《支嘎阿鲁传·巡海除寿博》中在描写"支嘎阿鲁"与寿博兄弟斗法时写道:

> 寿博家大儿,忽然一变化,变作个女人,就要动阿鲁,阿鲁摇身变,成一团黑云,寿儿架不住。寿博大儿变,成一片汪洋,想攻击阿鲁。那团黑云变,成一林石桩,攻也攻不动。一片汪洋变,成三对黄蜂,想改变战术。

这些象征智慧的幻化特性,使英雄史诗刚柔相济,趣味横生,同时也很好地抒发了人们对英雄的感情。

漏侯布哲在《谈诗说文》中阐述了诗歌"品评"的审美标准:"一要诗出彩,二要诗力强,三要诗有劲,四要声连押,五要声韵对,六要诗裁妙,七要诗彩显,八要骨肉连,九要叙事清,十要三段紧。写诗高手们,我说的这些,是不是这样?诸位细品评。"其品评原则与袁枚在《随园诗话》中所说的"其言动心,其色夺目,其味适口,其音悦耳,便是佳诗"有许多相似之处。"支嘎阿鲁"史诗也正因"诗出彩""诗力强""诗有劲""骨肉连"及"叙事清"等,才使史诗独具"滋味"。

三、"魂"与"支嘎阿鲁"史诗

"魂"作为彝族古代诗学理论的基本范畴和十分重要的诗歌美学原则，最早见于南宋布麦阿钮的《论彝诗体例》第七章，在该章，布麦阿钮提出了"风骨""神韵""味"等诗学概念以及"诗有风寒意，云雨字上生""主骨诗之体，冷峭是诗魂，诗冷诗有色"等诗歌观念，率先使用了"影形"和"诗魂"的概念。之后，清代的各位彝族佚名诗家和漏侯布哲以自己的诗学体会对之进行了完善，对形、影、魂之间的关系以及诗魂命题给予最为全面的阐述，形成了影响较大的彝族诗歌美学范畴"诗魂说"。

关于"诗影""诗魂"，王子尧等翻译整理者在译注中对此作过释义："诗影、诗魂近似于意象、灵感或诗意、诗味一类东西，尤为抽象空灵，属于诗之更高、更深的层次。"巴莫曲布嫫从彝族传统的灵魂观念来进行考察并给予准确释义，她认为这一范畴直接导源于作为毕摩的诗家们的灵魂观念，是针对诗歌构思而言的，阐述的是诗歌意境的创造过程。"诗影寓诗魂""魂影成一体"即是彝族诗学家们所追寻的最高诗歌美学境界。

巴莫曲布嫫认为，在毕摩古代哲学及原始宗教的信仰体系之中，"哎哺"就是"影形"相结合而有了人，但人的灵魂之"魂"和"影"本自为一，"魂"和"影"在彝文之中也以同一个同形同音的"水"字来表示。从文字上看，这似乎是一种巧合，但从文化背景，尤其是从灵魂观念的深层结构上来看，二者存在相当密切的内在联系。彝族人自古就有所谓的"人影魂俱一"之说，其变体即是"人死三魂说"。因此，我们可以认为彝族诗学中出现的"影""形""魂"，大致是彝族传统灵魂学说中的"人—影—魂"观念以及"人有三魂"说的直接变体，并能在诗学中具体化表征的后果。

布麦阿钮的"影形成意境"之说，点出了诗歌在构思过程中从意象转至意境的艺术真谛。"冷峭是诗魂"，突出地表现了他所追求的诗歌意境应该拥有深沉、清淡、峭拔、悲凉的艺术韵味。清代在诗学论说上颇有建树的漏侯布哲在《谈诗说文》中指出："每一种诗式，它都能表达，能表万物影，能表万物形。"万物都有自身的形体和颜色，表现为物之"象"，因而

"见色就有物""有象就有色""既有色和彩,它便都有影,它便都有魂"。如果把握不准,诗中原本的色彩就会"有影没有形,如想象中色,如夜梦中彩"。"形"和"影"的相互融合才是诗人的主观意识与客观物象的高度统一,才能形成诗歌的"魂"——意境。①

《论彝族诗歌》中阐述了"诗影"和"诗魂"的关系:"凡诗都有根,是诗都有主。根就是诗根,也就是诗影,主就是诗魂。"这里的"诗魂"即指诗歌所蕴含的诗人的深沉思想、强烈感情,故而"诗中的影魂,魂影成一体,此体即诗根。""识广构思新,笔下出影形。"布麦阿钮在《论彝诗体例》里还进一步阐述了意境构成的基础:"主干具影形,影形成意境,意境各分明。"我们知道,意境是在艺术形象的基础上形成的,"影形"即诗歌艺术的形象构成。

意境又称作境界,或简称作"境",是意象中一种寓于形而上意味的类型,也是中国文学理论中关于抒情写意类文学形象的最高范畴。作为文学理论术语,意境初见于唐代,其思想渊源可追溯到老庄哲学,并和佛教有关。

受彝族古代诗论的影响,"支嘎阿鲁"史诗意境的建构有以下特点:

一是与汉族诗论中"意境"萌发于"立象以尽意"的"意象"不同,"支嘎阿鲁"史诗对物象、事象特别重视。彝族早期诗论中的"意境"说始于举奢哲的"浓墨描事象,重彩绘心谱"及阿买妮的"万事可入诗,万象诗中出"由"物"到"象",由"万物"到"万象",这与彝族诗歌重叙事,而汉族诗歌重抒情的诗歌传统有关。

"支嘎阿鲁"史诗正是通过对物象、事象的叙述来构筑意境。《支嘎阿鲁王·天地初开》中的叙述,把我们引入了天地初开的神话时代:

> 天和地连成一体,山和水连在一起,昼和夜连在一起,太阳月亮连在一起,天地黑空空,世界黑洞洞。昏昏沉沉的天地,混混沌沌的世界。倏忽之间,闪过一道强光,名叫鲁叟佐的人,打

---

① 参见巴莫曲布嫫:《鹰灵与诗魂——彝族古代经籍诗学研究》,社会科学文献出版社 2002 年版,第 546—557 页。

开了铜锁；叫朵叟佐的人，打开了铁锁。鲁叟佐住的地方，就叫顶上；朵叟佐在的地方，就叫底下，从此分开了上下。

再如《支嘎阿鲁王·神王降生》，也通过对物象、事象的叙述构筑了一个美丽而奇特的意境：

> 春天光临支嘎山，正把大地亲吻；支嘎的马桑，才伸出第一枝；巴地的杜鹃，才叫第一声；艳丽的索玛，才开第一朵。忽然间天地抖了三下，雷鸣惊天地，闪电照宇宙，一只苍鹰搏击长空，一个婴儿呱呱降生。

二是和汉族诗歌相比，"支嘎阿鲁"史诗在构筑意境时，在情与景、虚与实的关系方面侧重点不同。汉族诗论在情景关系上偏重于"情"，在虚实关系上侧重于"虚"，重抒情，崇尚"空灵"的审美传统取向。彝族诗论中，虽然阿买妮在《彝语诗律论》中谈道"各有各的景，景因物而呈，丰赡在于景，景依内容定"；布麦阿钮也提出"有景才成体""景色是诗体"，都强调了"景"与"物"，"景"与"情""意"等之间的关系，但在情与景二者之间偏重于"景"，也就是在"虚"与"实"之间更重于"实"，这与彝诗的叙事传统所强调的摹绘景物、烘托环境有关。

《支嘎阿鲁王·天地初开》摹绘了"支嘎阿鲁"父母初开天地时的情景，烘托环境，为后面英雄的神奇降生埋下了伏笔：

> 恒扎祝治天，嘗阿媚治地，从支嘎山出发，快治完了天，快治完了地，到了北方姆古勾，左边雾沉沉，右边霭茫茫，恒扎祝精疲力竭，嘗阿媚全力已尽。树落叶归根，人老归祖先，恒扎祝和嘗阿媚，回到支嘎山。

即使在描写"支嘎阿鲁"与其情人的浓烈情感时，史诗也是偏重于写"景"叙"实"，并以此构筑起相思的意境。《支嘎阿鲁王·移山填水》：

走了支嘎阿鲁身，带走鲁斯阿颖的心。支嘎阿鲁哟，说星星俊美，他胜过星星，日月一样闪光的眼睛，伟岸如青松的身材，雄鹰样矫健，雄鹰样的壮志。有这样的男人作伴，粉身碎骨心也乐。在恒洪鲁牧场，鲁斯阿颖哟，阿鲁才走三天，她强如过了三年，像霜浇的嫩叶，一天更比一天萎！鲁斯阿颖哟，整日默头想阿鲁，泪水湿透了裙子。

以上我们可以看出，虽然彝族"诗魂说"说的也是"意境"，但和汉族诗论相比，关于诗歌"意境"的美学特征有所不同。巴莫曲布嫫言及此题时谈到，彝族诗学中的"意境"作为审美范畴正式出现，是附和于布麦阿钮和布阿洪等人对"形影"及"诗影"——诗歌意境的虚实相生的阐说之中，"影形"直接源出于彝族原生宗教哲学思想中的"哎哺"二元观，在美学特征上体现出来的理论总结是"诗魂说"："诗要有影形""影形成意境，意境各分明""诗影寓诗魂""魂影成一体"等；但其前提则是："风与景色俱，场景形影现。景象宽又广，紧密而分明，各处都如此"（布麦阿钮语）；"分则要有魂，魂出须有脑，脑出须有彩。有彩则有景，有景便有界，有界便有色，诗文才精妙""既有色和彩，它便都有影，它便都有魂"（漏侯布哲语）。在诗歌意境的虚实统一之中偏重于"实"的"境"——景象和色彩。在"意"与"境"的关系上侧重于"意"，"意境各分明"。而汉族诗论中"意境"范畴的深层内核和美学特征则是"境生于象外"，即意境产生于意象又超越意象，从有限到无限，追求的是一种以实为虚，崇虚尚意、有无相成的诗歌化景，这与汉族"意境"论深受老庄、玄学和佛学禅宗的影响有关，所强调的审美旨趣是以自然而含蓄的艺术语言来表现和悟解宇宙与生命的"自然流行之气"，达成"元气浑成，其浩无涯"即"意蕴令人味之不尽"的艺术化景。[1]

---

[1] 参见巴莫曲布嫫：《鹰灵与诗魂——彝族古代经籍诗学研究》，社会科学文献出版社 2002 年版，第 556—557 页。

本 章 小 结

彝族很早就有了自己的诗文论，从这些诗文论中，我们可以看出彝族诗歌的美学追求及审美品格。"支嘎阿鲁"史诗是在民间诗歌的基础上被毕摩搜集整理入彝文古籍的，因此，史诗一方面从取材到章法，从格调到韵味，都洋溢着独到的、浓郁的民族特点；另一方面也深受彝族古代诗学的影响，南宋布麦阿钮在其诗论中就多次以"支嘎阿鲁"史诗的写作为例。

彝族古代诗学是彝族毕摩和歌手摩史写诗论诗的主要理论依据，影响颇为深远，为探讨彝族人民的社会历史、民俗风情、思维方式、艺术观、审美观及其他文化现象提供了珍贵的资料，"支嘎阿鲁"史诗是从毕摩经籍中翻译出来的，这些诗学思想对很多年前整理、传唱"支嘎阿鲁"史诗的毕摩当然会有较多、较大影响。

本章就彝族传统诗学对"支嘎阿鲁"史诗在叙事、抒情和审美追求等方面的影响作了初步探寻，并就其特定的对"支嘎阿鲁"史诗影响较大的"主""味""魂"等诗学审美范畴进行了提炼与归纳。

彝族"支嘎阿鲁"史诗是伴随着彝族先民支配自然欲望的萌生发展而逐渐形成的，并伴随着他们欲望领域的开拓而不断丰富。彝族独特的毕摩文化和古代诗学体系及其美学思想，对"支嘎阿鲁"史诗的传唱和文本整理有着极大影响。"支嘎阿鲁"史诗的研究，还有许许多多留待我们去深入研究的领域，还有许许多多等待我们填充的空白。比如"支嘎阿鲁"史诗的绘画叙事，比如"支嘎阿鲁"史诗的祝咒特征（《支嘎阿鲁传·阿鲁测四方》一开头就是"雷声响隆隆，令司妖撤退。飓风刮嗖嗖，令署怪撤退。水下寿博鲁，现出一次身，坝神与山神，现出一次身，在高空云际，雄鹰翅振振，不是空振翅，是在逐司妖，是在镇署怪。"），这些将是笔者下一步所要继续学习和探讨的问题。最后，借《支嘎阿鲁王》史诗的结尾来结束本书，也以此作为对自己的一种鞭策和自己今后做人做事的一种动力：

　　天上最亮的星，他就是支嘎阿鲁，他用深邃的眼睛，盯着他的子孙。要他的子孙永上进，要他的子孙有作为，要他的子孙昌盛繁荣，要他的子孙自强不息……那闪闪的星星，是支嘎阿鲁，敏锐的眼睛。

结　语

　　本书以贵州流传的两部英雄史诗文本为主,旨在综合运用多种方法多维度地对彝族"支嘎阿鲁"史诗进行史诗背景层面、史诗文本本体层面和彝族传统诗学对史诗的影响层面这三个方面的解读,力求对该史诗有一个较为全面的把握,对南方英雄史诗特别是通过毕摩较早搜集整理入彝文经籍的彝族英雄史诗及其特点有充分的认识。

　　为达到研究目的,本书首先对史诗的文本及相关材料进行了梳理,在借鉴前人研究成果的基础上,先从史诗主人公"支嘎阿鲁"的名解入手,指出了贵州史诗文本突出的地域性特征及其南方文化英雄史诗的特点和价值。

　　在对史诗的细读和对相关文献的梳理过程中,笔者发现彝族产生和发展英雄史诗的时期主要在汉代以前,亦即夜郎国的存在时期。作为夜郎故乡的贵州,特别是贵州西北地区,是彝族的英雄史诗最为稠密集中的地方。目前,在这里发现并翻译面世的彝族英雄史诗,流传在贵州省内部的自然不必说,即便是流传于云南、四川、广西等省区的英雄史诗,几乎全部与贵州西北地区的史诗有着深厚的渊源关系。在厘清"支嘎阿鲁"史诗形成和发展的道路,提出"支嘎阿鲁"史诗源于云南古滇部落的部落叙事,形成于乌蒙山区,发展于争战频繁的夜郎古地的同时,通过对史诗与原始公社时期文化遗产之间关系的解读及彝文典籍的记载进行分析,找出了南方彝族"支嘎阿鲁"史诗的形成规律和彝族独特的毕摩文化对该史诗的影响。

　　在"支嘎阿鲁"史诗的母题分析中,笔者认为,"支嘎阿鲁"史诗具有

与我国北方三大英雄史诗类似的英雄神奇诞生母题、英雄征服恶魔母题、英雄的神奇婚姻母题及英雄救母母题等，这些母题共同构成了"支嘎阿鲁"史诗的神奇世界，反映了彝族文学与其他英雄史诗的可交流性。同时，作为南方民族英雄史诗，"支嘎阿鲁"史诗母题也具有自己的独特性，这些独特性既反映了彝族文化中重人文胜于重武功的民族个性，又体现了南方文化英雄史诗和北方英雄史诗的区别。"支嘎阿鲁"史诗母题所包含的丰富的文化意象，也与史诗的重要传承人毕摩和彝族的宗教文化及各种日常生活仪式、礼仪等有密切关系。

普罗普在《神奇故事的历史根源》一书的结尾中指出："随着封建文化的产生，民间文学的因素成为统治阶级的财产，在这种民间文学的基础上创作出了一系列英雄传奇……民间文学，包括故事，不是只有千篇一律的一面，在具有同一性的同时它还是极其丰富多样的。对这种多样性的研究、对单个情节的研究，要比对情节结构相似性的研究困难得多。"① "支嘎阿鲁"史诗中的其他母题所蕴含的一些文化意象及其所具有的独特性，如英雄征服恶魔母题中的各种动物意象与寻找模式等，都具有独特性，对这些母题的独特性进行研究，是一项任重而道远的工作，这项工作才刚刚开始。

在对"支嘎阿鲁"史诗的背景和文本本体进行充分解读和理论探讨后，本书专就彝族传统诗学对"支嘎阿鲁"史诗在叙事、抒情和审美追求等方面的影响作了探寻，并就对"支嘎阿鲁"史诗影响较大的"主""味""魂"等诗学审美范畴进行了提炼与归纳。

一路走来，在对史诗的产生到分析解读文本建构，直至关注史诗的叙事、抒情、意境构筑等多样的审美情感和认知，我们也经过了一个从个体到整体的进程，而又重新回归到个体的历程。笔者所使用的材料较为成熟新颖，主要的史诗文本《支嘎阿鲁王》是贵州民族出版社 1994 年出版的学界公认较为成熟的英雄史诗，在刘守华、陈建宪主编的普通高等教育"十一五"国家级规划教材《民间文学教程》中就作为少数民族英雄史诗的范

---

① ［俄］弗拉基米尔·雅可夫列维奇·普罗普：《神奇故事的历史根源》，贾放译，中华书局 2006 年版，第 476 页。

例提出；另一主要史诗文本《支嘎阿鲁传》是贵州民族出版社 2006 年出版的目前关于"支嘎阿鲁"最新最长又相对完整的史诗作品。文中所引用的四川的《支格阿龙》史诗是 2008 年翻译整理出版的文本。彝族诗文理论所用的材料是民族出版社 2010 年 10 月刚出版的《彝族古代文论精译》，该书原为 2009 年底结题并获奖的国家社科基金项目"彝族古代文艺理论"的成果，它在原来影响较大的 12 篇文艺论著的基础上，又发掘整理翻译了 14 篇诗论，新发掘的彝族古代文艺理论为本书首次论及并使用。

笔者所探讨的诸多问题本书只是进行了部分论证和初步说明，然而笔者渴望达到的终点仍然在远方，以下仅就本书的不足给予说明：

一是对作为非物质文化遗产的史诗的传承保护研究没有较多涉足。彝族史诗既是民间文学作品，又是存载于彝文古籍中的文化遗产，《支嘎阿鲁王》和《支嘎阿鲁传》都是根据彝文古籍翻译整理的。彝文古籍作为一种非物质文化遗产，是彝族文化与文明的载体。我们知道，物质文化遗产保护运动于 20 世纪六七十年代开始，而非物质文化遗产保护在整整晚了三十多年后的世纪之交才姗姗来迟。在全球化、信息化、市场化的宽广背景下和现代世界遗产国际化运动的现代语境中，作为人类文化多样性的重要体现但却是非主流的、弱势的、边缘的少数民族非物质文化遗产"每一分钟都在消失"，这种尴尬对人类是痛苦和残酷的。但是鉴于篇幅所限，本书并未对此进行深入研究，特别是对两部史诗的搜集整理者的研究。这既是一个遗憾，也是笔者下一步的研究目标。

二是关于彝族古代诗论及其对"支嘎阿鲁"史诗的影响的研究不甚深入。彝族古代文艺理论从其古籍文献的时间跨度上看，上始彝族哎哺（传说）时期，下迄明清，其内容涉及彝族古代文艺的起源、文艺的社会功能、文艺的创作过程、文艺作品的内容和形式、文艺作品的体裁、古代彝族作家的艺术修养及文艺欣赏等，另外还涉及长诗、短语、天文、历法、哎哺阴阳、天干地支等有关方面的一系列与彝族文艺理论相关的问题。这些诗学思想对很多年前整理、传唱"支嘎阿鲁"史诗的毕摩当然会有较多、较大影响。本书的探讨仅仅是一个开始。

钟敬文在巴莫曲布嫫的《南方史诗传统与中国史诗学建设——钟敬文

先生访谈录》中谈道:"我感觉到,探寻蒙古史诗传统或者突厥史诗传统,或者某个南方民族的史诗传统,乃至你们彝族某个支系的传统都是同等重要的。只有在对这些重要史诗传统进行全面仔细的考察之后,我们才能更进一步地在更大范围的整体上来看中国史诗。总之,中国的南北史诗是不尽相同的,大致上如此,但并不是完全绝对的。这就有待我们从理论思辨的视角去建构中国史诗学的基本研究框架。"① 中国史诗学的理论建构应适应中国本土的史诗传统研究,对彝族古代诗论及其对"支嘎阿鲁"史诗的影响的研究,是笔者今后所面临的一个更为复杂的课题。

总之,"支嘎阿鲁"史诗既是彝族英雄史诗的代表,也是我国南方民族英雄史诗的一个范例,对"支嘎阿鲁"史诗的研究也许才刚刚开始。就"支嘎阿鲁"史诗而言,前人已经做过的,许多人正在做的,更多的人将要做的,其实都只是围绕在"支嘎阿鲁"史诗这朵奇葩的周围纷飞的蝴蝶,这朵奇葩和它所存在的彝族土壤里有着更多的芬芳等待着我们去采撷!

---

① 巴莫曲布嫫:《南方史诗传统与中国史诗学建设——钟敬文先生访谈录》,《民族艺术》2002 年第 4 期。

参 考 文 献

一、史诗材料

1. 阿洛兴德整理翻译：《支嘎阿鲁王》，贵州民族出版社 1994 年版。

2. 李么宁搜集整理，王光亮翻译，田明才主编：《支嘎阿鲁传》，贵州民族出版社 2006 年版。

3. 卢占雄：《支格阿鲁》（彝文版），四川民族出版社 1987 年版。

4. 沙马打各、阿牛木支等主编：《支格阿龙》，四川民族出版社 2008 年版。

5. 黑朝亮翻译，祁树森、李世中、毛中祥记录整理：《阿鲁举热》，《山茶》，1981 年第 9 期。

6. 额尔格培（彝族）讲述，新克搜集整理：《支呷阿鲁——凉山彝族神话故事》，四川民族出版社 1982 年版。

7. 梁　红：《万物的起源》，云南民族出版社 1998 年版。

8. 贵州省毕节地区彝文翻译组搜集整理：《彝文典籍目录·贵州卷（一）》，四川民族出版社 1994 年版。

9. 王运权、王仕举编译修订：《西南彝志》（一至十二卷），贵州民族出版社 2004 年版。

10. 罗国义、陈英译：《宇宙人文论》，民族出版社 1982 年版。

11. 马学良主编：《增订〈爨文丛刻〉》，四川民族出版社 1986 年版。

12. 阿洛兴德、阿侯布谷译著：《益那悲歌》，贵州民族出版社 1997 年版。

二、理论著述

1. 〔奥〕弗洛伊德：《图腾与禁忌》，杨庸一译，中国民间文艺出版社 1986 年版。

2. 〔德〕恩格斯：《家庭、私有制和国家的起源》，中共中央编译局编译，人民出版社 1972 年版。

3. 〔德〕黑格尔：《美学》，朱光潜译，商务印书馆 1979 年版。

4. 〔俄〕E. M. 梅列金斯基：《英雄史诗的起源》，王亚民、张淑民、刘玉琴译，商务印书馆 2007 年版。

5. 〔俄〕马林诺夫斯：《文化论》，费孝通等译，中国民间文艺出版社 1987 年版。

6. 〔俄〕弗拉基米尔·雅可夫列维奇·普罗普：《故事形态学》，贾放译，中华书局 2006 年版。

7. 〔俄〕弗拉基米尔·雅可夫列维奇·普罗普：《神奇故事的历史根源》，贾放译，中华书局 2006 年版。

8. 〔法〕爱弥尔·涂尔干、马塞尔·莫斯：《原始分类》，汲喆译，上海人民出版社 2005 年版。

9. 〔荷〕米克·巴尔：《叙述学：叙事理论导论》，谭君壁译，中国社会科学出版社 2003 年版。

10. 〔美〕J. 希利斯·米勒：《解读叙事》，申丹译，北京大学出版社 2002 年版。

11. 〔美〕阿尔伯特·贝茨·洛德：《故事的歌手》，尹虎彬译，中华书局 2004 年版。

12. 〔美〕阿兰·邓迪斯编：《世界民俗学》，陈建宪、彭海斌译，上海文艺出版社 1990 年版。

13. 〔美〕艾萨克·阿西莫夫：《科技名词探源》，卞毓麟等译，上海翻译出版公司 1985 年版。

14. 〔美〕阿瑟·阿萨·伯格：《通俗文化、媒介和日常生活中的叙事》，姚媛译，南京大学出版社 2002 年版。

15. 〔美〕戴卫·赫尔曼主编：《新叙事学》，马海良译，北京大学出版社 2001 年版。

16. 〔美〕丁乃通：《中国民间故事类型索引》，郑建成等译，中国民间文艺出版社 1986 年版。

17. 〔美〕丁乃通：《中西叙事文学比较研究》，陈建宪等译，华中师范大学出版社 2005 年版。

18. 〔美〕厄尔·迈纳：《比较诗学》，王宇根、宋伟杰译，中央编译出版社 2004 年版。

19. 〔美〕海登·怀特：《形式的内容：叙事话语与历史再现》，董立河译，文津出版社 2005 年版。

20. 〔美〕华莱士·马丁：《当代叙事学》，伍晓明译，北京大学出版社 1990 年版。

21. 〔英〕詹姆斯·乔治·弗雷泽：《金枝》，徐育新等译，中国民间文艺出版社 1987 年版。

22. 〔苏〕巴赫金：《小说理论》，白春仁、晓河译，河北教育出版社 1998 年版。

23. 巴莫阿依等编著：《彝族风俗志》，中央民族学院出版社 1992 年版。

24. 巴莫阿依：《彝族祖灵信仰研究》，四川民族出版社 1994 年版。

25. 巴莫曲布嫫：《神图与鬼板——凉山彝族祝咒文学与宗教绘画考察》，广西人民出版社 2004 年版。

26. 巴莫曲布嫫：《鹰灵与诗魂——彝族古代经籍诗学研究》，社会科学文献出版社 2002 年版。

27. 布麦阿钮、布阿洪：《论彝诗体例》，贵州民族出版社 1990 年版。

28. 陈红光编著：《宁波民俗·彝族风情》，云南民族出版社 1996 年版。

29. 陈建宪：《神话解读》，湖北教育出版社 1997 年版。

30. 陈建宪：《神祇与英雄——中国古代神话的母题》，生活·读书·新知三联书店 1994 年版。

31. 董晓萍：《说话的文化：民俗传统与现代生活》，中华书局 2002 年版。

32. 戈隆阿弘：《彝族古代史研究》，云南民族出版社 1996 年版。

33. 葛永才：《弥勒彝族历史文化探源》，云南民族出版社 1995 年版。

34. 郝朴宁等：《民族文化传播理论描述》，云南大学出版社 2007 年版。

35. 胡庆钧：《凉山彝族奴隶制社会形态》，中国社会科学出版社 1985 年版。

36. 胡亚敏：《叙事学》，华中师范大学出版社 2004 年版。

37. 黄建明、燕汉生编译：《保禄·维亚尔文集——百年前的云南彝族》，云南教育出版社 2003 年版。

38. 黄永林：《大众视野与民间立场》，新华出版社 2005 年版。

39. 黄永林：《中国民间文学与新时期小说》，人民出版社 2007 年版。

40. 黄永林：《中西通俗小说比较研究》，台湾文津出版社 1995 年版。

41. 吉克·尔达·则伙口述：《我在神鬼之间—— 一个彝族祭司的自述》，云南人民出版社 1990 年版。

42. 贾银忠：《彝族饮食文化》，四川大学出版社 1994 年版。

43. 贾银忠：《中国彝族旅游文化》，四川民族出版社 2003 年版。

44. 降边嘉措：《走进格萨尔》，四川民族出版社 2003 年版。

45. 举奢哲、阿买妮等原著：《彝族诗文论》，王子尧等翻译整理，贵州人民出版社 1988 年版。

46. 李　列：《民族想像与学术选择——彝族研究现代学术的建立》，人民出版社 2006 年版。

47. 李惠芳：《中国民间文学》，武汉大学出版社 1999 年版。

48. 李云峰、李子贤、杨甫旺主编：《〈梅葛〉的文化学解读》，云南大学出版社 2007 年版。

49. 廖明君：《生殖崇拜的文化解读》，广西人民出版社 2006 年版。

50. 刘魁立：《刘魁立民俗学论集》，上海文艺出版社 1998 年版。

51. 刘守华、陈建宪主编：《民间文学教程》，华中师范大学出版社 2009 年版。

52. 刘守华、黄永林主编：《民间叙事文学研究》，华中师范大学出版社 2005 年版。

53. 刘守华：《比较故事学论考》，黑龙江人民出版社 2003 年版。

54. 刘守华：《道教与中国民间文学》，台湾文津出版社 1991 年版。

55. 刘守华：《中国民间故事史》，湖北教育出版社 1999 年版。

56. 刘小幸：《母体崇拜——彝族祖灵葫芦溯源》，云南人民出版社 1990 年版。

57. 刘亚虎：《南方史诗论》，内蒙古大学出版社 1999 年版。

58. 刘尧汉：《彝族社会历史调查研究文集》，民族出版社 1980 年版。

59. 龙正清、王正贤译著：《夜郎史籍译稿》，贵州民族出版社 2007 年版。

60. 陇贤君执笔，《中国彝族通史纲要》编委会编：《中国彝族通史纲要》，云南民族出版社 1993 年版，

61. 漏侯布泽等：《论彝族诗歌》，贵州民族出版社 1990 年版。

62. 吕　微：《神话何为：神圣叙事的传承与阐释》，社会科学文献出版社 2001 年版。

63. 罗　钢：《叙事学导论》，云南人民出版社 1994 年版。

64. 马长寿：《凉山罗彝考察报告》（上、下），四川出版集团巴蜀书社，2006 年版。

65. 马林英：《彝族妇女文化》，四川民族出版社 1995 年版。

66. 马学良等编：《彝族文化史》，上海人民出版社 1989 年版。

67. 《民族问题五种丛书》云南省编辑委员会：《云南小凉山彝族社会历史调查》，云南民族出版社 1984 年版。

68. 盘县彝学会、盘县少数民族古籍整理办公室编：《盘县彝语地名考释》，贵州民族出版社 2009 年版。

69. 潜明兹：《史诗探幽》，中国民间文艺出版社 1986 年版。

70. 且萨乌牛：《彝族古代文明史》，民族出版社 2002 年版。

71. 宋恩常编：《中国少数民族宗教（初编）》，云南人民出版社 1985 年版。

72. 孙文宪等编：《文艺理论》，华中师范大学出版社 1999 年版。

73. 万建中：《禁忌与中国文化》，人民出版社 2001 年版。

74. 汪玢玲：《中国婚姻史》，上海人民出版社 2001 年版。

75. 王　立：《中国文学主题学：母题与心态史丛论》，中州古籍出版社1995年版。

76. 王　立：《宗教民俗文献与小说母题》，吉林人民出版社2001年版。

77. 王丽珠：《彝族祖先崇拜研究》，云南人民出版社1995年版。

78. 王天玺、李国文：《先民的智慧——彝族古代哲学》，云南教育出版社2000年版。

79. 王先霈、王又平主编：《文学批评术语词典》，上海文艺出版社1999年版。

80. 王耀辉：《文学文本解读》，华中师范大学出版社1999年版。

81. 吴光正：《中国古代小说的母题与原型》，社会科学文献出版社2002年版。

82. 伍雄武、普同金：《彝族哲学思想史》，民族出版社1998年版。

83. 杨甫旺主编：《楚雄民族文化论坛》，云南大学出版社2007年版。

84. 杨和森：《图腾层次论》，云南人民出版社1987年版。

85. 杨树美：《彝族古代人学思想研究》，人民出版社2008年版。

86. 易谋远：《彝族史要》（上、下），社会科学文献出版社2000年版。

87. 云南省编辑组：《昆明民族民俗和宗教调查》，云南民族出版社1985年版。

88. 云南省编辑组：《四川广西云南彝族社会历史调查》，云南人民出版社1987年版。

89. 云南省编辑组：《四川贵州彝族社会历史调查》，云南人民出版社1987年版。

90. 云南省编辑组：《云南民族民俗和宗教调查》，云南人民出版社1985年版。

91. 云南省编辑组：《云南少数民族社会历史调查资料汇编》（三），云南人民出版社1987年版。

92. 云南省编辑组：《云南巍山彝族社会历史调查》，云南人民出版社1986年版。

93. 云南省编辑组：《云南彝族社会历史调查》，云南人民出版社1986

年版。

94. 云南省民族事务委员会编：《彝族文化大观》，云南民族出版社 1999 年版。

95. 云南彝学会编：《云南彝学研究》第一辑，云南民族出版社 2000 年版。

96. 张　福：《彝族古代文化史》，云南教育出版社 1999 年版。

97. 张寅德编选：《叙述学研究》，中国社会科学出版社 1989 年版。

98. 张泽洪：《文化传播与仪式象征》，四川出版集团巴蜀书社 2008 年版。

99. 郑振铎：《中国民俗文学史》，上海书店 1984 年版。

100. 《中国各民族宗教与神话大词典》编审委员会：《中国各民族宗教与神话大词典》，学苑出版社 1990 年版。

101. 中国西南民族研究学会编：《西南民族研究彝族专集》，云南人民出版社 1987 年版。

102. 朱崇先：《彝文古籍整理与研究》，民族出版社 2008 年版。

103. 祝瑞开主编：《中国婚姻家庭史》，学林出版社 1999 年版。

104. 左玉堂、陶学良编：《毕摩文化论》，云南人民出版社 1993 年版。

105. 庄学本：《西康彝族调查报告》，西康省政府印制，1941 年 5 月。

三、学术论文

1. ［俄］弗拉基米尔·雅可夫列维奇·普罗普：《英雄史诗的一般定义》，李连荣译，《民族文学研究》，2000 年第 1 期。

2. ［美］詹姆斯·费伦：《文学叙事研究的修辞美学及其他论题》，尚必武译，《江西社会科学》，2007 年第 7 期。

3. ［日］大藤时彦：《民间文学研究的方法论》，白希智译，《民间文学论坛》，1983 年第 4 期。

4. ［意］马可·波罗：《马可·波罗游记》，转引自杨成志《中国西南民族中的罗罗族》，《地学杂志》，1934 年第 1 期。

5. 阿牛木支、曲木伍各：《电视剧本〈支格阿尔〉的文本特性及多重

价值》，《西昌学院学报》（社会科学版），2007 年第 1 期。

6. 阿色子措：《彝族禁忌》，《民族》，1994 年第 11 期。

7. 巴莫曲布嫫：《口头传统与书写传统》，《读书》，2003 年第 10 期。

8. 巴莫曲布嫫：《叙事语境与演述场域——以诺苏彝族的口头论辩和史诗传统为例》，《文学评论》，2004 年第 1 期。

9. 巴莫曲布嫫：《彝族古代经籍诗学范畴与命题的基本模式》，《西南民族学院学报》（哲学社会科学版），1996 年中华彝学研究专辑，总 19 卷。

10. 白兴发：《彝族禁忌的起源及演变试探》，《云南民族大学学报》，2003 年第 3 期。

11. 白芝·尔姑阿呷：《凉山彝族习惯法》，《彝族文化》，1989 年年刊。

12. 毕　柠：《〈乌古斯传〉的叙事母题》，《伊犁师范学院学报》，2007 年 4 期。

13. 蔡富莲：《凉山彝族的求子仪式》，《民间文学论坛》，1988 年第 3 期。

14. 曹柯平：《中国洪水后人类再生神话类型学研究》，博士学位论文，扬州大学，2003 年。

15. 朝戈金：《"大词"与歌手立场》，《民间文化论坛》，2007 年第 1 期。

16. 朝戈金：《关于口头传唱诗歌的研究——口头诗学问题》，《文艺研究》，2002 年第 4 期。

17. 陈连山：《启母石神话的结构分析——兼论神话分析的方法论问题》，《民俗研究》，2002 年第 1 期。

18. 陈　啸：《试析苗族的龙崇拜及其造型艺术的嬗变》，《贵州民族研究》，1997 年第 2 期。

19. 陈宗样：《西康栗粟、水田氏族的图腾制》，《边政公论》第 6 卷，1947 年第 4 期。

20. 邓立林：《彝族丧葬文化变迁浅析》，《思想战线》，2000 年第 4 期。

21. 高登荣：《经济生活与社会文化变迁——对云南坎村彝族的考察》，《贵州民族学院学报》，2002 年第 1 期。

22. 高立士：《彝族密且人的原始宗教》，《思想战线》，1989 年第 1 期。

23. 高小康：《中国传统叙事中时间意识的演变》，《吉首大学学报》，2006 年第 1 期。

24. 谷　因：《布依族崇龙文化探略》，《贵州民族学院学报》（哲学社会科学版），2002 年第 2 期。

25. 关　键：《原始道德诸规范》，《云南社会科学》，1989 年第 1 期。

26. 关　键：《原始道德诸特征》，《民族研究》，1987 年第 6 期。

27. 何　刚：《四川地区彝族英雄史诗〈支格阿鲁〉艺术特色》，《西昌学院学报》（人文社会科学版），2004 年第 4 期。

28. 何星亮：《图腾崇拜与法的起源》，《内蒙古社会科学》，1991 年第 1 期。

29. 何星亮：《图腾禁忌的类型及其形成与演变》，《云南社会科学》，1989 年第 3 期。

30. 何耀华：《彝族社会中的毕摩》，《云南社会科学》，1982 年第 2 期。

31. 黄万民：《傈罗的禁忌》，《康导月刊》第 6 卷，1944 年第 1 期。

32. 贾银忠：《彝族口头和非物质文化遗产的保护和利用》，《贵州民族研究》，2004 年第 3 期。

33. 九　月：《试论英雄驯服野生动物母题与考验女婿习俗之关系》，《中央民族大学学报》，2003 年第 3 期。

34. 库尔班·买吐尔迪、阿布都克里木·热合曼：《维吾尔英雄史诗〈乌古斯传〉的中心母题试析》，《民族文学研究》，2006 年第 3 期。

35. 郎　樱：《贵德分章本〈格萨尔王传〉与突厥史诗之比较—— 一组古老母题的比较研究》，《民族文学研究》，1997 年第 2 期。

36. 郎　樱：《少数民族语言的民俗表达与民族认同》，《文化学刊》，2007 年第 1 期。

37. 朗　樱：《史诗的母题研究》，《民族文学研究》，1999 年第 4 期。

38. 李　卿：《从〈彝族源流〉再论夜郎国族属问题》，《贵州文史丛刊》，1993 年第 3 期。

39. 李　卿：《从发现威宁"彝文印章"谈夜郎国族属问题》，《贵州文史丛刊》，1989 年第 4 期。

40. 李相兴：《彝族与古濮人关系论析》，《云南民族大学学报》，2003年第 3 期。

41. 李晓莉：《楚雄直苴彝族原始宗教的信仰及其功能》，《思想战线》，1999 年第 2 期。

42. 廖　杨：《图腾崇拜与原始道德的起源》，《贵州民族研究》，1992年第 2 期。

43. 廖　杨：《图腾禁忌与法的起源》，《贵州民族研究》，1998 年第 1 期。

44. 林　艺：《近十余年彝族研究概述》，《民族艺术研究》，2006 年第 3 期。

45. 刘魁立：《民间叙事的生命树——浙江当代"狗耕田"故事情节类型的形态结构分析》，《民族艺术》，2001 年第 1 期。

46. 刘守华：《关于民间故事类型学的一些思考》，《民族文学研究》，2004 年第 3 期。

47. 刘守华：《中国民间故事结构形态论析》，《广西民族学院学报》，2002 年第 5 期。

48. 龙课贵：《浅析滇南彝族历史上的习惯法》，《云南社会科学》，1995 年第 3 期。

49. 卢春樱：《试论彝族传统禁忌文化》，《贵州民族研究》，1999 年第 4 期。

50. 吕　微：《母题：他者的言说方式——〈神话何为〉的自我批评》，《民间文化论坛》，2007 年第 1 期。

51. 罗阿依、马啸：《探析彝汉数目数字之历史渊源》，《西昌学院学报》（人文社会科学版），2004 年第 3 期。

52. 罗边木果、罗庆春：《英雄史诗〈支格阿鲁〉初论》，《西南民族学院学报》，1999 年 8 月增刊。

53. 罗布合机：《凉山彝族的树木文化》，《大自然》，2001 年第 4 期。

54. 罗　曲：《古彝文文献中的"支格阿龙"姓名身世勾沉》，《西南民族大学学报》（人文社科版），2004 年第 3 期。

55. 罗　曲：《彝族文化网络中的瑰宝——彝族〈支格阿龙〉研究》，《西南民族学院学报·哲学社会科学版》，1994 年第 2 期。

56. 罗文华：《流传于云南地区的彝族英雄史诗〈阿鲁举热〉研究——兼与贵州、四川地区版本的比较》，《西昌学院学报》（人文社会科学版），2005 年第 4 期。

57. 洛边木果、何刚、罗文华：《简论彝族支格阿鲁文化精神》，《西昌学院学报》（人文社会科学版），2005 年第 4 期。

58. 洛边木果、何刚：《贵州地区彝族英雄史诗〈支嘎阿鲁王〉研究》，《西昌学院学报》（人文社会科学版），2005 年第 1 期。

59. 洛边木果、罗庆春：《英雄史诗〈支格阿鲁〉初论》，《西南民族学院学报》，1999 年 8 月增刊。

60. 洛边木果、罗文华、周维平：《彝族英雄支格阿鲁流传情况概述》，《西昌学院学报》，2004 年第 3 期。

61. 洛边木果：《各地彝区支格阿鲁及其文学流传情况比较》，《中央民族大学学报》，2005 年第 1 期。

62. 洛边木果：《彝族支格阿鲁文化的哲学思想探微》，《西昌学院学报》（人文社会科学版），2007 年第 4 期。

63. 马国伟：《彝族"打歌"初探》，《中央民族大学学报》，2006 年第 1 期。

64. 马旷源：《彝剧：从"娱神"向现实主义的转化》，《云南民族学院学报》，1996 年第 3 期。

65. 马林英：《凉山彝族生育习俗》，《彝族文化》，1989 年年刊。

66. 马林英：《试论彝族禁忌》，《民族论丛》第九辑。

67. 马学良：《从课罗氏族名称中所见的图腾制》，《边政公论》第 1 卷，1947 年第 1 期。

68. 蒙 默：《试论彝族的起源问题》，《思想战线》，1980 年第 1 期。

69. 聂 鲁：《鲁魁山彝族图腾制》，《彝族文化》，1984 年年刊。

70. 普丽春：《浅论彝族"烟盒舞"及其文化特征》，《学术探索》，2000 年第 5 期。

71. 普学旺：《从石头崇拜看"支格阿龙"的本来面目——兼谈中国龙的起源》，《贵州民族研究》，1992 年第 2 期。

72. 秋　浦：《关于法的起源问题——少数民族现实生活中的"活化石"与法的渊源关系》，《贵州民族研究》，1992 年第 1 期。

73. 仁钦道尔吉：《蒙古—突厥英雄史诗情节结构类型的形成与发展》，《民族文学研究》，2000 年第 1 期。

74. 沙马拉毅：《论彝族毕摩文学》，《贵州民族研究》，2003 年第 1 期。

75. 沈良杰：《谈彝族英雄支格阿鲁文化资源开发》，《西昌学院学报》（人文社会科学版），2004 年第 4 期。

76. 司亚勒：《论古代彝族的宇宙观》，《贵州民族研究》，2002 年第 2 期。

77. 孙文宪：《作为结构形式的母题分析——语言批评方法论之二》，《华中师范大学学报》，2001 年第 6 期。

78. 覃东平：《试论禁忌》，《贵州民族研究》，1990 年第 4 期。

79. 田成有：《民族禁忌：关于法律起源问题的新思考》，《民族论坛》，1995 年第 3 期。

80. 田成有：《民族禁忌：战争征服与法的起源》，《中南民族学院学报》，1995 年第 5 期。

81. 王　立、吕堃译：《母题的产生、识别、命名和定位》，《辽东学院学报》，2006 年第 2 期。

82. 王路平：《论彝族传统道德价值观》，《思想战线》，1995 年第 4 期。

83. 王明东、孔军：《近二十年来彝学研究述略》，《云南民族大学学报》，2006 年第 3 期。

84. 王明东：《彝族木刻的文化解释》，《云南民族学院学报》，2000 年第 2 期。

85. 王明东：《云南石屏县水瓜冲花腰彝的村落文化》，《云南民族大学学报》，2003 年第 5 期。

86. 王明东：《云南彝族水利山林习惯法及其功能》，《思想战线》，1998 年第 3 期。

87. 王明贵、李平凡：《彝族英雄神王支嘎阿鲁成长史》（上），《乌蒙论坛》，2008 年第 1 期。

88. 王明贵、李平凡:《彝族英雄神王支嘎阿鲁成长史》（下），《乌蒙论坛》，2008 年第 2 期。

89. 王明贵:《神秘的"三"：彝族民俗事象文化意蕴探寻》，《民族研究》，1999 年第 2 期。

90. 王明贵:《支嘎阿鲁及其故乡的神湖》，《毕节日报》，2008 年 1 月 23 日。

91. 王清华:《彝族典型服饰羊皮褂的社会文化价值》，《思想战线》，2005 第 6 期。

92. 王正贤:《向星墓葬与彝族古代社会文化》，《贵州民族研究》，1999 年第 3 期。

93. 王正贤:《彝族古代文化论》，《贵州民族研究》，1997 年第 1 期。

94. 邬锡鑫:《彝族叙事诗中民众的人性美和人情美》，《贵州社会科学》，2002 年第 6 期。

95. 鲜　益:《民间文学：口头性与文本性的诗学比较——以彝族史诗为视角》，《艺术广角》，2004 年第 5 期。

96. 熊黎明:《中国少数民族三大英雄史诗叙事结构比较》，《云南民族大学学报》，2005 年第 2 期。

97. 徐益棠:《十年来中国边疆民族研究之回顾与前瞻》，《边政公论》1942 年第一卷 5、6 期。

98. 杨成志:《中国西南民族中的罗罗族》，《地学杂志》，1934 年第 1 期。

99. 杨正权:《龙崇拜与西南少数民族宗教文化》，《思想战线》，1999 年第 1 期。

100. 易谋远:《论彝族起源的主源是以黄帝为始祖的早期蜀人》，《民族研究》，1998 年第 2 期。

101. 勇　昊:《论原始禁忌的起源》，《黑龙江民族丛刊》，1987 年第 2 期。

102. 余宏模:《贵州古代彝族与夜郎族属关系》，《凉山彝族奴隶制研究》，1977 年第 1 期。

103. 余宏模：《贵州彝族毕摩文化与彝文典籍类例》，《贵州民族研究》，1996 年第 4 期。

104. 余宏模：《彝族在贵州高原的古代历史变迁》，《贵州民族研究》，1996 年第 2 期。

105. 张方玉：《彝族的建筑文化》，《云南民族大学学报》，2003 年第 5 期。

106. 张光显：《凉山彝族奴隶制社会习惯法初探》，《贵州民族研究》，1984 年第 1 期。

107. 张晓辉：《论傣族原始禁忌的起源及社会功能》，《云南民族学院学报》，1994 年第 1 期。

108. 诏古风：《巍山彝族朝山打歌会》，《云南民族大学学报》，2004 年第 1 期。

109. 赵　琴：《南诏的习惯法》，《大理文化》，1989 年第 3 期。

110. 钟敬文、巴莫曲布嫫：《南方史诗传统与中国史诗学建设——钟敬文先生访谈录》，《民族艺术》，2002 年第 4 期。

111. 钟　涛：《清水江苗族龙文化》，《民间文艺季刊》，1987 年第 4 期。

112. 周德才：《彝文〈指路经〉的文学特点》，《中央民族大学学报》，1999 年第 1 期。

113. 周真刚：《西部开发与彝族传统文化的传承》，《贵州民族研究》，2003 年第 1 期。

114. 朱建军：《氏族内婚禁忌探源》，《中国社会科学》，1991 年第 4 期。

115. 朱文旭：《僰为彝说》，《中央民族大学》，1996 年第 3 期。

116. 朱文旭：《夜郎为彝说》，《贵州民族研究》，1997 年第 4 期。

后　记

　　书稿结束时，言犹未尽，想了很多。

　　选择彝族民间文学作为本书的研究方向，是幸福的，也是幸运的。出生于乌蒙彝区，吸吮着彝族传统文化的乳汁，家乡浓厚的民族风情潜移默化地激发着自己的兴趣。从20世纪80年代初求学于华中师范大学中文系到三年前重返母校攻读中国民间文学博士，都一直被这种"兴趣"所萦绕……在写作书稿文的这些苦思冥想的日子里，一种前所未有的情感总使人热血沸腾。

　　本书稿曾是我的博士论文，在答辩前，我把朋友的车开到了南湖边。我不知道自己为什么突然想来这里。

　　夜幕下的南湖，宁静而安详。我的情绪却有些激动，在这座城市，加上访学整整生活学习了八年，有过快乐，有过成功，有过言不尽的困惑与迷茫。这座城市和城市里的老师、同学，给了我很多很多，这些都将让我终身难忘。常常会觉得有一双眼睛在看着自己，我知道，那是老师们的眼睛，茫茫人海中，这关注的目光永远激励着我前行，不敢有所懈怠。

　　二十多年前，恩师刘守华先生把我引上了民间文学的学习探求之路，先生对学术的热爱与挚守，对学生的爱护与关怀深浸我心，然因自己努力不足，一直没有什么建树，常常深感愧对先生。二十多年后，有幸成为导师黄永林先生的弟子，先生对学术和生活豁达而百折不挠的精神，对我影响至深。导师待人宽厚、治学严谨、见解独到，直接影响了我对许多问题的看法和思考。论文写作中，从开题、立意到章节取舍，导师都提出了很多中肯意见，使写作过程避免了不少弯路。黄永林先生把自己的研究成果

和研究方法毫无保留地倾注到学生身上，特别是他在百忙之中统审了全文，从字词使用到观点表达都给予了精心点拨，或耳提面命，或热情鼓励，或启发诱导，论文的许多瑕疵因此得以纠正，许多表象得到了升华。

感谢陈建宪教授，他在不同的场合以不同的方式对本书提出了许多宝贵的意见和建议，陈先生优雅的文风常常影响着我。感谢李惠芳先生和尹虎彬研究员，先生们在选题时和书稿写作前的指导、教诲与鼓励，使我受益匪浅。还有我专业学习的榜样，本科同学林继富教授以及刘旭平、徐金龙、张晓舒、李丽丹、韩成艳等学友，他们都给予了我很多的帮助与关照。

感谢我的彝胞巴莫曲布嫫研究员、王子尧研究员、洛边木果教授和《支嘎阿鲁王》的整理翻译者阿洛兴德研究员、《支嘎阿鲁传》的搜集整理者李么宁毕摩，他们都是我在彝族民间文学研究道路上的良师、益友。

感谢我在云南楚雄，贵州毕节、六盘水等市以及贵州的威宁、赫章、大方、黔西等县田野调查期间，那些没有留下姓名的被调查的人们，他们以无私的热情和坦诚给了我做学问的力量和希望，我没有理由忘记他们。

还有书中那些我所引用其成果的作者们，是他们的辛勤汗水省去了我大量的重复劳动，对他们的成果表示敬佩，对他们的奉献致以感谢。

要感谢的很多，然而有些情感却是无法用文字表述的。人到中年，在家庭最需要自己尽责的时候却不能全心尽责，反而头枕着母亲的鼓励、妻子的无奈与即将高考的儿子的繁忙继续着自己的"自私"，面对家人，常常只有内疚与无言。她们的爱与耐心是我前行最大的动力。尽管如此，我也深知学无止境，本书只是自己研究彝族文学的开始，许多问题尚属摸索阶段，一些观点还有待进一步完善，由此而引起的疏漏，愿接受各位专家、学者和读者的批评。

肖远平

2014 年 5 月 7 日

策划编辑：李　斌
责任编辑：梁　欣

图书在版编目（CIP）数据

彝族"支嘎阿鲁"史诗研究/肖远平著. —北京：人民出版社，2014
ISBN 978-7-01-014300-2

Ⅰ. ①彝⋯　Ⅱ. ①肖⋯　Ⅲ. ①彝族-史诗-诗歌研究-中国　Ⅳ. ①I207.22

中国版本图书馆 CIP 数据核字（2014）第 297978 号

彝族"支嘎阿鲁"史诗研究
YIZU ZHIGAALU SHISHI YANJIU

肖远平　著

人民出版社 出版发行
（100706　北京市东城区隆福寺街 99 号）

三河市金泰源印务有限公司印刷　新华书店经销

2015 年 1 月第 1 版　2015 年 1 月北京第 1 次印刷
开本：710 毫米×1000 毫米 1/16　印张：20.75
字数：320 千字

ISBN 978-7-01-014300-2　定价：45.00 元

邮购地址 100706　北京市东城区隆福寺街 99 号
人民东方图书销售中心　电话（010）65250042　65289539

版权所有·侵权必究
凡购买本社图书，如有印制质量问题，我社负责调换。
服务电话：（010）65250042